LE SONGE DE BAHO

DU MÊME AUTEUR

Tahül et les pierres de foudre, L'Archipel, 2014, prix du roman préhistorique Jean-Pierre Ville 2014.

La passion secrète d'une reine, Le Passeur, 2013.

Le Mystère Rabelais, Éditions du Rocher, 2011.

Cervantès, plume du diable, ambassadeur de Dieu, Presses de la Renaissance, 2009.

Andreas Vesalius, chirurgien des rois, (préface de Jean-Didier Vincent),

Presses de la Renaissance, 2008.

L'Énigme Pythagore, Presses de la Renaissance, 2007.

Élisée Reclus, un encyclopédiste infernal, L'Harmattan, 2006.

Dépossédée, Presses de la Renaissance, 2006.

Johannes Kepler, le visionnaire de Prague, Presses de la Renaissance, 2004.

Tycho Brahé, l'homme au nez d'or, Presses de la Renaissance, 2004.

Élisée Reclus, l'homme qui aimait la Terre, Stock, 1997.

Kepler, le chien des étoiles, Séguier, 1989.

HENRIETTE CHARDAK

AVEC LA COLLABORATION SCIENTIFIQUE DU
Pr HENRY DE LUMLEY

LE SONGE DE BAHO LA CHAMANE

roman

l'Archipel

Un livre présenté par Luciano Melis

Notre catalogue est disponible à l'adresse suivante :
www.editionsarchipel.com

Éditions de l'Archipel
34, rue des Bourdonnais
75001 Paris

ISBN 978-2-8098-1697-6

Clans

Houmens
Ra, mère de Baho
Ho, père de Baho, venu d'ailleurs
Bordig, Frondzur, chefs successifs des Houmens
Antseu, chamane
Baho, chamane
Prim, jeune Houmen
Aba(beuh), étranger devenu houmen

Watanks
Bragut, Wotank, chefs successifs
Nondun, le poseur de questions idiotes

Rozis
Ézyeux
Rayons
Bruts

Avant-propos

Dans la peau d'une Cro-Magnon

Se retrouver dans la peau d'une Cro-Magnon, tel est l'objet de ce livre.

À l'heure de la réalité dite «augmentée», pouvons-nous nous mettre dans la peau d'un personnage de roman préhistorique? Il suffit d'un peu de curiosité pour le sens des mots. Ensuite, notre cerveau peut décrypter les archives les plus anciennes – s'il s'intéresse aux choses essentielles de la vie.

À l'échelle du temps, la préhistoire correspond à ce que nous faisions «la veille». *Paleo* signifie «ancien» en grec, et la paléontologie est un magnifique flash-back scientifique, une plongée dans la vie quotidienne de nos aînés. L'univers ayant près de 15 milliards d'années, quelques dizaines de milliers d'années ne sont qu'une pincée de secondes, comparées à l'ancienneté du Big Bang! Comprendre d'où l'on vient nous dira peut-être si nous allons droit dans le mur ou si nous y sommes déjà encastrés…

Les Cro-Magnon représentent une bifurcation essentielle de l'épopée humaine, avant que la société ne cesse d'être nomade, avant qu'elle s'approprie, accumule et thésaurise. L'appellation «Cro-Magnon» désigne l'endroit exact où fut découvert le fossile d'un homme préhistorique : aux Eyzies-de-Tayac, en Dordogne, *cro* signifiant «trou», et *eyzies,* «yeux». Du vrai *made in France*, mondialement connu!

L'*Homo erectus* a été remplacé par l'homme de Neandertal, suivi par l'*Homo sapiens*. Avant la révolution du néolithique, Cro-Magnon prenait sa place dans l'histoire de l'homme moderne.

Après l'invention du feu, et avant la découverte des métaux, se situe le scénario plausible de la vie de Baho, en pleine période gravettienne[1]. L'histoire se déroule dans et autour de la grotte du Cavillon, au pied de la falaise des Baoussé-Roussé, à Grimaldi très exactement. Oui, Grimaldi, comme la famille princière[2].

Cette simple grotte recèle 100000 ans d'histoire et de mystères. Il y a 24000 ans environ, des choses extraordinaires s'y sont produites et une vraie Cro-Magnon en fut témoin et actrice. Robuste, sportive, elle possédait la corpulence d'une femme actuelle et mesurait environ 1,70 mètre. Elle vécut trente-sept ans. Les chercheurs ont étudié son squelette à la façon d'enquêteurs de la police scientifique et ont constaté que la Dame dite «du Cavillon» survécut à bien des malheurs. En effet, elle souffrit d'une fracture du radius au bras gauche – qui se reconsolida –, d'un problème discal dans le bas du dos, et d'une poliomyélite. Ce qui ne l'empêcha pas de se distinguer et d'être une sorte de «célébrité» de son temps. Sortie de l'oubli, Baho la Chamane nous apprend d'où nous venons et où nous allons.

D'une poignée d'individus, l'humanité s'est métamorphosée en une fourmilière éparpillée autour du globe. Nos cavernes sont maintenant des gares, des aéroports, des boyaux de métro… La masse des bipèdes a considérablement augmenté et changé les biotopes naturels. De 200000 êtres debout il y a 450000 ans, nous sommes passés à plus de 7 milliards! La paléontologie est très éloignée de nos préoccupations quotidiennes. Pourtant, cette science nous livre les clés de l'évolution et nous offre une vaste réflexion sur nos propres perspectives.

Dans ce roman, dans une sorte d'hallucination, après avoir entrevu le cauchemar de nos villes, Baho la Chamane Cro-Magnon livre ses pensées à «l'eau-delà». Moins de 30000 ans plus tard, le professeur Henry de Lumley la redécouvrira, ainsi que son environnement. Une voix semble s'élever vers lui… Est-ce son étonnante monographie qui lui joue des tours, se dit le scientifique cartésien,

1. Est appelé gravettien ce qui tourne autour de la culture du paléolithique supérieur, que l'on situe entre 29000 et 22000 ans av. J.-C. environ. La période gravettienne tire son nom du site de La Gravette, à Bayac, en Dordogne. Dans l'art mobilier, les statuettes féminines, dites «Vénus», sont caractéristiques de cette période. *(Toutes les notes sont de l'auteur.)*

2. Les princes de Monaco se sont toujours engagés en faveur des fouilles et de la préservation des trésors paléontologiques (Musée de Monaco et soutien à l'Institut de paléontologie humaine de Paris). D'autres grottes que celle du Cavillon ont été mises au jour: la grotte du Prince et la grotte des Enfants.

ou bien est-ce le paysage, féerique et rude, qui l'incite au songe? Elle a bel et bien existé, cette femme moderne que l'on prit d'abord pour un homme, avec sa coiffe de fins coquillages. Sa sépulture indique une volonté de s'ancrer dans la terre et la mémoire. Mais de là à l'entendre raconter sa vie!

Sa ténacité à vouloir rester parmi les vivants nous rapproche d'elle. Son explication du monde pourrait nous sembler à la fois familière et totalement étrangère. Oxymore humain, Baho revit grâce aux nombreux travaux des scientifiques. Voir et comprendre les hommes comme des personnes en transit, fragiles malgré toutes leurs inventions, nous insère dans une chronologie humaniste. La nature peut à chaque instant reprendre ses droits, et sans nous. Voilà sans doute pourquoi cette femme d'avant l'ordinateur nous interpelle véritablement.

Ressuscitée par la curiosité et la patience infinies du professeur Henry de Lumley et de son équipe, son squelette nous questionne. Qui était cette ancêtre qu'on surnomme avec une certaine ostentation la Dame du Cavillon? Qu'a-t-elle bien pu voir, dire ou faire? Qu'avons-nous gagné ou perdu depuis?

Pour partager l'époque dite «gravettienne», il faut faire sien son environnement.

Avec Baho, on apprendra que la mer se trouvait très éloignée de la grotte où elle vécut, contrairement à aujourd'hui. Que le feu et le langage s'étaient ancrés dans les habitudes des clans nomades du Sud-Est de la France. Mais qu'il n'y avait ni nations, ni frontières, ni passeports, ni contrôles d'identité bien sûr, uniquement des groupes d'humains qui s'organisaient. Pourquoi la sépulture du Cavillon est-elle si particulière? Sans doute le profane n'imagine-t-il pas qu'on pouvait s'y recueillir…

Baho, exhumée dans la position d'une dormeuse, la tête dans un filet de coquillages blancs, semble s'éveiller à notre curiosité. Et la belle Cro-Magnon s'incruste, bien vivante, dans nos doutes. En compagnie de nos prédécesseurs, nous allons partager une foule de questions auxquelles ils ne pouvaient répondre – et auxquelles nous n'avons pas forcément répondu depuis.

Aujourd'hui encore, nous avons peur du noir, comme les Cro-Magnon, alors que nous ne risquons rien dans l'obscurité de nos maisons. Nous interrogeons le ciel, et nous n'avons aucune certitude sur l'après-vie! Comme eux.

Bien avant l'utilisation du feu, les peurs sont communes à l'humanité : pourquoi sommes-nous sur Terre, qui a créé l'univers, qu'y a-t-il après la mort? Les connaissances et le mode de vie des habitants vivant entre mer et montagne ont-ils évolué? Que nous reste-t-il du patrimoine de la préhistoire? Connaissons-nous le pouvoir des plantes? Comment luttons-nous contre nos angoisses existentielles? Projetés des millénaires en arrière, nous allons découvrir les germes d'une pensée en éveil, qui ne cesse de s'aventurer et parfois de régresser.

Baho est l'aspect féminin et secret de la préhistoire.

Baho la Chamane nous guide vers les antiques secrets de la nature et les débuts d'une certaine pharmacopée. Elle avait à portée de la main de quoi soigner « par les plantes » : pin, tilleul, frêne, bouleau, noisetier, raisin de mer, chêne et ses glands, armoise, centaurée, ainsi que de curieuses herbacées donnant du latex[1]! Les premiers chercheurs étaient leurs propres cobayes, et les « essais cliniques » avaient un aspect aléatoire. Les Cro-Magnon ne disposaient pas d'un savoir encyclopédique, mais connaissaient certains antidotes naturels. S'ils s'étaient rendus maîtres de la faune, question flore ils tâtonnaient, empiriquement.

Les grottes leur servaient d'abri face à un paysage composé de forêts, d'une steppe et d'une plaine littorale de 5 km de large truffée de petits cours d'eau. Bucolique, non? Mais le climat était froid et sec, la température des eaux ne dépassait pas 10 °C et la mer était plus salée qu'aujourd'hui.

Prêts à vous glisser dans la peau d'un(e) Cro-Magnon pour comprendre son existence? À jouer avec le curseur du temps?

Le professeur Henry de Lumley connaît la grotte de Cavillon mieux que son bureau. Cet abri se niche dans une falaise de la baie de Menton. L'endroit où Baho fut mise en terre surplombe aujourd'hui une voie de chemin de fer… Plusieurs grottes contiennent à cet endroit d'importants dépôts sédimentaires, remontant à une période comprise entre 200 000 et 10 000 ans av. J.-C.

Voici le décor ; quant au climat, après une période chaude, durant laquelle vécurent hippopotames, éléphants et rhinocéros, il s'est refroidi au cours de ce qui sera la dernière glaciation à ce jour. (Il y en eut quinze au total.) Les steppes à graminées et à

1. Cichorioidées, telles les chicorées.

composées ont progressivement remplacé les forêts. Le paysage, métamorphosé, attira les bouquetins et les chevaux, adaptés aux espaces découverts. La température de la mer s'abaissa pour atteindre sur le littoral la moyenne annuelle de 5 °C vers 18000 ans av. J.-C., au lieu des 15 °C actuels, dans ce qu'on appelle aujourd'hui les Alpes-Maritimes. Des hommes venus des rives adriatiques s'installèrent et se livrèrent à une compétition pour l'occupation des grottes.

Les hommes de Cro-Magnon et les marcheurs de Ligurie firent du « camping » autour de Grimaldi, et la Dame de la grotte du Cavillon fut d'abord appelée… l'Homme de Menton. Son squelette, recouvert d'hématite noire et d'ocre rouge, a été exhumé en 1872 par un médecin et paléontologue, Émile Rivière. Son crâne passé à l'ocre rouge était orné de quelque deux cents coquillages, des *Nassa neritea*, et bordé de canines de cerf. Mais la forme de son bassin indiqua que c'était en réalité une femme. Il s'agit sans doute d'une descendante des Ligures, peuple protohistorique très important par ses apports. Elle fut ensevelie jambes repliées, mains croisées sur la poitrine et dirigées vers la bouche, tête penchée vers le cœur.

Dans cette grotte de près de 9 mètres de haut, elle reposait face à l'entrée, face à la lune ou au soleil. Des milliers de coquillages marins l'entouraient – 857 étaient percés, recouverts d'une couche d'une couleur rouge aux reflets métalliques. Ainsi parée, sans doute était-elle d'une extraordinaire beauté…

1

Ouvrir les yeux

Les Houmens ne se composent que de quelques familles, et les enfants trottinent autour des plus forts, histoire de ne pas se perdre dans une forêt de dangers. Les plus jeunes aident avec curiosité les tailleurs de pierres, chasseurs, pêcheurs et cueilleurs. On leur laisse volontiers la cueillette car ils sont à bonne hauteur des baies, et leurs doigts sont agiles. Mais les enfants se lassent vite, préférant jouer avec les plus beaux cailloux ou les coquilles vides ; aux beaux jours, ils aiment à patauger dans le sable. La grande frousse des plus grands, c'est la mort, qui frappe quand elle veut. Elle se cache dans la corne d'un animal, dans une plante et, selon quelques-uns, dans certains vents. Chaque Houmen ou presque sait qu'il n'existe aucune arme pour l'abattre, car on ne la voit pas venir lorsqu'elle est proche, il est déjà trop tard. Cette menace invisible, on la sent parfois au changement de l'odeur corporelle du partant, qui subit l'effritement inéluctable de tout son être. Pour éviter une mort brutale et idiote, les anciens doivent en permanence prévenir des méfaits de certaines baies, pourtant appétissantes, ou de certains champignons colorés. La mort se cache partout, même dans un souffle glacé. On partage d'ailleurs des croyances que l'on pourrait formuler ainsi : « Qui s'offre au vent perd ses plumes… » « Celui qui n'a pas de vigilance perd sa lance… » « Le petit qui se croit plus fort que son père n'apprendra pas à chasser et se fera dévorer tout cru… » Et l'antienne favorite des Houmens est : « Pour survivre en paix, il faut un bon chef. Alors qu'un chef qui exagère ses qualités mène son clan au précipice, un bon chef n'est que la tête – mais sans les bras et les jambes il n'est rien. »

Le rien est une notion que peu connaissent, mais, chez les Houmens, on dit « rien » par opposition à « tout ». « Tout » n'est pas forcément une chose palpable : le chaud, le froid, le bruit, la lumière, la nuit, le silence. « Tout », c'est ce qui entoure les Houmens.

Bordig est le chef du moment. Il est le meilleur chasseur et aussi le plus futé : un meneur d'Houmens. Dans le groupe, si le chef se révèle faux, hypocrite ou agressif, on en change immédiatement. S'il est sage, et qu'il déclare forfait pour une entorse qui le handicape ou simplement parce qu'il prend peur, on en change naturellement, mais on le considère toujours. Chaque chef de clan a son caractère et peut déclarer forfait ou continuer à diriger les chasses. Certains se voient attribuer un surnom : le Fort, le Rusé, le Grand… Bordig a une caractéristique : il prend toujours son temps avant de décider quoi que ce soit, et il rit beaucoup. Son tic, c'est de faire *hum*, façon bison qui se pourlèche. Il a d'ailleurs souvent à la bouche une herbe dont les bisons raffolent… Chez les Houmens, on prend la parole et on la rend immédiatement. D'où bien des silences, car Bordig hésite toujours à dire les choses. C'est lui qui organise les fêtes, aux beaux jours, et qui sait le mieux où trouver l'eau douce et guetter le gibier ! Mais, comme il ne sait pas tout, souvent il se tait. Un chef ne sait jamais tout, cependant il doit rassurer et trancher. Choisir, c'est pire que tailler une pierre car « on ne retaille jamais un mauvais choix », dit Antseu, le sage du clan…

« Il y a peu de certitudes et on les cherche », répète souvent Antseu le Chaman. Il calme les craintes de Bordig d'une voix douce, et le clan le respecte.

Le clan vit en harmonie, dans la vie comme dans la mort, et le mot d'ordre est de faire attention tout le temps – même en dormant, si on peut.

Les pieds des nouveau-nés ne dépassent pas un pouce d'Houmen et ils sont fragiles, les torrents ne préviennent pas de leur force, la foudre si. La seule chose qu'on peut améliorer, c'est la chasse.

Lors des fêtes, les clans voisins viennent souvent ici, en bord de mer. On échange des idées et des couples se forment. C'est ainsi que Ho et Ra ont fait connaissance, sous une tente en peau de bête bien tendue. Si un abri s'arrache au vent, c'est la fin des batifolages… Loin des cavernes, Ra et Ho ont apprécié l'air qu'on ne respire bien qu'en couple. Depuis, Ra ne supporte plus la promiscuité des grottes car, dans ces abris, les anciens ronflent comme des ours. Se réveiller la nuit est troublant – on ne sait s'il faut avoir peur du noir ou se rendormir… Les bruits des corps agacent Ra, pour qui un ronflement gras est pire qu'une douleur de dent qui crie du dedans… Ra aime bien les ancêtres, mais uniquement de jour. Si elle ne parvient pas à dormir, Ra accumule les angoisses, et si elle en a trop, elle n'ose plus bouger et râle, ce qui énerve Ho. Mais il apprécie les formes rondes de cette grande râleuse.

— Les morts de froid m'attrapent par les pieds. J'ai peur. Fais quelque chose, Ho!

— Rendors-toi, Ra, et ils s'apaiseront.

— Mais, justement, ils m'empêchent de dormir. Et tout ce monde qui ronfle, ça renfle les murs. Toi aussi tu ronfles!

Quand Ra oublie de songer aux disparus de sa famille et à ce qu'ils sont devenus sous terre, elle s'amuse, le jour, avec les os de rennes et l'ivoire des dents de cerfs. Ho, lui, fabrique des objets pour la cuisson. Ho et Ra s'entendent comme feu et bois, entre eux ça crépite : ils s'apprécient comme la pluie et la terre, il y a toujours quelque chose qui germe en eux, hors d'eux, pour eux ou pour les autres membres du clan des Houmens. Ra a des cheveux de feu, des yeux de glace et un sourire direct. Ho est brun des pieds à la tête, et ses yeux noirs brillent d'ironie. Ho le Longiligne ne tient pas à être chef un jour, il aime vivre ses jours sous la conduite d'un autre. Trop de responsabilités tuent le peu de moments qu'on a à soi. Si Ho est un valeureux, il ne tient pas à devenir un risque-tout. Quoique musclé comme un lion, avec Ra il est plus tendre qu'une mère! Il l'apaise et trouve pour elle des paroles douces :

— Ne t'inquiète pas pour les anciens. Vis! Tu sais préparer le renne comme personne, tu es la reine des rennes, ma Ra!

— Et toi, même si tu tailles les pierres comme un enfant, heureusement tu vises à une distance que seul l'aigle perçoit, et tu comprends bien les ordres de Bordig…

— Chacun son truc, moi c'est de viser juste. Lui, c'est de faire ses *hum*. Il n'est pas donné à tous de voir et de viser sans se tromper, d'un seul mouvement! Je n'aime pas passer mon temps à taper sur du caillou, en fait, ça me barbe. Oui, le répétitif, ça me barbe…

Les barbes sont en effet très souvent barbantes car elles abritent des détritus de repas qui attirent les mouches et autres petits volants, des brins d'herbe et même des poux arrogants qui s'infiltrent entre les poils et remontent par les joues! Un bout d'arête de poisson dans la barbe signe le retour des beaux jours… Car aller pêcher sous la glace, c'est plus qu'assommant, alors aux temps qui gèlent, on pêche rarement! Les barbes peuvent être très longues chez les Houmens, qui devinent ainsi le temps vécu d'après la distance entre le menton et l'extrémité des poils. Elles ne sont pas très longues chez les jeunes – ou chez ceux qui se la taillent au silex. Toutes les parties du corps ne sont pas recouvertes de poils, et les parasites adorent les poils, autant que les oiseaux les branches sur lesquelles ils se posent pour siffler ou nicher. Ce qui traîne dans une forêt de poils raconte la vie de celui qui la porte. Les femmes n'ayant pas de barbe, on en sait moins sur elles ! Il est certain qu'une barbe garnie parle de mangeailles et donc de bon ou de mauvais temps pour la chasse. Les femmes ont trois toisons, souvent de la couleur de leurs cheveux. Mais ce n'est pas automatique. Ce qui l'est, c'est le partage des mangeailles, la recherche de cavernes sans risque, et le respect des morts du clan.

Un « Qu'est-ce qu'on mange ? » se fait toujours entendre quand percent la faim ou l'ennui de la répétition. Parfois, les restes d'un repas – du cerf, un bouquetin, un cheval, un saumon –, donnent envie de dévorer autre chose, lorsqu'on n'a rien chassé de bon depuis une lune-soleil-lune-soleil, c'est-à-dire un couple de jours-nuits… Les vieux jouent alors avec des canines de loup, pour passer le temps. Un bon bœuf musqué fait toujours rêver les affamés, même s'il faut se contenter d'un seul renne maigre pour tout le clan des Houmens.

Ce jour-là, Ho s'excuse d'avoir manqué le bel aurochs[1] qui aurait dû tomber dans le piège préparé pour lui. On aurait pu nourrir tout le monde, avec sa carcasse ! Ce grand brun poilu, farci de bonne viande rouge, a astucieusement contourné les écorces d'arbres qui camouflaient une excavation, comme s'il savait que le clan voulait l'y faire chuter. Animal puissant, l'aurochs peut aussi se montrer intuitif.

— Jamais vu pareilles cornes, lance Ho. On aurait dit des bras pointus ! Quand j'ai vu qu'il faisait le tour du piège, j'ai eu peur qu'il ne m'encorne et j'ai préféré sauver ma vie pour la prochaine fois.

---

1. L'aurochs, ou auroch, est un bovidé du genre *bos*, appelé également *urus* ou encore « bœuf sauvage ». Curieusement, en vieil allemand, il se dit *ûro*, et *ox* ou *urr* en vieil anglais, sur la base du terme indo-européen *ûr*, qui signifie « pluie » et « humidité ». Cet animal serait apparu en Inde au pléistocène inférieur, il y a 2 millions d'années ! Il aurait ensuite migré au Moyen-Orient et dans le reste de l'Asie, pour gagner l'Europe au pléistocène moyen. Sa taille était bien inférieure à celle des éléphants, mais sa force incomparable. Il pesait entre 800 et 1 000 kg.

— Pas la peine de le préciser : ton visage avait déjà tout expliqué, Ho ! lui répond en riant Frondzur le Grand Chasseur, effilé comme un silex et brun comme certains bouquetins des hauteurs.

— On voyait quoi, sur ma tête ?

— La déception, la honte. Insatisfait, mais trahissant, au fond de tes yeux bien noirs, la joie de rester parmi nous !

— J'ai bien fait, alors ?

— Évidemment ! On ne t'a pas sauvé de la faim qui fait gronder les ventres pour te perdre après. Ce serait, *hum*, stupide.

Bordig le Sage a accepté Ho, venu d'un autre bord de mer lointain. La première fois qu'il l'a dévisagé, hirsute et poisseux, il a d'abord expulsé ses légendaires *hum, hum*. À la fois déductif, chaleureux et curieux, il a déclaré, après un long silence :

— *Hum... hum !* Eh ! Ho ! Tu as fui car ton clan a été massacré. Pourquoi tu es parti ? Nous le savons. Tu as le visage des survivants des montagnes où le soleil se lève. Sont-elles encore pleines de danger, d'après toi, Ho ? Eh. *Hum*. Bon, c'est ce que nous ne savons pas. Raconte. Je suis Bordig, le chef du moment...

— Des maux cachés ont tué les femmes, puis des vieux hommes et des enfants. Après, on était trop d'hommes ; on n'aurait plus de nouveaux petits pour venir après nous. On a décidé de s'éparpiller pour trouver où s'adjoindre. Je dois avoir le goût de la découverte : j'ai marché le temps que la lune grossisse tout à fait et disparaisse, là-haut où tout semble pareil mais où tout change à vue d'œil. Certains des miens se sont arrêtés chez les Watanks.

— *Hum*. Et c'est pareil-pareil, entre d'où tu viens et ici ? Ou alors, pareil-différent ? Tu peux comparer, *hum*, sans te gêner. Dis ! *Hum...* Bon... Et chez les Watanks, c'est encore différent du pareil-différent ?

— Il fait meilleur ici...

Bordig et Ho ont utilisé beaucoup de gestes, mais certains mots-pensées étaient si différents que Ho avait l'air de souffrir plus de ne pas comprendre Bordig que de ses talons entaillés à force de marches forcées. Lui-même avait réchappé de la maladie qui raidit vivant[1]. Il était arrivé décharné et bancal. Presque tous avaient été

1. La poliomyélite, infection virale de la moelle épinière, est une maladie qu'on repère dès la préhistoire. En revanche, les hommes préhistoriques ne souffraient pas du *Streptococcus mutans* et donc de caries dentaires !

touchés dès l'enfance : fièvres, vomissements, nuque raide prévenaient, mais il n'y avait rien qu'on puisse faire contre la « mauvaise », celle qui tue ou torsade de l'intérieur. Comme Ho avait survécu et que sa légère boiterie n'était pas contagieuse, il avait été bien reçu par les Houmens. Depuis, Ho aime les Houmens, et particulièrement Ra. Avec Ra, pas besoin de mots, leurs yeux semblent avoir des mains, et leurs mains des langues !

Les *hum* de Bordig sont contagieux – chez certains, ce sont les *euh* qui s'accumulent… Mais pour ne pas confondre *eux* et *œufs*, Bordig a depuis longtemps instauré l'ère du *hum*… Ses *hum* sont un accélérateur de mimétisme. Car, chez les Houmens, copier est signe d'appartenance. Seule la peur et l'attaque ôtent les *hum* de la bouche de Bordig.

D'ailleurs, l'aurochs rescapé de la chasse semble les narguer. Son museau râpe la terre du plateau. Comment se fait-il que ce grand brouteur d'herbe soit si fort sans manger de viande ? Ho, honteux de ne pas l'avoir coincé, regarde ses pieds.

Ho se souvient de son arrivée pantelante. Il a répondu à Bordig comme il a pu, avec un grondement de faim et un petit *hum* de soumission, puis a dit :

— *Hum*… Là où je vivais, il fait plus froid. On chasse, et on fait ce qu'on peut avec les peaux, là-bas, là-haut. Ici, c'est plus beau ! Surplomber la Grande Bleue, ça m'impressionne. C'est du liquide plus grand que toutes les montagnes réunies.

— Alors, ça te plaît ? *Hum*.

— Oui. J'hume les odeurs avec le plaisir de la nouveauté, dit Ho en reniflant l'odeur des côtes de bœuf musqué en train de cuire. Juste un peu compliqué pour remonter et crapahuter pour chasser, sans doute. Bon, là-haut, on a eu des bras cassés, des jambes, des doigts aussi. Y a pas que des pierres qui sont tombées… Et vous, ici et autour ?

— On s'en sort. Et les outils, *hum*, c'est les mêmes, chez vous – avant le territoire des Watanks ? C'est bien ça ?

— Ça dépend d'où on part. Pour moi c'est avant les Watanks. Pour toi c'est après, si tu pars d'ici.

— Mais vous avez les mêmes armes qu'eux ?

— On a presque les mêmes propulseurs[1], qui lancent vif et loin pour toucher les rennes et s'épargner les bois des cerfs. Leurs

1. Le propulseur est une sorte de levier à crochet qui permet de lancer les sagaies avec plus de force, et de plus loin, diminuant le danger de l'approche du gibier. L'arc et les flèches n'apparaîtront que vers 12 000 av. J.-C.

bois, avant de tomber, perforent un torse ou une panse comme des lames réunies.

— Quoi d'autre?

— On a des harpons pour les poissons des rivières. D'ailleurs, je m'appelle Ho car je viens du pays de l'eau qui coule d'en haut. Je suis né en haut, là-bas, tout là-haut dans la montagne.

— *Hum*. Alors, tu fais partie des Houmens anciens qui avaient peur de l'eau d'en bas. Quand tu es arrivé, tout crotté je t'ai pris pour un monticule de renards attrapés par mon frère Robrig. Il préfère le roux au brun.

— Le roux lui va si bien! ponctua Ra en riant et en imitant la démarche chaloupée du petit frère du chef. Un bon morceau de viande de brouteur ne te fera pas de mal, ajouta-t-elle en signe de bienvenue. Allez, viens, Ho du haut!

Robrig est toujours dans l'ombre de son frère Bordig le Chef, mais on l'oublie car il n'a pas d'expressions – ni sur le visage, ni au bout de la langue.

Les Houmènes ont des façons particulières d'aguicher un nouveau venu, en bougeant les hanches et en agitant leurs bracelets. Elles font quelques pas, avec un regard aussi direct qu'une sagaie, et se plantent devant l'objet de leur désir.

Ra porte ce nom car sa mère venait du clan des Rayons : ceux qui rayonnent autour d'un point, sans trop se risquer plus loin. Les Rayons sont proches des Rozis ceux qui grattent la terre pour en prélever les pigments rouges, et qui préfèrent le danger des plages à la sécurité des hauteurs.

Bordig regarda Ra, la Belle Houmène, lorsqu'elle compara son frère à une débauche de fourrure ambulante. Il lâcha un discret petit *hum*, puis un *hum* de découragement. Le chef Bordig trouvait déplacé de dire qu'un Houmen portait bien la fourrure, mais il savait que Ra ironisait. Cette Ra était subtile, et il fallait se méfier de ce qu'elle était capable de dire. Ra lui avait déclaré un jour : « Bordig, je ne suis pas sûre que tu nous conduises au bon col. » Il prit son temps, observant la découpe du passage qui faisait une brèche au sommet de la montagne, et accepta d'admettre qu'il s'était trompé d'éboulis. Il savait reconnaître la vérité ; ainsi avait-il été choisi comme chef à la mort de Krone l'Ancien.

Krone, tous les anciens s'en souviennent. Il portait sur le haut du crâne un enroulement de branches souples où il glissait de grandes plumes d'aigle et parfois un bois de cerf. Il était sec et cassant, mais personne n'était blessé lors des chasses qu'il mettait sur pied. Il succomba après la chute des doigts de ses pieds et de ses mains, devenus d'un bleu terrible, ce bleu qui annonce une mort atroce, celui qui «cyanose», comme disent les devins qui savent que les futurs trépassés ne repasseront plus devant le feu s'ils prennent soudain la couleur de la fleur aux pétales bleus. Krone resta digne. Ensuite il pua et mourut. On appela sa fin «la griffe mortelle du froid de feu». Ce genre de froid qui brûle et éteint peu à peu ou subitement le vivant.

Les petits appellent le feu des hommes «le cuisant» et celui des incendies «le brûlant».

Partout, les mots ont leur importance. Le clan des Rozis craint toutes les brûlures et appelle une insulte ennemie «un propos cuisant». Quant aux Bruts, ils se singularisent en se moquant des piégés en leur infligeant une «défaite cuisante». En revanche, chez les Watanks, on parle d'un «revers brutal». Chez les Bruts, tout ce qui est faible est féminin, tout ce qui est fort est masculin… On dit donc le mort, le chasse, l'os, le feu, le froid, le main, le tête, le jour, le nuit, la lune, la douceur, la vie, la fleur, la peau, la feuille, l'abeille… C'est insupportable d'écouter un Brut dire par exemple: «La bois d'une arbre est plus facile à tailler que le pierre de le montagne…» C'est atroce pour l'oreille d'un Houmen.

Les Houmens craignent plus la mort que la morsure du feu ou les griffes d'une panthère des cavernes. On réchappe des prédateurs, mais la mort est maligne et change en fonction de chaque proie. C'est une chasseuse stupéfiante, qui aspire la vie sans qu'on puisse rien voir de sa façon de faire! Après son passage, il ne reste que des crânes et des os pour dire qu'un Houmen a vécu. On cache le corps en terre, non parce qu'on veut oublier le porteur de chair d'avant, mais parce qu'on veut le garder avec soi, du moins quand on revient à l'endroit de son enfouissement. Certains le saluent d'un geste, d'autres lui parlent. Chacun fait comme il veut. Bordig est coutumier du fait: «Pour les jours proches, je suis bon à tous. J'espère que cela va durer. Ensuite, je vous rejoindrai.»

Les enfants houmens ont parfois plus peur des squelettes de leurs éventuels prédateurs que des bêtes elles-mêmes. Les bois du cerf[1] ressemblent à des branches agressives qui peuvent découper la chair, comme des lames. Pour les Houmenets, le plus effrayant

1. Bois de cerf élaphe tels que ceux trouvés dans la grotte dite «du Prince».

demeure le crâne de l'ours, car ses dents pointues comme des silex semblent encore pouvoir arracher un bras ou s'attaquer à un cou découvert! Ses os semblent ridicules en comparaison avec la solidité de ses dents!

Les os disent beaucoup de ce qui est caché par la fourrure. L'intérieur est délicieux et calme la faim. Les os rongés ont aussi une drôle de destination. Certains aboyeurs enterrent avec frénésie leurs os à ronger pour les déterrer plus tard. D'autres, les ricaneuses, s'emparent des cadavres. Certains oiseaux cassent les os trop gros en les jetant d'une hauteur pour qu'ils se brisent sur une roche dure. Les Houmens et leurs proches voisins sont donc très fiers de leur façon de faire avec les os: parfois ils gardent les plus beaux pour leurs outils. Ils sont fiers aussi de leurs rituels des morts pour éviter le vol des Houmens passés: ils mettent très profondément en terre leurs disparus, afin que leurs ossements restent à l'abri. Certains chefs ont droit à plus d'égards pour leur corps du dernier jour, avant leur nuit terrestre. Une nuit terrestre, c'est quand aucune lumière ne peut leur parvenir du ciel… Il faut dire que les ajouts de coquillages ou d'ocre rouge sont signes d'un attachement qui ne cesse pas avec la mort. Le noir dit la tristesse. Le blanc dit le souvenir que l'on veut que le mort garde.

Parfois, la mort traque des familles entières et mange un troupeau de vivants. Rassasiée, elle repart ailleurs. Ho en a réchappé… Il est le réceptacle de plusieurs histoires de clans. Les clans ont beau être divers, chaque être humain possède des os bien blancs, mais taillés autrement que ceux des chevaux ou des mulots! Bordig, aux os solides, est toujours préoccupé par les morsures et les plaies. Ce n'est d'ailleurs qu'une fois devenu chef qu'il se mit à ajouter tant de *hum* à ses paroles; le chaman Antseu s'inquiéta de leur augmentation:

— Bordig. Aujourd'hui tu as lâché plus de *hum* que de feuilles attachées à ce vieil arbre. Pourquoi autant et tout d'un coup?

— Moi, Bordig, tant que je serai chef, *hum*, je prendrai mon temps pour agir et avant *hum*, de parler. Comme le lynx ou l'araignée, je me prépare… J'ai besoin de mes *hum* comme d'autres, *hum*, de leur sagaie. Moi, Bordig, tant que je dirigerai une chasse aux monstres cornus, je vérifierai tous les propulseurs. Moi, en tant que chef, *hum*, comme j'ai peur d'oublier l'efficacité de nos armes, *hum*, j'ai trouvé cette astuce pour gagner de la durée avant de dire.

— …

— Antseu, tu n'aimes pas qu'on prononce ce mot, «durée»?

— L'attente, l'action, le sommeil, les amours, la mangeaille: tout cela donne le temps, et le temps est fait d'invisible. C'est très compliqué. Y penser peut t'empêcher de prendre une décision rapide, face à un ours mal léché par exemple.

— Pourquoi dis-tu «mal léché» à propos des ours?

— Un ourson qui n'a pas été léché par sa maman ours devient méchant en grandissant.

— Ah bon?

«Ah bon» est souvent l'expression qui clôt un échange, car alors le visage de Bordig se ferme. Il entre en conversation avec lui-même, puis sommeille un instant. Ce qui ne l'empêche jamais d'être à l'offensive en cas de danger immédiat.

Pendant que Bordig prépare la chasse du lendemain, le clan s'affaire gentiment. Il fait beau, un temps à mettre toutes les abeilles dehors! Chacun prépare des pièges à lièvres et à poissons. Gagner du temps caractérise bien ce clan, qui vit en paix avec tous ses voisins, lesquels maîtrisent également le feu et la parole. Il est rare qu'un Houmen soit muet. Mais cela peut arriver; soit parce qu'aucun son ne sort, soit qu'il n'a pas la parole facile. La particularité des Houmens est d'être plus malins que les autres pour gagner des moments précieux. Ils préparent la fabrication des tentes avec la rapidité de l'éclair, ce qui leur permet de faire autre chose, de s'aventurer… C'est bien connu: qui a fini plus tôt se couche plus tard! Et qui se moque du connu raffole de l'inconnu. Les Houmens adorent s'offrir des moments festifs. Les moments qui ne sont pas consacrés à la répétition permettent les conversations et les divertissements – viser avec un caillou la dépouille d'un rongeur, par exemple, enseigner aux plus jeunes qui viennent d'échapper à une embûche, ou encore s'adonner à ces jeux du corps qui font naître tant de petits, pour remplacer ceux qui ne sont plus et à qui on reste attaché, le «temps» qu'il faut.

Les conversations dépassent parfois l'entendement, mais la plupart du temps, les Houmens s'intéressent plutôt au voisinage: quand va-t-on revoir les Rayons et les Bruts? Comment vont les Watanks? Que deviennent-ils, on ne les voit plus? On sait qu'ils font du feu, là ou là, à la fumée qui ponctue le ciel, mais on ne sait pas ce qu'ils vivent. Parfois, les clans se croisent quand ils partent cueillir des baies, des herbes ou ramasser des pierres à tailler. La cueillette joue un rôle important. Ce qui coince entre les clans: ce sont les mots, la prononciation, et les différends qui en découlent. Chez les Houmens, on appelle une fâcherie « la morve », comme la morve qui dévale sous le nez par grand froid. Antseu interroge souvent Ho à ce sujet. Quels étaient ses mots à lui ?... Chez Ho, on appelait la morve « coulage », et « bouchon » chez les Bruts. Or, « brut » chez les Bruts se prononce *brout*, précise Ho, qui a beaucoup écouté, et les Watanks s'appellent entre eux les Wootanks ou les Ouatans, selon l'endroit exact où ils sont nés. D'ailleurs, ils se chamaillent régulièrement pour savoir qui parmi eux est né le plus haut. Ainsi qu'à propos de la façon de boire : à même le ruisseau, ou dans la main ? De plus, ils ont l'habitude de se dire des choses très cuisantes pour montrer leur force verbale : « Tu bois comme un trou », « Tu bois comme un loup », « Tu bois à côté de ton nez » ! « Tu es bête comme un escargot qui avance sur le dos ! »

— *Hum*, y a pas à s'inquiéter, *hum*, ponctue toujours Bordig. Devant la faim, le froid, tout le monde est pareil. Quand ils ont soif, ils boivent pas pareil, c'est tout, mais ils boivent, nos voisins les Watanks. On peut boire, *hum*, comme ci ou comme ça. On peut voir comme ça ou comme ci, tête en haut ou tête en bas. La grande différence, c'est que, nous, on ne chasse pas les femmes des autres, on fait à l'ancienne, ce sont les femmes qui en nous voyant passer nous choisissent. Voilà la différence avec les *hum*... les Watanks... Pansia a frétillé sur ses jambes quand elle m'a vu. Une Rozie. Elle n'est plus. Ce n'est pas une raison pour l'oublier. Dès que je vois la lune, je pense à elle. Elle était changeante aussi. Ah ! Pansia... Une Rozie ou une Houmène, c'est fait pareil, surtout la nuit ! Mais ce sont toutes des « chasseuses ». Leur arme, c'est la beauté.

Bordig apaise tout le monde avec ses conclusions. Il empêche surtout des querelles inutiles, pour un rien ou pour un renne squelettique... Les Houmens mangent de la viande, ensuite ils s'intéressent aux os, à leurs formes et à ce qu'ils peuvent en faire. Ils aiment toutes les parures qu'ils fabriquent avec des os, des plumes, des coquillages, des pierres modifiées. Tout cela prend alors une signification nouvelle et chaque homme ou chaque femme choisit ce qui lui ressemble le plus, par la couleur ou la matière. Ainsi on se distingue, pour se présenter sans avoir à parler. « C'est comme ça que sont nés les bijoux[1] », se dit Ra : les bijoux sont des outils du beau ; les silex ne sont que des outils de

1. Les parures existent depuis 35 000 ans. Cette caractéristique de l'homme moderne est en quelque sorte le début de la mode...

chasse, mais un bracelet signifie qu'il reste sur soi, avec soi, avec les autres pour soi et pour les autres. Ra décrit la beauté d'une autre Houmène, et inversement, car il est très rare qu'on puisse se voir soi-même… On se devine à peine dans une flaque d'eau, mais on ne sait vraiment quelle tête on a que dans la parole des autres. Et il est très important d'être présentable. Une certaine coquetterie ne déplaît à personne. C'est ainsi que le mot masculin « mode » (en langage houmen) est passé au féminin. Le mode opératoire de la chasse s'est peu à peu transformé en mode vestimentaire, puis en mode tout court. Il y a des modèles de peaux cousues à même le corps, chez ces Houmens qui font la mode !

En dehors des ornements et vêtements très élaborés, il faut absolument connaître les endroits d'où l'on peut extraire les pierres à silex, et ces lieux servent à se repérer ensuite pour se diriger au-delà du connu[1]. Ce sont des bornes très utiles que ces lieux d'extraction, et des souvenirs de marches.

La hiérarchie du clan est fondée sur le non-conflit, et en ces jours de chaleur, les Houmens ne s'attendent à aucune attaque d'ours ni à la visite d'un clan affamé. Bordig n'a plus qu'à organiser repérages et battues pour débusquer et attraper les animaux à chair tendre !

La chasse, surtout aux temps froids, permet d'obtenir, en détachant bien la peau, de sublimes fourrures qui barrent la route aux vents glacés, par-dessus des cuirs fauves et tannés. Les vents qui transpercent sont les pires alliés de la mort. On peut les supporter, mais pas toujours. Les petits meurent par les pieds, et les vieux par la tête, comme on dit… Alors les emblèmes ornant les vêtements sont comme des fleurs qui réchauffent, ou, parfois, les attributs de la force du loup ou du sanglier ; et, pour les chefs, une dent de lion, de cerf ou de panthère des neiges indique qu'ils ont eux-mêmes « une dent » contre les prédateurs de tout poil ! Les femmes cousent volontiers des coquillages pour orner les peaux de bête.

1. À l'est et à l'ouest du site : les Cro-Magnon de la grotte du Cavillon connaissaient le silex de Ciotti (gîte de silex, calcaire et quartzite à 1 km au nord du site) et utilisaient les galets présents dans les rivières alentour ainsi que sur la plage (à quelques mètres) ; le silex de l'arc de Nice (fleuve Paillon, 15-20 km à l'ouest) ; ceux de la région varoise (70 km à l'ouest) et du Vaucluse. On sait qu'ils ont utilisé de la jaspe, ou radiolarite de Ligurie orientale (160-180 km à l'est), de Monte di Lama, du silex oligocène de la vallée de la Largue ou celui des monts Lessini (400 km à l'est, dans la région de Vérone).

Ho ne s'intéresse guère aux gros animaux marins, mais il est intrigué par les coquillages, images de la fragilité. Il les réunit en collier. Sa passion pour les coquilles vides ne l'empêche pas d'apprécier la solidité des belles dents, mais celles-ci sont difficiles à trouer. « Une dent mord, et s'il porte de grosses dents de loup sur son torse velu, les animaux le craindront », se dit-il.

Être sans dents, c'est être vieux ; porter des dents autour du cou ou attachées à ses vêtements, c'est signe de force et de courage, c'est être au mieux de sa jeunesse !

Ho est le premier à manger l'intérieur des coques de mer, et le goût salé lui plaît. Les autres recrachent !

Ra sent parfois mauvais, car elle tanne les peaux. Mais elle est si grande et belle que Ho a fini par s'habituer à son odeur de carne.

Antseu, quant à lui, montre sa différence. Antseu est charpenté comme un arbre noueux planté face au vent. Le temps a grisé ses tempes et ses yeux, et il aime les bijoux pour leur magie. Ses fourrures indiquent sa relation au monde animal. Il tient à ce qu'elles aient la forme d'ailes de rapaces ou d'épaules d'ours. Il sait magnifiquement creuser la pierre facile à dompter, et ensuite il mêle pierres, incisives, canines, éclats d'ivoire, fragments d'os. Il rythme ses colliers par les couleurs de fragments de certains coquillages. Il s'est construit des outils pour ça. Selon Antseu, ce que porte un Houmen prouve qu'il se sait vivre avec les autres au milieu d'un monde dur et doux, un monde de nuits et de jours. Les bijoux disent le clan, et plusieurs bijoux de plusieurs clans mêlés disent la bonne entente. « Coquillages et cristaux », dit-on lorsqu'un Brut vit en paix avec une Houmène ou qu'une Houmène vit bien avec son Brut. « Canine et écaille » signifie qu'un chasseur vit avec une Houmène qui adore manger du saumon à la chair rose ou blanche. La chair est du genre féminin, car plus faible que l'os, bien entendu…

Antseu le Chaman veut soudain partager une idée avec le chef et s'exprime sur un sujet très houménien :

— Bordig, nos colliers sont les plus beaux, à cause des coquilles de mer. Percées, elles ne sont pas lourdes à porter. C'est moins gênant à la course et c'est plus rare !

— Oui, mais, ça casse !

— Oui, mais cela nous distingue de ceux qui vivent trop près des bisons. Les Bruts et les Watanks n'osent pas porter le léger de l'eau d'en-bas, ils pensent qu'ils ne peuvent porter que du bison !

— Oui, *hum*, ils ne portent que du lourd ! Remarque, moi aussi je préfère le solide. Mais je ne saurais pas faire de décorations aussi légères que les tiennes. Tant que, *hum*, on a de bons yeux, Antseu, on peut faire ce que tu dis, découper les maisons de mollusques et porter des colliers légers. Après, c'est de mémoire et du bout des doigts qu'on les fabrique, *hum*, les pendentifs. Quand on voit moins bien, on ne fait que des débris. Marb le Boiteux s'est arrêté de tailler quand ses yeux ne portaient plus assez en avant des choses. Il ne taillait plus que la pierre qui s'effrite, sinon il se blessait, et il buvait à côté de la source. *Hum*, tu pourrais me faire une parure de bras ? Je trouve que cela pose son Houmen !

— Tu n'en veux pas pour les jambes, et pour la tête en plus ? Je peux te les faire.

— Non, que pour un bras. C'est toi qui fais le mieux les parures de sous l'épaule. Tu parles mal, mais tu agis bien.

— Tu veux quoi dessus ?

— *Hum*, je veux un bon cuir, pas épais, avec ça dessus.

Bordig lui tend avec fierté une canine d'ours.

— Tu sais, c'est le gros méchant que je me suis offert avant qu'il n'ait le temps de me bouffer. Ma plus belle prise. Un ours grand comme un gouffre poilu ! Normalement, il devait avoir ma peau ! Finalement, *hum*, c'est moi qui ai eu la sienne.

Tout le monde s'en souvient. L'ours avait enfoncé ses griffes dans le gras de ses épaules. Bordig s'était agenouillé et avait envoyé des coups de lames dans le ventre du « mal léché », profitant de la douleur de la bête pour appeler les autres Houmens à la rescousse. Il avait pris sa hache à arbre pour achever l'animal furieux, c'est tout ce qu'il avait sur lui…

Antseu regarde la dent et se gratte la tête. Avec quoi va-t-il bien pouvoir la creuser sans la casser ? Il palpe la racine légèrement brunie de la très belle dent blanche, couleur de lait, et se gratte encore la tête.

— Tu veux la pointe vers le haut ou vers le bas ? Bordig, dans quel sens ? dit-il en écrasant au passage des poux entre ses cheveux terreux.

— Ah ! quelle question… Vers le bas, *hum*, pour dire que moi aussi je mords.

— Mais on mord aussi vers le haut.

— *Hum*, très juste. Il faut donc que je trouve une seconde dent de même forme. Il m'en faut une autre ! Un autre ours, mais plutôt mort, à qui j'enlèverai une dent de… *Hum*…

— De devant. Et tu veux que j'ajoute une molaire ou une canine en plus? Je peux attacher les dents sans les percer: cela sera plus impressionnant. Cela fera mâchoire! Les incisives sont très en vogue en ce moment… Si tu veux faire jeune, je te conseille les longues.

— En vagues, tu veux dire! *Hum*, tout le monde en porte, des incisives en vagues, mais cela ne signifie plus rien pour personne… *Hum, hum.* Au fond, je ne vais pas chasser un ours rien que pour ses dents! Ni attendre la mort d'un vieil ours. Je veux juste, *hum*, décorer mon bras avec ce qui me rend grand à mes yeux.

— On peut en trouver un qui ne se serait pas réveillé, dans une caverne, là-haut dans la montagne.

— Une dent, ça suffira, je te dis! Tiens, tu n'as qu'à la mettre allongée. Une dent d'ours sur le bras, cela prouve qu'on est fort, *hum*… Face aux ours et à leurs dents. On a déjà vaincu: ils n'ont qu'à regarder!

— Si cela peut te rassurer…

— Et puis les liens, ils se délient facilement, alors qu'une dent cousue, ça a de la gueule. Creuse plutôt là…

— Au centre?

— Au quoi?

— Au milieu. Au mieux, tu creuses et tu couds. Ne creuse pas sur les côtés, *hum*. C'est dangereux.

Antseu voudrait gagner plusieurs jours, le temps de fabriquer un perçoir à toute épreuve, mais Bordig veut du «perçoir» tout de suite et pas du rafistolage:

— Prends les bons outils, ne casse pas cette dent d'ours. Je la connais, ne me mets pas une autre dent à la place, et ne traîne pas!

— Mais pourquoi au bras et pas en collier?

— Le trou serait trop large. *Hum*.

— Pas faux.

Antseu passe la nuit près du feu et creuse jusqu'au matin. Épuisé, il demande à Ra de coudre la dent sur la peau qui recouvrira le bras du chef.

— Lequel?

— On verra bien. Ça revient au même… Demande-lui dès qu'il sera debout et couds la dent du bon côté.

— Mais moi, je couds toujours avant. Tout doit être prêt avant!

— Je comprends, mais je ne sais pas s'il veut la pointe vers lui ou non.

— Tu es fatigué. Je n'aurais qu'à changer le sens de la lanière, voyons !

Ainsi est-il fait, et Bordig se sent admirable, et donc on écoutera mieux ses ordres.

Quand il pleut trop fort, tout le monde se met à l'abri et en profite pour tout redécorer : l'intérieur de la hutte, un par-dessus-soi, des jambières. Ra amasse des dents, des coquillages pour les attacher sur de vieilles peaux de bêtes qui protègent les corps. Ces peaux ne sentent plus la charogne.

C'est la bonne heure pour bien voir les détails au sol, et tous sont à l'abri de l'eau qui tombe du ciel. Un soleil agréable pénètre et s'amuse à faire des taches de lumière sur les doigts, les jambes ou les parois. La lumière change de place, passant d'une roche à une grosse pierre, puis à un corps. Parfois elle se colore. Ra trouve cela magique. « Magique » est un mot rare que seuls les Houmens emploient, pour signifier le merveilleux sans cause connue. Le clan possède aussi des mots à rallonge : comme « vent-sans-fin », « chasse-qui-dure-trop-chasse-le-repas »... Alors que d'autres disent tout simplement « tempête » et « traque ». Les arcs-en-ciel sont appelés « couleurs-du-ventre-de-la-pluie ». Toutes les décisions surprenantes du ciel sont qualifiées de « chamboulements inattendus ».

Il y a des cérémonies où il vaut mieux être « habillé », pour un enterrement par exemple. On doit enterrer quelqu'un d'important dans un lieu important, où aucun serpent, aucun ours ne viendra atteindre son corps. Ce serait affreux, et personne ne pourrait dormir si un animal traitait un proche en vieille charogne. Si on n'a pas pu vivre en paix, il faut au moins reposer en paix, près du ventre de la terre mère, sans être dérangé ! À l'occasion d'un enterrement, on nettoie ses fourrures pour être proprement emmitouflé. On évite la vermine – rien de pire que des poils habités ! Celui qui n'a pas connu la vermine ne sait pas que la peau peut être burinée... Pour d'autres occasions, plus joyeuses, on s'habille de symboles à plumes, os, ou coquillages. Pour une danse, une offrande, il faut être beau. Ra est belle. Elle essaie de ne jamais se piquer avec l'os taillé qu'on lui a appris à préparer dès son plus jeune âge pour faire des trous dans le cuir. Ra a une très bonne vue. Avec des poudres couleur de feu, elle sait créer des formes qu'elle abandonne au vent. Ra dessine avec son souffle et ses doigts, traçant des coins ocre, rouge ou blanc. Le vent les emporte et dépose ces poussières sur des feuilles ou des brins d'herbe. Ra s'extasie lorsque la poudre tombe sur une abeille ! La petite volante semble étonnée. Mais si cela se trouve, l'insecte poudré ne doit rien sentir du tout sur sa tête, ses poils et ses ailes. Ce sont les instants suspendus de Ra.

Elle ne voudrait pas vivre là d'où vient Ho. Ho vient de trop haut, c'est le pays des doigts qui tombent parce qu'ils deviennent noirs à force d'avoir été bleuis par le froid. Personne n'ose dire qu'il vient du pays des doigts qui choient. Il faut être très courageux pour avouer : je viens du pire coin, de là où on se les gèle ! « Se les geler » est une expression qui signifie autre chose pour les mâles houmens, mais ils ne l'utilisent qu'entre eux. Dans les replis de la montagne, les loups ont souvent raison des hommes, tout aussi affamés qu'eux quand ils gèlent sur pieds…

Lorsque leur vie est en danger, les chasseurs jouent de leurs doigts pour se parler en silence, montrer des cornes, signaler le moment de l'attaque ou de la fuite. Les mères préfèrent signifier à leurs enfants, d'un geste de la main, qu'il faut se taire ou se cacher. Les Houmens parlent, crient ou haussent le ton quand aucun monstre n'est à l'approche. Le danger se profile sous forme de bête, de meute ou d'élément suspect. Un élément suspect est une chose inconnue ou un animal effrayant. Cependant, les choses connues sont souvent déjà effrayantes.

Après le territoire des Houmens et de tous leurs voisins, on dit qu'il y a un glacier[1] sans fin que tous appellent le Maître Glacier. Ce maître du froid décide des limites qu'un Houmen ne doit pas dépasser. Il y a des glaciers normaux installés normalement et qui s'arrêtent à un endroit précis. Ils fondent et se reforment. Ils ont des limites, dit Bordig, mais le Père Glacier, comme il le surnomme, n'a pas de limites connues : c'est inquiétant. Très. Certains grands marcheurs disent même que le monde des vivants s'arrête à ses pieds. Les animaux à fourrure ne font qu'y passer. Ce genre de glacier n'est pas pour les Houmens, ni pour personne : la glace sans bornes, sans aucun brin d'herbe, c'est la mort pour les rennes,

1. Cro-Magnon apparut il y a environ 45 000 ans. Cro-Magnon aurait envahi l'espace européen, évinçant rapidement Neandertal. Avec l'arrivée de la glaciation dite « de Würm », la faune et la flore furent modifiées, et l'homme moderne dut s'adapter et rechercher des climats plus doux. Le nord de l'Europe était recouvert de glace, l'Italie et l'Espagne de forêts, l'endroit qui nous concerne de steppes.

pour les pieds et pour les hommes qui s'y risquent. Le froid fait espérer les beaux jours, toujours.

Ra fait provision de ce qu'elle aime et que tous mangent. Mais les racines, crues ou cuites, ne plaisent pas à Ho le Montagnard. Il n'aime pas les graines non plus. Il ne lève le nez que pour entendre la viande griller sur le feu quand elle rejette son jus odorant : preuve que l'animal s'en va complètement et qu'on le mangera, qu'il fera partie de soi. Comment faisait-on avant, sans l'aide du feu ? On se gausse d'un avant que personne n'a connu et ne peut imaginer. Mais il paraît qu'il y a très longtemps on vivait sans jamais cuire une viande, rendez-vous compte ! De vieux Houmens racontent aux enfants qu'avant le feu, on mangeait le renne cru comme des hyènes affamées ! Cela fait rire tout le monde, mais certains continuent à se goinfrer de viande pas cuite. On constate qu'ils sont souvent malades[1]. Cela crée des clans : ceux pour la viande crue à tout crin, et ceux pour la viande cuite. « À tout crin » vient du cheval et de sa crinière qui vole au vent quand il galope et échappe aux chasseurs que sont les Houmens. Or, les chevaux ne se départissent jamais de leur crinière. Les Houmens ne chassent que les chevaux qui ont un problème, qui boitent ou ne sont jamais à l'avant du troupeau et dont la crinière est fatiguée, comme mitée. Lorsque les chevaux paissent, c'est souvent le chef qui décide lequel finira entre leurs mâchoires.

Parfois, Ho place une cuisse de bouquetin ou une côte de cheval sur les branches gorgées de feu – et parfois il les met de travers, ce qui éteint le feu plus vite que le vent. Vraiment, comment pouvait-on vivre sans la chaleur d'un feu ? C'est ce qui différencie des loups les Houmens ou les Rayons d'à côté. Les loups mangent tout cru ; et même s'ils voulaient faire du feu, ils en seraient incapables. Les loups vont à quatre pattes et la patte d'un loup n'est pas faite pour faire un feu, ni pour escalader des rochers sur deux jambes, mais uniquement pour courir et gratter le sol ou se poser sur un ou une congénère. Les chevaux ne peuvent que brouter, et parfois eux aussi meurent de froid. Mais aucune jument ne va mettre de la poudre de terre rouge sur un étalon mort pour le rendre à la terre. Ho ressent une certaine fierté à comprendre tout cela. Au petit Houmen, il faut expliquer tout très longtemps, mais s'il survit,

1. La cuisson évitait déjà les parasitoses et autres maladies.

l'Houmenet devient alors plus puissant que n'importe quel animal. Bien sûr, pour se sortir des mauvais pas, un peu de chance est nécessaire, et beaucoup d'astuces. La foudre, le froid et d'autres prodiges font très mal et tuent, renfermant une chose mystérieuse qui peut faire griller, tousser, chuter. Cela germine et quand on fait une rechute, cela présage du pire. Tout cela veut dire que, pour éviter de «chuter en soi-même», il faut vivre aux aguets et prendre des risques, sinon ce sont les forces invisibles qui vous prennent. On perd alors des enfants, une main, un pied, un œil. Ce sont des parties de soi ou de sa vie qu'on ne retrouve jamais.

Peu à peu, les Houmens ont gagné sur le froid, la faim, la peur, et ils cherchent des ruses qu'ils transmettront ensuite. Pour faire du feu bêtement, on peut le voler à la nature, mais il faut attendre que des arbres se mettent à brûler. Il faut moins de patience pour faire jaillir de deux pierres une étincelle. Ensuite, on la capture avec la fibre d'un champignon. Il y a encore d'autres moyens, que les loups ne comprendraient pas: piéger le feu dans une petite hutte percée et mobile qu'on emporte avec soi, et que Ho appelle «le bon *feuyer*». Ra préfère prononcer *foyer*, c'est plus facile à dire et à comprendre, sinon les vieux entendent *feuiller*.

— Va pour «foyer»! répond Ho. Mais tu es d'accord, même si les loups sont de terribles chasseurs, ils vont trop vite en tout et ils n'ont pas l'étincelle. Ils avalent tout rond, sont incapables d'allumer un feu, et le seront à jamais. Ils font tout trop vite. Gober au lieu de mâcher, j'ai essayé et j'ai failli m'étouffer.

— Les loups ne prennent pas le temps de mâcher car ils chassent en permanence et ils savent qu'eux aussi peuvent être chassés. D'ailleurs, ça me dirait bien, une longue pelisse de loup pour l'hiver… Des noirs, j'aimerais, autour du cou, partout. J'ai trop peur d'avoir les doigts gonflés, qui deviennent gris et tombent ensuite. Heureusement, on n'a jamais vu tomber des bras. Celle qui dit «les bras m'en tombent» doit être quasi gelée…

— J'ai compris. Je chasserai pour toi de très beaux loups contre le froid… Pour en revenir au feu, je pense que les loups croient au cru et pas au cuit, car ils n'ont pas le choix, ils mangent leurs proies à peine mortes, n'ayant pas pris le feu à la foudre, aux silex, à la terre et aux vents. Ils ne font que chasser et ils ne pensent pas comme nous.

— Toi, tu penses qu'ils pensent?

— Les animaux pensent, puisqu'ils choisissent! Nous, on s'est bien choisis, dit-il en lui mordillant une cuisse, mais on n'est pas des animaux. Un loup dévore pour avoir la force de chasser. Il mange vite. De la panse à la pensée, pas d'accroc… Les Houmens pensent autrement. Ils envisagent, se projettent plus loin…

— On ne se projette pas, on se prépare !

— Non, on prépare une cuisse de renne, mais quand on pense, on devine demain. On pré-voit. On imite ensuite la sagaie.

Bordig les écoute et se lamente – heureusement que tous les Houmens ne sont pas aussi bavards, sinon personne ne mangerait à sa faim. Il les regarde se disputer tout en souriant.

— Ça veut rien dire, Ho ! se met à crier Ra. Les Houmens chassent, mais voient juste plus loin que leurs pieds ! Tu me diras, les loups ne savent que dirent *houu… ouououououuu*. Nous, on a parfois le nez au vent comme eux, mais on n'avale pas autant de lapins en un jour et sans les mâcher ! Quelle horreur ! Et on parle pas tous en même temps ! Eux, c'est souvent qu'ils disent pareil en même temps. C'est affreux et ça me fait peur. Tous ensemble : *ououououb…*

— Ils disent peut-être pareil entre eux pour se soutenir ?… Une forme de cohésion.

— Ho, tu te crois le plus malin ? éructe Bordig, qui se mêle à la conversation pour la clore, avant de pondre son *hum*, puis de décider de ce qu'il dira ensuite. *Hum*… Nos ancêtres étaient déjà plus prévoyants que les loups. *Hum*. Voilà ce qui est sûr… *Hum*, nous, on prend aux loups ce qu'il y a de bien : leur façon de chasser, selon que c'est un lapin ou un chamois qui se découpe au loin, et qu'il s'avance en plaine ou en hauteur ; les loups attaquent avec une osmose différente, et selon le paysage et la situation.

— « Osmose », dis-tu, Bordig ? demande Ho, le visage défait car il ne comprend pas ce mot de chef de clan : « os-mose »…

— Les os s'unissent, *hum*, entre eux, pas vrai ? Sinon, tu serais tout désarticulé, disloqué ! Ho ! Si tu réfléchis, il n'y a plus d'osmose si pas de cartilage et de tendons pour unir tes os à l'intérieur. Un os reste un os, *hum*. Un tendon, un tendon.

— Ah oui, d'accord. C'est l'osmose quand tout marche avec le cartilage. Que ça roule entre les os et le reste…

— Continue Bordig ! ajoute Ra, soudain passionnée par le sujet, bien que la faim la tenaille.

— *Hum, hum*. L'osmose, c'est ce lien qui relie. Et les loups sont reliés entre eux. *Hum !* Si une proie leur échappe car plus agile, les loups abandonnent et recherchent d'autres animaux – jeunes, âgés, blessés ou malades, mais lents. Ensemble ils vont ailleurs, ailleurs ils chassent ensemble. Il y a osmose entre eux pour décider du plus lent, celui qu'il faut boulotter. Comme nous. Et comme nous, ils ont un chef.

— Et une chef aussi, bougonne Ra. Il y a la louve des louves chez eux!

— C'est vrai, Bordig! Il y a des louves qui font des petits et les autres pas, d'ailleurs comment tu expliques ça? s'interroge Ho.

— *Hum*. La meute mélange les forces comme elle veut.

— Oui. Pas plus tard que le jour d'avant aujourd'hui, dit Ho, j'en ai vu des beaux en meute, des loups gris. Ils encerclent et attaquent tous ensemble.

— Tous ensemble, tous ensemble, tous ensemble! répète Ra en préparant le feu pour que tous puissent manger le fruit de leur chasse. Les loups, eux ou nous, nous sommes tous ensemble. Mais nous, on dit jamais pareil en même temps!

— On devrait essayer! ajoute Ho en riant.

— Que tous ensemble on dise la même chose? Ce serait insupportable. Ce serait une fusion, une confusion!

Antseu se mêle avec calme à la conversation:

— Pour nous, c'est le désordre de parler en même temps. Pour les loups, c'est l'unité. Les loups forment une seule voix et cela leur donne une force. Ils disent leur accord. On devrait essayer un soir de faire *ouuuuuh* tous en même temps. Mais, *hum*, c'est une mauvaise idée si on n'a rien à dire.

— Ouh là là… se borne à dire Ra.

— Préférons, *hum*, une bonne chasse au cerf, conclut Bordig.

Les Houmens pratiquent la même traque que les loups. Selon la proie, ils choisissent l'embuscade, la poursuite ou le mélange des deux, s'adaptant au relief. Ho a souvent la charge de faire diversion car avec son boitillement il ne court pas assez vite, et en sautillant il risquerait de se faire avoir et d'affaiblir le clan. On l'appelle l'Ailier; il est comme l'aile d'un aigle. Ho l'Ailier rabat souvent la proie vers ceux qui vont tirer sur elle, avec des bâtons à pointe, sans jamais la manquer, et qui bondissent ensuite pour l'achever. Un bon chasseur est courageux et ses gestes sont directs, parfaits. La mort d'un animal, ce n'est pas beau à voir, surtout dans ses yeux, et souvent il se met à puer. Mais une fois cuit, la chasse est oubliée au profit d'un bavardage autour du feu, un bon morceau de viande à la main.

La chasse aux rennes a été bonne et le chef Bordig a décidé de remercier les esprits car, au retour, les Houmens ont fait chuter un bel aurochs. Il fera long feu et sera mâché avec gourmandise. Cela se fête ! Peaux tendues et frappées, cailloux percutés, corne soufflée, coquillages grattés donnent un rythme qui récompense d'une dure journée, lorsque de l'eau perle et sort de la peau avec un goût de Grande Bleue qui sent l'épuisement. Mais, pour la première fois, les Houmens entendent une voix qui semble coudre par-dessus eux une peau sonore inconnue. Ils se retournent : c'est Ra. Elle n'en peut plus d'entendre toujours les mêmes sons, alors elle chante son amour pour la vie, pour Ho, et c'est bien la preuve, selon elle, qu'on ne fait pas comme les loups :

— *Aaaah... Aaaah !*

— Fais au moins *la-la-la*, c'est lassant, *aaaaaah. Hum*, dit Bordig. Qu'est-ce que tu veux dire par *A ? Ah ! ah ? aaaaaah ?* Si on se mettait tous à hurler comme les loups, on se ferait vite repérer. *Hum...*

— Par qui? dit Ho. On ne craint rien, Bordig, à part Monka le chef des Watanks. On est les plus forts. On est les plus forts !

— Pour l'instant. *Hum, hum.* Nous n'avons rien de plus ni rien de moins que les autres. *Hum...* Y a pas que la faim qui fait sortir le loup du bois. Mais y a une chose qui fait que les Watanks – nous, nous disons Va-tank – pénètrent notre steppe. Steppe après steppe, ils avancent. Pour nos femmes si robustes et si belles, ils sont prêts à braver nos sagaies ! Monka s'est fait écraser par un mammouth. *Hum*, on ne sait pas qui a pris la suite à la tête du clan : une bouche ou un œil. Un œil dirige sans parler, une bouche parle sans diriger... *Hum...*

Ra s'est arrêtée de chanter. Elle écoute. Elle disait avec ces *A* la mer qui chante à travers ses coquilles sans âge. Elle disait aussi *ah...* à Ho, qu'elle trouve le plus beau. Pour Ra, *A* c'est la bouche ouverte, offerte. Ra aime vocaliser et balancer son bassin. Elle ne ressemble pas aux anciennes Houmènes du haut, plus fortes, mais aux femmes élancées, celles du bas, qui aiment les belles parures. Ho la regarde de bas en haut : Ra est parfaite. La nuit, elle est ardente, elle râle de plaisir. Pour masquer son envie d'elle, il dit des choses qu'on raconte au coin d'une caverne. Il apprécie ces replis dotés d'une bâche de peau pour empêcher la pluie de venir tout emporter, et c'est aussi un écran qui aveugle et qui bouche les oreilles des curieux... Alors, Ho dit soudain ce qu'on appelle une banalité, pour ne pas avoir l'air de désirer Ra comme un cerf une biche, un cheval sa jument...

— Les mammouths se font rares, on dirait, et les derniers Graüls avec leur menton en avant aussi.

— Les mammouths me font peur, et j'aime pas leur viande.

— Ra. Moi, ce que j'aime, c'est ta peau et ton corps, surtout là et là, et puis là. Quand est-ce que tu nous fais un beau petit Houmen, ma Ra?

— Je plains les Graüles, dit-elle sans répondre à la question d'Ho.

— Plus de morts que de naissances, c'est ce qui les a perdus[1].

— J'aurais bien voulu voir leur tête. J'ai trouvé une vieille sagaie, je suis sûre qu'elle vient d'eux, elle est toute pourrie…

— À quoi ça te sert de savoir si c'était l'une des leurs? C'est du passé, tout ça. Ho veut de Ra un joli Houmen.

Ra se tait et se fabrique un collier fait de coquillages. Ah! ces hommes qui ne songent jamais à faire la surprise d'une belle chose à offrir… Il n'y a que les outils qui les intéressent. Ils reviennent vainqueurs d'une bataille contre un énorme bison et seules leurs armes ont de l'importance. Ils oublient de faire comme ces oiseaux qui apportent au nid des petits trésors. Il y avait tout cela, dans son *A* prolongé. Une demande de reptation dans l'herbe, de cris sous l'abri, de rencontre de leurs corps, d'un réchauffement étonnant de leur peau. Lorsqu'ils se livrent à leurs corps, plus rien n'existe que ce moment de chaleur. Et pourquoi Ho demande-t-il un joli Houmen, et pourquoi pas une jolie Houmenette? Ra râle en elle-même.

La musique s'éteint. Il est temps de manger. Les hommes «ont les crocs», comme ils disent. Ils avalent un peu moins vite que des loups, mais leurs mâchoires n'ont pas la lenteur de celles des rennes qui remuent leur menton en cadence lente d'un côté puis de l'autre, semblant filtrer les aliments pour en extraire un suc particulier qui les contente toujours.

Ho et Ra se reniflent. Rien qu'à leur odeur, ils sont rassurés. Ils se sentent bien, ensemble.

1. D'après certains scientifiques, les néandertaliens ne pouvaient se mêler aux Cro-Magnon; d'autres disent que ces derniers les ont exterminés, mais, selon une nouvelle étude, Neandertal et Cro-Magnon auraient mélangé leurs gènes. Des gènes de Neandertal subsistent aujourd'hui chez certaines populations. Il y aurait eu hybridation en Europe il y a quelques dizaines de milliers d'années. Une étude menée par l'équipe de Damian Labuda a découvert que, sur le chromosome X, une partie de l'ADN, un haplotype (ensemble de gènes installés sur le même chromosome), semblait très différente du reste du chromosome. Après le séquençage de 2010 du génome néandertalien, Damian Labuda et ses collègues ont repris leur étude sur cet haplotype, le caractérisant chez 6092 humains actuels. Il remonterait donc à nos ancêtres.

2

La naissance du beau et de Baho

Ho accompagne le groupe des Houmens dans la neige, il guette la laine laiteuse des rennes qui se détache sur la poudreuse d'un blanc uni. Lorsque la neige vibre, ce sont eux, précédés de cet air particulier qui leur sort des narines. Il adore feinter la harde, songeant déjà à un bon repas et au beau sourire de Ra. La joie du groupe, c'est de capter l'image des rennes, en attraper, en manger. Ce qui est curieux, à la saison qui rouille les arbres, c'est l'air couleur de feuille et l'odeur des cerfs en rut, mais Ho ne s'explique pas ce phénomène : l'air devient vert sous les naseaux des cerfs !

Il faut marcher, marcher encore sur cette fourrure froide qui cache des cailloux et des herbes molles. Le vent glacé ralentit les chasseurs et les rennes s'échappent dans un brouillard de flocons. Cette fois, les chasseurs rentreront bredouilles.

Heureusement, il reste des poissons d'eau douce à la chair ferme et rose à se mettre sous la dent. Ils pendent comme des feuilles sur les branches mortes. Chacun se console en les grignotant. Mais il faut bien le dire : ce que tous préfèrent, c'est de la bonne viande passée par la magie du feu et de certaines herbes dont les cueilleuses ont le secret !

Ra et Ho se sont unis dans une cavité qui semblait chaude face au froid extérieur. L'air frais dessinait leur souffle. Les mains de Ho ont glissé sous la pelisse de loups noirs, la peau claire de Ra a frissonné. Il lui a mordillé l'oreille et, des lunes plus tard, le soleil a exulté : dans la petite caverne de Ra s'est niché un germe de vie. Ho espère un garçon et regarde le ciel immense. Antseu lui dit que sa volonté ne sert à rien dans le choix de ce germe qui mûrit.

— Ho ne décide pas, Ra ne décide pas, Bordig ne décide pas…

— Qui décide ?

— Le nouvel Houmen à venir. Qui sait?... On ne connaît pas tout, ici... et même ailleurs. On ne commande pas au germe!

— Ra a bien décidé qu'elle voulait une fourrure de loups, et pour elle, j'ai décidé d'être courageux! Elle a eu ses loups.

— Ce n'est pas pareil! Tu peux attraper demain?

— Personne ne peut pêcher ou empoigner ni hier, ni demain. Ce n'est pas une question...

— Il faut attendre que Ra accouche pour savoir si c'est un Houmenet ou une Houmenette... Va plutôt protéger Ra, au lieu de harponner tes songes creux.

— Et un songe plein, tu peux me dire ce que c'est?

Antseu tire sur sa barbe comme pour trouver les mots qu'il faut.

— Un songe qui est plein, c'est un rêve les yeux grands ouverts et qu'on transforme. Tu peux songer à polir un *chopper*[1] pour écraser des noix, trouver la pierre arrondie et les noix, et même les manger.

— Ce n'est pas un songe, c'est une décision.

— Eh bien, voilà! Un songe plein, c'est une future décision, tout l'inverse d'un songe creux. Allez, retourne auprès de Ra.

Ho voit le ventre de Ra barré d'une ligne brune, prêt à éclater. Des nuits plus tard, le ventre est aussi rond qu'un arc-en-ciel. Ra se traîne et se tient aux branches. Elle ne veut pas accoucher au milieu du clan.

Ra est seule dans son abri, quand viennent la rejoindre toutes celles qui ont déjà mis bas un petit Houmen, fille ou garçon, au même endroit. C'est une caverne en forme de mains jointes, sans os au sol et sans ruissellements d'eau.

Ra s'accroupit et crie. Les anciennes la font mordre dans un morceau de bonne viande grillée très épaisse pour étouffer ses cris.

Ra a peur. Des vagues terribles parcourent son ventre.

Ra se met à souffler et transpire, puis, peu à peu la douleur s'estompe. La sueur dégouline sur sa poitrine et ses tempes.

Migra coupe la liane qui relie le petit corps au grand.

— C'est fait. Tu as une petite.

— Elle va bien? Je ne l'entends pas.

— Elle va crier.

Migra envoie une petite tape sur les fesses de la nouvelle petite Houmène, qui se met à criailler et respire fort.

1. Silex taillé utilisé comme outil.

— Je la vois mal, dit Ra, essoufflée comme si elle avait parcouru la montagne sans s'arrêter jamais.

— Tu vas l'appeler comment? demande Migra. Tu veux attendre demain, qu'il fasse jour, pour lui trouver son nom?

— C'est ça. Si elle est laide, je l'appellerai Sponta, comme ma mère…

— Et si elle est belle?

— Si elle est belle, belle, belle comme le jour avec des cheveux couleur de nos steppes, voyons, je l'appellerai Baho.

— Baho? Et pourquoi pas Boté, comme la beauté?

— Parce que ça porte malheur… Pour l'instant, j'ai mis bas : Ba fille de Ho. J'entends un bruit terrible. On ne peut pas rester un moment tranquille au bout de cette fin de terre, même quand on accouche.

— Arrête de râler, Ra! Réjouis-toi, tu as une fille qui bouge bien!

— Elle ne crie pas et je ne râle pas, j'écoute des bruits! Qu'est-ce que c'est?… Ce n'est pourtant pas la Grande Bleue qui ronchonne, quand même? Des sons inconnus, effrayants. J'ai peur…

Migra sort sa tête de la grotte qui a servi d'abri à tant de femmes. Les autres se cachent derrière son dos. Migra place ses mains sur les hanches, fixe la mer, hausse son regard vers le plateau et pousse un cri. Ce qu'elle voit la fait trembler. Elle reconnaît ceux qui l'ont un jour enlevée sans le consentement de personne, à commencer par elle-même. La nuit masque les contours, mais des points lumineux éclairent des visages de Watanks. Leurs têtes ébouriffées agrandissent des silhouettes noires sur un ciel encore rougeoyant.

Les Watanks errent sur les hauteurs tels des charognards déplumés. Migra les reconnaît à leur démarche lente, celle de celui qui a tué et qui est prêt à recommencer.

Ils font du bruit, comme pour effrayer un immense serpent de jour, mais il fait presque nuit. Ils se rapprochent.

Plus bas, Bordig le Chef sursaute et dit :

— *Hum!* Curieux, *hum*… Ils marquent leur territoire comme des miauleurs ou des aboyeurs. Cela ne m'étonne pas ce sont des Watanks. Mais je n'ai jamais vu un clan faire un marquage avec des bruits, et de nuit! *Hum*… Ah! ils se croient partout chez eux, pire que des cuons[1] !

Les bruits grandissent, énormes. La petite-née se met à crier.

1. Le *Cuon alpinus* est aussi appelé « dhole » et ressemble à un renard. On retrouve ces chiens sauvages en Inde. *Cuon*, en grec ancien, signifie « chien ».

— Ho ! Viens vite ! crie Ra. C'est une petite Houmène, Ho !

Avant de grimper en direction de la caverne, Ho demande en hurlant :

— Mais c'est pas possible, un boucan pareil ! Qui fait ce boucan ? Ra, ça va ? Réponds ! Tu veux que je monte ?

Ra, soudain apeurée, glisse à l'oreille de Migra la Boiteuse :

— On dirait que Ho n'a pas saisi le danger ! On redescend ou on reste cachées ?

— On ne bouge pas. Surtout pas. Éteins ta voix complètement… Ho va t'attendre en bas ! Je l'ai entendu se plaindre. Il ne va pas monter.

— Et nous, on ne va pas descendre ! Sales Watanks…

— Les animaux laissent une odeur, des liquides ou des matières solides, mais dans le silence ! Eux, ce sont des terreurs ! Donne ton sein à la petite, sinon, elle va crier plus fort qu'eux. Elle risque de nous faire repérer. Rentrons dans l'ombre, tout au fond de cette grotte qui en a vu d'autres. Vite !

Le chef des Houmens se lève et sa silhouette se découpe sous une lune rousse.

— Je crains ces fous. Ce sont les descendants de tant de Tanks, de Votanks, de Watanks, d'Ouatanks et autres perturbés. *Hum*, il va pleuvoir, on dirait.

— Le ciel est perturbé ? C'est pour ça qu'il va pleuvoir ? demande Ho.

— *Hum, hum*, non. Ce sont les Watanks qui perturbent la nuit. Ces abrutis ont pris des plis. La pluie, je la sens venir. *Hum !* Javlou, toi qui as de bons yeux, debout. Dis-nous ce que tu vois. Tu vois loin. *Hum*… Alors, dis !

— Là, je dis qu'ils veulent faire peur. Ils tapent, frappent, et hurlent maintenant.

— Ça, je l'entends… *Hum*, taper, frapper, hurler, nous, ça nous fait pas peur. On est les plus forts.

Et tout le monde de reprendre ses paroles, dans un ensemble presque harmonieux :

— On est, on est, on est les plus forts ! On est plus dur qu'le silex, on est, on est les Houmens de la terre, qui tient tête à la grande eau. On est les plus forts !

Javlou, dont le nom l'a prédestiné à être un lanceur de javelots à l'œil du loup, du lynx et du hibou réunis, soudain se tait. Son silence veut dire que quelque chose de grave se prépare.

— *Hum*, Antseu, et toi tu vois quoi? Chaman-papa, dis-nous...

— Je vois venir une catastrophe, une vraie cata qui nous tombe dessus: les Watanks portent des petites huttes à feu. Ils éclairent devant eux, mais pas les rennes qui dorment, ni les combes... Ils vont quand même pas mettre le feu à nos vieilles huttes?

Bordig s'avance, grimpe sans bruit pour mieux voir ce groupe composé uniquement d'hommes et redescend, affolé.

— Planquez les femmes! Vite! Ils doivent être en manque de femmes! C'est pour ça qu'ils chassent en pleine nuit! *Hum!* Ça peut pas être autre chose. Ils font toujours ça, quand ils n'ont plus de femmes. Quand elles meurent ou qu'elles se sauvent, ça les rend fous. Soudain, ils sont en manque d'elles.

Antseu pose sa tête entre les mains et marmonne:

— Pauvre Houmenette, née sous le signe du Watank vide et de la lune pleine. La ronde indécise du ciel annonce la catastrophe... Notre chef a raison, ils veulent des ventres et tout ce qui va avec pour avoir des petits. Je ne vois aucune femme parmi eux. Mais pourquoi s'annoncer avec un boucan pareil et faire pleuvoir tant de bruits? Ça ne peut pas être pour rien...

Bragut se gratte entre les jambes et regarde la mer fripée par le vent, éclairée par la lune. Il sent que, en dessous des Houmens, se cachent, effrayés. Il aime la peur des autres, quand ils n'en mènent pas large et risquent le précipice. Il la respire, la peur des autres, et cela l'excite. Bragut aurait pu être comme tous les hommes de clans, juste un bon chasseur et un cueilleur attentif, mais quelque chose le rend avide de violences à faire aux autres. Dans le clan des Rayons, on dit que sa «jalou-sexe» le travaille, ce qui signifie que son sexe et la jalousie lui torsadent les sens en même temps. Or, les Houmens ont de très jolies femmes, qui ont parfois les yeux clairs, de longues et fines jambes, et aussi de solides bassins, plus étroits que les femmes des autres campements... Ce clan est connu par tous les clans alentour. Bragut hume les odeurs corporelles de ses futures proies, bombe le torse et hurle:

— Watanks d'ici et de là-bas, cette nuit est une nuit que personne n'oubliera. Le Grand Bragut, fils de Grabuj et de Garaté, va inventer la surprise du chef!

— La surprise du chef? Mais on est avec toi, Grand Bragut, nous fais pas ce coup-là! dit un Watank mal fagoté, dont la peau de renne est attachée n'importe comment et risque de glisser à chaque instant.

— Tais-toi, Nondun. On rigole pas avec l'ordre de son chef – moi, Bragut ! Il s'agit de stratégie, et de bien marquer notre territoire.

— Mais nous ne sommes pas des loups ou des renards !

— Nous, on nous remarque ! Nondun, tes peaux en forme de pattes d'éléphant vont tomber. C'est pas le moment. Là, on va découper la chair de la terre et prendre les meilleurs morceaux ! Et après chacun son Houmène ! Les Houmens nous ont entendus. Ils sont pas sourds. Et ils se demandent... Ils se demandent ce que sera la surprise du chef watank. Je vais vous le dire. Vous avez déjà compris : la chasse aux plus belles des belles est ouverte ! Regarde bien, Wotank, dit-il à son jeune fils qu'il tient perché sur son dos, nous allons éclairer les ténèbres pour réveiller de belles endormies.

— C'est pour quoi ? dit le petit Wotank, qui lutte contre le sommeil.

— C'est pour remplacer ta maman et plein d'autres là-haut, tout là-haut dans la montagne. La nuit, les Houmens femmes se débattent moins. La dernière fois, ta mère m'avait mordu au sang ! Après, elle est restée chez nous, car on est les plus forts. Nous ! Pas eux.

— Ils vont apprendre à nous connaître comme le bouquetin sous mon couteau plat, ajoute celui qui assiste le chef watank, Zink à l'Œil qui brille, qui aime les ruses tacites tournant bien. On va chasser leurs belles !

— On se faufile par la coulée des cailloux, et, à mon signal, on en prend autant que de doigts d'une main.

— Moi, il m'en manque un que j'ai perdu dans les glaces, dit Nondun. Je fais comment pour savoir ?

— Simple ! Ajoute un doigt et t'as le compte. On y va !

Nondun pense qu'il n'aurait pas fallu se faire annoncer, mais Bragut, le chef des Watanks, veut au contraire qu'on sache bien qu'il arrive avec tout son clan. La peur diminue les réponses et augmente les discussions dans le clan adverse. Et la peur permet d'attraper les peureuses ! Bragut a une stratégie innée : cogner, et parler ensuite, si nécessaire... La nuit est sa parfaite alliée, celle de la peur.

Les Houmens venaient de passer un beau début de soirée, sous un ciel encore limpide ; ils avaient ri, mangé, dormi, et voilà Bordig au bord de ne savoir que faire pour éviter le feu.

— Les tentes à la mer, on en refera d'autres... Vite !

Tandis qu'il voit leurs abris flotter, Bordig doit protéger son camp. Subitement, ses *hum* légendaires disparaissent. Il réfléchit. Il a évité le feu et il a fait ranger les outils essentiels.

Négocier ou ne pas négocier? Telle est sa question. Il serait prêt à offrir quelques femmes qui n'ont pas trouvé de «reproducteur» à leur convenance pour avoir la paix. Mais il n'a pas le temps de préparer ce genre de palabres avec les siens. Lorsqu'on est attaqués, il faut répondre, et vite! Les envahisseurs ne comprennent pas tous les mots. Et les mimiques houmènes ne se voient pas, de nuit!

Bordig demande à Ho et à quelques anciens de cacher Ra et sa fille dans une autre caverne, camouflée par des pierres et des branches d'épineux, un genre de réduit sec protégé des ours ou des chauves-souris. Ho se débrouille pour voir et toucher sa fille.

— Demain, je dirai BA, tu diras HO, prononce Ra à voix basse.

— À la lumière, on lui donnera son nom, ensemble.

Ho transporte Baho sous la lune, avant de la remettre à Ra. Aucun son ni mot ne sont alors échangés. Baho est légère et douce. Puis Ho redescend, prêt à se battre. Ho se mêle aux chasseurs, qui font cercle autour des filles pour empêcher que les ennemis ne les enlèvent. La Grande Bleue, devenue noire et cendrée de lune, respire, imperturbable. Les arbres se découpent sur le ciel comme des chasseurs impuissants.

Les sagaies filent dans la nuit, des Houmens s'écroulent et, dans la panique, une autre vague de Watanks s'abat et capture les jeunes filles en âge d'avoir des enfants. Les cris fusent, des oiseaux se réveillent. C'est la panique générale. Antseu fait un croche-pied au chef des Watanks, Bordig le ligote et, fièrement, pousse Bragut devant lui, proposant un marché au clan adverse en hurlant:

— Nos filles contre votre chef. D'abord les filles, et quand vous serez visibles en plein jour là-haut, on relâche votre chef... On attend... Ton nom? *Naime? Nomer? Monay?* Moi Bordig, lui Antseu. Toi? Sale Watank, tu vas parler? dit-il en tirant sur les tendons qui servent de liens, privant l'ennemi de mouvements.

— Bragut..., lui répond enfin celui-ci, peu fier.

Bordig sourit et réfléchit. Les deux clans s'observent, maintenant, attendant que la lumière revienne. Pendant ce temps, Bordig retire des silex cachés dans une bande de cuir qu'il porte sur son ventre musclé.

Les premiers oiseaux s'affolent. Le jour va se lever. Bordig serait tenté de ne pas relâcher Bragut et d'en faire de la bouillie de renne pour dents de vieil Houmen, mais Antseu le lui déconseille.

— Si tu mâchonnes le faux, tu ne résous rien de vrai… Tout devient malaisé. Il faut relâcher Bragut. Laissons-le mettre au point une autre attaque, car tu mettras au point des pièges à Watanks.

— *Hum*. C'est comme si on avait perdu, perdu la face…

— Alors on peut laisser une marque sur Bragut, pour qu'il se souvienne qu'il s'est fait avoir par un pied ! Le mien.

— *Hum*, bien pensé. Faisons ! Mais quelle trace laisser sur le chef des Watanks pour qu'il devienne un chef ridicule ?

— Il paraît qu'un ancêtre à lui a perdu un œil.

— On peut pas lui enlever un œil, quand même ! On peut lui faire croire qu'on va lui en retirer un. *Hum*… On va récupérer nos filles, voilà l'important.

Baho se met à pleurer, ce qui donne une nouvelle idée à Bordig :

— Tenez-le bien, et découpez toutes les peaux que porte Bragut, toutes, pour en faire des morceaux grands comme des mulots… On va rendre Bragut à la terre comme il est venu : tout nu, *hum*, et sans arme à la main. Je garde celle-ci. Tiens, ce Bragut taille ses pierres comme un ours dans sa caverne, aucune finition. C'est vraiment pas un tendre, tout est mal dégrossi chez lui, même son silex ! Un gros sanglier, sale et méchant.

Le reste de la nuit s'éclaircit, Bragut reste nu, allongé sur le dos, deux lambeaux de renne sur les yeux. Antseu tourne autour de lui et place deux cailloux chauffés sur ses paupières, Antseu lance des sons à faire peur. Il tourne et montre ses pieds aux Houmens comme signe de victoire ! Puis quand le soleil baigne la terre, on laisse Antseu détacher Bragut dans le silence. Enfin, au moment où les Houmènes libérées dégringolent de la montagne, on rend la vue à Bragut, qui se lève, totalement nu, comme un nouveau venu ! Les cailloux plats et tièdes posés sur ses yeux sont jetés dans son dos.

Même Ra rit ; tout le monde rit.

Bordig parle à l'oreille d'Antseu.

— C'est drôle, mais il faut prévoir qu'un Watank vexé aura tendance à se venger… Je me demande si c'était une bonne chose de le railler.

— Trop tard. On ne peut harponner hier pour changer ce jour, ni aucun à venir. On ne peut pas revenir sur une mauvaise idée et la rendre bonne.

— *Hum*. Sa violence va semer des graines. Toi, le chaman-papa, tu seras là pour tailler les bourgeons de sa colère ?

— Impossible, ça pousse comme ça veut. Regarde, Bragut ressemble à un sanglier qui voudrait voler. Ses cris montent! On peut rire après la peur, grand chef Bordig. C'est tout. On se sent mieux, on reste les plus forts... Et puis les racines restent des racines, bourgeon ou pas bourgeon... Une racine de plante à poison reste une racine de plante à poison.

— Nous verrons... C'est embrouillé. Mais comme je dis, un éléphant raté par nous, c'est un éléphant qui charge sans prévenir, après...

Bragut grelotte, et son anatomie poilue vibre. Antseu tripote les plis du gras de son ventre. Ce Watank dénudé est peu dangereux. Sans trop écouter Bordig, le chaman pousse le chef des Watanks devant lui et lui donne un coup de pied aux fesses.

Bragut, nu comme un ver, cesse de crier.

Antseu s'adresse aux Watanks nichés dans les replis de la montagne, faisant vibrer sa voix:

— Un bon coup de pied à l'arrière n'a jamais fait de mal à personne pour aller de l'avant. Votre chef va vous rejoindre. Bouge-toi de là et ne reviens plus! Compris? Pas la peine de te venger. Ce serait pire pour toi ensuite. Je suis le chaman. J'ai des pouvoirs. Pas peur de toi ni des Watanks. Nous avons l'esprit du loup avec nous... Si tu veux rester chef, couvre-toi!

Les Houmens se trémoussent de rire: Bragut grelotte.

Le clan, soudé, voit descendre les jeunes Houmènes encore apeurées par la nuit qu'elles ont passée. Une seule est restée avec les Watanks, et cela est, comme le dit Antseu, une épine dans le pied. On en voudra toujours au clan qui bouscule les habitudes de tranquillité des Houmens. Ostile est-elle restée? L'a-t-on forcée?... Ce qui importe à Ra, c'est que sa fille soit en vie.

Ra dévale la pente, Baho dans les bras, bientôt suivie de Migra et de ses aides. Elles retrouvent les autres femmes houmènes, qui tremblent de peur. Tout le monde se congratule, et les rires remplacent bientôt les gémissements.

Ho et Ra et tous les Houmens se tiennent debout. Certains jettent des pierres, d'autres crient, d'autres encore, rien que de voir le chef des Watanks grelotter de froid au loin, se sentent réchauffés. La peur terminée, les rictus deviennent des sourires.

Antseu piétine méthodiquement les lambeaux des vêtements de l'ennemi. Ce soir, il brûlera les plumes d'aigle qui y étaient accrochées. Il pense qu'ainsi Bragut ne leur fera plus jamais aucun mal : il sentira qu'il n'a plus d'ailes et craindra de leur « voler dans les plumes », comme on dit... Bordig reste songeur, il redoute qu'un jour la colère de Bragut ne change à jamais la face de leur monde, par sa méchanceté. Antseu a beau être un excellent chaman-papa, il ne voit pas toujours les conséquences en ce « bas monde » de ses prétendues relations avec les esprits du loup et autres animaux. Bordig cherche un mot et invente : vengeance. Il dit ensuite :

— Craignons cette engeance. Elle reviendra portée par un mauvais vent, celui de la « ven-geance ». Bragut nous en veut et nous en voudra. Il garde l'une des nôtres, et c'est la belle Ostile. Quand il va s'apercevoir qu'elle parle et ronfle la nuit, il va encore plus nous en vouloir.

Plus personne n'écoute le chef, car la vie reprend le dessus. Ho et Ra n'ont pas vécu la peur du clan comme les autres Houmens.

Baho est admirée, elle a résisté.

Ra et Ho la tiennent dans leurs bras à tour de rôle, et disent : « Ba et Ho ». Tous les Houmens savent maintenant qu'il faudra appeler leur fille Baho si elle résiste aux grands froids et aux fièvres qui font trembler les corps. Chez les Houmens, on attend en général la belle saison pour être sûr d'une petite vie... Et les intempéries des temps froids durent des lunes.

Nondun est le premier à voir Bragut revenir en frissonnant. Il entend ses dents claquer ! Le chef des Watanks trépigne sur ses larges et longs pieds, il semble fou comme un bison traversé de piques.

— Ferme les yeux, Nondun, c'est un ordre ! hurle-t-il. Tu vois bien que je suis nu ! Et va me trouver une nouvelle fourrure.

— Je peux pas faire les deux. Fermer les yeux et chercher une peau pour toi, grand chef Bragut !

— Je te demande de pas me voir, tourne-toi ! Et je te demande de marcher et de revenir avec n'importe quoi qui chauffe ! C'est possible ?

— Et si je tombe ?

— J'appellerai un moins lâche que toi ! Je veux une belle peau ! Chaude comme si c'était pour toi quand tu te les gèles.

Bragut hurle contre son clan, et l'écho de sa voix fait rire les Houmens qui se tiennent en contrebas. Un méchant ridiculisé, cela fait passer les mauvais moments de la vie. On peut enfin songer aux bons moments à venir.

Baho, levant les yeux au ciel et voyant passer un oiseau blanc, cligne des paupières. Elle a beau n'avoir qu'un jour, ses yeux semblent voir au-delà de ses cils.

3

Après la peur

La peur s'est abattue et infiltrée. Malgré les ricanements au sujet du chef des Watanks dénudé, l'effroi a laissé des traces. Bordig n'en mène pas large. Il ne pourra peut-être pas prendre le dessus, la prochaine fois.

Antseu regarde autour de lui, le moindre bruit inhabituel le fait maintenant tressaillir. Il se demande si les méchants ne sont pas des animaux mal tués et mangés trop vite qui se vengent en revenant sous la peau de certains mal-léchés comme Bragut. Bragut a des yeux qui sortent comme deux langues rondes qui percutent celui qui le regarde. Il a un beau visage symétrique, mais une expression biscornue et exécrable, qui le hante.

— Il faut l'oublier ! commence-t-il à se dire. Il faut oublier Bragut ! dit-il à tous. Ce qui n'empêche qu'on doit prévoir qu'il revienne… Comme reviennent le serpent, la glace, le vent, la mort. Les choses reviennent « en rond »…

— Tout revient ! Tu l'as déjà dit ! lance un jeune effronté. Mais on les a jamais vus, tes « ronds » qui apportent le gel, les feux du ciel ou bien les poissons à la chair rose. Et puis y a des choses qui reviennent plus, comme les dents et tout ce qu'on a bouffé avec.

— Hult, on ne parle pas comme ça à notre chaman-papa ! dit Bordig.

— Pourquoi on l'appelle chaman-papa, c'est pas mon père !

— Laisse-moi répondre, Bordig. Hult, cela veut dire que je vous protège tous comme je peux, et que tu peux me parler comme à un père.

— Plutôt manger des salades vireuses.

— …?

— Un chaman trouve des réponses pour tous, et moi, j'ai envie de trouver une réponse pour moi.

— Hult, ça te passera quand tu seras en âge de chasser, répond le chaman. Tu es perturbé parce que tu es à l'âge des protubérances et démangeaisons en tout genre. Entraîne-toi à lancer et à percuter, après tu pourras me lancer tes questions boutonneuses. Elles ne sont pas mûres du tout. C'est pas le moment… Tu as raison de vouloir agir par toi-même. Mais comme dit Ra : tous ensemble, c'est notre force. Personne n'a jamais eu raison d'un féroce tout seul, sans l'aide des autres.

Antseu est le chaman du groupe et il doit prévenir des dangers, invisibles ou non. Il a fait ses preuves jusque-là, et les différents chefs ou anciens l'apprécient. Il reste toujours calme, malgré des sautes d'humeur qui l'éloignent du groupe.

Ses yeux semblent gris à l'ombre des arbres, et son sourire apaise les frileux, les tristes et les très vieux. Il sait la vie sinueuse comme un serpent, le cycle de périodes archifroides, le chemin direct d'une flèche. « Ce qui se passe entre les corps ne répond à aucune règle », se dit-il en contemplant Baho. Ra la protège de ses bras et lui donne le sein. Ho la regarde fièrement. Tous l'entourent : ce n'est pas commun, d'accoucher au milieu d'une bagarre qui aurait pu mal finir. Antseu craint qu'Hult ne parle à d'autres fiévreux de la chasse et ne les entraînent vers le danger. Pour qu'ils soient prêts à mieux l'écouter, Antseu invente des histoires dont ils deviennent les patients héros… Antseu a remplacé Boulzaï au pied levé. Ce chaman taciturne lui a tout appris par gestes. Aujourd'hui, Antseu comprend qu'une réponse, si elle vient avant une question, c'est qu'elle s'adresse au chaman. C'est dur d'être un chaman. Mais les Houmens ont de bonnes questions.

Après des lunes et des troupeaux de nuages affolés, Bordig propose que les filles apprennent à se défendre. Il tousse et s'interroge : sera-t-il un aussi bon chef si les voleurs de ventres reviennent avec des alliés ? Bordig ferme les paupières.

— *Hum*, Houmens, les temps changent ; c'est la première fois que les clans se morcellent. Je le dis à voix haute et face au ciel du bas, sous les nuages au bord de se rompre : les clans doivent s'aider, sinon ils céderont à la mort…

Le chef ouvre les paupières, se retourne et pleure face contre caverne : rien ne va plus. Il ne servira plus à rien. Ni conseils, ni paroles, ni peurs ne peuvent l'aider. Le mal est fait et reste en germe. Bordig sent qu'il n'est plus chef de rien. La grêle s'abat et semble accompagner sa pensée. Quand il faudra se défendre à nouveau, il devra avouer qu'il n'y voit plus si bien qu'avant. Il chasse déjà au «jugé», mais juger n'est pas frapper... Il essuie ses larmes du revers de sa large et belle main et se retourne. Aucun *hum* ne sort plus de sa gorge. Aucun mot... Le clan semble soudé, il va leur parler, mais il ne peut leur dire sa faiblesse.

La grêle fond, il pleut et des limaces s'avancent lentement. Le ciel s'éclaircit.

Les conversations d'après-chasse vont bon train.

Les Houmens sont très bavards, alors que les oiseaux ont leurs moments...

Koum, le plus joyeux des Houmens, montre comment faire un croche-pied, envoyer des bolas, c'est-à-dire lancer ces pierres attachées à une fibre allongée pour percuter une cible. Tous prennent la vieille peur passée pour l'effriter chacun son tour, en riant, gencives découvertes ! On demande à Koum de danser l'anti-peur sur un pied. Les Houmens rient. C'est leur caractère, c'est leur force de se moquer de leurs propres craintes. Ils quittent l'espace herbeux et maritime pour se diriger loin des Watanks, du côté des gros poissons d'eau claire. Ils ne mangent jamais de ces poissons qui vivent dans l'eau salée. On ne mange pas des animaux de ce monde inconnu où personne ne peut aller.

Baho, au fil de l'eau, observe la pêche au harpon. Les anguilles et les truites[1] sont recherchées ! Son père Ho façonne de fausses dents sur de l'ivoire, qui serviront à les transpercer. Ra introduit bientôt des bouchées de truite à la chair rosée dans la bouche de Baho, quand déboule soudain, à quelques pas, un rhinocéros en colère, suivi d'une hyène tachetée.

— Qu'est-ce qui se passe ? demande Hult, qui joue avec un burin défectueux.

— Antseu ? interroge Bordig, l'air fatigué car il vient de viser à côté d'une anguille qu'il voulait capturer. C'est pas normal qu'une hyène poursuive un animal plus gros qu'elle !

1. La pêche est apparue avec l'homme moderne en Europe, elle s'est développée au cours du paléolithique supérieur (aurignacien, gravettien, solutréen, magdalénien), c'est-à-dire entre 40 000 et 12 000 ans av. J.-C. On retrouve le saumon représenté sur des sculptures pariétales (Les Eyzies) ou sur des gravures, ainsi que quelques truites. L'un des sites préhistoriques de la Vézère contient par exemple une très belle représentation (taille réelle) d'un saumon, gravée au plafond de ce que l'on appelle justement «l'abri du Poisson», un abri-sous-roche situé dans le vallon de la gorge d'Enfer. La Vézère est riche en abris et grottes préhistoriques (Périgord noir).

— Elle est pas contente. C'est clair. Mais alors pas du tout!

— La hyène?

— Non. La terre! T'as pas senti vibrer[1] sous tes pieds, grand chef?

— Si. Je croyais que c'était moi qui fatiguais des jambes. *Hum*... Mangeons, ça ne tremble plus.

Les Houmens s'installent dans les hauteurs et les chasses rythment les jours. La montagne a tremblé mais continue d'offrir ses chamois et ses rennes sans ronchonner. La montagne a frissonné, elle a effrayé. Pourquoi? Les Houmens oublient bientôt la question. Quelques bisons sont piégés et acculés à des ravins. Les Houmens prélèvent et remercient. Après avoir pris la vie, ils ne jettent rien; ils reniflent les laines comme des vêtements à venir. Les Houmènes font cuire la viande avec des herbes connues pour leur saveur. Elles connaissent les pouvoirs d'un creuset à même la terre, qui permet un goût particulier qui fait saliver. Des cailloux parent au vent. La faim fait peur, la mort fait peur, l'ennemi fait peur. Alors les Houmens recherchent ce qui procure certains plaisirs: ceux de la bonne chère et ceux du corps. Les plaisirs enlèvent la peur. Ravissements et jouissances rendent les Houmens assez placides. La bonne cuisson des aliments et des sentiments est signe d'un apprentissage réussi. Mais une viande trop grillée est parfois signe d'un sentiment trop brûlant, qui crée la distraction! Il n'y a pourtant jamais d'incendie qui avale le camp, car il y a toujours un Houmen qui surveille. Seuls les Watanks peuvent tout foudroyer, mais les Houmens s'en sont écartés. Frondzur, le jeune chasseur à la peau hâlée, fin comme un couteau, se pose soudain une question devant tout le monde:

— Les Watanks doivent mal manger ou alors ne plaire à aucune femme. C'est pourquoi ils veulent tout voler, les femmes, tout. Sans effort, quoi! Tellement ils pensent qu'on est les plus forts...

— Qu'est-ce que tu en penses, Antseu? demande Bordig.

— Je pense qu'ils pensent qu'ils sont les plus forts! Sans doute, c'est la peur qui nous noue. Qui nous noue tous.

— Nous noue quoi? demande Ho.

— Les viscères.

— Je ne connais pas, lui répond Ho.

1. Des études néotectoniques conduites en Provence mettent en évidence une phase sismique unique, il y a environ 27000 ans.

— Bisons, rongeurs, panthères, loups, ont tous des entrailles. Quand ils digèrent mal, on dit qu'ils ont les boyaux noyés !

— Je vois pas…

— On voit par contre que tu viens du fin fond du monde, réplique Frondzur, un poing replié sous le menton. La peur, elle noue aussi les entrailles des animaux. Ils se font dessus quand ils ont peur de crever. Tu comprends, là ? Tu sens ?

— Ah, tu veux dire les tripes du ventre ?

— Et, pour survivre, on ne doit ni s'étriper, ni les avoir en berne, ses tripes, conclut Antseu le Chaman.

Bordig se met à avoir mal aux tripes du haut, celles qu'on trouve sous les crânes de tous les animaux. Il pousse un soupir et regarde la petite Baho, qui reste impassible.

Il y a tant de choses à surveiller pour survivre… Sur un territoire changeant où l'on circule, il faut reconnaître tous les endroits qui abritent du vent, des bêtes fauves, des serpents, du froid, mais la présence des Watanks a instillé quelque chose de malfaisant : les Houmens ne parviennent pas à imaginer la raison de leur méchanceté, et cela leur prend un temps précieux d'essayer d'y voir clair. Jusqu'à présent, les Houmens échangeaient avec tous. Depuis l'arrivée des Watanks, les Houmens ont grogné et leur *grrrr* de réplique est devenu le mot « guerre ». Les Houmens sont en *grrrr* contre les Watanks, et la guerre peut revenir comme l'amadou[1] glissé sur l'étincelle. Il suffit d'un petit vent de folie qui attise l'escarbille.

Le champignon qui nourrit le feu pousse sur les arbres et ressemble à un sabot, une fleur, une vieille peau d'animal retournée ; et ce gros champignon est indigeste. Il est lié à l'eau et au feu. Ce champignon extraordinaire s'attaque aux arbres blessés, vieux et mous, fragiles ; il est donc bon de l'arracher et d'en faire une fois séché un allume-feu portatif. Antseu s'en sert aussi pour arrêter le sang qui coule, parce que cette éponge des arbres absorbe l'eau rouge des corps. Mais Antseu n'est plus très sûr que cela fonctionne chaque fois. Parfois, le sang cesse de couler, ensuite un sang blanc le remplace et les Houmens peuvent mourir de ce faux sang.

1. L'amadouvier n'est pas comestible. On tirait, de sa chair spongieuse, l'amadou pour l'utiliser en combustible. On se servait dès la préhistoire de sa substance inflammable. Connu depuis le Ve siècle en médecine pour ses vertus cicatrisantes et hémostatiques.

Les insectes du chaud se sont réunis pour dire qu'ils sont là aussi à faire leur petit vacarme. Une belle nuit de la saison chaude et une bonne chasse font ronfler les plus vieux. Ce bruit est ahurissant pour les jeunes Houmens.

Au matin du grésillement des insectes annonciateurs du chaud, Antseu a les traits tirés. Le rêve qu'il a fait durant la fin de l'obscurité est clair et effrayant.

Antseu a vu dans la nuit l'esprit guerrier. Ce n'était pas un féroce venu pour dire qu'il allait faire très chaud, mais une araignée géante, portant un champignon d'écorce sur la tête. Des points brillants marquaient sa forme, telles des escarbilles du ciel. Elle avait des pinces de crabe pour jambes et des bras d'homme. Sa petite tête avait l'apparence d'un crâne. Ce crâne claquait des dents. La forme s'est retournée et c'était Bragut, prêt au combat. Il a bousculé Antseu dans le vide.

La frayeur a réveillé Antseu. De nervosité, le chaman se gratte à l'endroit de la succion des poux et entraîne bientôt Bordig derrière un buisson. Il lui fait part de sa crainte.

— Bordig, je dois en référer à toi. Cette nuit, j'ai fait le rêve suivant : Bragut avait des pattes prêtes à tisser sa toile, avec des feux allumés à ses genoux et des bras d'araignée. Qu'en penses-tu ?

— Ton rêve dit qu'il faut se préparer à d'autres incursions. Tu as plein de traces de piqûres sur la peau… La grosse araignée, ce sont juste des poux. Bragut n'est qu'un pou.

Bordig n'a ponctué sa réponse d'aucun *hum*. *Hum*, pense alors Antseu : le chef devient cassant mais pas autoritaire, il doit être inquiet, lui aussi.

Baho ouvre ses grands yeux d'un bleu de cristal de roche et attrape un doigt de sa mère tout en tétant, puis s'endort.

Baho survit, ce qui n'est pas le cas de beaucoup de jeunes nouveau-nés. Souvent, avant de perdre leurs premières dents, ils rejoignent les nourrissons qu'on a enterrés au gré des campements. Les Houmens savent qu'un jour, ils entreront en terre. C'est si effrayant qu'ils mettent du rouge sur les peaux livides. De cette manière, on offre une autre vie à l'enfoui, et on ne l'oublie pas. Même si c'est réconfortant d'avoir un rituel d'enterrement, personne ne sait comment cela se passe, dans ce dessous qui, seul, a le droit d'avaler les restes du dehors. Dedans grouillent de petites vies qui nettoient les restes d'animaux, ne laissant que le trésor des os. Comment les chamans savent-ils les liens entre tous ces mystères ?

Les peurs[1] sont masquées ou enjolivées par l'initiation à la vie lors des fêtes, tristes ou joyeuses. La chasse est un combat réel avec le risque de mort, et la cohésion permet aux Houmens de changer de nourriture à chaque marche : un jour sanglier, le lendemain poisson, puis l'un de ces gros cornus brouteurs d'herbe. La vie et la mort vont ensemble. Baho n'aime que le lait, pas la viande. Ra lui fait cuire de petits escargots qu'elle peut avaler. Mais chacun de crier au scandale.

— C'est dégoûtant ! dit Hult, le petit Houmen hirsute.

— Elle finira par manger de tout, lui répond Ra. En attendant, y a que ça qu'elle mange.

La chaleur fait germer des pulsions. Les Houmens se précipitent sous les tentes et les grottes pour s'engendrer. Ils ne savent pas pourquoi, mais comment. Les Houmènes sont de plus en plus désirables. On peut se dévêtir légèrement et apercevoir une fesse, un bras, des jambes, et les adultes sans un mot se parlent. Les Houmens sentent en eux un feu délicieux qu'il faut éteindre dans les étreintes du soir. Ensuite, le jour naissant oblige à bien des occupations.

Bordig contemple les habitudes acquises, chacun connaît sa tâche. Ce chef a vécu avec force car, dès sa tendre enfance, il a résisté à ce qui emporte, fait tousser, vomir, perdre du sang par un ou plusieurs orifices. Les trous, il y en a dans les corps et aussi dans les montagnes et les falaises. Des Houmens sont morts en tombant au fond de trous. Les os brisés, c'est souvent la mort… Ces choses arrivent, sans que jamais la volonté des Houmens y soit pour quelque chose. Les trous sont la preuve qu'il ne faut pas chercher à tout comprendre, mais vivre le plein et non le creux… On creuse un trou pour les morts. C'est en tout cas ce qu'explique Antseu, qui est persuadé que la terre respire par des poignées de narines. Il a l'habitude de dire : « On ne peut boucher les trous de nez et les bouches de la terre ! Des trous, y en a partout. Mais on peut éviter d'y chuter. On ne peut remplir les oreilles et entendre ;

1. Voir pour cela l'excellentissime travail d'Élisée Reclus, non publié, et encore à l'état de manuscrit (cours à l'université d'Ixelles et encyclopédie), sur l'homme de l'Âge des cavernes à 1900, conservé à la Bibliothèque royale de Bruxelles. La présente note est un appel à scanner ou à publier cette somme anthropologique sur les mythes et la vie quotidienne de l'Âge des cavernes à 1900 !

le corps de l'Houmen et celui de la terre sont des mystères. La terre n'entend pas, mais le ciel sait se faire entendre ! La terre et le ciel pleurent, parfois. »

Pour Bordig, les peurs s'accrochent à la mémoire pour éviter les pièges à venir. Pourtant, lune après lune, le clan oublie l'attaque des Watanks. À la façon des lapins qui oublient qu'on a tué et mangé leurs parents, la marche des Houmens les éloigne du lieu où l'intrusion s'est produite, et ils ne songent plus à rien. Les chasseurs ont l'oreille aux aguets, mais pour un bel aurochs ; tous oublient Bragut et sa bande. Et, comme des marmottes, ils se réfugient bien au chaud au fond des grottes, savourant leurs abris qu'ils décorent de fourrures et d'objets les rendant beaux. Ils remplissent leurs cavernes de litières en peau de lapins.

— De vrais lapins ! songe tout haut Antseu.

— Quoi, qui ? demande Bordig.

— Les lapins sont les plus faciles à chasser. On n'a presque qu'à se baisser… La grande peur des Watanks a disparu, pas le serpent sous la roche ; la roche reste, ainsi que le serpent.

— Antseu, tu as bien parlé. Mais va dire cela aux Houmens… Les traiter de lapins ! Il faut leur faire comprendre autrement. Mais comment ? *Hum…*

— Profiter d'une fausse peur pour reparler de nos filles enlevées, relâchées… Sauf une.

— Tu vas leur parler du fameux croche-pied qui fait chuter ! Ils se rappelleront, puis oublieront encore. Il faut beaucoup répéter. Sans cesse.

— Que devient Ostile ? Je l'ai vue en rêve.

— C'est triste. Remarque, elle est peut-être restée pour un Watank ? *Hum…*

— On l'a perdue…

Des lunes pleines et des lunes sombres ont passé. Le groupe longe la côte puis remonte vers les niches à pierres dures. La saison chaude envoie ses brandons célestes et quelques pierres de foudre, celles qui flambent dans le ciel puis chutent en cailloux sombres et chauds sur la terre. Ces pierres refroidissent. Les plus anciens vieillissent et traînent. Ils s'asseyent à l'ombre. Ils parlent des disparus qu'ils seront à leur tour. Bordig observe. Il chasse moins en avant. Il vieillit. Mais son clan reste jeune et fort. Les Houmens sont très débrouillards, et ils ont des prolongements de bras : des outils plus durs que la roche pour détacher les outils à venir. Ils sont passés maîtres dans l'adaptation, en prenant à la terre, aux arbres et aux bêtes de quoi chasser. C'est une toile d'araignée invisible, quand Bordig les place autour du gibier à traquer. Ils deviennent alors des loups silencieux qui attaquent et se comprennent par gestes.

Ils copient le lynx, ils envient la panthère et l'aigle.

Les Houmens acculent un grand cerf, mais Hult, dont c'est la première chasse, se prend un coup dans l'épaule. Une fois que la bête a furieusement agonisé et perdu du sang, le groupe fait halte dans une grotte[1] pour découper le cerf à l'abri des mouches. Antseu étale une pâte d'herbes sur la plaie du jeune intrépide :

— C'est la chasse ! Tu dois faire attention ; laisse les grands s'approcher. Un cerf, c'est moins haut qu'un bison, mais plus futé !

— C'est quoi, ce que tu mets sur ma peau ? Ça tiendra jamais !

— Tu n'as qu'à pas bouger. Reste tranquille, nom d'un bison !

Des défenses d'éléphant, des os de panthère et de loup affleurent au sol, ce qui intrigue les plus jeunes.

— On n'est pas là pour regarder des restes, dit le chef. On n'est pas là pour se défiler ! Au boulot ! Que les uns « dé-cerfent » le cerf, et que les autres, *hum*, préparent de nouveaux solides. Et toi Hult, arrête d'insulter Antseu. Apprend, demande, mais tiens-toi, nom d'une hyène !

Boulot et *boulotter* ont la même origine pour Bordig, car mâcher devient pour lui un vrai travail ! Après quelques lunes, grosses ou fines, Bordig et les autres prennent leurs racloirs pour s'attaquer à une roche massive[2]. Après une pause, les plus habiles montent encore plus haut et bifurquent pour arracher avec frénésie de nouveaux trésors à la terre. Les belles pierres ont un pouvoir d'attraction sur les Houmens comme sur tous leurs voisins. Des pointes violettes et dures forment une montagne miniature. Ho rapporte à Ra et Baho des cristaux d'améthyste. Elles s'extasient : qui a bien pu tailler pareille merveille sans qu'on l'entende faire ?

1. La grotte du Prince fait partie du complexe des grottes de Grimaldi. Les indices d'occupation qui y ont été découverts appartiennent au paléolithique moyen et supérieur. La grotte du Prince est datée d'entre - 200 000 et - 40 000 ans. Pour illustration, voir : http://pinterest.com/pin/455848793506707758/

2. Le quartzite sert à fabriquer des outils ; il existe aussi des bifaces en quartzite.

Au retour, le sol change et devient plus souple sous les pieds meurtris. Dans un talus affleurent les «œufs» de roche, plus durs qu'un crâne. Hommes, femmes et enfants font la cueillette de ces pierres bombées. Les bruits de la taille retentissent et font fuir les mulots. Les silex sont gris avec des petites étoiles blanches, alors que les calcaires sont friables. Tous les enfants ramassent des coquilles d'escargots et des éclats de silex. Leurs doigts s'habituent au tranchant et à la douceur. Leur apprentissage est crucial pour les lunes à venir. Les adultes les plus patients leur expliquent le rôle de chaque pierre, de chaque forme à obtenir et avec quel outil. On suit les changements de lune. Le soleil est un œil fier qu'il ne faut pas trop regarder en face, et lui, il est toujours rond comme un jaune d'œuf. La lune est toujours changeante.

Ho explique qu'on doit imaginer la symétrie du biface avant de le tailler. Les garçons rigolent. Ho laisse rire. Mais, lorsqu'il s'agit de tailler, il montre comment ne pas rire de son propre travail. Ho est un anticipateur qui fascine les petits. Baho n'y comprend rien. Elle regarde le soleil à travers le plus gros cristal que son père lui a donné. Le soleil prend alors une couleur de pétale.

Ra lui offre une pierre aux reflets dorés :

— Trop petit pour en faire quoi que ce soit, trop grand pour que tu l'avales. C'est joli. Pour toi ! Tu aimes les pierres, pas vrai ?

Baho reste à contempler ce galet et passe son doigt sur les signes qui figurent dessus, et son premier mot sera : beau. Elle regarde les brouillons de silex des petits Houmens et frappe dans ses mains quand un biface est réussi et qu'il a de belles couleurs.

Petits et grands passent la nuit dehors sous des huttes protégées. Autour du feu s'affaire le chef, les mains dans le dos, la tête qui ploie de façon inhabituelle. Il a cru voir un énorme rhinocéros des steppes[1], du genre éperon vivant. Mais il n'est plus bien sûr, c'était peut-être une branche recourbée…

Une grotte sous des arbres penchés par le vent abrite maintenant les Houmens, mais Bordig reste dehors à gratter le ciel de ses questions et la terre de ses mains. Il ne parvient plus à rendre les Houmens vigilants. Ils aiment trop «faire la fête». Bordig se sent comme un animal dépourvu face aux chasseurs les plus aguerris.

1. Espèce du *Stephanorhinus hemitoechus*. Voir la liste des grands mammifères dans la monographie de Henry de Lumley, CNRS éditions, 2016 (à paraître).

Il se lève et tourne en rond, s'arrête et marche autour d'un gros caillou, qu'il heurte. Son pied saigne. Il prend sa décision… Le lendemain, il y aura un autre chef. Mais qui? se demande Bordig. Il a décidé de quitter la tête du clan, car sa tête à lui n'a plus de bons yeux, juste encore un excellent odorat. Or, il sait qu'une tête sans entrain ne permet pas de voir les dangers à venir. Antseu n'est là que pour prévenir, pas pour guider une chasse. Qui sera le meilleur chef pour protéger les Houmens? Qui saura le mieux défendre le clan contre les Watanks? Ils savent tous viser, cibler, atteindre même un colosse laineux. Pourquoi? Parce que les chasseurs savent tout de l'aurochs, mais ignorent l'origine du feu qui rend fou leurs lointains voisins. Il faut un autre chef, moins peureux. Bordig sait qu'il est devenu aussi craintif qu'un renne traqué. Il faut qu'il dépose ses parures de chef. Un autre devra faire «osmose».

4

NOUVEAU CHEF ET DENTS DEHORS

Bordig a le pied douloureux et il sent bouger une de ses dents de devant. Elle a trop et mal servi. À force de casser des noix, on se casse les dents… L'incisive tombe. Il y aura un vide au-dessus de sa langue. Il fait bien de quitter la tête du clan. Il fait bien de passer le feu de la décision à plus jeune, plus fort, plus stratège. Il faut du mordant pour diriger une chasse, chercher un abri pour tous. Il faut avoir de bons yeux, qui voient de près et de loin et dénichent sans effort le détail permettant de tuer l'animal-danger ou l'animal-manger. Les jeunes impertinents appellent cela « le détail qui tue ». Bordig ne fait plus confiance à ses yeux, et son odorat pointilleux n'est pas suffisant. Mais il faudra qu'il sache bien flairer son successeur ! Bordig hume comme tous les Houmens font, quand la décision est sérieuse à prendre, à la façon des bœufs musqués qui ruminent quelque chose. Il a décidé.

Ceux qui voulaient prendre sa place n'ont pas baissé la tête quand il a donné sa décision. Celui qui l'a regardé droit dans les yeux en souriant, c'était Frondzur. Sacré Frondzur, toujours prêt à en découdre avec un ours, mais pas méchant du tout. Il ne s'y attendait pas, mais il est prêt à prendre la place de Bordig.

L'ancien chef se lève et s'approche de Frondzur :

— Un ou une Houmen pour refuser Frondzur ?

Personne.

Antseu s'approche du chef à la vue qui baisse et prononce la formule consacrée :

— Bordig, dis-nous qui tu as choisi en Frondzur ?

— Celui qui court le plus vite et ne rate pas son bison ! Je l'ai choisi, car il est prêt et qu'il a déjà garçons et filles, cela fera du repos pour sa belle Tox. *Hum*… Il sera le nouveau feu de l'action… Je ne vois plus comme avant… Il le fallait. Et lui, comme le loup, il voit même la nuit !

— Sage Bordig, dit Antseu qui se doit de parler, il ne faut jamais atteindre la dernière extrémité car après c'est trop tard. Notre nouveau chef évite à l'ancien la colère du clan. Sans irritation, le clan peut tranquillement s'occuper de ses poux et de ses enfants.

Le chaman – qui a eu des enfants avant de devenir chaman – a parlé. Chez les Houmens, on appelle cela le petit «sommeilleur» du jour, autrement dit celui qui tranquillise les décideurs et calme les autres. Les anciens disent que le petit sommeilleur c'est fait pour «endormir». Antseu est content. Il a bien ensommeillé son monde. Le passage du pouvoir s'est fait «comme l'eau qui coule à travers la roche». Quand le passage du pouvoir ne se fait pas, on appelle cela un «barrage de branchages». On dit d'Antseu qu'il est le meilleur chaman. «Pour l'instant», se dit-il. Il sait que même les aigles finissent par tomber. Il existe des chamans qui ont vécu seuls, mais, chez les Houmens, on s'en méfie. Antseu fait rarement son «sommeilleur» le soir car, quand un Houmen songe à dormir, il ne retient rien de ce qu'on lui dit.

Les actions de Frondzur redonnent de la force à Bordig, qui n'a plus à prévoir les ennuis : avalanches, froids à geler les pieds, obstructions de caverne, blessures, contusions, pertes de sommeil, fauves affamés, vents qui éteignent le feu et la bonne humeur, pluies… Le nouveau chef est aussi un grand bagarreur, il sera bon pour le clan. Bordig reste respecté, et il a maintenant le droit de prendre la petite Baho sur ses genoux. Il est intrigué par ses yeux clairs. Il n'a plus à penser à ses obligations, il n'a plus à être un chasseur irréprochable. On le laisse tranquille. Un chef houmen, c'est un peu comme le ciel, il change d'air et de chaleur mais il prend sur lui d'être un peu à tous… Une fois pris par les douleurs, c'est lui qu'on protège. Bordig s'appartient enfin, assis, fatigué, mais souriant. On dirait qu'il se reconstitue de tous les morceaux de lui-même !

C'est l'heure de la pointe et chacun y va de la taille de ses racloirs et aiguilles de pierre. Les bords doivent être rongés parfaitement par une pierre ou un bois lui-même poli. On frappe, on percute de face ou en oblique, c'est tout un savoir-faire. Quand les garçons se trompent, Antseu s'énerve :

— Faut percuter, pas sur les doigts, pas à côté, pas de travers, mais pile là où il faut percuter ! Les doigts, ça ne repousse pas : faut vous mettre ça dans l'œil. Façon de parler, bien sûr.

Percuter devient un sens commun. On saisit, on sent, on appréhende, en un mot on comprend une chose nouvelle, on « percute » ! Les yeux se plissent et, bientôt, le résultat symétrique prouve la grande dextérité acquise. La dextérité, c'est prévoir où les coups porteront et ce qu'ils dessineront comme forme ciselée. Frondzur veut accélérer le mouvement :

— Maintenant que vous percutez tous bien, faudra pas s'endormir sur le rythme, pas *baouuuum, baouuuum*, mais *boum, boum, boum*. Un peu de rendement nous fera gagner du temps pour folâtrer, voyez ce que je veux dire... Le rendement est une chose non matérielle précieuse, qui permet d'aller de l'avant, d'avoir une réserve de silex et de sagaies.

Parfois, les Houmens aiment s'amuser comme des enfants. Cela excite les plus petits, qui frappent dans leurs mains pour suivre la fabrication des pointes taillées. Baho aime toucher celles qu'on appelle « limaces », car elles sont doubles, douces et aplaties sur les côtés ; on peut les prendre par n'importe quel bout, qu'elles soient épaisses ou plates. Elle observe l'usage du bois dur sur la pierre tendre. Baho caresse le bois du buis comme la peau d'un animal, tandis que les grands tendent des peaux pour éviter les chutes de pierres au-dessus de sa tête. Quand ils ne trouvent pas d'abri, ils construisent des « grottes » de peaux. Baho tarde à parler, elle ne sait dire que « beau », et *âminal* au lieu de « animal ».

Au bord de l'eau il est risqué de marcher, car on peut glisser, y tomber et se noyer, mais il est agréable d'avoir les pieds dans l'eau. Propulseurs liés au poignet, les chasseurs peuvent attraper un gros gibier pour le rabattre vers des marécages. Ils attendent qu'il s'enlise. Baho n'aime pas trop la chasse, elle préfère l'après-chasse.

Un jour, Baho écarquille les yeux : Ho rabat un cerf face à elle, l'animal sent la peur, il pue déjà la mort. Avant de mourir, il blesse le plus jeune des Houmens, puis s'écroule, juste aux pieds de Baho. Il râle, verse une larme et la regarde.

Baho ne veut pas manger de ce cerf tué. De ses mains, elle dessine les bois de l'animal, comme s'il était présent et qu'elle ne risquait rien.

— Ça ne se fait pas, bon sang ! hurle le nouveau chef, Frondzur. Baho, mange ! C'est de la bonne viande, tout de même !

— Tu fais ce qu'on te dit ! râle Ra.

Baho tente d'avaler, sans pouvoir se défaire de l'image du cerf, et recrache le morceau. Il y a d'autres animaux qui courent, mais plus bas : les chevaux. Les chevaux sont capables d'échapper aux prédateurs, et ils sont bons à manger. Elle en mange. Baho ne questionne personne. Elle veut juste ne plus jamais manger de cerf ou de biche. Voir des yeux de si près, puis les ignorer ? C'est impossible pour elle. Elle songe et regarde ses parents assis sur une pierre plate. Tous les Houmens se ressemblent. Elle ne ressemble pas aux Houmens.

Alors que Ho et Ra trient de belles pierres, Ra se lève et en offre une à Bordig :

— On t'a tous apprécié, Bordig. On continue à le faire. Voici une pierre qui ne sert à rien qu'à être regardée.

— Figure-toi, Ra, que j'ai une petite collection au fond de la grotte-mère où nous passons régulièrement. Fais voir ta pierre !

Ra a trouvé une pierre biscornue incrustée de petits cubes métalliques brillants, entourés de cristaux fins comme des poils. Bordig comprend le geste de Ra : il n'est pas l'ombre d'un chef, il l'a été. C'est tout. On l'apprécie aussi pour ce qu'il est aujourd'hui. Mais il ne comprend pas les cristaux : qui peut tailler cela avec une telle perfection ? Même Antseu ne sait pas lui répondre. De son pouce, Bordig ressent la perfection. Des cristaux d'une finesse impossible à réaliser de main d'Houmen… Son étonnement redouble. Il offre à Ra quelques peaux de lapin dont elle saura faire bon usage.

Frondzur éprouve un certain plaisir à diriger les chasses et à dépecer les rennes, les loups ou tout autre animal. C'est un actif qui ne cesse d'être à la pointe du clan ; il indique le col à passer, le moment où il faut redescendre, le serpent sur lequel il ne faut pas marcher. Mais, si Frondzur est un stratège pour les autres, il ne l'est jamais pour lui-même. Après un déluge de pluie et de fatigue, la curiosité le pousse à goûter à un champignon qu'il ne connaît pas et qui a l'air comestible et délicieux. Après quelques vomissements, Frondzur s'écroule face à la mer. Lorsqu'il se relève, il imite les oiseaux qui volent au-dessus… Son rire devient dément. Antseu donne la réponse :

— Pas de panique ! Frondzur a mangé les champignons qui font tomber certaines jeunes bestioles trop curieuses. Quand les petits cavaleurs en mangent, ils croient voler et marchent à côté des rochers. Bordig, pendant qu'on transporte Frondzur vers la grotte-mère, tu dois revenir à la tête du clan.

— Moi ? Non. On connaît tous la marche à suivre : on rapporte du bois sec et du gibier pour demain. Frondzur va finir par reprendre possession de lui-même et il se réveillera.

Bordig se gratte la tête – et s'il avait commis une erreur ? Frondzur a déjà tété de cette substance qui fait tourner les têtes. Ces champignons sont parfaits quand il fait un froid à rester « encavernés » en plein jour et qu'on fait des sons ensemble, mais pas quand il faut agir face à une troupe de mastodontes à défenses ; tout le clan pourrait y passer et se faire écraser. Un chef n'a pas besoin d'un esprit second qui le seconde : il doit être l'œil et le mouvement. Entrer en transe au lieu de transmettre, rester assis et voir danser des taches informes : c'est la chute certaine du chef et du clan. Un chef ne doit jamais manger de champignon de jour ; un chaman peut s'y risquer. Bordig connaît ce moment de détachement que procure le champignon, et il l'apprécie ; les rares fois de l'année où le soleil pénètre dans les grottes et éclaire les parois, il aime somnoler dans cet état, mais ne le recherche pas. Il a mâchonné les champignons dits « du songe ». Il se comporte comme s'il venait d'en manger, car ses mains tremblent. Vieillir, c'est ça : ne plus pouvoir faire au mieux. Résister à l'emprise des os qui font mal, c'est la seule chose que Bordig parvient à faire bien. Il ne saurait plus retoucher un éclat de silex. S'il mangeait du champignon des songes, il tremblerait comme la terre !

La rosée réveille Frondzur, qui a la gorge sèche.

Baho n'a besoin de rien, elle danse et sourit : elle a vu une biche, la biche la regarde. Elle s'avance vers l'animal, qui ne fuit pas. Kline aux cheveux rouges et aux colliers chantants s'approche étonnée, pour voir ce prodige : Baho, sous le nez d'une femelle de cerf, ne bouge pas d'un poil ! C'est la bête qui détale, comme si Baho n'avait jamais été là. Baho ne réagit pas : elle saura retrouver l'œil rond et la langue rose de l'animal, elle l'entendra respirer à nouveau. Elle sait. Elle aime l'attitude des biches, qui peut être inquiète, confiante, sauvage, libre. C'est sans doute la biche du cerf que le clan a tué pour le manger… Kline appelle son compagnon :

— Y a des biches dans le coin. Viens ! Opus !

Leur fils Tri, en train de scier un os d'aurochs, regarde soudain Baho comme si elle était la biche. Baho frissonne, il ne faudrait pas qu'on mange la biche, maintenant que le cerf exhibe son squelette ! Le faon qu'elle aperçoit au loin serait alors perdu… Baho se met à hurler si fort que la biche détale encore plus loin et disparaît totalement, se fondant entre les arbres et les herbes. Le faon la suit et disparaît à son tour.

Baho s'apaise. Elle est curieuse de tout. Comme elle a vu le nouveau chef détacher des champignons mous et sombres[1], elle mange les mêmes. Elle les trouve bons, très bons.

Durant toute la journée, elle se sent mal. Elle a envie de vomir, le monde est à l'envers et des formes inattendues envahissent sa vision. Elle titube et s'assied au milieu du clan, qui est en train de découper un aurochs. Baho s'étonne de voir la taille des cornes et des côtes du monstrueux animal, et se demande comment il tenait sur ses faibles pattes avec une si grosse tête.

— Ne te fatigue pas. C'est parce qu'ils sont trop lourds qu'on les fait chuter, ces mastodontes! répond Ho à ses tentatives de mots. Lui, tu vois, c'était le plus gros, le plus gras des aurochs, il va donner sa viande et nourrir tout le clan! Tu n'es pas encore à l'âge de parler, petite Baho. J'aurais préféré un garçon, mais tu as du caractère.

Les premiers pas de Baho sont merveilleux et l'émerveillent elle-même. Elle n'attend qu'une chose: pouvoir grimper comme les bouquetins pour voir au loin, monter aux arbres, tenir entre ses mains la pierre-hérisson[2] qui donne le feu. Elle n'ignore rien, sauf les mots-sons qui vont avec ce qu'elle découvre. Les essaims d'abeilles noires[3] la fascinent. Un essaim est une forme indécise

1. Les psilocybes. Elisa Guerra-Doce, professeur d'archéologie à l'université de Valladolid, a passé en revue alcools et drogues de la préhistoire (publication du 12 mai 2014 dans le *Journal of Archaeological Method and Theory*). Elle estime que les champignons hallucinogènes étaient réservés aux cérémonies et rituels occasionnels. Selon elle, le but de ces consommations était d'entrer en transe afin de «contacter» le monde souterrain.

2. La marcassite, comme la pyrite, pouvait servir à produire du feu par percussion. Les étincelles suffisaient à allumer un peu de matière végétale sèche, de l'amadou par exemple.

3. Les abeilles ont commencé leur existence il y a environ 140 millions d'années. Venues d'Afrique, à peine arrivées en Europe elles durent affronter quatre grandes périodes glaciaires. Les abeilles survivantes se sont réfugiées dans des niches tempérées du Bassin méditerranéen. Ainsi la Méditerranée a-t-elle prêté refuge à *Apis mellifica*, l'«abeille noire». Celle-ci, bien avant les dernières glaciations, est devenue la championne de l'adaptation et de la résistance au froid. Sa robe jaune a muté vers le noir pour mieux s'adapter au froid, le noir absorbant la chaleur. C'est aussi elle qui, à la fin de la dernière glaciation, a reconquis tout le continent, des Pyrénées jusqu'à l'Oural. Aujourd'hui encore, les abeilles de montagne sont noires. *Cf.* les déductions de Raymond Zimmer: http://perso.fundp.ac.be/~jvandyck/homage/artcl/zimmchap1.html

qui vole, se forme et se déforme pour se loger dans une cavité ou dans un arbre touffu. Mais les abeilles peuvent tomber comme des mouches. Baho les aime car elles se posent sur des fleurs et vivent dans un clan immense où l'on s'entend bien. L'entente se voit et s'entend, qu'on soit des volants ou des marchants! Les papillons sont extraordinaires, mais ils ne volent pas ensemble. Le squelette de l'aurochs lui semble bien étrange: son crâne paraît immense et les os soutenant sa carcasse, ridicules. Une caverne vide: la tête, un squelette avec des dents qui mâchaient, avant...

Une journée de grand changement déroute les Houmens: le vent, le froid sont là! Le Maître Glacier recouvre tout comme une mer gelée attisant ses langues. Les grands froids, c'est l'effroi qui engourdit. Beaucoup d'enfants meurent, beaucoup d'Houmens s'effondrent et les autres pleurent. Ra plonge Baho dans une mer de poils, une peau d'ourson. Frondzur se tient debout dans ses peaux rousses et blanches. Il n'a qu'un ordre à donner: chasser l'aurochs et les hyènes qui volent le butin; ensuite il parlera de la lutte contre le gel intérieur. Bordig approuve, mais un ours géant qui se dirige vers la caverne des temps mauvais se dresse face au nouveau chef. Il n'y a plus que le choix entre tuer et se faire tuer. La masse poilue semble fatiguée, c'est un mâle au front fuyant. Il faut se décider, vite. On ne peut le pousser comme un aurochs vers une fosse piégée. L'animal avance pesamment. Frondzur regarde Bordig. Bordig pense que la bête mourra dans sa caverne, qu'il est déjà trop maigre pour attaquer, il ne passera pas l'hiver. Il pense qu'il ne faut pas prendre le risque. Frondzur comprend l'expression du visage de l'ancien chef, et se borne à jeter de grosses pierres contre l'ours qui s'en va penaud, vieux, mortel.

Le clan des Houmens se dirige vers un repli. Une grotte tiède les rassure. Ils enterrent leurs morts de froid. C'est un lieu qu'on retrouve bizarrement avec apaisement. Antseu tient un feu prisonnier et éclaire une dernière fois les petits visages si doux qui vont être recouverts. Ils ont l'air vivant, mais rien ne les remue... «Il n'y a pas tant de pertes chez les lièvres, les panthères et les aurochs», se dit Antseu! C'est sans doute à cause de leur fourrure qu'ils sont plus résistants. Une colère s'extrait de sa peine. La tension monte à l'intérieur du clan. Si les abeilles meurent en silence, les Houmens s'en prennent à ce qu'ils trouvent raisonnablement injuste! Frondzur s'en va parler à son père enseveli au fond de la grotte, mais il n'obtient aucune réponse, aucun conseil. Il a perdu un fils. Il se tourne alors vers le chaman:

— Antseu, pourquoi les morts ne répondent pas? Jamais. Ils ne veulent pas? Ils ne peuvent pas? Ne sont-ils plus les mêmes? Ils nous parlent pourtant dans nos rêves…

— Tu te souviens de tous tes rêves, toi? De toutes les paroles qu'il y a dedans?

— Non.

— Tu vois. Ton père t'a sans doute parlé, tu as écouté, mais tu as oublié.

— Antseu, comment il peut me parler d'ici, si je suis là-bas?

— Qui te dit qu'il est encore ici? De tout cela, je te parlerai. Ton fils t'apparaîtra.

Antseu n'est pas chef, on le considère pourtant comme un meneur, garant non des actions mais de l'équilibre entre les Houmens et le reste de leur monde, présent, futur ou passé. Les chasseurs délèguent en quelque sorte ce qu'ils ne savent pas chasser: le tourment. Ils rentrent fourbus de la chasse et sortent de même de leurs abris. Les morts exigent leur présence.

Les mises en terre s'accompagnent de sons particuliers. Baho trouve la cérémonie très belle: elle croit que les petits ont été choisis pour leur beauté et leur grâce et qu'ils vont se promener ailleurs au chaud; elle pense que les vieux, connus pour leur gentillesse, doivent aller se reposer là où personne ne peut les accompagner ni les déranger. Tout le monde sait qu'en vieillissant un Houmen craint le bruit et même les fêtes. Il est donc bien que des enfants qui se taisent côtoient des vieux qui n'aiment plus le brouhaha.

Baho se met à pleurer, car elle s'est mordue la langue en pensant trop fort qu'en terre on ne peut être qu'une pierre, une racine, un ver de terre… Elle saigne de la bouche. Personne n'y prête attention: tous parsèment le sol d'objets, avant qu'entrent dans la terre mères, enfants ou vieux Houmens éteints. On ne les reverra plus. On les retrouvera dans certains songes nocturnes. Rêver de dents est mauvais signe, selon Antseu; mieux vaut les porter en collier, surtout si les dents prises à l'animal sont blanches, jeunes et bien ciselées, taillées comme des couteaux! On ne rallume pas un Houmen comme on rallume un feu…

Après la mise en terre, Baho se dresse et siffle pour se donner du courage. Baho doit avoir un pouvoir, car une marmotte égarée se dresse à son tour à ses pieds en couinant sur ses pattes arrière, suivie d'autres. C'est certain, Baho fascine le clan, même et surtout Antseu. Elle lui dit avoir rêvé à un serpent à poil blanc qu'on pouvait confondre avec un lynx. Antseu regarde son front, ses yeux et l'intérieur de ses mains. Cela est certain : Baho attire certaines bêtes ! Ce peut être dangereux si ce sont des serpents, car certains apportent la mort par leur morsure. Baho parle aux marmottes, qui continuent à grignoter sans avoir peur d'elle. Une marmotte écarte les doigts pour sortir un fruit de sa cosse. Baho sait qu'une marmotte entend mieux que n'importe qui, et qu'elle regarde vers le ciel pour voir venir ses prédateurs avant qu'ils foncent sur elle. Baho scrute à son tour les hauteurs et confirme à la bestiole qu'il n'y a aucun danger. La marmotte semble la saluer, avant de s'en retourner à ses éboulis chauffés par le soleil. Elle fuit l'ombre, sauf celle, très douillette, de ses galeries. Baho sait cela par Antseu, qui lui a montré les domaines de la petite bête musclée et vive. Les marmottes créent leurs cavernes souterraines, elles ! Et sans avoir besoin de peaux tendues et de défenses de mammouth. Certains antres sont réservés aux plus grands froids, et d'autres à la saison chaude aux jours longs.

— Tu feras un jour comme les marmottes et tu seras une « sentinelle ». Si un jour tu connais les grottes des marmottes dans toute leur richesse, tu feras une bonne gardienne-chamane !

— Nous, on creuse pas notre chez-nous. Elles, si ! Pourquoi ?

— Chacun son truc et ses trocs. Elles, elles savent pas construire une tente, comme celle où Ho et Ra ont pu être enfin tranquilles avant que tu ne germes… Mais tu sais parler marmotte, toi ?

— Sûr. Plus le danger est grand, plus elle répète : *hiiiii !*

— *Hi ! Hi !* Tu les aimes ?

— Il ne faut plus les déterrer. Elles sont nos alertes à nous aussi ! Si un grand aigle vient et s'apprête à voler un petit Houmen, elles criiiiiient…

— Tu es sûre que c'est *hi* et pas *hu* ?

— Peut-être *hu, hu, hu, hu, hu*… On n'entend pas pareil, Antseu ?

Antseu se dit qu'entre *hi* et *hu* il n'y a guère de différence, mais que Baho vient d'avoir une bonne idée. Dans la pénombre, après le départ des marmottes siffleuses, Antseu s'avance et s'adresse à la communauté des Houmens :

— Nous avons une future gardienne. Baho a regardé l'ours des cavernes, il ne s'est pas caché, il n'a pas attaqué. Baho a approché une biche qui n'a pas eu peur d'elle. Baho attire une marmotte et elle sait dire si un aigle ou un fauve est à l'approche! La fièvre des champignons n'a rien enlevé à ses os, même si elle se fatigue vite. Il faut la protéger pour qu'elle nous protège. Houmens, tout cela a un sens: Baho est déjà guetteuse des protections. Il faudra veiller à ce qu'elle comprenne bien les dangers. Asseyons-nous.

Tous s'asseyent pour comprendre. Antseu pose sa tête entre ses mains ouvertes. Mais Baho apparaît et le fixe de ses yeux d'un bleu percutant, alors il ne dit pas que Baho est une chance fragile, il change de sujet.

— La marmotte fille, lorsqu'elle est mère à son tour, donne du lait à ses petits comme le font nos femmes. Elle ronge comme le lapin, elle appelle et crie au danger, elle nous aide bien. Ne la chassons plus. Baho a vu, dans le non-visible pour nous, un lien avec les marmottes. Installe-toi, Baho. Déjà Baho me dépasse… Elle va bientôt nous expliquer pourquoi les marmottes ont plusieurs cavernes reliées entre elles. Le saurais-tu déjà?

— Elles ont leurs raisons. Je vais penser en marmotte et je trouverai. Antseu, tu me diras si j'ai trouvé?

Antseu est celui qui sait les choses de l'intérieur, il a chassé les détails comme d'autres les lapins. Il a vu des marmottes se servir de leurs doigts pour attraper des baies ou des noix. Elles sont étranges et vivent en clan, même si on ne les voit pas. Elles ont accès au ventre de la terre, alors, tout en regardant Baho, il termine ainsi:

— Les dormeuses, façon ours, annoncent les beaux jours quand la terre s'est réchauffée. Les marmottes ont de grandes dents, pourtant ce ne sont pas des loups. Ne les chassons plus, n'en faisons plus des vêtements, ne les cuisons plus au feu vorace. Baho voit alentour mieux que nous, apprenons avec elle le langage des marmottes. On peut se passer de marmottes sous la dent…

— Si ça peut faire gagner du temps pour d'autres occupations, marmonne une maman houmène. Moi, je veux bien, mais y a pas mieux pour réchauffer les pieds qu'un «enroulis» de marmottes.

— Ah non, c'est trop bon, la marmotte grillée! s'exclame un vieux chasseur. C'est au chaman de décider, maintenant?! Et puis Baho n'a pas à dire aux grands.

— *Hiiiii!* Il est question de nous protéger par les marmottes? C'est un comble, éructe Hult.

— Le chef décide des chasses, le chaman du reste! Hult, tu te tais, conclut Frondzur.

— Une bonne idée n'a pas d'âge, ajoute Antseu.

En vérité, Antseu aime les marmottes depuis longtemps. Il les admire, car elles sont particulièrement propres. Au fil de sa vie qui s'allonge, il l'a remarqué : elles ont un endroit particulier pour avoir des petits, un autre pour laisser leurs déjections, un autre encore pour faire le guet. Elles ont ménagé des entrées partout pour rejoindre leurs différents lieux de vie, le plus important étant celui où elles dorment ou hibernent. Alors il aime Baho, car, sans avoir vu tout cela, elle est attirée par l'intelligence et la douceur de ces bêtes. Elle saura peut-être comment fait sa préférée, une maman qui porte une petite tache blanche sur le museau, pour éviter d'empester sa galerie, malgré tant de défécations… Elle se mettra vraiment dans la peau d'une marmotte et apprendra à prévenir des dangers. Elle dira…

Curieuse Baho : elle s'intéresse aux choses annexes à la chasse, mais en lien avec les Houmens. Elle mime les bestioles qui se dressent. Comme les Houmens, les marmottes aux doigts d'enfant connaissent chaque herbe, chaque caillou où ils passent régulièrement. Ces petites bêtes amusantes et sifflantes voient avant eux le loup, l'aigle ou l'aurochs. Elles sont gourmandes, et peuvent se tenir debout pour voir venir ou renifler l'ennemi, d'où qu'il vienne, et déguster ce qu'elles aiment en même temps. Sans risque alentour, elles s'asseyent et se concentrent sur un fruit. Leur petite langue rose savoure… Baho les adore. Baho aux yeux couleur de lac gelé est déjà choisie par Antseu pour lui succéder. Antseu attendra de lui faire part de son choix. Si Baho ne perd pas son don en grandissant, ce sera un jour elle, la chamane-mama des grottes rouges ! Elle fera le lien entre le bleu sombre de la mer, le rouge du sang et des terres, le blanc des sommets.

Baho grimpe voir un écureuil et elle aperçoit un lambeau de nuit : c'est un mammouth laineux au poil intriqué[1] qui, égaré,

1. *Mammuthus primigenius* vivait en Europe lors de la dernière glaciation, qui prit fin il y a plus de 10 000 ans. Il est attesté dans la vallée du Rhône et en Ardèche. Mais aucune trace n'en a été découverte en Provence. Cette espèce, contemporaine de Cro-Magnon, était utilisée pour ses défenses et ses os, qui servaient à la construction d'abris. Les mammouths migrèrent ensuite vers le nord. Aux dernières nouvelles (avril 2015), une équipe scientifique canado-suédoise vient de publier une étude annonçant le séquençage quasi complet du génome du mammouth laineux. Il serait alors scientifiquement possible de le ressusciter… Selon le docteur Love Dalen, du Muséum d'histoire naturelle de Suède, coauteur de cette étude : « Il faudrait utiliser une éléphante comme mère porteuse. » En plus de problèmes éthiques, il faudrait, en plein réchauffement de la planète, trouver des zones durablement froides et sèches. (Source : *Le Monde*.)

fonce vers la montagne. Cette masse de poils où se perdent les yeux semble lui dire qu'elle se dirige vers le grand froid et qu'elle ne risque pas de rencontrer le moindre chasseur. Baho sourit. Il trouvera son chemin. Les Houmens ne pourront rien contre lui, ils ne changeront pas le chaud en froid ou le froid en chaud, et le fantastique animal aura toujours plus d'assurance que le plus grand des chamans.

Toutes les formes de vie défilent devant, au-dessous et au-dessus des yeux de Baho. Elle a préservé la vie des marmottes et ne craint plus rien pour elles. Elle peut les aimer sans avoir peur pour elles. Bientôt, elles retrouveront les entrailles de la terre.

La meneuse vient déposer son odeur sur les mains de Baho. Baho caresse la chef des marmottes.

5

Bouse de bisons

Depuis qu'il est chef, Frondzur n'a pas encore eu le temps de dire le fond de sa pensée. Le fond d'une pensée, chez les Houmens, ressemble au fond d'un étang, pas d'une mer ou d'un lac. On y retrouve un peu de tout et de n'importe quoi, alors l'essentiel est de savoir trier ce qu'il y a au fond pour bien décider. Un jeune chef a toujours peur de déplaire et s'aperçoit bien vite que seuls comptent le résultat d'une chasse, pas ou peu de blessés, et une bonne bête à dévorer au coin du feu ! En clair, la surface du lac, et pas le fond…

La meneuse des marmottes est la première à s'extirper de sa galerie, qu'elle vide avec entrain. C'est la saison qui crépite : le froid est absorbé, les fleurs, la grêle, tout éclate en morceaux, en désirs, en rancœurs. Tandis qu'au loin des couples de marmottes se forment, tous se demandent ce que le chef a de si important à révéler. Les Houmens préféreraient s'adonner à la douceur de l'air, aux amours. Mais Frondzur a levé les bras pour demander le silence et l'écoute :

— Houmens et Houmènes, le sujet est crucial et vous paraîtra inattendu, mais il en va de la cohésion du groupe. J'ai réfléchi aux marmottes. Et je vais passer de la marmotte aux grands cornus. Vous avez tous remarqué que les bisons et autres bouseux font leur bouse en marchant, n'importe où. Mais il y a où et où. On y marche parfois… Comme Antseu me l'a fait remarquer, les marmottes, elles, ne déposent pas ce qui sort d'elles n'importe où. Elles déposent leurs « matières » toujours là où elles ne dorment pas, où elles ne mangent pas ! J'ai donc décidé qu'à chaque endroit où nous irons, il faudra trouver un endroit pour nos crottes, un lieu situé à l'envers du vent. Astucieux, non ? Je préfère respirer l'odeur de ma belle Tox que les bouses de nos anciens… Je reconnais nos chemins à l'urine laissée par Opus. Jusque-là, tout va bien… Mais dormir au milieu des déjections, non… Et je dois dire que certains vieux du clan réveillent tout le monde en glissant… C'est dangereux. Voilà.

Chacun se trémousse de rire. Le clan attendait une merveille de propulseur, un plan d'attaque plus rapide. Et, lorsqu'on évoque Tox, tout le monde sait que sa sueur sent la sève des arbres et l'eau salée. Ce n'est pas le cas de certains Houmens, qui mangent si vite et si mal que l'odeur qui se dégage d'eux est bizarre, et qu'ensuite celle de leurs excréments empêche de renifler un cou, une aisselle, tant ils puent. La sueur doit être forte sans être brouillée par une odeur désagréable. Le chef a eu une bonne idée, il suffit d'éloigner l'endroit dévolu aux extraits de soi… Les râleurs disent que ce n'est pas son rôle d'annoncer ce genre d'idées; chez les Houmens, c'est au chaman d'évoquer les à-côtés de la vie en commun.

Antseu, qui n'est guère guerrier mais inventif, ajoute au discours abrupt de Frondzur quelques nuances personnelles:

— Bon, on a tous eu notre période pipi-caca. Et on pourrait se dire que c'est comme ça: on va où on peut, au plus proche. Mais l'Houmen est fait pour le confort! Notre Frondzur fait bien de le préciser. Pour ceux qui ne sentent plus rien, cela ne les gêne pas, c'est pour les autres que c'est embêtant. Permettez-moi d'ailleurs de vous dire qu'alors, on est dans la bouse. Mais puisque c'est une journée à idées, j'ai la mienne. La bouse et le crottin, on peut les déposer séchés dans le feu, et cela brûle bien. J'ai essayé. Voilà une utilité! Eh! Quand on manque de bois, c'est pas mal d'avoir de la bouse séchée sous la main. Avec d'archivieilles bouses, moi je vous fais du faux bois quand vous voulez!

Teuse, qui fait partie du sous-clan des grognons, ne le laisse pas finir:

— Pas possible! Eh! Nous avons le bois, les feuilles! La bouse liquide, c'est une horreur, une puanteur, on est bien d'accord. On va pas quand même la faire sécher, déjà qu'on a du mal avec tout le reste.

— Teuse, et vous tous mes proches, la bouse sèche, je lui vois un avenir, ponctue Bordig. Antseu n'a pas tort, il a donc peut-être raison. Il faut réfléchir.

Un silence bruyant de têtes qu'on gratte s'installe.

Ra a approuvé l'idée de lieux d'aisance et se lève pour dire ce qu'elle a sur le cœur depuis longtemps. La mère de Baho est, comme on dit, «tranchante»:

— Gardons la raison. Puisqu'on ose enfin parler de sujets à ras de terre, je dirais que certains animaux sont plus intelligents que nous. Ils marquent leur territoire, et ils ont des lieux pour lâcher avec aisance leurs crottes énormes. Les chevaux font ça même en trottant! Nous, on peut faire aussi bien que les marmottes, non? Mais en tant que mère, je ne voudrais pas que ma fille s'éloigne trop loin de nous. Dehors, c'est toujours dangereux, même s'il y a des feuilles et tout... Frondzur, si on accepte ton idée de lieu commun pour nos déjections, on a besoin que cela ne soit pas trop loin d'un bon bâton ou de plusieurs sagaies, si vous voyez ce que je veux dire.

Tout le monde pense immédiatement aux Watanks... L'environnement de tous passera en second. Comme quoi une bonne idée peut être enterrée quand ce n'est pas le bon moment pour elle de germer ou de fleurir.

— Laissons les choses comme elles sont. On a l'habitude de faire comme ça se trouve, geint le vieux Clapo, qui rêvait d'être chaman à la place du chaman. Faut rien changer, ni penser à changer rien. Le changement, c'est le danger. Le danger! Un lieu d'aisance, et puis quoi encore?

— Eh! Faut innover, parfois! lance Tri, le fils d'Opus.

— Regardez où cela nous a menés. On a fait de beaux abris, et qui en a profité? Les Rozis. On a inventé les niches à feu, et c'est les Watanks qui nous ont fait peur avec.

— Pas que. Ils ont failli repartir avec nos filles! hurle Bordig. Ils en ont même gardé une: la petite Crous. La reverra-t-on?

— C'était pas plutôt la belle Ostile? ose Ra.

— Bon, *hum*, c'est vrai. Mais il faut inventer, *hum*, pour être fiers de concevoir une chose qui n'est pas née avant nous. Une chose qui naît avec nous! De nous.

— C'est le cas de le dire, ajoute Clapo avant de refermer sa bouche pour longtemps.

Frondzur regarde les Houmens un par un, et en particulier les jeunes, qui s'activent sans arrêt tels des oursons ou des louveteaux infatigables. Savoir s'ils vont se trouver un lieu d'aisance ou non ne les intéresse pas du tout. Ainsi se clôt la discussion. La pauvre Ostile va-t-elle revenir un jour? se demande Tri. Ils avaient des vues l'un sur l'autre... Personne n'ose parler de la jeune Houmène devant lui.

Tri est un très jeune chasseur aux muscles torsadés, aussi agile qu'un lynx. Il gratte la roche meuble qui se trouve face à lui. Baho le regarde faire: il trace des pointes de montagnes qui s'entrecroisent par quelques traits. Il ne parvient pas à reproduire ce qu'il a en tête. Ses hachures sont deux hommes d'un autre clan qu'il a vus se battre avec des gourdins. Il a peur que les Watanks ne reviennent, et comme il ne parle pas beaucoup, on ne sait pas pourquoi il est parfois pris de panique. Baho imite de ses mains les signes et sourit à ce grand Tri. Puis son attention est attirée par les marmottes, qui font leur travail d'alarme. Ces lanceuses d'alerte s'interpellent cette fois et se répondent rapidement. Il y a de quoi détaler, dans une journée, pour les marmottes ! Et voilà que tout leur clan déboule en son entier... Les marmottes ont entendu un tremblement lointain. Les Rozis font leur apparition ! Ils viennent du soleil levant, et leur peau est couverte de terre. Leurs vêtements sont teintés d'une couleur qui rappelle les roches rouges. Certains anciens se connaissent et parlent une langue commune.

Le temps se gâte, et bientôt Houmens et Rozis se retrouvent autour d'un feu intérieur qui sent bon. On décide que c'est une partie de l'autour d'un feu extérieur qui sera le lieu désigné par Frondzur pour l'aisance de tous. Les Houmens sont contents de cette idée sérieuse qui fait pourtant rire. Chacun passe ses mains au-dessus du feu de dedans la grotte. Les femmes, assises, poussent leurs pieds vers le foyer, remuant leurs orteils de contentement. Certaines vieilles Rozies défont des bandages autour de leurs pieds, qui leur évitent les épines et les pierres coupantes.

— Nous, nos grottes sont plus rondes et plus faciles d'accès. On voit aussi la mer d'en haut, dit Roz la Doyenne.

— Les Rozis sont venus voir si tout va bien pour vous. Et aussi, on a des choses à échanger avec vous, coupe Heymot, le chef des Rozis.

— Mais c'est bien décoré, chez vous, termine Roz.

On la comprend aux gestes qu'elle fait. Car elle dit *cercle* pour « rond » et *commode* pour « facile d'accès ». On aime bien Roz, qui vit avec un Houmen. Les femmes se moquent des hommes, surtout Titane, la plus délurée des Rozis :

— Notre chef Heymot un jour s'est levé et a marché où il ne fallait pas, sur une bouse au milieu du passage commun. Votre chef a raison, on n'est pas des bisons, quand même ! Nos propres bouses, c'est mieux de les déposer près d'un endroit qui n'est pas venté, c'est pas idiot !

— C'est ce que notre fille Baho appelle aller dans le bon sens... soupire Ra.

— Elle emploie de ces mots, ta Baho, dit Teuse. Les crottes ne sont pas précieuses et ne partent pas, c'est nous qui les expulsons.

«Aller dans le bon sens», elle en a de ces expressions. C'est où, le sens bon?

Chacun de se moquer et d'inventer des expressions de plus en plus sales.

Ho et Ra trouvent ces dialogues insupportables, il y aurait mieux à dire, tout de même! Par exemple se demander le pourquoi de la chaleur et du froid, de la noirceur et du bleu du ciel, de la blondeur de certains cheveux, du rouge du sang des humains, du vert de celui des feuilles... Mais les chasseurs prévalent avec leurs questions de chasseurs, du genre: «Et si on faisait un plus grand javelot, moins lourd...?» Ils ne s'intéressent pas aux nervures des feuilles, aux cris des chouettes, aux colères des torrents.

Les Rozis ont apporté de l'ocre et demandent à chasser un bison. Mais leur chef veut d'abord parler aux anciens. Heymot fait part à Frondzur et Bordig de sa décision de ne plus être chef

— C'est plus moi qui viendrai. Je suis usé. Qui prendriez-vous, pour me remplacer?

— Demande à ton chaman! répondent l'ancien et le nouveau chef.

— Il est mal en point, Roz, aussi. Tout le monde... Bon, je suis encore capable de chasser... Un peu de viande me fera du bien.

Pendant la chasse, Ra prend sa petite sur ses genoux et lui cherche des poux dans la tête. Elle fait craquer les coques des insectes intrusifs, qui font de gros dégâts. Chaque pou écrasé est un signe d'affection. Depuis longtemps, on tue les poux de ceux qu'on aime, mais on n'y fait presque plus attention. Les Houmens s'épouillent comme ils clignent des paupières.

Baho regarde ce que tient sa mère entre le pouce et l'index. Alors ce n'était que ça, son ennemi qui la grattait si fort, ce petit «noir-pou»? Mais il doit y avoir plusieurs clans de poux qui se battent sur sa tête, car cela la démange terriblement jusqu'au sommet du crâne.

— Baho, d'après toi, il y a un bon sens pour attraper les poux?

— Par-derrière. Tu peux voir s'ils ont des yeux?

— Il n'y a pas de sens pour attraper les poux, on les écrase. Comme ça!

— C'est quand même un sens de haut en bas, maman Ra.

Ra est furieuse, mais ne le montre pas. Baho est trop surprenante... Elle a des interrogations et des réponses que même Antseu trouve trop compliquées. Pour Ra, il y a «en avant et en arrière».

Le sol c'est déjà assez compliqué comme ça, pour ne pas ajouter une direction du ciel aux pieds ou des pieds au ciel! Il faudrait se prendre pour un oiseau pour dire «en avant» dans un sens où les Houmens ne vont jamais... Heureusement, la grogne de Ra ne dure pas. Elle aime sa fille, qui a réchappé à une fièvre, et elle cache à tous que celle-ci souffre de la terrible maladie qui rend raide. Ra lui confectionne des vêtements qui masquent sa légère claudication. La jeune Opale est presque jalouse du déhanchement harmonieux de sa compagne de jeu. Elle lui dit souvent: «Comment tu fais pour marcher comme un oiseau prêt à s'envoler?»

Baho ne répond pas. Baho est tous les animaux à la fois à force de les observer et, parfois, elle ne sait plus comment marcher en Houmène. Baho est grande, mais ne trouve jamais un appui sûr quand elle court. Elle masque la maladie qui la rend fragile.

Les Rozis ont apporté des poissons séchés dont on ignorait la forme et déposent des peaux. On leur offre de belles côtes d'aurochs grillées, à défaut de bison.

Les feux donnent la joie et le partage. Mais les chefs chasseurs de dangers rabattent la joie: Heymot, Frondzur et l'ancien Bordig s'inquiètent de l'attitude des Watanks. La conversation va bon train, et ils s'échangent un liquide brunâtre non loin de la mer. Antseu apporte des fruits qui semblent pourris, dont émane une odeur agréable de fermentation.

— Anseur, c'est quoi ce jus? demande Heymot, habitué à la neige.

— Les fruits de la vigne pas mangés. Tu les laisses pourrir, voilà. Après tu les presses comme ça au-dessus de ta bouche et ça te donne le jus du chaman!

— C'est bon. Bon, nous sommes venus pour reprendre des forces. C'est pas vraiment ça qu'il nous faut... Tu nous conseilles quoi?

— D'abord, moi, c'est Antseu, et pas Anseur. Et c'est au chef Frondzur de dire. De dire si ce ne serait pas le moment de...

— De se faire le Grand Borgne? souffle Bordig l'Ancien.

Frondzur se dit: «Voilà une idée qui remonte à la surface avec bon sens, comme dirait la petite Baho.» En effet, le Borgne est le surnom donné à une bête méchante qu'un seul clan ne peut faire tomber. Les Rozis pourront aider à chasser le grand bison borgne.

— Attention, il est redoutable, prévient Bordig. Depuis qu'il a perdu un œil, il fonce sur tout ce qui bouge.

Tout le monde a croisé le furieux, qui a un jour reçu un pieu sous la paupière. Il est devenu méchant à vie ! Bousculée par lui, la petite Opale continue à en faire des cauchemars. Le Borgne n'est que force et viande, il renverse, écrase tout ce qui se trouve sur son passage.

Le lendemain, chasseurs houmens et rozis s'associent pour capturer le géant, rêvant déjà de le dévorer bien grillé… Deux clans pour pareil mastodonte, c'est une aubaine, rien ne sera perdu : peau, corne, viande, os…

En perdant un œil, la bête est devenue rusée et elle n'attend pas de sentir un Houmen dans son dos pour se défendre : elle se retourne et attaque, tête baissée et en avant !

Les chasseurs trépignent, ils sont pour une fois très nombreux et excitent la colère de l'animal, qui fonce à l'opposé du piège – un magnifique tapis de feuilles recouvrant une fosse.

Frondzur voulait voir la façon de s'y prendre des Rozis, et il est fort déçu.

Quant à Bordig, il assiste impuissant au massacre. Car le bison se surpasse et pousse les chasseurs dans le trou qui lui était destiné.

Certains Houmens spectateurs rient de voir que leurs voisins ne sont pas d'excellents stratèges. Mais soudain le Borgne les charge eux aussi, et bientôt les blessés des deux clans défilent chez Antseu.

Baho est dans son dos et observe. Le chaman bourdonne des paroles et applique des sortes de bouillies vertes.

Une nouvelle chasse se met en place. Cette fois, Frondzur prend la tête des opérations :

— Ho, tu fais du bruit avec des os de cerf et tu pousses le géant sans l'œil droit vers sa droite, en direction du précipice.

— Où ?

— Vers la falaise. Il glissera en reprenant pied et il se fracassera de rocher en rocher. Y aura plus qu'à le découper. De belles bonnes cuisses à se mettre sous la dent.

Baho n'aime pas ce bison trop futé, il a déjà écrasé des enfants qui boitent à cause de lui, mais, plus elle grandit, plus elle comprend les animaux et rêve de les approcher. Le Borgne se défend, c'est tout. Elle suit de loin le manège des Houmens. Ho, son père pousse le bison du côté où il ne voit pas, et voilà qu'effectivement il devient maladroit, hésite et dérape dans un chemin creux. Harcelé par des piques, il tombe sur un morceau de steppe tapie de boue. Poursuivi, il glisse ensuite sur un rocher et s'effondre. Le Grand Borgne saigne, gémit comme un pauvre petit animal, et les Houmens crient de joie et l'achèvent. Ils n'ont pas eu à aller bien loin.

Si les Houmens se mettent à la place des animaux, les animaux font de même, et un ours affamé a souvent le dessus.

Le feu fait son entrée triomphante et la viande, découpée avec adresse, attire quelques charognards à poils et à plumes, aussitôt chassés par des gestes, des cris et des pierres. Les bons morceaux sont arrachés et distribués à ceux qui sont vieux ou épuisés. Dans les feux brûle en continu un bois sec et pétillant. Baho se réjouit de goûter cette viande savoureuse. Elle reste songeuse : elle adore la viande du bison, mais, au fond, elle aimait bien qu'il fasse peur et qu'on ne s'attaque pas à lui. Il était très beau, malgré son œil en moins. C'est aussi l'avis de Bordig :

— Maintenant, *hum*, que les chasseurs ne s'imaginent pas pouvoir gagner toutes les chasses.

— L'ancien chef a raison, dit Frondzur. Il faut craindre les cornus de tout poil. Plus ils vieillissent, plus ils connaissent nos ruses.

Ainsi est fait. On garde en mémoire les feintes des bovins et des félins. Mais, pour Baho, les chasseurs sont plus effrayants que leurs proies… Encore que le fauve à dents longues l'effraie. Elle a vu une panthère, furieuse de par sa faim, s'attaquer à un cheval plus grand qu'elle – elle ouvrit sa mâchoire pour trancher dans la vie de l'étalon. Plantant ses crocs, elle se laissa entraîner au galop, puis le cheval s'effondra. La panthère, qui ne craint ni la neige ni le froid, commença à manger, puis, repue, elle emporta des morceaux dans sa gueule, on ne sait où. Elle dut se défendre soudain contre un ours immense et repartit avec sa viande de cheval entre les dents. Sûrement pour ses petits.

« Tout est beau, sauf lorsqu'il y a du sang », se dit Baho.

Les moments de rites englobent les Houmens ; avant, on faisait avec le « ce-qu'on-a », mais, depuis que les Rozis sont passés, c'est avec « ce-qu'on-n'a-pas » ! Avant, les Houmens travaillaient les peaux récupérées le long de leurs marches : des herbivores inoffensifs ou des fauves redoutables qui avaient chuté ou étaient morts de vieillesse. Cela donnait des idées aux tailleurs de pierres pour de nouveaux outils, et aux couseuses, aussi. Les Houmens chassaient le renard, mais maintenant germe l'idée qu'on pourrait tuer le plus grand rhinocéros des steppes, pour s'en faire des protège-têtes extraordinaires !

— Il est robuste ! dit Ra, mais de là à s'en couvrir !

— Tu as raison, Ra ! Son nez se prolonge par une corne, mais on ne va pas se chauffer les cheveux avec, lui répond une spécialiste des toques. Il n'a pas de poils longs ! Mais c'est du bon cuir.

— Nous, on préfère le renard. Ici, c'est le renard. C'est plus facile à coudre.

Baho ne comprend guère les conversations entre couseuses et tente de polir un os pour en faire une perle percée d'un trou. Elle échoue et pleure, puis demande à Ra, sa mère, une parure particulière :

— Je voudrais une peau qui ne s'accroche pas aux plantes griffues, avec de quoi la tenir, découpée dans le cuir du cornu qui a failli écraser papa Ho. C'est possible ?

Ra accepte, et fabrique une partie du vêtement en fourrure et l'autre en peau épaisse. Cela donne une silhouette inhabituelle à Baho, elle ressemble à un charognard gracieux. Mais soudain Baho se plaint d'une douleur horrible au cou. Depuis que les Rozis sont passés et qu'elle a joué avec le jeune fils d'Heymot, elle hurlerait de douleur. Il l'a fait trop courir, dit Ra. Mais c'est Ho, son père, qui comprend ce qu'elle a en réalité : Baho est en danger, tout le clan est un danger ! Ce n'est pas la fièvre des champignons qui l'a frappée, mais celle qui tue ou rend raide. Il sait d'avance que Baho aura du mal à marcher et à respirer, et qu'elle devra s'aider d'un bâton pour les suivre dans les hauteurs – si seulement elle survit. Il la regarde dormir. Elle souffre comme il a souffert et comme tout son clan a souffert. Les pieds de Baho deviennent froids et rougissent pourtant, parfois elle peine à soupirer. Mais Baho est aussi belle qu'elle est courageuse. Ho la prend dans ses bras et la dépose dans la hutte provisoire d'Antseu.

— Antseu, ma fille est atteinte.

— Je vois.

— Tu peux la sauver ?

— Demande à Frondzur qu'on reste un moment par ici. Moi, je vais tenter de l'aider. La foudre tombe ou non sur l'arbre, mais on n'empêche pas le tonnerre. La foudre-fièvre n'a pas fait de bruit pour attaquer Baho.

Ho repart, triste, en marchant sur des miettes de silex.

Ra sait maintenant que leur unique enfant – les autres n'ont pas vécu avant de naître – risque la mort. Il existe une caverne aux enfants, elle ne veut pas y déposer Baho.

Antseu allonge Baho dans une grotte à part. Lui aussi sait qu'elle est atteinte de ce pollen invisible qui tue. Il faut l'isoler, la soigner, lui parler. Il veille sur elle en se grattant la tête.

— Tu as mal aux jambes et tu as vomi. Mais tu t'en sors bien.

— De quoi?

— De ce feu froid. J'ai cru que tu avais remangé des champignons, pour avoir vomi autant.

— Non. Ils font tourner la tête et les jambes! Je n'en mange plus!

— Tu seras tout aussi endurante que ton père. Mange ces feuilles de framboisier, au moins tu n'auras plus envie de vomir.

Il reste dans le corps de Baho l'ombre de la mort[1], mais elle s'accroche à la vie.

Elle lutte contre ce mal et finalement se remet sur ses jambes. Il lui reste une manière singulière de marcher, un brin chaloupé. Opale se moque gentiment d'elle, parfois.

— Déjà que tu avais une drôle de démarche! C'est de pire en pire.

— Oui, mais maintenant je sais une chose, et de mieux en mieux.

Elle sait que les feuilles ont un pouvoir de guérison. Chaque chose a donc un pouvoir petit ou grand, bon ou mauvais contre un grand mal. Il faut marcher en soi lentement. Baho remercie le framboisier et toutes les plantes qui l'ont guérie. Elle apprendra auprès d'Antseu. Antseu est celui qui relie les Houmens à la sève des plantes, à l'esprit des bêtes. Cela doit être effrayant et prodigieux, d'être chaman.

1. La poliomyélite.

6

La vie des immobiles

Comme elle a dû rester allongée très longtemps et qu'il faut qu'elle «retrouve du muscle», comme dit sa mère, Baho marche. Mais elle se fatigue, elle s'arrête et s'émerveille devant une fleur givrée, un oiseau curieux, un rongeur peureux. Elle s'intéresse de plus en plus à ce qui entoure chaque chose : le vide. Du coup, elle aime ce qui habite le ciel, l'eau et la terre.

Avec l'accord de Ra et de Ho, Antseu prend la petite Baho à part. Il veut lui parler loin du groupe pour sonder son esprit. Ensemble, ils grimpent au plus haut, sous un nid d'aigles, face à l'immensité.

— Baho, je vais te poser des questions et tu me répondras comme tu penses que c'est.

— Oui.

— Le camp est-il plus petit?

— Non. Il semble plus petit.

— Pourquoi?

— Il ne grandit pas, mais nous nous en éloignons!

— Les arbres vivent et poussent. Pourquoi n'avancent-ils pas?

— ... Ils sont lents?

— Et?

— Ils avancent vers le ciel, ils montent hissés sur leurs pieds cachés qui sont prisonniers dans le sol. Ils espèrent. Ou alors ce sont leurs bras qui poussent? Ils montent, c'est certain. Vers le haut. Nous, on marche.

— Es-tu sûre que les pieds des arbres sont prisonniers, et de quoi?

— Les pieds sont à la terre, le tronc est à l'arbre, les branches sont au ciel.

— Où commence le ciel?

— Sur les feuilles, les mousses, les pierres, partout où il n'est pas. Mais il peut prendre la place d'une feuille roussie et tombée. Pas le temps de dire *hum*!

— Où va-t-il? Le ciel, où va-t-il quand il souffle?

— Je ne sais pas. Il est ciel comme tu es Antseu.

— Moi je vais mourir. Mais le ciel?

— Le ciel ne meurt pas. Il est sans être né, sûrement. Qui l'aurait accouché? Pas la terre. Et d'ailleurs, on devrait être mis en ciel et non en terre, quand on quitte la vie.

— Et si c'était la vie qui nous quittait?

— Ah oui, quand elle n'est pas contente, elle part. Quand un rocher nous tombe dessus, elle part à regret.

— Quelle bête voudrais-tu être?

— …

— Si tu n'étais pas Baho, tu voudrais être quelle bestiole?

— Une qu'on ne chasse pas et qui ne chasse pas. Je ne sais pas si ça existe. La marmotte, on ne la chasse plus, mais elle ne vole pas…

— Quel arbre préfères-tu?

— Celui qui ressemble à un nuage vert, là-bas. On dirait une Houmène qui danse et qui a le ventre rond. J'aime son odeur.

— Comment sens-tu cet arbre, de si loin?

— Ses frères ont la même odeur. L'odeur revient en moi quand je veux.

— En es-tu persuadée?

— Tant qu'ils ne sont pas coupés, brûlés, malades, les arbres vivants d'un même clan ont la même odeur bien à eux. Après, c'est compliqué de savoir…

— De savoir quoi?

— D'où je sens, et pourquoi un arbre a une odeur…

— Si tu devenais une souris volante, que ferais-tu?

— Non, je ne veux pas. J'ai peur du noir.

— Alors quel oiseau veux-tu être un jour?

— La petite ronde, un peu fauve sur la tête: la fauvette!

— Où fait-elle son nid?

— Dans des herbes bien sèches ou dans des buissons. Elle sait se cacher et elle fait comme maman, elle chante. J'aime ses petits yeux noirs.

— Elle a des oisillons qui ne sont pas à elle. Pourquoi?

— C'est celle qui fait coucou qui pond chez elle. La fauvette est donc la plus généreuse des oiselles.

— J'ai une dernière question à te poser, Baho.

— Oui?

— À quoi servent les nids?

— Un nid, c'est pour les œufs. Les œufs, c'est pour cacher un oisillon. Un oisillon apprendra à voler. Donc un nid, c'est une future volière!

— Tu as répondu. Je te remercie.

— Et moi, je peux te poser une question?

— … Ce n'est pas encore de ton âge.

— Alors je peux essayer de trouver une question de ton âge et du mien?

— Tente…

— Pourquoi les anciens Houmens ne sont pas toujours d'accord entre eux, alors qu'ils ont eu plus de jours à vivre que leurs petits, et plus de nuits pour se poser les bonnes questions? Nous, les petits, on est d'accord entre nous et on se connaît depuis peu…

— Bonne question, mauvaise réponse. Chacun son caractère, tu ne vois pas la fauvette être d'accord avec l'aigle, alors que le ciel est à tout le monde…

— Ah, c'est ça le caractère? Plus on sait qui on est, moins on se comprend entre nous? Je ne crois pas…

Quelque chose soudain dérange le songe éveillé de Baho: il y a le caractère qu'on livre et celui qu'on cache. Quand Opus dort, alors le regard de Kline change, elle ne sourit plus: il y a de la fatigue, de l'impatience, de la gêne et aussi de l'attente dans son expression. Quand Opus ouvre l'œil, Kline sourit à nouveau. Elle triche. Elle triche, comme le renard qui fait le mort pour boulotter un rongeur ou un oiseau qui s'approche.

— Chacun son caractère, oui, c'est cela qui te frappe, Baho?

— Non, c'est le caractère caché qui me frappe, et même cela fait mal. Le caractère caché peut être mauvais derrière la grimace du sourire. Ce qui me touche, c'est que tu voies mes pensées!

— À force. Tu verras, toi aussi…

Antseu se met alors à marmonner. Il s'adosse à un arbre et dit à Baho:

— C'est terminé. Maintenant, dépose dans mes mains des cailloux que tu choisis, et je te dirai.

Antseu montre des cailloux qu'il a déposés à ses pieds. Baho ramasse les plus beaux avant de les placer entre les doigts du chaman. Antseu observe son choix. Il est parfait. Il regarde les traits de Baho. Elle grandira sans changer d'attitude. On peut lui faire confiance. Elle a choisi les plus beaux d'entre les cailloux placés sur le sol. Ils ont des couleurs qui parlent, ils sont sans failles et très lisses. Il doit lui dire, maintenant.

— Rien n'est jamais immobile ! Même ce qui ne bouge pas. Baho, regarde ce morceau de terre et tu verras de la vie, regarde cette écorce et tu verras de la vie, regarde tout et apprends de tout.

— La vie, c'est quoi ?

— Quand ça bouge, quand ça parle, quand ça se défend.

— La vie, c'est aussi la même pour les Rozis ?

— Les Rozis n'ont pas deux genoux comme les chevaux, ils sont faits comme nous pour marcher.

— C'est chez eux qu'on va chercher la poudre rouge si belle ?

— Oui. Maintenant, redescendons et va jouer. Tu as assez réfléchi d'images dans ta petite tête.

Baho regarde les cailloux. Certains annoncent des mauvaises choses. Il ne faudrait pas les choisir pour de vrai ou tomber dessus.

Baho contemple ceux qui ont un savoir très « pointu », ceux qui s'occupent des pointes en os et en pierre, redoutablement effilées pour découper n'importe quelle épaisseur de peau. Les Houmens sont « à la pointe », comme on dit, et ils prévoient presque tout ce qu'ils feront : un emboîtement, une torsade, une découpe. Ho et Ra apportent des résines qui collent et des tendons d'animaux pour faire d'un butoir une arme infaillible. Chaque chose ajoutée et pensée permet l'usage d'une autre chose ! Pour les plus jeunes, il s'agit d'un apprentissage sans fin.

Le romarin n'est pas toxique, puisqu'on en mange. Baho se dit que le petit arbuste, s'il est bon pour donner du goût aux viandes, doit également pouvoir soigner par son goût autre chose qu'une joue de bœuf musqué ! Elle en mâchonne et trouve une propriété au romarin[1], elle s'aperçoit très vite que c'est un répulsif pour certaines bestioles volantes. Elle continue d'explorer les armes généreuses du jus qui sort de son mâchage. Elle se frotte les jambes avec le suc de la plante et semble moins souffrir de la douleur qui darde de sous sa peau. Cela intrigue Antseu, qui essaie sur ses poignets et salue Baho avec amusement :

1. Le romarin s'apparente au camphre. C'est un antinévralgique, anti-inflammatoire et relaxant des muscles.

— Les Houmens chassent le renard pour s'en faire des protège-du-froid et toi, Baho, tu chasses le non-visible des plantes, des arbres. Mais n'essaie pas tout! Surtout pas les plantes qui ont un jus visqueux. Elles préviennent qu'il y a un risque.

— Je sais. Les petites fleurs d'un jaune pâle[1] poussent sur une plante qui a un sang blanc. J'en ai avalé, ensuite, j'ai dormi comme une marmotte glacée!

— Et avant de t'affaler tu as dû tousser et re-tousser.

— Tu étais là? Tu as vu, j'ai bien failli m'étouffer!

— Non. Moi aussi j'ai essayé. Les chamans doivent savoir. Mais la prochaine fois, demande-moi. Ne va pas t'empoisonner!

— Cela veut dire quoi au juste, se «poisonner»?

— Je ne sais pas vraiment. C'est prendre quelque chose qu'il ne faut pas et qui abîme ton corps à l'intérieur. Le secret des marmottes, c'est de friser la mort sous terre, et de revivre en groupe aux bons jours. Tu aimes leur goût?

— Comme je joue avec elles, je déteste en manger.

— Tu ne t'intéresses pas à la chasse?

— Pas vraiment.

— Il le faut. Même si tu ne chasses pas, tu dois comprendre.

— Je comprends. On fait comme les prédateurs, on prend ce qu'il nous faut pour avoir de la force. Personne n'aime entendre son ventre gronder de faim.

— Prendre la force et le pouvoir d'un cornu ou d'un poilu, d'un volatile ou d'un nageant: c'est ça qui nous rend robustes.

— Mais pas résistants à tout…

Quand Baho assiste à une chasse, elle saisit le sens des gestes qu'elle a observés. Pointe bien taillée entaille et transperce la chair de l'animal, qui servira de repas. Pointe fragile, et les Houmens se mettent à courir comme des lapins pour échapper à la colère d'un aurochs. Les pieux emmanchés de pointes sont faits pour les plus forts des Houmens. Heureusement, les filles ne participent qu'à la fabrication. On dit qu'elles ont des mains et des yeux pour faire les meilleurs tranchants. C'est leur façon de participer à la chasse en restant immobiles.

— Antseu, Antseu! J'ai compris, on peut ne pas bouger et vivre dans le mouvement! Je suis l'arbrisseau des Houmens, dit-elle en riant.

1. Le suc de la laitue vireuse contient du lactarium, qui est un narcotique.

Antseu lui offre alors un burin. Une bête-esprit y est gravée : c'est une fauvette dont les pattes sont posées sur un bois de cerf.

Baho ne dit rien. Elle sourit. Antseu, qui n'aime pas parler, lui fait des signes explicatifs muets. Une patte fine et un bec sur un bois d'arbre-cerf, c'est la faiblesse associée à la force : elle ! Cette proximité de vues enclenche un sourire sur le visage de Baho aux yeux clairvoyants. Son regard est vorace, on dirait qu'il respire les couleurs et les formes. Elle a une vue d'aigle et apprend à coudre. Les aiguilles sont en os mais peuvent casser, elles sont finalement plus fragiles que certains tendons. Baho doit apprendre à faire cohabiter ses forces et ses faiblesses. Sa mère, Ra, l'initie à l'art de joindre des décorations de plumes et de coquillages avec des fibres torsadées. Les paysages s'instillent ainsi par quelques traces sur les vêtements. Hommes et femmes savent coudre leurs symboles personnels, mais tous reconnaissent que les mains de Baho sont très habiles et les trop « gros-doigts » viennent souvent lui demander de l'aide. Elle accepte volontiers. À force d'aider chacun, elle est appréciée de tous. Les marches et escalades offrent des trésors de formes et de couleurs.

Baho grandit et apprend à déchiffrer l'empreinte des pieds de chaque humain et de chaque animal dans le sol. Parfois elle s'inquiète pour l'un deux, en fonction de la forme et de l'épaisseur de la trace. La peau rugueuse, meuble ou parfois caillouteuse de la terre fourmille de vivants. On les chasse pour ne pas se faire manger par certains. D'autres sont mangeables. Son père Ho lui demande si elle a retenu leurs noms. Comme la fille de Ra et de Ho est bavarde, elle ajoute toujours des réflexions personnelles à ses réponses :

— Chez les poilus, la mère donne du lait, chez les écaillés, les petits se débrouillent comme ils peuvent.

— De qui tu as le plus peur ?

— Du sanglier, je crois, car il est à ma taille ! dit-elle en riant. Le canard me fait rire !

Elle ne craint pas les rares lourds mammouths et les éléphants, ni les rhinocéros surgis d'entre les herbes hautes. Bien sûr, ils disposent d'armes naturelles, leurs cornes, mais ils s'aventurent rarement près des abris des Houmens, car ils sont placés loin de leur passage. Ce sont les chasseurs qui s'attaquent le plus souvent à eux, mais rarement. Leur bravoure permet à tous d'avoir de quoi manger. Un troupeau de bisons a déjà percuté des petits Houmens, et N'a-qu'un-œil a été le plus coriace. Il a été remplacé par Fonceur le Fourbe. Le chef dit que, lorsqu'il sera dépecé, les enfants seront en sécurité :

— On va se régaler. Le bison fourbe fait semblant d'aller tout droit et, au dernier moment, il bifurque et fonce sur l'un d'entre nous. Il faut se méfier et bien attaquer pour dégrossir le mammouth, dégraisser la bisonne, et faire porter la fourrure de la panthère à nos belles Houmènes. Ainsi on se sent à l'abri, même dehors !

Baho ne comprend pas toutes les allusions, mais imite parfois la « danse » des chevaux. Avant de les voir de près, elle a vu des bouquetins, des cerfs, des rennes, des bœufs musqués, des aurochs. Morts, on prend leur énergie et on retrouve sa force, car marcher dans le froid la fait perdre très vite. Enfin, chacun fait son « gras » pour les temps froids. Les animaux qui intriguent le plus Baho, ce sont les plus roublards : les renards et les loups.

Sa mère la surprend en train de parler à l'un d'eux qui est blessé. Ra se met en colère :

— Seuls les chamans ont le pouvoir de parler aux loups. Ne t'approche jamais d'eux ! Méfie-toi des ours et des lions, et écarte-toi toujours des loups ! C'est un veule qui renifle ta main. Méfie-toi. Je vais le chasser !

— Noooooon ! C'est pas un vrai loup, c'est la moitié d'un loup. Il ne faut pas en avoir peur.

— Il fait comme mère marmotte, il te marque de son odeur !

Baho passe sa main sur le dos du loup gris, qui ressent comme une vibration sur l'échine. Baho nourrit le loup en secret. Puis ce loup repart vers sa fin. Soit il parviendra à rejoindre sa meute, soit un charognard le trouvera. En tout cas, ce loup gris ne rôde plus. Baho sait qu'elle aimera les loups et ignore pourquoi c'est important de le sentir déjà.

Cependant, Baho obéit à Ra, elle ne s'adresse plus aux loups. Elle plonge ses yeux dans les recoins du ciel, de l'eau et de la terre. La perdrix des neiges se fond dans le blanc, le brochet et l'anguille se cachent dans les eaux dormantes ou courantes. Les lièvres se font bêtement prendre. Ainsi va la vie, ainsi va la mort. Baho voudrait revoir des loups, mais elle enfouit cette envie pour plus tard. Elle ne parle à personne de cette attirance interdite. L'eau devient dure comme de la pierre et reste transparente. Pour Baho, c'est un phénomène incroyable. Au lieu de rester à jouer avec les enfants, elle suit Antseu à son insu, pour apprendre de lui. N'est-ce pas un grand chaman, qui enveloppe les jambes brisées ou réconforte les Houmènes qui pleurent un petit? Il doit parler avec l'intérieur de la terre et apprendre d'elle. Mais, en le suivant, Baho n'apprend rien. Antseu s'assied dans des lieux ignorés de tous puis revient. Il ramasse quelques graines cachées dans des coques qui ont résisté au froid et au vent. Parfois, il en jette dans des lieux abrités. Lorsqu'on y repasse, il y a quelques pousses de ce qu'il a glissé dans la terre. Baho n'a pas besoin de lui pour écarquiller les yeux: le duvet des flocons de neige présente une similitude avec les plumes des oiseaux. Elle compare les choses et ne dit rien à personne. Elle observe des liens de parenté entre veine, ruisseau et nervure, goutte d'eau, larme et rosée, vent, respiration et courant, mais Antseu ne la suit pas sur «ce terrain-là».

— À force de tout rapprocher, tu vas te joindre à tout, c'est-à-dire à rien!

— Les choses me sourient, je ne vais pas leur faire la tête! répond Baho, fièrement.

Parfois, elle observe Frondzur et Bordig qui discutent devant un feu, loin de tous. Les flammes et leurs paroles ne font qu'une chose. Elles crépitent.

Elle reconnaît maintenant le chant des premiers oiseaux à annoncer le réchauffement de l'air. Bientôt, le clan changera d'abri.

Baho est assez haute pour cueillir des fleurs-feuilles de tilleul. Elle croque dans l'une devenue ronde et recrache tant c'est amer. Antseu ne se moque pas de sa curiosité; il lui demande ce qu'elle compte faire de ces fleurs jaunes, sèches et peu engageantes.

— Elles sentent bon. Il doit y avoir quelque chose de bon dedans.

— Et la résine de pin[1] que tu te mets dans le bas du dos, si bien qu'on te sent venir, c'est quoi cette nouvelle tocade?

— Antseu, dis-moi d'abord ce qu'est une tocade?

— Une chose qui ne te quitte plus, qui frappe sans cesse dans ton esprit.

1. La sève du pin maritime contient des monoterpènes. Elle est rubéfiante en usage externe et peut s'utiliser pour traiter les névralgies (sciatiques, cruralgies, névralgies cervico-brachiales.) *Cf.* Dr Jean-Michel Morel, *Traité pratique de phytothérapie*, Grancher, 2008.

— Ce n'est pas une lubie – moi, j'appelle ça comme ça… J'ai remarqué que l'odeur forte du sang coagulé des pins est un appel pour moi. Quand j'ai mal au cou ou dans le bas du dos, la douleur disparaît lorsque je mets le sang des pins à l'endroit de la douleur…

— Et tu en penses quoi?

— … Les fleurs, les racines, les coques, les feuilles, tout semble être à notre image, bon ou mauvais, prêt à nous empoisonner la vie comme tu dis, ou, au contraire, prêt à nous guérir. Antseu, tu devrais essayer le sang visqueux des arbres pensifs du bord de mer.

— On appelle cela de la sève.

— Pourquoi sève et pas sang?

— Parce qu'un arbre blessé qui perd son «sang» ne meurt pas. Son suc va partout, mais on ne le voit pas couler.

— Si, il coule de l'écorce. Et comment tu peux tout savoir? Tu es déjà entré dans un arbre?

— Oui…

— Pas possible!

— Un arbre creux, fillette. Un arbre creux…

— Dommage… Je pensais que tu avais le pouvoir de pénétrer l'esprit d'un arbre à grappes! Je t'ai vu ramasser ses fruits poisseux. Je t'ai vu un soir marcher entièrement, vraiment entièrement sous l'emprise de…

— D'un suc de fruit… une expérience… une chose qui n'est pas bonne, mais qui est délicieuse.

— Et pourtant, tu en as fait goûter aux visiteurs. Le chef rozi Heymot, a apprécié et il a ti…, il a titubé…

— Le jus des grappes, c'est pas pour les petites Houmènes.

— J'en boirai, si je veux!

— Tu ne sauras pas faire.

— Cela se fait tout seul! Les fruits se ratatinent et sont sucrés. Ensuite, ils changent encore et le jus tourne un peu la tête. Tu peux me dire comment cela se fait?

— Non-non. Non parce que je ne veux pas te répondre et non parce que je ne dois pas te répondre.

Antseu avait constaté la fermentation des grappes de raisins de ces arbustes proches de la mer. Le goût sucré lui avait plu, il avait pressé de ses mains et bu ces perles de rosée foncée qui attiraient les abeilles. Si les abeilles s'en délectaient, il pouvait s'y risquer… Il songea alors à ses proches disparus et entra dans une grotte. Il vit des trous naturels et y plaça une provision de grappes trop mûries. Plus tard il revint, et il but et mangea tout à la fois le résultat, recrachant les pépins. Au bout d'un moment, il se mit à tituber sans pouvoir se contrôler. C'était si agréable, mais sans doute mauvais pour les chasseurs. Antseu garda donc cela secret : un chasseur mû par ce « pressage » des raisins se serait fait harponner par un lion repu ! Puis il voulut briller en compagnie des Rozis, non comme la lune mais comme le soleil, et le secret fut éventé. On ne boirait ce jus qu'en circonstance exceptionnelle. Il ne devait pas parler de cela à Baho, alors il se contenta de dire :

— Il y a une sève pour les jeunes, et une sève pour les vieux. Moi, j'ai besoin de manger du vieux jus. Un jour, tu comprendras... Va plutôt t'amuser avec des Houmenets à dents de lait !

Baho partage quelques jeux avec des filles et des garçons, mais elle s'ennuie en leur compagnie et n'ose le dire. Antseu le Sage l'amuse à propos de tout ; quant aux enfants, c'est à qui imitera un chasseur ou frappera le mieux une pierre avec force. Ils ne sont que dans le mimétisme. Or, ce qui intéresse Baho, c'est ce que lui suggèrent le vent, le feu et l'eau, les sons, les nuances, les transformations, les retours des couleurs du froid et du chaud. Elle est fascinée par le galop des chevaux, leurs sabots dans les vagues. Ils se profilent dans les hautes herbes, puis suivent les langues de la Grande Bleue. Elle les trouve superbement beaux. Elle dit cela à Nok-Nok, un petit de son âge, et il répond :

— Un cheval, c'est bon à bouffer. Pas à regarder.

— Un cheval, c'est beau à regarder.

— Faut pas les approcher.

— Nok-Nok, moi je peux. Tu vas voir. Je hennis et ils viennent.

— C'est quoi que tu hennis ?

— Le langage des chevaux est plus simple que le nôtre. Facile à apprendre ! *Hiiii*.

— Pas vrai, tu peux pas parler cheval !

— Si ! Ils me comprennent.

— T'es stupide. T'es pas une sœur de cheval. T'es qu'une Houmenette qui court pas vite. Et d'abord, je te crois pas.

— Tu vas voir. Nok-Nok, je vais imiter le grand blond, celui qui cavale en tête. Écoute !

Baho imite une jument vigoureuse et, aussitôt, des bruits de sabots se font entendre. Le blond à la crinière sombre s'approche. Nok-Nok fuit, pris de panique. Les yeux bombés du cheval sont énormes, et Baho se reflète dedans. Baho souffle sur les naseaux de la bête, qui détale en faisant une ruade.

Baho parle aussitôt des chevaux à Antseu et lui explique leurs mots, naturellement. Elle dit: «Viens», «Repars», «Écoute», «Attention», «Bonne odeur» en langage chevalin. Lui comprend la légèreté-force de la bête qui quitte le sol de toute sa masse et retombe à peine pour rebondir. C'est tout, mais il sait que Baho est en harmonie avec le monde, même si tous la trouvent «différente». Elle devrait garder ses dons secrets… Nok-Nok est en train de raconter à tout le monde qu'elle parle cheval!

— Si! Elle a henni *hi hi hi* et le cheval est venu sans peur d'être bouffé!

Toutes ces choses énervent la mère de Baho, qui trouve là des prétextes pour rabrouer sa fille. Ra ne comprend pas qu'elle porte ces bracelets colorés, qui font trop de bruit pour rien, ou qu'elle prenne la voix de chaque animal connu: chouette, marmotte, cheval, belette, fauvette, sanglier… Ra est persuadée que le don d'imitation ne peut que mettre en grande colère les esprits des animaux.

Si elle n'imite les chevaux que loin des campements, Baho contrefait le chant de tous les oiseaux en permanence et ils lui répondent. Elle s'amuse aussi à les faire venir. Cela ne marche pas toujours, mais Baho s'améliore. Pour elle, les Houmens sont plus attentifs à leur manger qu'à leur penser. Ils ont peur du noir, c'est tout! Ils ont voulu remplacer la disparition du soleil par le feu, et se sentent plus forts dans le noir en compagnie de ces flammes qui ne cuisent pas forcément quelque chose. Le feu imite l'absent et éclaire les grottes, ce que le soleil ne peut plus faire car il n'est pas un serpent de lumière! Il ne peut, ou bien il ne veut pas? C'est une question terrible qu'elle garde pour elle. Le soleil est-il un être ou une chose? Baho est finalement ravie que les Houmens aient trouvé la manière de faire de la lumière et du feu en même temps. Et tant pis si elle n'a pas la réponse aux fugues de l'éclairant et chauffant soleil. Est-ce du feu? Est-ce qu'Antseu le sait? Le feu chauffe et éclaire, c'est tout ce qu'elle comprend. Elle s'en approche dangereusement, hypnotisée par la danse des flammèches. Ra la repousse avec douceur et fermeté.

— Baho! Ce n'est pas un jeu. On ne joue pas avec le feu! Le feu est à nous, mais nous ne devons pas être au feu!

Autour d'un bon petit brasier, on raconte des histoires extraordinaires, des choses qui ne sont ni vraies ni fausses, comme cette histoire du chasseur qui perdit sa sagaie. Un aigle la tenait, il l'avait prise dans son bec pour faire son nid. Pour la récupérer, le chasseur offrit un lapin à l'aigle, qui lâcha la pointe. Le chasseur continua à chasser, promettant qu'aucun aiglon ne serait blessé par sa faute. Bordig donne la conclusion :

— De cette histoire, il faut retenir le fond. Le troc est pratiqué depuis des lunes, ce qui permet d'obtenir des trucs, *hum*, qu'on n'a pas, et de céder à d'autres ce qu'on a en trop.

— Baho pourra un jour troquer son savoir contre notre protection, lança timidement Antseu. Elle veut connaître l'esprit du feu.

— Pas question que Baho touche au feu ! s'écrie Ra. Le troc a eu lieu, on lui donne du bois, il le brûle. Mais ma fille n'est pas une brindille et elle n'a pas l'âge de faire un foyer.

Pour bien troquer, on doit au moins avoir perdu ses dents de brouillon, la seule chose qui change chez les Houmens, avec la couleur du poil ; ces premières dents, d'autres clans les appellent les « dents capricieuses », qui sautent comme des cabris et jonchent le fond des grottes. Les enfants adorent triturer leurs petites dents branlantes. Baho est impatiente de voir les nouvelles apparaître et se tourne vers son père pour poser une question :

— Je sais, Ho, que je sais que je ne sais pas de quoi est fait le soleil. Mais dis-moi au moins comment on fait naître le feu, avec un bout de soleil ?

— Trop compliqué pour toi… Observe.

— Dis-moi quand même !

— On peut faire du feu avec du silex qu'on frotte sur *ça*[1], et de cette façon, cela crée des étincelles. Tu les orientes comme ceci, et le vent joue du feu ! S'il joue trop fort, le feu s'éteint. On peut aussi prendre deux bouts de bois, la sciure s'échauffe, et dès que les braises apparaissent, on souffle dessus. Avec des fibres, tu peux aussi provoquer la première étincelle.

— … Et on jette des brindilles bien sèches dans le foyer.

— Alors, tu savais ?

— Oui, père Ho. Je voulais surtout savoir comment on garde le feu. Pourquoi il s'éteint et comment se rallume le soleil qui ne fait pas de cendres !

— On ne sait pas, pas même Antseu. Il ne faut pas tout savoir, c'est risqué…

1. Minerai de fer.

Ra se met à sourire, le feu c'est comme le sexe, cela donne chaud, et on ne peut s'en passer. Les animaux, à part les loutres, ont leurs moments précis pour se reproduire, perdre leurs bois s'ils en ont ; ensuite, beaucoup de couples se défont. La constance n'est pas le fort de toutes les bêtes, ni du feu sous le vent. Les Houmens, eux, peuvent être en feu même lorsque la montagne blanchit et que le sable est recouvert de neige. Ra est heureuse, aujourd'hui : les Houmens, malgré les difficultés, ont une idée de la vie et sa fille Baho l'incarne, mais il n'est pas question qu'elle touche au secret des esprits et du feu. Ra et Ho s'entendent bien. Leur seule crainte, c'est de ne plus avoir d'enfants. Ra les perd tous à la naissance. Toutes les autres femmes ne cessent d'en avoir. Ra en demande la raison à Antseu, sans se soucier de qui l'entend.

— Antseu, pourquoi je donne naissance à des petits qui bleuissent et meurent ?

— C'est pour que tu restes en vie longtemps à t'occuper de Baho. Elle me remplacera un jour, lui répond le chaman.

— Non, je veux qu'elle vive sans être obligée de s'occuper de tous.

— Comme je le fais pour toi ?

— C'est pas une vie, d'être chaman ! Baho a déjà du mal à marcher…

— Vrai. Mais pas à penser. Elle marche toute seule dans ses forêts d'idées. Attends. Patiente. Comprends. Comprends Baho. Baho, faible, sera renforcée par tout le clan. Elle pensera l'avenir.

— Penser, penser[1]. Vous n'avez plus que ce mot à la bouche. Dire une chose, ce serait penser ? Tu rigoles. Tout le monde pense, même la cascade pense, alors. Le bruit qu'elle fait, c'est sans arrêt !

Antseu hausse légèrement les épaules et fait semblant de ne rien avoir entendu. Il préfère parler à la fille de Ra. Elle comprend les nuances d'odeurs et les souvenirs qui s'y rattachent comme des branches à la sève. Ra ne pense qu'à sa panse !

Baho parfois s'arrête en chemin et ne bouge plus, elle regarde les enchaînements et en tire ses conclusions. Elle a mangé des champignons, s'est sentie mal. Elle a souffert de la fièvre qui raidit,

1. C'est la particularité même de l'*Homo sapiens*, appelé aussi *Homo sapiens sapiens*, le « sachant » presque savant. Rappelons que, du point de vue de l'éthologie et en comparaison avec le règne animal, l'homme de Cro-Magnon avait un langage articulé et transmissible, des relations sociales et un système cognitif passant par l'abstraction, l'introspection et une certaine spiritualité. À quoi s'ajoutaient les débuts de l'art et des techniques.

et elle doit vivre avec ce dernier changement, qui ne pourra disparaître. Elle gardera un léger déhanchement. On peut donc prévoir, mais le prévisible est vaste. On chasse en évitant de manquer sa cible, on est solidaire, mais c'est la partie mâle du clan qui prend le plus de risques. Les filles – la partie femelle – ont beaucoup de chance, elles ne risquent pas de prendre un troupeau de rennes ou de chevaux en pleine tête ; elles chassent parfois, mais uniquement de petits animaux. Elles ramassent quelques charognes, préparent les huttes, décorent les grottes, affinent les repas. Ce qui ne bouge pas, ce sont les pierres, sauf quand elles tombent contre leur volonté. Depuis longtemps, un langage des images se forme et s'échange entre Houmens. Ils parlent d'un cœur de pierre pour évoquer celui qui semble mort alors qu'il vit, ils décrivent les bras d'un arbre, les pieds d'une roche. Ce qui les fascine et parfois les terrorise, ce sont les jours où le soleil décide de ne pas revenir. Les Houmens doivent alors se lamenter… et le soleil revient. Baho espère voir partir le soleil en plein jour et revenir, ce serait comme de se voir dormir, dit-elle ! D'autres phénomènes viennent du ciel et rendent les Houmens plus effrayés que devant un bison qui charge avec la force du terrible Fourbe. Ce sont des pierres qui éclatent d'autres pierres ! Le ciel les effraie plus que la mer et ses rouleaux qui parfois mangent la terre et avalent les imprudents.

Les Houmens sont tenaces ; enfin, ils font parfois semblant pour se donner du courage. On dit « se donner du courage », comme « se donner du feu », « se donner du mal » ou « du bien »…

Le clan est nomade, et Baho pense que bien des lieux se ressemblent. Or un jour, elle s'égare loin du clan et de son foyer, et renifle une odeur étrange et nouvelle. La voilà face à un petit bison trapu[1] qui baisse sa tête barbue et s'apprête à foncer sur elle. Elle voit se refléter dans ses yeux ronds un troupeau de nuages blancs paisibles et pose ses mains sur son vêtement de peau rouge. Baho trouve l'animal trop petit pour être dangereux. Il se calme, attiré par des herbes grasses. Quand il broute, il fait un bruit de tonte incroyable : *Brrrrrr. Brrrrr.*

Bordig, assis contre un rocher, repère la bête puis voit la fine Baho juste face aux naseaux du bison. Il imagine le carnage ! Baho porte déjà sur elle la couleur du sang. Bien que l'animal n'avance

1. Bison de Ségriès, dont on peut voir le « portrait » gravé à Moustiers-Sainte-Marie. Cette représentation fut découverte en 1963, dans un abri-sous-roche.

pas, l'ancien chef sait qu'il peut renverser la frêle Houmène. Aussitôt, Bordig le Lent alerte d'un geste du bras tous les chasseurs, qui avancent à pas de loup en direction de Baho. Impossible de piéger l'animal dans un trou, il faut l'attaquer aux épieux. L'ancien chef fait signe à Frondzur qu'il doit détourner l'attention du bison trapu et l'amener vers eux. Frondzur imite le cri d'un autre bison, un bison jaloux. Il s'imagine un instant lui-même porter des cornes rondes comme la lune.

Frondzur agite ses bras : il faudra attaquer par-derrière à la façon d'une meute de loups. Mais les quadrupèdes peuvent attendre des jours avant de choisir le plus faible des petits bisons. Les loups, eux, passent leur temps à le fatiguer ou l'attaquent au milieu du troupeau qui fuit. Mais les chasseurs n'ont que très peu de temps ! À leur grande surprise, ils voient Baho s'approcher de l'animal et marcher à ses côtés... Frondzur appelle plus fort le bison, qui détale et fonce vers eux. L'animal s'échappe, mais c'est parce qu'il a reconnu une odeur qui lui plaît terriblement. Le clan le voit alors danser[1] sur lui-même et gratter la terre avant de brouter une herbe rase. Il saute, des poussières jaunâtres étoilent l'air et Baho applaudit. Elle ne s'est rendu compte de rien. Une femelle bison approche le massif danseur. Antseu est le seul à ne pas réprimander Baho de façon abrupte. Chez les Houmens, dire de façon abrupte signifie s'exprimer vertement, avec du piquant, mais aussi lourdement qu'une pierre qui tombe d'un précipice sur un lièvre en balade.

— Tu flânes, tu flânes, petite Baho. Fais attention aux serpents et aux bêtes traquées. Tu ne te vois pas ! Sans cesse, tu regardes de haut en bas sans jamais t'effrayer de rien, mais la chance n'est pas toujours là !

— C'est quoi la chance, Antseu ?

— C'est rien. C'est justement l'absence de danger, un danger raide comme la mort ! La chance, c'est l'absence de maladies, l'absence de poux !

— Mais c'est une chance les poux, cela permet aux coléreux de se faire des papouilles, en écrasant les bestioles qui prennent nos cheveux pour une forêt. Cela calme tout le monde, les poux ! Papa Ho a même des poux dans le cou ! Tu avais remarqué ? Il se gratte au sang !

1. Pour voir un exemple de cet incroyable ballet, en Russie : www.youtube.com/watch?v=MjobxP9agxU

Baho n'a pas compris les risques qu'elle prend et tente sa chance. Elle échappe à la surveillance du groupe et d'Antseu, qui croyait l'avoir convaincue. Elle grimpe vers un espace d'une blancheur fascinante. Une magnifique panthère s'avance, et Baho s'extasie devant ses yeux bleus glacés. Ventre blanc, taches grisées sur le dos, elle semble fière d'être belle.

— Tu es la plus belle de la terre, panthère, tu sembles avoir faim. Tu ne fais pas un bruit quand tu cours sur la neige. Tu es prête à attaquer.

Les yeux bleus de la panthère lui parlent dans le silence, mais son faux sourire dévoile des dents plus longues qu'un biface et plus fines qu'un poinçon ! Baho craint que la bête se précipite sur elle et la dévore. Que faire ? Elle se met à marcher à quatre pattes en imitant le bâillement des petits lourdauds des panthères. Elle pose sa main sur le front de la bête, qui commence à lui lécher les cheveux.

— Olpa la panthère, tu ne m'as pas prise pour une deux-pattes. Ça doit être ça, avoir de la chance !

La langue rose et râpeuse lui a laissé une curieuse odeur sur le haut du crâne. Baho ne parle à personne de cette rencontre, on l'attacherait si on savait ce qu'elle vient de faire. Il est bien connu que « monter seul dans le territoire des félins, c'est se mettre tout seul dans leur gueule, voire plus loin »...

Baho a aimé ce contact avec Olpa ; pour elle, c'est une Houmène métamorphosée en chasseresse de lapins. Mais toutes les panthères ne doivent pas avoir ce comportement. Baho revient au campement comme si elle ne l'avait pas quitté. Elle s'endort au soleil qui ne chauffe pas et rêve qu'elle est aussi curieuse et agile que l'animal qu'elle vient de quitter. Les jambes dirigées vers le feu, Baho devient un temps un fauve qui bondit. Elle est toute blanche et invisible dans une prairie épaisse de neige. Sa fourrure la réchauffe : elle est bien, en panthère. L'odeur de la viande, soudain, la fait se réveiller mi-panthère, mi-Houmène.

— Mange ! lui enjoint Ra. On repart d'ici à la lune ronde. Il faut que tu reprennes la force du bison !

— Je voudrais prendre la force au feu.

— Tais-toi et mange.

Après des jours de marche, les Houmens se cachent dans une immense grotte[1]. Des filaments comme des poils tombent des

1. Grotte de l'Observatoire, à Monaco.

pierres. Chacun s'entoure de fourrures et se repose. Baho touche la roche qui suinte et, malgré sa beauté, elle a hâte de quitter cet endroit qui abrite des araignées. Elle craint un malheur.

Une belle poignée de lunes blanches, jaunes, roses et rousses a dispersé le temps. Tout allait bien, puis on s'est aperçu que le frère de Krone, Sékui, avait un cœur de pierre. Il ne songea même pas à enterrer sa compagne Silia car il en avait une autre en réserve, une certaine Peutu, échappée d'on ne sait où. Sékui ne pleura pas non plus son fils, sa « réserve », et en fit un tout neuf à Peutu. Sékui n'eut pas un mot pour la perte de sa plus belle fille, partie avec les Bruts, le clan des terres froides, la jolie Libris. Il ne s'était pas inquiété non plus de la disparition d'Ostile dans le clan des Watanks. Alors, quand un vieux mammouth de passage le piétina, le clan des Houmens soupira : il n'est jamais bon de perdre l'un des siens. Le clan soupira à nouveau : il est difficile d'avouer qu'on a accepté en son sein le pire des siens sans broncher. Et pour finir le clan soupira avec un certain plaisir : on enterra Sékui. Bordig et les proches de Krone poussèrent un *ouf* si sonore qu'une souris affolée fila entre leurs pieds.

Les soupirs évaporés, Antseu s'en souvient et dit :

— Nous avons fait un collier de soupirs. Qu'on les oublie vite car Sékui n'est pas une perte, mais nous n'avons rien gagné. Si, Peutu la Jolie et son fils petit Peutil. Entourons-les et tout ira bien.

Il existe d'autres images qui font réfléchir : on dit « être stupide comme ses ongles », car un ongle casse toujours bêtement, surtout s'il participe à tailler une pierre et qu'on le façonne à la place de l'outil, c'est la pire des façons de perdre un ongle ! On dit aussi « être aussi fier qu'un cheval qui se dresse », car il se croit aussi haut que la crinière de la montagne, mais lorsqu'il redescend, on peut plus facilement l'abattre puis le dépecer. D'où l'expression « Redescendre sur terre » qu'on lance à un Houmenet qui se croit plus futé que les autres et qui vient de tomber. On dit des plus affûtés qu'ils ont « la main sacrée », c'est-à-dire qu'ils viennent à bout de l'invariabilité dure d'un silex – cela n'est pas donné à tout le monde. Ra est sans doute la meilleure main pour dompter la pierre et en faire un outil performant.

Baho aime le regard que fait sa mère quand elle pense à « quelque chose d'autre » tout en ciselant un outil. Le « quelque chose d'autre » en question, c'est le mystérieux à découvrir. Les femmes ont un regard qui change comme la pluie en beau temps, mais on ne sait pas à quoi elles pensent. Elles pensent en général à la même chose que les hommes, mais différemment. Baho s'en rend compte. Les grands parfois délaissent leurs petits pour se retrouver dans un creux de roche à l'abri des regards, et parfois ils se chevauchent avec des petits cris. Leurs yeux pétillent, avant que leurs paupières s'alourdissent.

Maintenant qu'elle a de bonnes jambes solides, Baho découvre à chaque pas de nouveaux univers. En fait, elle sait mieux les comprendre. Antseu la regarde parfois gravement. Antseu n'a pas de mère vivante dans son souvenir. De ses proches, il n'a plus une personne vivante. Le clan a remplacé les absents. Baho est sa petite sœur choisie. Ses jambes réticentes lui obéissent, mais elle reste réticente à fuir les animaux de tout poil! Il la voit debout, qui regarde une grotte[1] qui l'obsède.

Baho s'y voit grande et triste, comme propulsée dans l'avenir.

Antseu verse une larme intérieure qui part des yeux et coule dans sa gorge. Il ressent sa solitude, la même que la sienne. S'il est chaman, c'est que toute sa famille se trouve dans des sépultures éloignées de celles des Houmens. À quelques grottes de là, sa mère, qu'il avait allongée sur le dos. À ses côtés, et dans son dos, il avait déposé ses enfants: ses propres frères et sœurs. Il avait recouvert les corps de rouge[2] pour leur rendre vie et couleur. Il avait placé des coiffes de coquillages sur leur tête, et des canines de cerf, des vertèbres de poisson, les plus beaux colliers, un morceau d'ivoire d'éléphant, des lames de pierre. Seul, boiteux, Antseu était redevenu un Houmen. Il avait posé les plus belles parures sur sa mère, si bien décorée qu'on aurait dit qu'elle reprenait vie et la redonnait à tous ses enfants. Tous étaient morts, sauf lui, signe qu'il serait chaman… Ensuite, il avait quitté les rares Rozis en vie, pour retrouver les racines de sa mère, une Houmène aux yeux d'un bleu de lac.

Baho voit la grotte lorsqu'elle ne sera plus. La mer se sera rapprochée. Elle ne craint pas la mort. Elle sourit: si on vit chaque vie, on vit toujours, de vie en vie. «Ce serait horrible de vivre la même vie et de vieillir jusqu'à la poussière», confie-t-elle soudain à Antseu. Il lui répond qu'il y a des questions qui viennent sans raison mais qu'elles n'ont peut-être pas tort d'exister.

1. La Barma Grande ou Baoussé-Rossi, sur la commune de Grimaldi.
2. Ocre rouge et poudre de fer oligiste.

7

Le front d'un chef

Frondzur s'éclate le front en glissant sur une pierre trempée. Heureusement, tout le clan parvient à rabattre sans son aide un troupeau de rennes. Grâce aux propulseurs, les chasseurs visent les plus grasses des bêtes et leurs flèches les lardent d'incisions. Il y aura de la bonne viande pour tous. Ils se sont trompés sur un point : il faut toujours laisser les reproducteurs en vie, et ça Frondzur a oublié de leur redire. Le chasseur est instinctivement et toujours attiré par la plus belle proie, voilà le piège à éviter.

— Chasseurs, ne visez que les faibles qui ne referont pas une belle bête ! Ne tuez pas les plus forts, les plus beaux ! Je vais vous le redire, encore et encore ! Pourquoi ? À force de manger les plus grasses des rennes femelles, il n'y aura plus de beaux petits !

— Bonne mangeaille tout de même, termine Bordig, qui apprécie la viande facile à mâcher.

Autour du feu, après cette chasse magique, Frondzur refait le point, le front qui saigne encore :

— Amis houmens, j'ai perdu le front, pas la tête. Vous, oui !

— Ah ? soupire le chœur des chasseurs. Parce qu'on a tué les plus beaux rennes ? Ils sont bien meilleurs sous la dent ! Y a de quoi faire avec les dodus !

— On ne tue jamais un meneur, car c'est le meneur qui fait les meilleurs rennes. Compris ? À la chasse, on doit toujours se mettre d'accord sur qui fait quoi, qui est qui, ce qu'on cherche et ce qu'on mange, et quand on mange. Pourquoi ? Parce que sinon le chef ne sert à rien. Pas vrai Bordig ?

— Frondzur a raison. Tant que nous aurons besoin d'un chef, il y aura un chef : il sait ce qu'il y a à savoir et, *hum*, le chaman sait ce qu'il n'y a pas à savoir... *Hum*... Parce que son savoir, si on le partageait, il ralentirait la chasse. Il sait pour nous, le chaman-papa. Cela suffit. À la chasse, on ne peut faire n'importe quoi.

Opus se gratte la tête. Il n'est pas bon d'interrompre un ancien, mais puisque personne ne parle plus, il décide de commencer par un petit *hum* mimétique de l'ancien chef :

— *Hum*... Pourquoi il y aurait des choses à ne pas connaître ? Nous sommes tous des Houmens, non ?

— Opus, chaque chose en son temps, et le temps arrange bien des choses, répond Bordig.

Baho sent un malaise monter en elle, une timidité dévorante, pourtant elle saisit la parole que personne ne prend plus :

— On peut savoir ce qui ne sert pas à la chasse : c'est ce qui ne sert pas au chasseur. Mais en dehors, oui, cela peut servir à ce qui n'est pas la chasse. Quand les chasseurs cessent de chasser, j'aime écouter Antseu. Il sait l'aigle, le bison, les bois. Il faut écouter Antseu quand il parle. Il a l'esprit du feu dans sa main. Il guérit de la fièvre qui rend raide, parce qu'il ne pense pas raide, il pense large, très large.

— Personne ne t'a demandé de parler. Tu n'es pas de taille à prendre la parole, siffle sa mère Ra. Ton avis n'est pas mûr. Tu es trop petite.

— Mais elle a tout d'une grande..., souffle Antseu à l'oreille de Ra.

Antseu savait avant d'être chaman que l'« eau-delà » était chasse gardée pour les chefs et qu'ils n'avaient voulu partager aucun doute avec personne. Personne n'a su, ne sait et ne saura où s'arrêtent les flots sans fin et la profondeur du ciel. Voilà pourquoi tous les chefs ont toujours affirmé que les plus méritants à la chasse seraient bien enterrés : c'était pour ne pas parler de l'au-delà de l'eau ou du ciel. Les chamans insistaient pour dire que les Houmens aimés seraient accompagnés de rouge et de breloques bien à eux : on poursuivait son chemin, qui qu'on soit, quoi qu'on devienne. Antseu pense maintenant que la chasse et les rêves font l'Houmen, mais qu'il ne faut pas séparer le rêve de la réalité. En revanche, il n'est pas temps de le dire !

Plus tard dans la nuit, avant que tous ne se couchent bien à l'abri, Bordig vient s'asseoir à côté d'Opus. Loin des autres, il lui lance son premier *hum* timide :

— *Hum*. On ne peut pas tout dire à tous. Opus, je t'ai vu tiquer.

— Oui, j'ai tiqué des mâchoires, et sourcillé des sourcils ! Car je veux qu'on me dise ce qu'il y a à savoir. Savoir en dehors de la chasse...

— *Hum, hum*… On ne peut tout dire aux Houmens, sinon ils seraient mauvais à la chasse, je t'assure : dans la lune, en fait.

— « Dans la lune ? » Impossible.

— C'est une image, comme de dire « sortir de son terrier » alors qu'on n'est pas un lapin. Et puis il faut reconnaître que le secret forge la confiance et le respect. *Hum.*

— Mais nous t'avons toujours respecté, toi, et maintenant Frondzur.

— Toi peut-être. Mais imagine un mauvais Houmen à qui tu dirais la chose véritable sur la mort ?

— Quoi ? On peut tout dire : on ne sait rien…

— C'est bien parce que nous ne savons rien de ce qui se passe après que tout devient pierreux en nous, que nous devons faire croire qu'on retrouve sa souplesse… Une fois qu'on croit, on ne se pose plus de questions. Nous avons peur, avoue-le, et c'est pour cela qu'Antseu propose des esprits qui reviennent sous forme de chevaux, d'aurochs et de rennes. *Hum*… et même d'aigles !

— Moi, j'y crois ! Et je crois surtout à l'esprit du loup…

— C'est bien ça le problème. Garde ta croyance pour toi. Parfois, la peur est bonne pour ne pas faire de faux pas qui conduisent au précipice. Si des jeunes se disent que ce n'est pas grave de mourir, ils ne trouveront aucune raison à ne pas faire les fous, ils essaieront même d'affronter l'esprit des eaux profondes ! Ils doivent craindre de tuer un Houmen, de le noyer. En même temps, ils ne doivent pas avoir peur d'entrer en terre comme les autres avant eux. Rappelle-toi les Watanks. Ils croient plus que nous à la vie après la mort, et, du coup, ils meurent et tuent plus facilement. Cela m'effraie de constater que la non-peur les pousse à tuer. Tu es d'accord avec moi ? *Hum ?* Sur ce sujet mortel ?

— Laisse-moi des lunes pour répondre. Si je te dis oui, j'enlève le pouvoir du non. Si je dis non, je tue le oui.

— Donc, tu hésites car oui et non ne sont pas oui-oui-oui vraiment ; et non-non-non tout à fait.

— Tout à fait, vraiment tu as raison. Oui… Tu restes un bon chef dans l'ombre. Et que penses-tu de la blessure de Frondzur, chef dans la lumière ? On va encore changer de meneur, à ton avis ? Lézar, peut-être ?…

— Frondzur s'améliore et il prend les rennes comme personne. On peut tous tomber sur un os ou une pierre mouillée. Inutile de changer de chef. Essaie de lui parler de l'animal qui sommeille en lui, pour qu'il devienne un chef de meute ! C'est un loup solitaire, mais aussi un loup protecteur qui veille sur sa meute. *Hum*… Il faut lui dire qu'il a une belle barbe et une belle moustache !

Bordig bâille, c'est sa manière de dire que quelqu'un s'approche et qu'il faut parler d'autre chose. C'est Baho : elle n'arrive pas à dormir. Piquée par des insectes venimeux, elle vient ici se gratter en paix. Elle s'avance à pas de loup. Mais comme elle a tout entendu, elle se mêle à la conversation :

— Vous aussi, vous vous posez des questions sur les moustaches ? Elles ne servent à rien, sauf chez les fauves, elles remuent, vous avez vu ? dit-elle à voix basse pour ne pas réveiller les autres.

— Depuis que tu marches et que tu parles, tu n'arrêtes pas de poser des problèmes ! ronchonne Antseu, qui vient à son tour de se réveiller.

— C'est pas un problème, les questions. Mes yeux et mes oreilles questionnent, même de nuit. J'aime bien les questions.

— On ne sort pas d'une hutte, d'une grotte ou d'une caverne sans protection et surtout quand la nuit a remplacé le jour. Et si tu étais tombée sur un ours ? continue Antseu en tirant sur les poils de sa propre moustache. Cela n'aurait pas été une réponse à tes questions.

— J'en vois deux, d'ours, répond-elle en riant et en fixant du regard Opus l'Échevelé et Bordig le Cagneux.

Les deux Houmens se retournent et, au coin du feu, ils ne voient que leur ombre. Ils rient à leur tour.

Bordig devine en Baho une future chamane – seulement si Antseu parvient à lui faire comprendre qu'une falaise peut s'effondrer, qu'un serpent peut piquer et qu'un homme peut tuer. Baho s'endort dans les bras du vieux chef. Il confie à Antseu ses inquiétudes et conclut ainsi :

— Dire que Baho est née la nuit de l'invasion des Watanks ! Si, comme tu le dis, la vie fait des ronds, nous aurons une nouvelle invasion.

— Je vieillis et je m'y prépare.

— Sais-tu, Antseu, si je dois vivre encore, et bien ?

— Bordig, ton haleine est bonne, tu marches bien, mais tes doigts sont parfois trop froids : préfères les pelages qui retiennent la chaleur.

Les deux Houmens déposent Baho sur sa fourrure de nuit et soufflent sur la torche commune : une branche avec des filaments de fibres d'amadou. Cela réveille Frondzur. Antseu lui fait signe de le suivre à l'extérieur. Le chaman et le nouveau chef palpent les parois de la roche pour se retrouver dehors sans encombre. Antseu rallume sa torche au feu extérieur antifauves et antiloups.

— Frondzur, si tu dors mal, c'est que tu es un bon chef. Opus se pose des questions. Les miennes ont des réponses… Je dois te prévenir, il faut rester sur ses gardes. Les Watanks cherchent à revenir. Tu es chef de meute ; loups, louves et louveteaux houmens sont prêts, mais seulement si tu les préviens. *Hum*, comme dirait Bordig…

— Tu penses que je dois leur dire que je guette l odeur des Watanks ? Nous attendons les Rozis, nos proches voisins, comme à chaque belle saison pour un troc de nos surplus.

— Je crains, moi, les « surmoins ». Le temps change : plus froid, plus chaud… Pas bon, pas bon…

— C'est quoi, des « surmoins » ?

— Ce que tu attendais en trop se révèle à l'envers, en creux, en moins ! Un nez en moins, cela défigure… Moins à manger, ça prive ton ventre. Tu perds la comprenette depuis que ton front a été affronté, ou quoi ?

— C'est bien possible, mais *hum*… Tu ne dis rien de rien à personne. Je remonte…

— Tu remontes ?

— La pente.

— Quelle pente ?

— C'est une image, Antseu, une image. Tu devrais comprendre.

— Ta moustache est vraiment belle.

— Pourquoi tu me dis ça ?

— Tu as la moustache qui remue quand tu parles, exactement comme les animaux qui sentent le danger par la pointe de leurs poils durs…

— Ah bon ?

— C'est un compliment, je te signale.

— Signale-le-moi et en premier, si tu flaires un Watank. Ils ont une odeur terrible qui sort d'eux.

— Ils mangent comme nous, boivent comme nous. Mais ils vivent comme des cuons et mangent trop de viande crue encore. Je vais te révéler un secret : ils sont moins propres que nous. Je me demande même s'ils s'épouillent en famille…

Antseu préfère rentrer dormir et s'avance en tâtonnant, laissant Frondzur dehors, face au ciel inquiétant. Il contemple l'incroyable Baho sous une lueur lunaire. Même endormie, il la perçoit en relation avec les trois mondes : la voix des Houmens, le regard des esprits, le toucher du monde – le froid, le chaud, le vent, les eaux et les odeurs. Elle garde un sourire apaisé et apaisant, même en dormant. Ra l'avait surnommée Baho-Sourire, mais c'était trop long de l'appeler ainsi ! Antseu s'étonne que la petite ait remarqué le rôle des moustaches chez les animaux, puis il s'endort à son tour.

Un oiseau de nuit s'élance à l'aventure.

Le soleil réveille les oiseaux avant les Houmens.

Nuits et jours roulent, s'enroulent autour du temps et créent certaines durées. Le sourire de Baho plane.

Baho est surprenante d'agilité et de perspicacité. Elle réfléchit aux propos des grands et cherche à comprendre l'intime des choses. Par exemple : les vibrisses du lynx semblent ne servir à rien, mais, en réalité, les félins ont des moustaches qui vibrent, on dirait des doigts qui palpent les choses. Ce sont des avertisseurs muets ! Baho en est persuadée. Elle a vu que les chevaux, les souris, et même les animaux qui sortent parfois de la mer ont des filets durs et mobiles autour de la bouche. Les poils humains ne servent à rien, mais les poils durs des animaux, oui, c'est évident ! Quand ils sont trop près d'un obstacle et qu'ils ne peuvent voir, ces doigts-filaments du visage touchent et préviennent. Le renard possède des vibrisses noires, c'est comme ça que Baho a vu le malin renard savoir s'il pouvait ou non entrer dans un trou qui mène à la maison des lapins !

Des lunes passent encore. Les nuages jaunissent à la lune et blanchissent au soleil.

Les jours sont festifs quand tout va bien ; on les dit non fastes quand la mort survient, quand les chamailleries trop fréquentes enterrent la joie, ou que la foudre s'abat sur un Houmen au lieu de choisir un arbre. On ne peut rien prévoir qu'une alternance de faste et de néfaste, de chaud et de froid, de festin et de faim.

Baho a ses nouvelles dents, rangées comme un collier depuis longtemps. Son corps change et, bientôt, comme les autres Houmènes, elle perd un peu de son sang qui coule comme une source entre ses cuisses musclées. Personne, pas même Antseu, ne sait pourquoi, alors personne n'en parle.

Le clan se rapproche de la mer; pour tous, ce sont des moments de joie. Certains pêchent, d'autres ramassent des coquillages, Ho attrape des posidonies et des algues. Séchées, elles apporteront du goût. Personne ne fait comme les poissons et personne ne sait nager. Seul, Antseu se met à rêver qu'on puisse un jour flotter sur un tronc d'arbre. Il en parle à Baho.

— Antseu, Antseu, attache un tronc à un rocher, et je grimperai dessus. S'il te plaît, Antseu. Tu me rattrapes si je tombe à l'eau!

Le chaman regarde si personne ne le voit, et dépose finalement Baho sur une branche ensevelie dans le sable. Baho rit aux éclats: elle s'allonge entre le sable et une vaguelette, pieds dans l'eau.

— Petite effrontée! Tu vois bien qu'on ne peut aller sur la plage d'à côté en passant par l'eau! Il n'y a que les poissons.

— C'est quoi «une pelage»?

— Une plage! C'est un sillon qui reprend plus loin, un rivage que tu vois sans y être ou en y étant. Souvent il y a du sable ou alors des cailloux polis.

Antseu lance un galet à la surface de l'eau, et Baho de dire:

— En voilà un qui ne voulait pas couler au fond.

— Retournons à la grotte-mère. Nous serons à l'abri du vent. J'ai du sable plein les yeux. Pas toi?

— Si, mais j'aime bien le vent. Il fait *ouhhh* comme les loups.

— Ne me dis pas que tu les aimes.

— Je ne te le dis pas. Mais je le pense!

Antseu regarde marcher Baho. Elle souffre en silence. Elle est courageuse.

Les Houmens vivent en paix et sont partageurs.

Du côté des Watanks, il en est autrement, on ne se parle guère, mais on se moque des Watanks femmes et de leurs moments de blessure interne. «À vieux bison pourri et jeune fille, bonjour les mouches!» Bragut ne cesse de ricaner et de se moquer des jeunes filles:

— Vous devenez aussi sales qu'une femelle sanglier et vous ralentissez le mouvement. Toutes, vous êtes pareilles, que vous veniez d'ailleurs ou d'ici! Toutes des attire-mouches.

Loust, une petite Brute des hauteurs, ne comprend pas les mots mais le sens, et lui répond dans un langage imagé:

— Vous, les Watanks, vous êtes polis comme du sable, il ne reste rien de vous. Nous, nos hommes, au moins, ils savent tailler et polir leur propos.

— Qu'est-ce qu'elle dit? demande Bragut à l'un des siens, qui parle le brut.

— Elle dit que nous ne polissons pas nos mots à leur égard.

— Ah oui, elle dit ça?

— Oui. C'est ce qu'elle veut dire.

— Alors tu dis à Loust de la fermer, sa bouche de serpent à poison. Et que, si elle veut bouffer ce soir, elle a intérêt à la boucler, sinon, elle finira comme Ostile. Tout en bas. Oubliée! Nondun me l'avait gardée. Moi, je ne garde pas les râleuses.

La traduction est faite et Loust s'évertue à trouver un Watank sympathique, pour ne pas perdre la vie. Elle a été volée par Bragut et craint qu'il ne s'en prenne à elle définitivement. Une Watanke couverte de bleus lui a un jour mimé la folie du chef. Après, elle lui a dit: «Le chef devient feu et silex. Heureusement, je suis costaude, moi... Mais il ne fera qu'une bouchée de toi!»

Loust s'approche de Wolut, le plus chétif des Watanks, qui n'en revient pas. Il faut dire que Loust est pimpante et magnifique, c'est la plus grande des Brutes, et elle porte des pierres vertes à ses poignets, ce qui la rend vraiment très désirable. Son odeur est envoûtante. Wolut ne comprend pas la raison du choix de Loust, mais accepte bien volontiers de passer la nuit avec elle. Bragut en est outragé – dire que les femmes choisissent encore leur partenaire, chez les Bruts! C'est dépassé depuis longtemps chez les Watanks, c'est le mâle qui décide de tout. Cet exemple ne peut plus durer. Il va sévir. D'abord, il traite Wolut de gringalet inutile et pousse Loust dans un petit ravin. Cela ne fait que pousser Loust dans les bras de Wolut encore plus fort, et Wolut dans le corps de Loust... Bragut rumine. Il ne comprend pas que sa stratégie échoue. Ses mâchoires finissent par se coincer. Il porte la main à ses oreilles, comme s'il devenait sourd. Il ne supporte pas de voir un efflanqué avec une beauté brute, alors que lui est fort, musclé et violent.

Bragut décide alors de se choisir une Houmène de derrière la montagne, rien que pour lui: il ira la saisir en pleine nuit, sans bruit, sans lumière, sans prévenir personne. Il se saisit d'une niche à feu et descend la montagne dans l'obscurité, avec une énergie incroyable. Il ne pense pas un instant qu'il est en train de laisser son clan sans autorité. C'est «plus fort que lui», et pourtant c'est en lui, c'est sa décision.

Dans l'abri nocturne, Baho sent l'odeur d'un monstre : une bête qui n'est pas un loup ni un ours. C'est un danger laid. Souvent, le danger qui plane au-dessus des Houmens n'empêche pas sa beauté. Certains animaux prédateurs d'hommes sont magnifiques ! Or, cet animal est très laid rien qu'à l'odeur.

Un intrus vêtu des pieds à la tête, ce qui n'a jamais été vu, plus petit qu'un ours et plus haut qu'une marmotte géante, s'avance accroupi. Baho distingue un contour terrifiant. Elle ne veut réveiller personne, mais prévenir tout le monde. Comment faire ? Elle envoie un coup de pied à son plus proche voisin, qui n'est autre que Tri, le fils d'Opus. Elle rampe vers lui et lui glisse à l'oreille :

— Intrusion pas houmène. Lâche un gros pet ! Vite

— Un gros pet n'a jamais fait fuir un prédateur.

— Tu sais bien que cela insupporte Frondzur qu'on pète trop fort. Ça le réveillera.

— J'y arrive pas.

— Bon, je vais le faire pour toi.

Un pet sonore envahit la cavité où se sont réfugiés les Houmens. En réalité, Baho ne cesse d'embrasser sa propre main et lance une série de faux pets.

— Qu'est-ce que c'est que ce boucan ? Qui a fait ça ? Qui a pété si fort que cela me réveille, que je le remercie ?... Nom d'un champignon, un Watank dans notre caverne, je vois son ombre, vite à ma suite !

Des galops de pierrailles se font entendre, le clan des Houmens à peine réveillé tente de comprendre et certains fuient vers le fond de la caverne, tandis que d'autres cherchent la sortie par l'entrée de la grotte et se bousculent.

Au jour qui naît, il manque une Houmène, et c'est Flou.

Un Watank l'a enlevée. On n'a pas entendu Flou crier, mais elle a disparu.

Frondzur est furieux. Flou est la plus belle Houmène qui soit. C'est toujours la plus belle que les Watanks veulent pour eux.

Bragut pousse Flou comme une enfant et la tient par les cheveux. Pendant qu'elle marche devant cet hirsute au beau visage, elle échafaude une manière de se défendre, « à la houmène ». Elle sent que le fauve bipède ne pense qu'à la visiter à la place de Kork – son Houmen à elle. On dit que les Watanks frappent sans raison, et cela va être le cas. Elle doit donc faire tête basse. Elle sait qu'en hauteur il y a des crevasses, et quelques traces qui indiquent où vivent les Bruts. Il lui suffira de courir. Flou a de grandes jambes. Mais Bragut la tient fermement, et voilà qu'il lui met des liens de fibres autour des poignets. Il faut penser à autre chose. Refaire le coup du croche-pied à ce Watank à l'odeur infecte, et, au bon moment, s'enfuir, puis revenir à la caverne ornée de plantes qui sentent bon.

Bragut sourit ; il se croit le plus fort, le plus méchant. Flou ne veut pas rester attachée à lui, mais c'est impossible puisqu'il la tient !

Flou voit un éboulis de pierres qui entrave la remontée. Il faut passer à travers des épineux. Au moment où Bragut se sert de son corps pour affronter les branches d'épines, il lui lance :

— Une fois arrivés en haut, je te fais ton affaire. Moi, c'est Bragut et je t'appelle Abrag, car tu es à moi maintenant. Bragut, c'est moi, et tu es à moi.

— Attention serpent ! *Ssssss.*

— Serpent ?

Flou réussit un magnifique croche-pied qu'elle prolonge par un coup de pied entre les jambes de l'hirsute, monte à toute allure, et redescend par un chemin de bouquetins. Elle saute de roche en roche, puis dégringole en direction des Houmens. Bragut est fou de rage.

Les Houmens acceptent que la libération de Flou ne soit due à aucun des chefs ou des chasseurs, mais à l'esprit d'une Houmène. On danse, on chante, on fait du bruit. Mais la peur s'infiltre. Baho raconte l'histoire aux plus petits :

— Bragut est un chef méchant et robuste, Flou est une Houmène douce et intelligente. Rien ne sert d'être méchant et fort, si on est stupide. Il faut apprendre à se défendre, et à décider avec *ça* ! dit-elle en montrant son front.

— Comment tu sais que c'est là qu'on décide ? Tout le monde dit que c'est le cœur qui pense ! remarque Tchouki, un jeune Houmen impatient.

— Alors, toi, tu apprends par cœur, Tchouki ? Moi c'est par tête, yeux, oreilles, nez que j'ai appris. Demande à Antseu. Lui, il sait.

Mais Antseu n'est plus sûr de rien. On parle avec la bouche, mais c'est aussi par là qu'on mange et qu'on souffle, alors c'est peut-être le cœur qui décide de battre en retraite, de parler, de dormir et de copuler ? Car, quand il s'arrête de battre, quand un cerf est découpé vivant, la vie s'en va, la voix du cerf aussi, et le cerf n'a plus d'idées pour s'en sortir. Antseu est envahi par le doute. Il a des montagnes de questions et une brindille de réponse... En tête ou en cœur, pense-t-il?... Il se le demande, la bouche ouverte.

Les mystères sont bons pour le foyer des discussions, et si Baho agace par ses questions, elle apaise toujours par ses réponses.

Elle sait tout des animaux et s'adresse aux plus petits pour dire les noms qu'elle donne aux mollusques terrestres et marins, coquilles dures et molles. Elle pose un hérisson dans les mains d'un petit qui marche à peine, s'amuse à agrandir la galerie d'une taupe. Les petits Houmens sont fascinés. Elle les réveille pour leur faire voir les rapaces de la nuit; le jour, elle débusque les amphibiens aux peaux si étranges. Elle rit en voyant une musaraigne.

Elle accompagne parfois les marmottes et suit de loin la maman lynx et ses petits. Elle fait la grimace quand une hyène se fait entendre. Et, pour les plus curieux des Houmenets, elle montre les empreintes du loir:

— Regardez les traces que laissent les pattes de cet animal dans le sol mou. On dirait une tête qui a des oreilles rondes sur le crâne. C'est un loir qui vient de passer.

— Et c'est comment, un loir? demande le plus jeune.

— Il a des yeux noirs et brillants! Il loge dans des mousses, et il a parfois des raies sur le dos. Il raffole de baies, de bourgeons, de champignons, d'écorces, parfois il mange un œuf.

— Un œuf de quoi?

— Un petit œuf d'oiseau. Il devient gros avant les grands froids. Après, il fait comme il peut et devient maigre.

— Baho, on peut pas faire comme lui? Dormir au chaud tout le temps qu'il fait froid?

— Le loir dort tout le temps. Il fait comme l'ours. Et toi, tu ne voudrais plus voir le blanc envahir les herbes et le soleil revenir réchauffer tes petits bras? Nous, on n'est pas des loirs, ni des ours. On est, on est...?

— Des marmots.

— Non, des petits d'Houmens!

— Moi, plus tard, je vais être un marmot.

— Le loir, il fait comme toi, il grogne et il siffle.

— Et il crie comme ça: *creucreucreu*...

— C'est bien lui. C'est le loir.

Baho apprend et transmet ce qu'elle sait savoir. Et Antseu la guide dans ses choix de plantes guérisseuses. L'armoise intrigue, avec ses feuilles échevelées – sauf lui qui en connaît les propriétés, il en fait des poudres et des emplâtres. L'armoise soulage des coliques et les Houmens viennent le voir discrètement pour ce genre de problèmes : « Tu y gagneras ! » est la formule du chaman.

Antseu a constaté que l'armoise soignait les douleurs des viscères mais que la plante était aussi une tueuse de vers, et qu'elle redonnait l'appétit à ceux qui l'ont perdu…

Entre le chaman et le chef s'établit un équilibre qui protège le clan. Seul Bordig, qui vient de perdre une dent de devant, s'interroge sur l'avenir. « Bragut doit nourrir sa colère et trouver toutes les raisons pour revenir voler une femme houmène », se dit-il. Mais le cycle des marches et des fêtes, des morts et des naissances fait oublier le danger. La glace cliquette, elle fond ! Les premières fleurs et les premiers lapereaux font le délice des enfants. Tout le clan s'aventure pour piéger un bœuf musqué. Mais ils sont deux à s'affronter sous leurs yeux.

Frondzur montre, de son pouce puis de son index, la marche à suivre. Ils s'avanceront prudemment, à l'envers du vent, puis ils tueront le perdant. Les deux bagarreurs ont le pelage aussi roux qu'un feu et s'affrontent comme deux Bragut en furie. Baho leur trouve l'œil triste. Ce sont deux mâles qui se disputent la suprématie. Elle dit tout bas à Ho son père :

— Heureusement que, chez nous, il n'y a pas de guerre des chefs.

— Ce qui n'empêche pas certains affrontements.

Les deux bœufs à l'encolure grasse reculent avant de se foncer dessus. Les bruits de galop, le choc front contre front encouragent les chasseurs, ils sont prêts à se « faire » deux bœufs. Frondzur hausse les sourcils et indique du bras que celui qui partira en retraite sera le seul à être piégé.

— Perdant qui va perdre la vie…, prononce à faible voix Baho. C'est dur, tout de même.

Mais, autant elle n'a pas aimé voir la chasse, autant elle se régale de la viande du bœuf effondré et tué. Elle est rassurée sur la tactique des siens : on piège un gros animal, on ne l'attaque que si l'on est sûr de ne pas perdre la vie. Elle regarde son père Ho, réconfortée.

Chez les Houmens, on aime beaucoup plus le carné que la chair des poissons, même si celle-ci est plus facile à mastiquer. Les vieux Houmens préfèrent le poisson d'eau douce, personne n'a à prémâcher sa chair pour eux.

Lorsque le clan revient en bordure de mer, la glace a fondu aussi, et pour se reposer des chasses en steppes, on mange des baies ou des racines, ou bien encore des tubercules. Baho savoure l'intérieur des coques de mer et s'étonne auprès d'Antseu d'être la seule à manger les fruits de la mer. Elle adore le goût salé et piquant qui s'en dégage.

— Baho, tu es une drôle d'Houmène. Nous tous, nous sommes des chasseurs parce qu'on aime la viande des animaux, même des très grands animaux. On prend des risques pour ça.

— Tu verras. Un jour, je ne serai pas la seule à manger les fruits de la mer.

— Moi, je n'en prends pas ! Jamais, c'est dangereux. On peut s'empoisonner. Je parie que ta mère t'a fait manger des escargots.

— Oui, une fois. C'était pas bon.

— Il n'y avait rien d'autre à se mettre sous la dent, sûrement. Quelle idée elle a eue, Ra, ta mère. Mais tu préfères quoi en bouche, de l'aurochs des plaines, du cheval des hautes herbes ou du cerf des forêts ?

— Le lièvre, cela me suffit. Et c'est plus facile à transporter sur le dos qu'un sanglier ou une cuisse de bison.

— Pas faux. Mais il faudrait tellement de lièvres pour nourrir tout le monde…

— L'intérieur des coques donnerait de quoi manger aux sans-dents. Bordig perd les siennes… C'est triste.

— Oui, mais pourtant on dirait que le clan se remplume. Tu as remarqué, Baho ?

— Il y a plein de petits Houmenets qui sont nés. Aux beaux jours derniers, les Houmens n'ont pas cessé de faire la fête dans les cavernes.

— Eh oui ! Maintenant, il va falloir nourrir les petits voraces ! Mais il faut que tu connaisses le nom des armes à chasseur, si un jour l'un deux demande l'entrée de ta petite caverne et qu'à ton tour tu portes dans ton ventre un nouveau venu. Tu vois ce que je veux dire ?

— Facile. Il y a les outils en pierre : les lames qui servent à couper, les grattoirs qui servent à gratter et à tanner les peaux, les burins en os de cerf, les lamelles qui s'assemblent avec les pointes qu'on va projeter.

— Ce sont des armes projectiles. Mais toi, tu te projettes? Tu n'as pas répondu à ma question.

— Je vois ce que tu veux dire. Mais, justement, je te dis que j'ai étudié les outils et les armes. Il y a donc les pointes et les gravettes. Je passe au bois et aux os qui servent vraiment à tout. Mon futur chevaucheur aura comme les autres de belles sagaies, des poinçons pour percer, outils que je lui emprunterai pour faire des vêtements à mes enfants. Et au sommet des sommets, il aura bien sûr ses armes en pointe de silex. Je l'aiderai à emmancher ses gravettes en bout de sagaie, parce que j'ai les doigts fins! Cela te va, Antseu? Pas question que je te raconte comment les flèches de peau des hommes ciblent l'intérieur des femmes!

— Tu sais merveilleusement entourer les points dentelés au bout des piques. J'espère que tu sauras les «recevoir».

— Les sagaies sont fines, ton esprit est parfois lourd!

— Comme tes jambes qui sont élancées et très souvent pénibles à «transporter». Cela va-t-il mieux, de ce côté-là?

— Je marche et je ne me plains pas!

— Tu as la tête bien emmanchée au cou, et tu sais parler et te taire. Bon. Bientôt, nous allons nous rapprocher à nouveau de la grotte-mère, mais par un autre chemin cette fois, pour éviter les Watanks. Fais très attention.

— À quoi?

— À ne pas divaguer comme tu le fais. Je t'observe. Il n'y aura pas de marmottes pour te prévenir des dangers!

— Quels dangers? Il n'y a que ça autour de nous. Nous faisons tous très attention.

— Le vrai danger, c'est quand on ne sait pas quoi faire…

Antseu, pour se calmer, se met à sculpter une roche friable. Baho ne dit plus rien. Ce qui s'est détaché de la roche laisse apparaître une toute petite femme sans yeux.

— Ma mère, dit-il avec respect.

— Elle venait d'où?

— De là-bas, dit-il en faisant un grand geste. Une grotte en forme de caverne de femme.

— Tête ronde, seins ronds, ventre rond! C'est ta mère!

— Comme toutes les femmes. Elles mettent au monde, elles doivent être rondes!

— Et elle tient quoi dans sa main?

— Une lune-corne. J'ai fait autant d'entailles à la corne-lune qu'il y a de grottes ici.

— Il y en a beaucoup.

— Autant que de doigts de mains. Les cavernes sont des ronds creux uniquement ! Les femmes, elles, sont en relief. Elles doivent se protéger. Tu as de bons yeux, tu sais que cela ne t'empêche pas de te munir d'un propulseur et d'une sagaie. On ne sait jamais. Pour te défendre. Tu ne cours pas vite...

— Plutôt une hache. Je vise à côté, sinon. J'ai essayé avec Nok-Nok. Je n'ai pas trop de force dans les bras... Et puis un propulseur en bois de renne, c'est pas si solide que ça ! J'en ai cassé un...

Antseu lui apprend à viser. Mais c'est vrai que Baho est plus une rêveuse qu'une marcheuse.

Les Houmens marchent, contournent, marchent et se perdent. Ils se retrouvent dans un endroit magnifique[1] où Antseu dit qu'il y a danger, car la grotte est immense comme un lac vide et contient un passage aussi long que le bras d'une vie. Baho n'est pas autorisée à entrer, ni personne du clan, les chefs et Antseu, exceptés. Baho demande pourquoi.

— Les Houmens ne nagent pas, les petites curieuses ici n'entrent pas, lui répond sèchement Bordig. Il y a de la glace tout autour, tu pourrais glisser. Attends ici avec les autres.

Bordig, Antseu et Frondzur pénètrent avec des niches à feu. Ils sont submergés par une sensation qui les rend infiniment petits, alors qu'il n'y a d'effrayant que la taille de la grotte. Ils avancent et se trouvent dans un autre ventre de la terre.

Antseu dessine sa main gauche de sa main droite avec de la poussière de bois brûlé.

— Chef ancien et nouveau, laissez ici l'ombre blanche de votre main.

— Ah non ! s'exclame Frondzur. Je ne laisse pas ma main ici.

— Moi non plus ! dit Bordig. L'esprit de la grotte pourrait se venger. Personne n'est venu ici avant nous, pas même un animal. Sortons. Si le feu s'éteint, on est morts !

La grotte est effrayante de beauté. Il ne faut pas y vivre, c'est la maison des esprits. Les roches sont sculptées naturellement. Une

1. La grotte aujourd'hui sous-marine dite « de Cosquer », alors à l'air libre.

main immense qui sort de terre semble déjà interroger le ciel sous une voûte de pierres. Pas la peine d'en dessiner une autre !

À l'extérieur, les Houmens attendent et crient. Il faut repartir. Frondzur ressort, irrité :

— Laissez Antseu dans l'œil de la terre. Il voit. Il dira. C'est trop immense. Attendons.

À l'intérieur, Antseu et Bordig progressent lentement. Peu à peu, la peur disparaît et l'écho de leurs voix finit par les amuser. Antseu se sent récompensé. La statue qu'il a faite pour ne pas oublier sa mère a parlé au ventre de la terre. Il y fait bon, alors que dehors la glace raidit tout le monde. Tous grelottent, et de drôles d'animaux se trémoussent sur les rochers émergeant de la neige.

Lorsqu'il ressort, Antseu pose sa main droite sur le crâne de Baho et lui dit :

— Je suis rentré dans l'image du temps. J'ai laissé une trace. Un jour, tu verras des images peintes. Mais ici, il ne faut rien mettre encore. Tu seras effilochée, mais tu seras chamane. Frondzur a pris un bois-brûlé et laissé un signe, aussi.

— Quel signe ? Un pingouin ? Un oiseau, un grand barbu à cornes ?

— Un point.

— Il fait la tête ?

— Il est triste de ne savoir dessiner qu'un petit œil de souris.

Baho regarde le collier d'Antseu, ce sont des dents habilement trouées. Ces dents dures, des incisives de cerfs, il a dû les forer sans relâche pour obtenir cette perfection. Il devait être jeune, car il a une dent cassée. Il vieillit. Elle ne dit rien. Elle sait qu'ainsi orné il se sent protégé et respecté. Elle se fera un collier avec des « oreilles de mer[1] », parce qu'elle apprend à bien écouter. Ces coquilles ressemblent à des escargots, et aussi à des petites bouches ou des oreilles, cela dépend à quoi on les associe. Elles ont des couleurs laiteuses et irréelles. Ra, sa mère, préfère les coques simples et grosses dont les valves sont striées[2], parce qu'elles servent parfois à prendre de l'eau et qu'elles sont moins fragiles. Ra les entrechoque pour faire « tinter » sa danse. Elle y ajoute de petits coquillages striés

1. *Cyclope neritea.*
2. *Glycymeris violacescens.*

en forme de cœur[1]. Et les petits bruits provoqués rythment les sons que les Houmens font pour s'apaiser.

Partout où elle va, Baho transporte ses images et celles de ses proches et s'emplit de toutes ces différences, de toutes ces nuances…

À la sortie de la grotte-mère des mères, Antseu et Frondzur décident de faire un feu odoriférant pour inviter chacun à danser dans l'entrée de cette grotte interdite.

Les pieds se réchauffent au coin du feu et grâce à la danse. Ce long détour qui les a perdus a rapproché tous les Houmens. Les petits regardent la mer. Tous s'endorment repus de sensations. La fatigue de la marche et de la chasse provoque un ensemble de ronflements hétéroclites. Ra bougonne, Ho l'épouille, Baho les regarde.

Baho songe. Elle s'emplit de sensations qui lui serviront de jambes, de tête et de cœur. Quand elle sera aussi grande que sa mère, elle saura peut-être parler la langue des phoques et des putois… Elle saura peut-être vraiment voir l'avenir : elle harponnera le futur, elle le sent, il a déjà ses racines en elle. Pour l'instant, elle ne sait qu'une chose : c'est qu'il y a une grotte qui l'attend.

---

1. *Trivia europea*. On trouve ces coquillages à Roc-de-Cave, près de Sarlat, où d'ailleurs une étrange sépulture d'adolescent(e) a été mise au jour en 1928. On trouve également ce genre de petites coquilles qui ressemblent à des pâtes ou à de gros grains de café à la Cueva del Horno. Les parures sont des indications culturelles mais aussi des voyages accomplis Les *Trivia* sont des gastéropodes du littoral dans les régions froides, dont les coquilles se retrouvaient loin de leur environnement.

8

L'AMADOU DE LA COLÈRE

Certains Houmens tracent les lunes écoulées sur une pierre : une façon de les compter consiste à s'essayer aux ronds ou aux traits.

Chez les Watanks, on compte ce qu'on peut prendre aux autres sans se fatiguer. Il y a une expression pour cela : « Qui pique la viande chassée aux autres repose son javelot sans effort. » Les expressions varient, s'ajoutent, et parfois se partagent entre clans. La plus connue chez les Houmens est : « Quand ça lui chante. » Depuis que Ra s'est mise à vocaliser pour un oui ou pour un rien, si un garçon pleure pour de la viande mâchée, on dit : « Ça lui chante, mais cela ne me chante pas » ; et si c'est un ancien qui parle, il dit : « Cela ne m'enchante pas. »

Kline, Opus et leur fils Tri sont les plus tranquilles des Houmens et ils sont bien contents de n'être pas nés watanks. On dit que les Watanks sont fous de Watank en Watank ; c'est pour cela qu'ils recherchent la compagnie des autres clans, pour diluer leur « watankerie ». On les craint, on les oublie, on les craint à nouveau.

Les Rozis sont tombés sur des Bruts qui sont plus doux qu'il n'y paraît, mais les Rozis viennent de subir des pertes. Des Watanks furieux ont chu par surprise et ont eu le dessus sur des Rozis usés. À part un certain Wolut occupé à autre chose, tous les Watanks sont en guerre contre tout ce qui n'est pas eux. « Mais qu'est-ce qui est soi-même ? », se demandent les petits enfants qui se mordillent les doigts. Partout, les clans s'interrogent sur ce qui arrive aux Watanks. Une chose est sûre, si on ne sait pas pourquoi ils sont « sur les nerfs et les tendons », on sait qu'il leur manque encore des femmes. C'est ce qui les a rendus nerveux et tendus… En pratiquant le rapt, les Watanks ont abîmé, pourri la bonne humeur de tous les clans. Avant, on échangeait des paroles, des enfants, des femmes, des hommes, on se prêtait des bras. Aujourd'hui, à cause de Bragut, personne ne se parle de la même manière. Plus de troc, plus de sourires, on se méfie d'eux et aussi des autres. Les Houmens peuvent disparaître, car ils sont les plus gentils et vivent sans presque de sous-entendus. Partout, les plus doux ne cessent d'être attaqués par les plus durs, c'est ainsi que les Graüls, habitants de la Grande Graüle, ont disparu, déjà chassés par les ancêtres des Watanks. Bordig dit qu'il faut une coalition entre les doux-doux, sinon, on n'y parviendra pas. Pourtant, lui rétorque Frondzur, les Rozis ne font qu'éviter les Watanks sans prendre les Houmens comme alliés, car ils préfèrent les Bruts pour se défendre. Les Houmens se demandent quoi faire et interrogent Antseu. Pendant qu'il réfléchit, Baho donne sa solution, de sa petite voix qui articule chaque mot :

— Il faut que chacun puisse rire de ces monstres rien qu'en les voyant. Ils n'oseront plus se montrer…

— Pas idiot. La réponse sort de la bouche des Houmenettes ! dit Frondzur. Mais une Houmenette comme toi ne sait pas comment on ridiculise un Watank sans risque. C'est plus dur que tout. Une moquerie peut le rendre très très méchant. Encore plus qu'avant !

Les Houmens veulent se débarrasser de Bragut, mais leur peur est aussi grande que leur courage.

Cependant, le clan des grands met un plan sur pied. Il faut s'abattre sur Bragut uniquement s'il revient et le mettre nu, puis graver sur le gras de son bras un signe signifiant qu'il n'est qu'un stupide Watank… Frondzur trouve une idée :

— On va le rhabiller pour l'hiver qui vient. On va rire ! Les forts du clan partiront en direction des Watanks avec moi et attendront contre le vent. Bordig, toi, tu veilles sur le clan ; et nous sur nous. Il faut se faire… Je ne trouve pas le mot…

— Invente-le ! dit Opus.

— P… re, ré… respecter. Il va finir par repasser par ici comme les autres fois, ce bouseux de Bragut. Cela sent leur urine derrière les arbres des rochers noirs. Ils viennent tous se soulager là-haut pour voir le paysage. On va les guetter. Dès que Bragut se pointe, Opus et Tir, vous soulevez le piège et je saute sur lui. D'accord?

— Quand? demande Bordig. Quel piège?

— Aux jours qui réchauffent. Un croche-pied en fibre… Si on attaque les premiers, l'effet de surprise mettra à terre ce bouseux, conclut Antseu. C'est le seul à marcher dans de la bouse de bison !

Les Houmens répètent l'opération. Quand Tri et les autres gamins ont tous des bleus aux genoux, Frondzur sait que Bragut se prendra les pieds dans le piège.

Un groupe quitte le campement avec des liens prénoués plein les bras. Frondzur dit à ceux qui ignorent le but de leur ascension :

— On va attraper un « gros lièvre » ! Vont pas apprécier, les bouseux. Reviendront plus. Y a plus qu'à attendre. Le plus beau pied-accroché jamais vu !

— C'est un accroche-pied, ça ? demande Hult en haussant des épaules. Impossible qu'un bout de plante fasse tomber un Watank.

— Aussi sûr que le feu brûle le bois. Il faut penser à ce que tu penses, Hult. Voir d'avance.

— C'est bon pour les Houmenettes qui ont du temps à perdre.

Par ce beau matin sans nuages et sans pluie, Bragut est le premier à venir face au ciel et à l'aplomb qui domine la Grande Bleue. Il marche comme un ours, fier, soulevant à peine sa pelisse pour pisser. Les marmottes envoient un signal, Baho voit, Antseu lève un bras. Frondzur lève l'autre bras et donne à son tour le signal.

Les Houmens étaient tapis dans les branchages, sans broncher. Ils tirent d'un côté et de l'autre du piège. Aussitôt, un pied de l'ennemi est pris par une torsade de fibres, puis le second pied. Frondzur plaque Bragut au sol et le dévêt. Bragut roule ses orbites et envoie des coups de pied. Frondzur le tient toujours plaqué et, après une longue pression, il lui dit :

— Tu dois promettre de ne plus venir cueillir une femme chez nous, ce ne sont ni des fleurs, ni des cailloux. Chez nous, les femmes décident avec qui elles couchent, mangent, marchent, dorment et pètent. Qu'as-tu fais d'Ostile ? Je vais te faire la marque du pense-bête. Tu n'es pas le bienvenu chez nous, même pour pisser ! dit-il en faisant une scarification sur l'épaule de Bragut.

— Moi pas comprendre !

— Toi comprendre ! Si quelqu'un te voit de dos, il te le dira. Antseu, dis-lui, ou toi, Ho, tu parles un peu le watank : dis-lui ce que j'ai tracé de son sang !

En chœur, les Houmens présents éclatent de rire, et c'est Ho qui donne l'explication :

— Bragut, notre chef Frondzur a tracé à la pointe d'une corne de bouquetin sur ta peau, là-haut dans ton gros gras... Hi ! Hi ! Hi ! Ha ! Ha ! Ha ! Il a taillé dans ta chair l'entrée d'une jolie petite caverne bien chaude, bien poilue et bien humide d'une femme bien d'ici. Tu n'es pas capable de plaire à une femme ni d'en voler une. Alors on t'en grave une à emporter. Flou, tu ne l'auras pas. Honte à toi, honte à toi. Rends-nous Ostile!

— Si tu veux repartir, tu dois promettre de ne plus revenir voler nos femmes, termine Frondzur. Traduis, Ho. Et redis-lui: «Honte à toi.»

Ho traduit et appuie sur chaque mot watank: «*If dix gehen, dix promessa nix prendere sin volio gynék, apud gynék. Mochtonsi, Mochtonsi ti.*»

Mais Bragut pense: «Je peux mentir et ne pas tenir ma parole. Ils sont idiots, ces Houmens. Aux miens, je dirai que ce signe est le nouveau signe de la possession d'une Houmène des cavernes; que je suis le chef des creux et des cavernes! Et si ce n'est pas moi qui me venge, ce sera Wotank, mon fils. Un jour prochain, les Houmens auront perdu le goût de rire. Je vais faire le repenti. Mais bientôt, leurs cavernes seront cendres, et leurs lances miennes.» Bragut, l'œil torve et faussement obéissant, parle dans sa langue, que traduit Ho:

— Il a répondu: «Je promets devant vous tous et derrière tous vous autres de ne plus chercher à voler une de vos femmes sans son consentement. Je ne le ferai plus. C'est pas bien. Désolé. Me voilà même éploré.»

Ho continue à traduire, tout en se demandant à quoi il assiste…

— Tu peux t'en aller, dit Frondzur.

— Et mes loups? Ma pelisse. On a volé ma fourrure! Ma fourrure!

— Qui t'a dit que tu repartirais en loup? Tu repars toujours à poil, non? Quand tu repars de chez nous…

— Vite, c'est l'heure où tout le monde vient pisser par ici. Pitié. Je ne veux pas qu'on me découvre sans ma pelisse. Mon fils va me voir tout nu, saignant. Pitié…

— Opus, donne-lui la vieille pelisse de son père. Il l'avait oubliée ici, il y a des poignées de lunes. On l'a reléguée au fond de cette caverne maudite. On vole jamais rien, nous. On garde. La pelisse de ton père n'a attiré personne que les parasites. Toi, ton père ou quiconque, personne ne viendra à bout des Houmens.

Frondzur parle maintenant à voix basse aux plus jeunes:

— Houmens, maintenant soyons prêts à partir car ils sont plus nombreux que nous…

Opus revient, tenant à bout de bras une loque de poils ternes que ramasse Bragut. Il se met aussitôt à se gratter et abandonne la pelisse paternelle.

Bragut s'en va et, avant d'arriver au sommet, il bifurque. Honteux, il évite son clan. Les Watanks jettent des pierres en direction du lointain. Elles tombent en faisant un bruit sourd et agressif. Bragut s'enfuit.

La nuit se fait, et Bragut, la peau râpée, trépigne. La vengeance germe en lui à la vitesse des étoiles qui filent et s'écrasent au sol aux jours chauds.

Bragut refuse de se plonger dans un lac froid pour arrêter de se gratter. De plus, il ne veut pas revenir bredouille. Alors, comme les prédateurs, il se force à la patience et attend le passage d'une Rozie ou d'une Brute. Il la mènera aux huttes des Watanks, fier de sa conquête. Bragut ne peut revenir à son campement humilié et bredouille. Il monte vers un abri étroit mais sûr et attend. Il ne risque pas de faire une mauvaise rencontre à cette hauteur, il ne sera qu'un observateur, tel un aigle affamé. En langage watank, le mot « affamé » a un double sens, avoir faim ou avoir faim de femmes.

Seul, Bragut reconstitue ses outils, ses armes, jour après jour. Il n'est pas question qu'il revienne mal vêtu, mal vu, mal senti, mal entendu. D'abord, il trouve une grande crevasse où ne pas crever, puis une grotte où se cacher et refaire des peaux neuves avec des dépouilles de lions des cavernes[1]. Ces féroces résistent mal au froid terrible mais sont très dangereux, la faim leur donne une force colossale. Bragut réussit à se constituer un tapis de peaux de rennes dans une caverne odorante. Sa joie est faite de haine. Son par-dessus-lui est flambant mais mal cousu. Tant pis, il rajoutera un sur-dessus de renards roux et il fermera le tout avec leurs queues. Il sera impressionnant, il n'en doute pas. Pour l'instant, il est décharné. Il n'a plus le temps de faire cuire de viande et mange du renne cru.

Bragut revient sur ses pas et reconnaît ses vieilles empreintes de pieds, elles n'ont pas bougé et gisent dans une sorte de glaise

1. Lion des cavernes européen ou *Panthera leo spelaea*. Cet animal peuplait l'Eurasie jusqu'en - 16 500. Animal de steppe, il appréciait les températures froides, autour de - 10 °C. Les rennes devaient être les proies favorites de ces grands carnassiers qu'on trouve dessinés sur les parois de Lascaux.

grise et gelée. L'air se réchauffe un peu, et les renards qu'il a tués pour leur fourrure sont maintenant accrochés à sa taille. Il sait où voler une femme à la recherche d'une charogne.

Le lambeau de forêt semble l'attendre : Bragut détache un champignon de son arbre. Avec ses fibres, il aura de quoi allumer un feu. Il a maigri et veut se remplumer, se « rempoiler », se plaire !

Les insectes bruissent sur la montagne et près de la mer. Chaque clan se fait beau pour recevoir la saison des floraisons et des fruits. Bragut renifle l'odeur des Brutes et des Rozies. Il exulte d'avance…

Les vieux Houmens ronflent ; de rares cuons aboient et dorment près de leurs os enterrés, chipés aux humains ; les marmottes s'activent ; les abeilles zigzaguent.

Bragut avance doucement. Il ne prend pas le temps d'observer les changements dans le paysage. Debout au sommet d'un surplomb, lui tombe une idée du ciel. Il change subitement de plan ! La haine est plus forte que le désir.

Allumer le feu ! Il suffira d'une étincelle pour nicher sa vengeance ! Il n'est pas encore temps de retrouver les siens. La solitude lui donne un feu intérieur qui le pousse à redescendre affronter ses ennemis. Ses jambes sont sûres, son regard étincelant, Bragut voit, décide, il ne lui reste plus qu'à vaincre. Les Houmens sont partis chasser, sauf les édentés jeunes ou vieux qui restent assis près de leurs huttes, celles de la belle saison. Bragut s'en approche et y loge le feu. Il racontera sa vengeance aux siens ! Une bonne odeur se dégage, une odeur qui donne faim. Il s'empare de ce que les vieux Houmens ne peuvent manger : un bon cuissot de cerf. Ils le regardent effrayés, et avec envie : il a de bonnes dents ! Bragut se sent régénéré. Il retrousse son nez et ses lèvres, comme pour dire : « Je suis plus que le chef, je deviens un surchef ! Le chef des chefs. » Maintenant, il peut fièrement revenir en tant que chef, chef des Watanks ! Mais, comme dit Antseu : « C'est quand on se croit tranquille que commencent les contrariétés. »

Bragut grimpe au-dessus de la mer. Après les raidillons, il reprend souffle. L'eau et le vent lui apportent les cris des vieux Houmens, son nez renifle le feu qui aspire les branches sèches et les brûle. Des brindilles rougies et dansantes chatouillent l'air ! Bragut se sent invincible, l'effort permanent a assoupli ses muscles. Toutes ces embûches lui ont forgé une nouvelle volonté. Il ignore que, pendant son absence, les frères ne sont plus restés frères, les fiers ont perdu leur fierté et qu'ils n'ont pas attendu qu'il revienne. Les Watanks ont choisi un autre guide, moins poisseux. Depuis son départ, le clan l'avait surnommé Bragut-porte-la-poisse-qui-dure. On a beau terrifier, quand l'effrayeur n'est pas là, les Watanks qui faisaient le gros dos reprennent du poil de la bête!

Lorsque Bragut arrive dans le domaine favori des Watanks, l'épieu qu'il tient fermement lui tombe des mains! Il voit le maigre Elnept, vêtu comme un chef, avec des pierres colorées à ses poignets et assis sur son propre par-dessous à lui! Aussitôt, Bragut se jette sur son remplaçant. Aucun Watank ne lui explique le changement. Pas la peine. Bragut ne sait pas qu'il y a eu des morts, beaucoup de morts, depuis son absence. Il a trop tardé alors qu'il fallait trancher: même son fils a dit du mal de lui! Une fois la lâcheté installée, il fallait bien la grosse voix d'un chefaillon pour redonner de la confiance au groupe, c'était préférable à pas d'organisation du tout. C'est bien connu: nez qui gèle, c'est la faute du chef qui n'a pas trouvé le bon abri, pelade et poux, c'est la faute du chef qui n'y connaît rien, orage mal placé et clan mal déplacé, c'est la faute du chef qui vieillit...

Bragut souffle comme un bison:

— Elnept, c'est toi qui m'as...

— Remplazé! T'avais qu'à êd'là, qui cède sa plaze bars blus à la chazze.

— Tu parles du nez, et je ne vais faire de toi qu'une bouchée! Sale faiblard! Ton nez est atroce, gluant! C'est moi qui vais te faire ça, ça et ça!

Bragut lui casse le nez, le fracasse, et d'un coup de bolas l'oblige à un corps à corps dans la boue! Aucun des deux n'aime l'odeur de l'autre.

Bragut a déjà senti de près la peau des animaux, la peau des terres et des arbres, le battement de la peur, l'afflux du sang dans un cou. Il ne craint pas de faire rouler Elnept, qui éternue! Mais Elnept veut rester maître, ne rien perdre de ce qu'il vient de gagner avec volupté: le regard des autres. Il a pris goût aux œillades de biche d'une Brute égarée, la belle Bliza. Le jeune chef s'accroche aux bras du revenant et le fait basculer en direction du précipice, pied à pied, main à main, pour qu'il ne revienne pas vivant et chef!... Il est prêt à le faire chuter par une torsion redoutable. Bragut ne bronche pas et s'extirpe de la boue. Il se relève. Du sang coule de sa bouche sur ses pieds. Il a perdu une dent, mauvais signe. Cette chaleur inattendue qui tombe de sa bouche sur ses pieds l'intrigue. Le goût salé l'incite à sauter de toute sa force contre Elnept. Il lui mord l'oreille et l'arrache. Le craquement est jubilatoire, pas la saveur.

— C'est dégueulasse, ça n'a pas de goût ! Tu n'as pas de goût, Elnept ! Ton sang est doux comme celui d'une Houmenette. Ton oreille, personne ne l'a, à part moi !

— Je te ferai griller, sale vieux !

La lutte malaxe sueur, sang, bave, sable, terre, insectes. Les insultes pleuvent maintenant sous une pluie battante. Les Watanks se taisent, sauf le jeune Wotank, qui crie :

— Vas-y, toi, Bragut-papa ! Vas-y ! C'est toi le plus fort. Bouffe-lui l'autre oreille !

Les Houmens, qui reviennent de la chasse avec un petit bison découpé en morceaux, sont affligés en découvrant leur campement défoncé par le feu. Ils décryptent sur le visage des anciens les choses affreuses qui viennent de se passer. Des traits de feu sont tombés partout. De rage, certains fils chasseurs cassent leurs plus beaux outils devant leur père. Tous les enfants pleurent. Les jeunes femmes épouillent leur mère pour calmer leurs tremblements.

Glabrr, le plus vieux des Houmens, raconte :

— Un homme ours-lion-renard a mis le feu à nos huttes.

— Watank?

— Jamais vu cette bête. Il avait tout préparé à l'avance. Il ne reste rien des huttes. Plus rien…

— Glabrr, on voit bien… Il ne reste qu'à reconstruire, soupire Bordig. Si tu peux reconstruire ce qu'un fou, même chef, t'a démoli par le feu, l'eau, le vent ou la main, c'est que tu es un vrai debout, pas un quatre-pattes. Un vrai Houmen, quoi.

Antseu ramasse une branche, la seule qui n'ait pas brûlé au milieu des autres.

— Bon bois, il n'aime pas le feu. Bon à savoir…

Frondzur, qui aime les discours, monte sur un pli de la terre et s'adresse aux siens :

— Personne ne va nous empêcher de construire des huttes encore plus belles, plus sûres. Ensuite, nous nous vengerons. J'instaure des nuits de garde. Chacun à notre tour, nous ne dormirons plus la nuit.

— Bien dit, conclut Bordig. Je serai le premier, et demain ce sera Opus, qui choisira à son tour qui le remplacera.

— Et le jour aussi, il faudra qu'un Houmen fort et bien armé reste en place pour surveiller les alentours, conclut Frondzur.

Le clan décide qu'il faut inventer un signal particulier. Antseu propose un bruit, Bordig un feu. Baho, l'imitation d'un oiseau. Finalement, on retient son idée. Ce sera le cri de l'aigle.

— Il *glatit* bien et on le reconnaît bien.

— On dit « gueule » et pas *gla-glatit,* réplique sa mère.

— Que chacun répète après moi ! dit Antseu. J'ai proposé un bruit, mais le *hihihihihi* de l'aigle, c'est la meilleure idée ; enfin, de jour…

— *Hihihihihi !* lance Frondzur.

Le son fait vraiment effet : signal d'alarme général pour les Houmens, et en même temps ce n'est que le simple *hihihihihi* d'un aigle.

Hult critique les imitateurs :

— C'est pas l'aigle, mais le faucon qui fait *hihihihihi*. L'aigle fait *huhu*. Et pourquoi on prendrait pas la chouette ?

— Elle cause pas le jour ! s'exclame Ho. Elle dort !

— Seuls les guetteurs doivent donner l'alerte. Tu nous fatigues, Hult ! s'indigne Frondzur. Tu devrais plutôt dire à Baho que son idée s'est allumée en nous comme un petit feu !

Pendant ce temps, en hauteur, le combat des chefs se poursuit. Les talonnades, les serrages de cous continuent.

Bragut sourit alors qu'il a la mâchoire décrochée.

Elnept pense qu'il sourit bêtement parce que sa mâchoire est déboîtée et il relâche la pression. C'est à ce moment précis que Bragut mord Elnept et le propulse d'un coup de genou dans le vide.

Elnept hurle et reste accroché à un arbuste. Certains Watanks sont prêts à le tirer de là ; d'autres, au contraire, sont ravis du retour de l'ancien chef.

Bragut se penche pour voir ce qui se passe, jusqu'où est tombé Elnept. Celui-ci est en déséquilibre, à quelques pieds de lui. Bragut jubile et avance pour contempler le perdant, mais, à cause d'un sol gavé de pluie, il glisse, puis tombe sur un épineux, et finalement écrase l'arbuste d'Elnept, qui craque. Les deux chefs disparaissent en criant tels des bouquetins qui, après s'être trop battus, meurent sous l'avalanche pierreuse qu'ils ont provoquée.

Jonk et Tien, deux Watanks aux épaules larges, esquissent un pas, celui de l'hésitation. Leur pas lent dit : « Qu'est-ce qu'on fait, maintenant ? »

— Viens, Wotank, ton père Bragut, le frère de Bordig, est passé par-dessus le bord et Elnept par-dessous. Le résultat est le même! dit Jonk avec une certaine gravité – de celle qui sied à l'hypocrisie des décideurs de chasses qui envoient les autres à leur place…

— On n'a plus de chef, murmure Tien. Tu comprends, Wotank?

— Si c'est vrai que Bragut avait un frère né houmen, mon père est un Houmen ou un Watank? Je supporterai pas d'être le fils d'un Houmen! Bordig ne peut pas être son frère, c'est un ennemi.

— C'est l'moment de l'apprendre, bredouille Tien. Ton grand-père Kroudel était un Watank. La mère de Bordig, une saleté d'Houmène. Kroudel était fou de ses fesses. Elle l'a rejeté. Mais il est resté le temps de lui faire un petit! Après l'accouchement, Kroudel a volé le nouveau-né sans savoir qu'il y en avait un autre qui se pointait. T'as pas eu les mamelles à lait d'une Houmène, et ça fait de toi un Watank! Maintenant que ton père est mort, il est temps que tu comprennes que tu n'es plus sur ses épaules. Bouge-toi. Va chercher ses dents de cerf qu'il aimait bien.

— Je les veux pour moi!

— Non, Wotank! hurle Jonk. C'est pour mettre avec son corps. C'est le rituel. Tu es le fils. Nous, on fait comme ça. Allez, va chercher! Après, on remontera Bragut.

— Et pendant que tu y es, va prendre les colliers d'Elnept en corne taillée, ponctue Jonk.

— Quand vous aurez remonté les chefs, je me bougerai. Pour l'instant, moi, je ne bouge pas d'un pouce de pied. J'ai du mal à avaler votre histoire de deux frères pareils: Bordig et Bragut.

— Et pourtant, t'as un père mort, et t'es pas le chef, dit Tien.

— C'est pas toi qui commandes, conclut Jonk.

— J'écouterai le prochain chef. C'est pas vous le chef.

Plane l'ombre de la décision à prendre: qui remplacera Bragut et Elnept réunis dans la mort?

Tous décident que ce sera Jonk leur nouveau-nouveau chef-chef, car il est celui qui vient de parler le mieux. Et tous ont en tête de trouver des femmes brutes ou houmènes, surtout celles aux yeux bleus si fascinants.

Des charognards, vite alertés, viennent picorer les cadavres en contrebas, dépouilles qui peinent à reposer en paix. Les vautours aux plumes grises et noires et au bec trapu ne font aucune distinction entre la chair qu'ils dépècent: celle des deux anciens chefs a le même goût et presque la même texture. Repus, les oiseaux restent côte à côte, comme de bons nettoyeurs qu'ils sont.

Kloss, le chaman des Watanks, vêtu de fourrures et de plumes noires, s'avance en un lieu qui produit de l'écho, comme s'il était le surchef des chefs; et tous entendent sa voix:

— Waaaaatanks! Wâaaaaaatan… Queuuuuu… Que cet envoool de cheeeeeefs vous serve de leçon! La foooooorce ne doit pas être perduuuuue inutilement. Jonk vaaaa prendre la peliiiiisse de Braaaaguuuuut et la bolaaaas d'Elnept. Ainsiiiii tu réuniraaaaaas les fooorces…

Wotank a trouvé les dents du cerf de Bragut pour les jours de fête, mais il les cache.

Jonk marche fièrement vers le précipice et s'arrête net. Il déclare piteusement à Tien:

— Ces oiseaux de malheur qui vont ronger les chefs à l'os, eux, ils peuvent repartir de là. Pas nous: trop dangereux et trop dans le vide pour qu'on y aille…

— Tu n'as paaaaas peur, Jooooonk, descends. Tu montreras ainsi ta foooorce, et tu remonteraaaas avec les attributs des deux cheeeeefs sur le doooooos. Vaaaas-yyyyy, Jonk, et je te conterai ce qu'un rêêêêve m'aaaaa diiiit.

Jonk, qui prend peur, demande à Tien de l'accompagner.

— Tien, sois mon ombre et tu seras plus tard dans ma lumière.

— T'as peur? J'ai une idée du tonnerre pour toi.

Les deux Watanks prennent leur temps. Ils sont obligés à un long détour pour aborder le vide. Dans les taillis reposent les deux corps des ennemis d'un même clan, dégustés par des rapaces. Les foies, un couple de charognards s'en délecte. La bolas d'Elnept a roulé si loin qu'on ne la voit pas. Vouloir approcher les deux chefs morts, c'est prendre le risque de tomber.

— Tien, fais-moi une bolas et en vitesse! On ne va pas moisir ici, ordonne Jonk.

— C'est la bolas d'Elnept que veut le chaman Kloss. Il voit tout, il sait tout.

— On dira que c'est elle, la bolas d'Elnept. Il peut pas voir que tu me la fabriques et en vitesse.

— Il me voit!

— Il est dans sa caverne de chaman. Tu ne crains rien. N'oublie pas qu'il y avait le sang de Bragut dessus, fais-toi une entaille, saigne et dépose ton sang sur la bolas.

Tien s'exécute.

— La liane, plus longue. Plus tard, je te choisirai comme futur chef…, murmure Jonk.

Tien fait la tête, mais obéit.

Wotank se penche, accroché à une branche. Son père est bien mort et les oiseaux bien repus.

Jonk remonte fièrement. Kloss remarque que la bolas est fausse, mais ne dit rien. Un chaman ne doit jamais amoindrir le pouvoir qu'on suppose qu'il a, ni celui du chef de clan, car cela diminuerait le pouvoir des chasseurs. De plus, Kloss garde ainsi un moyen de pression contre Jonk, qui fera moins de bruit que la taille d'un silex. Il ordonnera et sera chef des décisions. Il sera l'ombre puissante du nouveau chef.

— Chasse avec malice, Jonk ! Sinon, je regarde la bolas d'Elnept de près et je m'aperçois qu'elle n'est pas à lui…

— Je serai un bon chef.

— Tu dois m'obéir. Sinon, je dis que le sang est celui de Tien sur une fausse bolas.

— Et le rêve que tu as fait ? Dis-le-moi, maintenant.

— J'ai fait le rêve suivant : l'à-pic est le chemin le plus court, mais pas le meilleur. Que tes pas soient hésitants mais sûrs plutôt que fermes mais mal placés. J'ai rêvé que tu gravissais une montagne, et plus tu marchais, plus elle grandissait.

— C'est tout ?

— C'est tout. Et toi, ces dents du père, ça vient ? hurle Kloss à Wotank tout en faisant virevolter ses plumes d'aigle.

Jonk devient chef, mais les ennuis commencent. Tout le monde vient se plaindre auprès de lui.

— Watanks, je ne suis pas votre papa. Si vous voulez pleurnicher, nichez vos pleurs auprès de Kloss, qui voit juste et loin. Quant à moi, écoutez bien mes ordres, cela suffira. L'essentiel est de trouver des pièges à filles, et de les chercher dans les hauteurs ou dans le sable d'en bas. Le meilleur piège, c'est d'avoir l'air aussi doux qu'un écureuil. Votre chef n'a plus rien à dire. On chassera demain.

Une nuit rouge et noire s'étale sur les feux qui crachotent. Les Watanks mangent maigrement, et les estomacs vides semblent applaudir narquoisement le vainqueur inattendu.

Wotank attend qu'on remonte un jour son père et l'autre chef.

Les os blancs des chefs morts depuis des lunes tombent dans la vallée… Wotank patientera jusqu'à l'âge d'être chef pour dire ce qu'il pense. Il garde autour du cou le collier de rituel de son père Bragut. Ainsi, il se croit fort.

Kloss s'exerce dans la caverne à écho :

— *Ouuuh…*

Les Watanks s'apprêtent à tuer un loup, mais ne le trouvent pas.

Le vent a fait son œuvre. Les Watanks remontent de la vallée et enterrent enfin le reste des os de leurs vieux chefs dans un éboulis de crevasse, avant de changer de campement. Pour ne pas oublier l'endroit, Wotank enfonce une immense plume de charognard au-dessus des dépouilles. Il se vengera. Il était fier de son père, il a eu honte de son père. Il refuse qu'un Houmen puisse être le frère de son père. Un jour, il fera comme son grand-père Kroudel : il ira choisir une Houmène aux yeux de quartz. D'après Kloss, on voit mieux les larmes couler des yeux clairs que des yeux foncés.

Wotank fait un arrangement avec Kloss pour garder le collier de son père. Et tous repartent.

9

L'eau du Ciel et de la Terre

Il y a de beaux galets au bord des flots sages ou des flots fous ; on dirait des œufs, ils sont plus lisses que ceux des rivières. Baho n'a pas assez d'un jour pour les comparer. Elle emporte un galet salé qui n'a cessé d'être roulé par la mer. En grimpant, elle se pique la joue à un « arbre-hérisson ». Des pousses d'un vert tendre sont apparues avec les bons jours. Les vieilles aiguilles sont plus sombres. Baho les mordille, car elle aime le goût acide du jus qui claque sous la langue. Elle tousse. Ce qui est agréable, c'est qu'elle respire mieux ensuite.

Les Houmens élaborent des bois pour leurs pierres et des pierres pour leurs bois. Une même chose sert différemment. Ils utilisent de tout pour créer des armes qui frappent et qui volent, il leur faut sans cesse des branches, des os, de l'ivoire, du silex, des tendons, des feuilles, des peaux. Ces choses ne doivent jamais manquer. Les Houmens ont très peur de manquer, mais ils n'ont ni l'espace ni l'envie d'accumuler[1]. La cueillette leur prouve qu'on ne peut transporter plus qu'il ne faut. Il faut juste avoir sous la main de quoi chasser et manger.

Baho aime voir les fines branches bien taillées filer dans l'air. Même si elle comprend mal la magie du propulseur, ce bâton muni d'un crochet qui allonge le bras et fait que le projectile va plus vite, elle ressent la puissance invisible qui provoque des impacts faciles et parfaits. Baho préfère élaborer des extraits de plantes, ces jus mystérieux à mettre sur et dans le corps, à la lenteur qui soigne. La mort est rapide, le retour à son contraire, la vie, toujours lent.

1. Avec la sédentarisation et le stockage, la hiérarchie a changé les rapports entre les hommes et leur vie sociale. Le nomadisme resserrait davantage les liens qu'à l'ère de l'accumulation des sédentaires. Et avec la culture des céréales, les caries dentaires sont apparues…

Lorsqu'on est pris par une fièvre, il faut être patient… Elle en sait quelque chose. Elle a chassé la mort hors d'elle, mais il lui reste des difficultés pour marcher et courir vite !

Quand le soleil va pour dormir du côté où il se couche toujours, Baho observe ce qui change en bruits et en couleurs. Elle fait de même à son lever ; elle s'émerveille devant les formes qui se font et se défont tout en retrouvant leurs carnations. Le soir, lorsque le ciel ressemble à un œuf brisé, fait de jaune parfois rougi et de blanc, elle sait que, le lendemain, le temps aura changé, et, si des nuages s'en mêlent, elle prévoit le mauvais temps :

— Demain, pluie !

— Comment tu le sais ? Baho, dis-nous ! demande son père.

— Les oiseaux sont venus voler très bas pour me le dire, répond-elle en riant.

On la croit, on croit qu'elle a des pouvoirs, et elle ignore qu'elle n'a que de réels pouvoirs de discernement. Les oiseaux volent bas quand les insectes volent bas.

— Souvent, la pluie s'abat quand ça vole bas… Quand le soleil est rouge avant d'aller se coucher, c'est qu'il fera beau à son lever ! S'il est rouge au lever, il fera mauvais quand il aura grimpé dans le ciel.

— Et quand le soleil brûle comme notre feu pour faire roussir les morceaux de viande, il dit quoi, « ton soleil », avant de dormir ? demande sa mère.

— Quand il choisit le rouge feu et pas le jaune œuf, c'est qu'il est en colère ! Et quand le ciel est vert, c'est que ça va passer à la neige… Quand les montagnes sont bleues, c'est le temps de cueillir les framboises !

Le chaman des Houmens a peut-être trouvé celle qui le remplacera quand il perdra l'envie et le talent de prévenir et d'accompagner les siens. Les siens ne lui appartiennent pas, c'est lui qui appartient aux Houmens. Antseu a vu dans les coquillages qu'il fait glisser entre ses mains à chaque nouvelle lune qu'un jour il devra céder la place, et cela avant un grand danger. Ses yeux le trahissent, ses oreilles aussi. Il comprend Bordig, qui n'a plus voulu rester chef. Les esprits ont déjà décidé qu'il devait se préparer. Antseu doute, malgré tout. Baho est une toute jeune femme, il ne saura pas l'initier comme un garçon. Il faut donc l'envoyer aux grottes qui parlent ; sinon, il devra choisir un chaman inaccompli, mais incisif et calme. Il convoque Baho et lui offre un morceau de terre glaise sèche et un poinçon :

— Baho, demain la lune sera pleine. Tu commenceras à faire un trou là, dit-il en pointant un doigt taché de terre et de sang, et tous les soirs, tu feras un petit trou tant que tu vois la lune. Compris ?

— Facile. Je coche la lune quand elle y est.

— Quand tu ne la vois plus, tu arrêtes et tu reviens me voir avec cette terre plate.

— Des trous pour la lune[1], tu veux, même quand elle est fine comme un cheveu ? Je suis patiente, tu sais. J'y arriverai. Bon, maintenant, tu peux m'expliquer pour le jour, la nuit, le jour, la nuit ?

— Nuit et jour se suivent. Parfois ils s'entrechoquent, mais ne se tuent jamais.

— C'est tout ? Qui peut m'expliquer ?

— Demande au soleil.

— Quand il dort, impossible de le réveiller. Et quand il est réveillé, il fait mal aux yeux. Il ne parle pas. Il est trop loin pour entendre et il n'a pas d'oreilles, ça se voit.

Tous ceux qui sont proches d'Antseu éclatent de rire.

Nuit après nuit, Baho suit la lune et perce la terre sèche. Elle remarque que la lune peut rester visible en plein jour, mais, avant que la lune ne disparaisse du ciel, un grand malheur s'abat sur les Houmens.

Opus se tient le visage. Tous se taisent. Kline est morte, en sang. Ce ne sont pas ses menstrues, ce sont les traces d'un accouchement affreux.

On enterre Kline avec des coquilles blanches sur les bras, le ventre et les jambes. Son petit vivait encore, mais il meurt de ne pas avoir bu son lait blanc. Il n'a pas eu le temps d'avoir de vraies dents ni des dents qui reviennent plus fortes, on ne sait pas pourquoi. Alors on remet des coquilles blanches pour que, peut-être, là où Kline va dormir, elle se rappelle qu'on l'aimait bien. Sa fille Maha chantonne pour accompagner sa mère dans le grand trou qui se

1. Des os gravés, vieux parfois de 30 000 ans, portent des entailles ou des marques régulières qui laissent penser au comptage de jours lunaires ou même de quartiers de lune. Ils ont été trouvés sur plusieurs sites préhistoriques : Ishango, au bord du lac Edouard, en Afrique équatoriale, ou Blanchard, près d'Argenton-sur-Creuse. Pour suivre l'évolution des compréhensions du temps, lire *Calendriers et chronologie*, de J.-P. Parisot et F. Suagher, Masson, 1996.

remplit maintenant de terre ferrugineuse et de sable. La mère et le fils ont les mains sous le menton et reposent.

— Reviens dans nos rêves, demande Antseu, agenouillé. Et si c'est trop dur, habite dans une aigle et fais-nous signe. Kline, reviens ! Nous te guetterons…

Tri semble apaisé. Mais tous se rappellent la mort du premier fils d'Opus et de Kline : un petit qui avait des colliers de coquillages au cou. Une lame lui avait fendu la cuisse. Un sale coup des Watanks. Que s'était-il passé ?

Frondzur sait. Mais, s'il parle, cela affaiblira le groupe. S'il ment aussi. Le mensonge est un feu souterrain qui brûle l'entente. Quand on s'en aperçoit, il a tout rongé… Dire ou ne pas dire ? Telle est la question.

Rien de pire pour un Houmen que de ne pas faire un choix. Frondzur sait que tous sont en danger, un danger discret, pire que la neige qui recouvre tout, comme cette histoire enterrée sous les flocons de la non-mémoire… Les faits tus tuent à petit feu. Il a vu ce qui était arrivé au fils de Kline. Fallait-il parler ? Les Watanks avaient attrapé comme un lapin Opklin, le fils de Kline et d'Opus. Frondzur était jeune, mais il se souvient. Les Watanks ont attaché Opklin à un pin et ont joué à qui visait le mieux sur lui !

Frondzur est resté caché derrière un gros tronc et il a entendu une histoire ancienne, un autre secret tu qui l'a laissé coi. Le père de Bragut, en grande colère, n'avait pu enlever une Houmène à son campement. Un enfant était né de sa chasse à l'Houmène, et c'était Bordig, le frère jumeau de Bragut. Il avait arraché Bragut des flans d'Hérase sans attendre de voir que Bordig suivait.

Les Houmens ne doivent pas savoir. Sinon, ils ne croiraient plus en rien… Un jumeau, c'est un reflet vivant. Et cet autre, Frondzur l'a toujours tu. L'ancien chef sait-il que son pire ennemi est son double ? « Sûrement pas », pense Frondzur. Tous ont retenu l'image d'Opklin, son ancien compagnon de jeu, fléché, tué salement par des Watanks.

On enterre profondément Kline avec des couronnes de pendeloques[1], des vertèbres de gros poisson, l'ivoire de dents de beaux féroces. Antseu prend les offrandes et s'applique à les strier jusqu'à

1. Détails issus d'une ancienne communication de Verneau, « Note sur une nouvelle découverte de troglodytes dans une grotte de Baoussé-Roussé, commune de Vintimille (Italie) », in *Comptes rendus des séances de l'Académie des inscriptions et belles-lettres*, vol. 36, 1892.

ce qu'elles représentent les Houmens présents. Il jette des astragales, et la cérémonie peut commencer :

— Opus, Houmens de notre clan, Frondzur ! Notre chef a changé, pas le tribut qu'on doit à la terre qui nous donne tout, puis reprend tout : nous, les feuilles, les fleurs, les vers, les animaux, tout. Le sol recouvre, la neige recouvre, mais nous savons que vous êtes, anciens Houmens, recouverts par nos pensées. Kline restera avec vous et nous fera un jour signe. Sachons attendre.

La neige tombe en copeaux, le ciel givre, le bleu et le blanc se lient par aplats. C'est beau, sauf que les pieds n'en peuvent plus. On les entoure avec ce qu'on trouve, mais cela ne tient jamais longtemps. Il faut être prudent. Les grands froids portés par les vents et les grands feux peuvent enlever des vies. « Être en froid » signifie bouger au ralenti, « être froid » signifie qu'on est mort. Pour se réchauffer, les enfants s'envoient de la neige en boule, ils ont le nez rouge. Les grands âgés qui le peuvent travaillent le cuir des bêtes en l'étalant sur des perches lisses, les autres font cuire la chair qui s'en est détachée, ou bien ils partent chasser au plus près, fuyant les ours retardataires. Les ours ont une épaisseur chaude qui attire les petits Houmens curieux, mais, dès qu'ils se dressent et montrent leurs crocs, on sait que les ours n'avalent pas que des poissons roses... Les petits fuient ! Heureusement, les ours sont en froid avec la vie une partie du temps et dorment une saison. Antseu en a vu un fondre dans le sommeil et ne plus se réveiller. Les oursons sont parfois chassés pour faire des protège-pieds ; grillé, ce n'est pas mauvais.

Baho songe que le monde possède plusieurs membranes. D'un côté les hommes aiment les fesses, les seins, le ventre des femmes ; de l'autre, ils chassent. Certains comme les Watanks aiment la haine, la violence, mais aussi le ventre des femmes.

Les femmes aiment les hommes, les enfants, les fleurs le miel et les bracelets ; elles laissent bien volontiers la chasse aux hommes. Eux décident, elles réfléchissent, elles rêvent.

Les rêves sont là pour visiter les hommes, les femmes et les enfants, et même les loups, pour les punir, les récompenser, les calmer, leur parler ; leur faire voir des paysages et des situations extraordinaires. Un rêve ose parfois dire ce qu'un Houmen ne peut signifier sans se mettre tout le monde à dos. « Se mettre quelqu'un à dos », c'est dire une chose tranchante ou cuisante qui fait que l'autre tourne le dos, et cela ne veut donc pas dire avoir quelqu'un *sur* le dos. « Avoir quelqu'un sur le dos », c'est quand on ne sait toujours pas faire un propulseur et qu'il faut un plus vieux pour diriger le travail, ou alors lorsqu'il faut porter un blessé percuté par un cornu ou un crochu des dents. La tristesse ralentit tout. L'enterrement traîne en longueur. Les durées tristes mettent toujours plus de temps que les durées joyeuses à se diluer…

On place maintenant contre les jambes de Kline, totalement refroidie façon marmotte, son petit, froid lui aussi. Opus, qui la perd, la grave dans une pierre dans un coin secret. Il trace Kline, qui semble dormir totalement nue, l'un de ses bras accroché au rocher. Il est content. Opus a dessiné son ventre et une belle jambe repliée. Il prend goût à ce grattage et trace dans un calcaire doux les jambes de Kline sous un corps de bison. Il a gravé son souvenir quelque part. Il revient apaisé :

— Antseu, tu diras à Kline que je ne l'oublie pas.

— Tu lui diras toi-même dans tes rêves.

— Et si je ne la revois pas dans mes rêves ou si je n'arrive pas à lui parler ?

— Tu la guetteras dans le ciel quand on ira dans les montagnes à la période chaude. Ce sera un oiseau qui dansera au-dessus de ta tête.

— Tu crois ?

— Tant que je suis le devineur du clan des Houmens, celui qui soigne et qui connaît les plantes qui soignent, tu peux me croire.

— Et après ?

— Après ? Ce sera Baho. Elle reconnaît toutes les odeurs de loin, elle sait aussi les plantes et les rêves qui soignent. N'oublie pas de mettre un peu de terre sur les longs cheveux de Kline qui dépassent encore… N'oublie pas, des herbes vont pousser où elle repose.

Une fois tout le clan endormi, Antseu fait un trou et place au sortir de la grotte des graines en forme de phalanges.

— Si elles poussent, elles auront la couleur de la mort, mais avec beaucoup de vie ! On pensera que Kline repousse en « bleuette ».

La centaurée est bleue, avec quelques filaments mauves. Si l'on est bleu, on est mort. La petite fleur bleue qui ressemble à un collier d'où se dressent de fins bras est une bonne plante d'où ressort le rose de la vie ! Lorsqu'on se blesse, elle empêche qu'une maladie s'empare de la peau, si on la mange elle donne de la force.

Parfois, elle est violette et fait dormir. Elle cicatrise le mal reçu. Mais comment cicatriser de l'entaille faite par les Watanks?

Il y a la saison des fleurs et des fruits, parfois il y a la saison des morts. Opus meurt à la suite de Kline, d'une toux terrible. On l'enterre les bras le long du corps et l'on place un silex dans sa main pour qu'il se défende mieux. On ne sait jamais.

— Mettons un bel os de bison sous sa tête et réunissons Opus et Kline et leurs petits.

Baho pleure et interroge Antseu :

— Je déteste manger la langue de bison et la cervelle de cheval. Je déteste la mort ! Je ne veux plus être chamane.

— Baho, il y aura la saison du Re. Le re-nouveau. Le Re, c'est la répétition nouvelle. Ils reviendront autrement. Tous. Tu vois bien que les vies se répètent. Ils re-viendront.

— Antseu, et la peine aussi, se re-nouvelle quand on perd un Houmen qu'on aime. C'est re-grettable. Surtout pour Tri, c'est triste.

— On revient, on revit.

— On re-vit tout pareil ?

— Imagine que les Watanks puissent revenir identiques chaque fois. Il faut bien les adoucir par la mort. Ils seraient pires que des rhinos en feu !

— Je n'aimerais pas qu'ils reviennent à l'identique, c'est vrai. Ce serait ennuyeux pour tout le monde, car ils seraient de pire en pire.

— Regarde, cette fleur bleue qui n'y était pas ! Elle accueille Kline.

— Je sais que c'est toi ! Je t'ai vu jeter des graines. Ce sont les choses inexplicables qui me parlent le plus.

— Alors tu n'as pas besoin qu'on t'aide à comprendre le sens de chaque chose. Tout est bien fait. On pleure les siens, on n'a pas à pleurer ceux qui ont piétiné nos huttes ou brisé nos vies. Tu n'as pas connu Opklin, le fils de Kline et d'Opus, il a été fait comme un lapin. Mais il te connaît. Un gentil Houmen que cet Opklin. Il re-viendra. Poli comme un galet, il aura oublié les piques qui l'ont tué. Prépare-toi à faire ton chemin. Et mange de la tête, c'est doux et rare… Fais pas ta dégoûtée. Il n'y a que toi qui n'aimes pas. Tu seras chamane, et tu mangeras comme nous tous.

La neige entoure les grottes, les hommes, les animaux. Frondzur se tient debout, les poings sur les hanches. Il aime les siens, le calme de la saison blanche qui rosit au soleil. Il regarde au loin un aigle planant qui voit ce que lui ne voit pas : un lapin blanc sur un tapis de neige blanche. Un autre aigle survole aussi le lieu.

Le lapin se cache dans la neige et le couple d'aigles disparaît. Peut-être étaient-ce Kline et Opus ? « Pas encore », se dit Antseu.

Frondzur se pose une question. S'il revenait un jour en aurochs, il ne voudrait être mangé par personne, mais être le plus fort des mastodontes et avoir la steppe rien que pour lui ! Il saurait où se cacher et où brouter. « Pouah ! Manger de l'herbe », se dit-il soudain en regardant Antseu… Et il doute de ses pouvoirs de voyant. Antseu est si rabougri.

10

ÉCHANGES

Avant l'arrivée des Rozis aux jours rosés, Baho voit venir un nouveau mort dans un rêve. C'est Bordig. Alors, elle n'ose plus le regarder. Elle a peur de lui porter la poisse, d'avoir un mauvais don qui colle quelqu'un à ses calamités internes. Elle essaie d'éviter d'y penser, mais Bordig sent un mal s'entortiller dans son thorax. Il tousse fort et va aussitôt voir Antseu, qui lui répond :

— C'est un signe. Demande donc à Baho du jus d'arbre qui fait tousser. On ne sait jamais.

Baho s'exécute et lui prépare une mixture verte.

Bordig avale une pressure de sève et de jus d'aiguilles du même arbre et manque de s'étouffer. Mais il prend goût à ce breuvage amer.

Baho possède une pierre broyeuse qui étale le sang des végétaux. Bordig boit le jus vert, crache, mais il va mieux. Elle lui pose alors des pierres chaudes sur la poitrine. Allongé, il dit :

— *Hum*, je hume différemment, grâce à toi. Ton rêve ne me concernait pas, alors. Je sais cela par Antseu. Tu vois, *hum*… Un jour tu remplaceras sûrement notre chaman. C'est bien. Je te donne un secret : nos lampes à lumière et à feu marchent plus longtemps, car on y ajoute de la graisse de mammouth, ou de la graisse de n'importe quel autre animal !

— Je vais bientôt fabriquer une petite maison à feu. Je vais essayer ! Je te remercie. Moi, j'allume le feu avec deux silex et des herbes sèches, et toi ?

— Bordig ne voit plus bien, il demande à Frondzur…

— Hume cela.

Bordig inhale l'odeur de feuilles déchirées et respire à fond. Il se lève et remercie. Le mauvais pressentiment de Baho s'envole. Sa présence chamanique fait reculer les jours mauvais et apparaître les bons jours. D'ailleurs, dès qu'elle est levée, elle s'exclame : « Bon jour aux chasseurs, aux mamans, aux enfants!» Bordig doit encore attendre la bonne guérison. Baho sait que, lorsque la lune repart et revient pour faire son chemin, on peut dire qu'une fièvre est vraiment partie. Si cela se passe, alors Bordig ne toussera plus : bon soir.

Baho fabrique un racloir tout en observant le ciel. Le mort qu'elle avait pré-vu n'est pas Bordig. Elle respire! Au moment où elle pense cela, les oiseaux qui nettoient les morts tournoient : cela doit être le mort pré-vu. Un autre mort.

Le froid s'intensifie[1] en pleine saison rose et tiède. Baho marche en direction des gypaètes. La dépouille du mort est défaite par les charognards. À ses vêtements entrouverts, Baho sait que c'est un Houmen qui a vécu chez les Rozis; les Rozis portent les plus beaux vêtements et colliers qui soient et ils n'ont pas peur de «se montrer». Baho s'appuie sur ses pieds froids comme de la pierre, et sans aucune peur regarde dedans l'homme rigide. Les charognards s'envolent sous le jet de ses bolas.

— Vous me connaissez, pourtant! Et y a quand même autre chose à manger.

Baho reste agenouillée, inquiète. Que de questions :

— Je comprends. C'est avec les os qu'on tient debout et aussi avec le reste qu'on bouge. Mais il fallait pas rester dehors par un temps à pas mettre un ours dehors!

Si le Rozi s'était accroupi dans un «cro», un trou, un abri, le froid ne l'aurait point arrêté. Pourquoi est-il resté dehors par un tel mauvais temps? L'homme tient dans la main une lame qui ne lui servira plus; Baho la lui retire et retourne la pierre plate et aiguisée; elle distingue une forme de femme nue au ventre rond.

— Terre, réunis ces deux-là! Je n'aurais pas la force de creuser.

Baho sait qu'elle n'a pas de pouvoirs magiques, la seule chose qu'elle peut faire c'est demander, espérer, comprendre. Elle fait en sorte de toujours garder ses peurs au loin. Si on l'enfouit, la peur rend froid et rigide, dans la pensée et dans le corps. Au moment

1. Période dite «de Würm» qui s'étend de -75000 ans à -10000 ans. À l'époque de la Dame du Cavillon, les calottes glaciaires étaient très étendues, les glaciers énormes, et le niveau des mers très inférieur à celui que nous connaissons actuellement. La Manche n'existait pas, et l'on pouvait passer de la «France» à l'«Angleterre», de l'Asie à l'Amérique à pied. Les îles de Bornéo, Sumatra, Java et les Philippines étaient rattachées au continent asiatique et formaient la péninsule malaise.

où Baho se gratte la tête arrive un groupe de Rozis, des proches des Rayons qui viennent des montagnes roses. Rouzia s'agenouille devant le corps que Baho a trouvé. Elle se saisit de la lame, qu'elle tient maintenant comme un talisman. Rouzia fait comprendre à Baho qu'il s'agit de Poui, son compagnon, et que c'est elle, la forme dessinée dessus la pierre. Poui a gravé sa forme quand elle attendait Noui, son premier fils – Noui qui vient d'être choisi chef des Rozis, car Heymot a été pris par les glaces en voulant attraper un bouquetin.

— Poui était poursuivi par le chaman des Watanks. On l'a perdu de vue à ce moment. L'a-t-il fui, affronté? Il est mort. Quouid, mon second fils, est allé voir en avant, et puis on l'a attendu, attendu, il n'est pas encore revenu. Noui est là, il décidera de l'endroit de la mise en terre de Poui. Peut-être le chef des Houmens peut-il nous aider?

Quouid dégringole et apparaît, un bouquetin sur les épaules.

— Je l'ai eu. Y sera pas dit qu'un Rozi échoue à chaque prise de bouquetin!

Noui et Quouid sont frères et se ressemblent fort. Qui est qui?

Rouzia pleure. Poui avait aussi un frère identique, mais Rouzia ne sait pas ce qu'il est devenu. Puis elle se gratte la tête et interroge Baho:

— À propos de cela, comment vont Bordig et Bragut?

— Frondzur est maintenant le chef, mais Bordig va bien. Bragut n'est plus repassé. J'ai répondu, répond Baho. Mais pourquoi parler de Bragut! Maintenant, je peux vous demander? Le soleil se lève aussi, chez les Rozis?

— Il se lève encore plus loin que chez vous, vu de chez nous ou d'ici. Mais, de toute façon, personne n'est allé jusqu'au levage du soleil. Trop risqué. Bordig n'est pas mort? Je peux le voir? Il connaissait mon pauvre Poui. On l'appelait comme ça, car il avait des poux le jour où il est né.

— Bordig va bien. Vous êtes?

— Rouzia.

— Je ne vous ai jamais vue.

— C'est pas étonnant. Je voulais pas repasser par ici. Je pensais trouver Bragut.

— Vous ne ressemblez pas à Roz. Elle va bien?

— Elle ne va plus…

— Ah… Manque de soleil chaud?

Antseu, qui a entendu des voix, arrive et se mêle à la conversation avec retard :

— Si je peux m'exprimer… Le soleil est très puissant, plus que nous tous réunis. Nous regardons vers le levage du soleil quand nous allons chercher des pierres dures, et il se dirige vers les ténèbres quand nous aussi nous allons nous coucher.

— M'en fous. Poui est mort… Il faut l'enterrer. Mon pauvre Poui, c'était mon soleil à moi.

— Poui, c'était le mort de mon songe, pleure Baho, étonnée que ses songes se révèlent vrais.

Antseu se penche et dit à Baho :

— Rouzia est un peu dérangée. Ne fais pas trop attention à elle. Elle a des pensées qui ne la suivent pas bien. Elle te dit qu'elle va par là-bas, et va dans l'autre sens.

— Elle a un trouble de l'inversion. D'ailleurs, elle recherche ou connaît Bragut !

— Ah bon ?

— Elle doit confondre Bra et Bor…

Rouzia pleurniche et Baho tente de la consoler :

— Quouid est re-disparu. Un bouquetin ne lui suffit donc pas ?… Mais il va re-venir. C'est certain. Il ne va pas faire comme ce pauvre Heymot.

— Poui est mort. Je ne le reverrai pas. On ne revient pas d'en bas.

— C'est chaque fois un passage d'une vie à l'autre, dit Antseu pour l'apaiser. Nous finirons par retrouver le frère de Noui. Quouid est du genre à vouloir faire des réserves, on voit ça souvent chez les clans du grand froid… Vous n'étiez pas tous là, la dernière fois.

— Nous les Rozis, on ne fait confiance à personne. C'est pour ça que nous, on ne voyage pas tous ensemble et on a toujours une viande d'avance ! Il faut du monde pour garder notre grotte.

— Vous allez finir par vous sédentariser ! affirme le chaman. Danger : quand on niche au même endroit, on se fait repérer et on devient des proies. Et même avec de la viande séchée en réserve, il faut bouger pour en ravoir !

— On veut avoir de quoi manger ? Les plus forts sont partis. Je suis restée. Nous voilà quelques Rozis…

— Bien sûr ! Mais à qui vous ne faites pas confiance, là-haut ?

— En particulier aux chamans-passeurs qui suivent le soleil du levant ou couchant. Ils mentent, il n'y a pas de passage du jour qui va à la nuit. C'est un grand mystère qu'ils n'expliquent pas, les chamans. Comme les éclipses, ils ne les expliquent pas. Poui disait: «Les belles obstructions sont dans les grottes. Tout le reste n'est que racon-tard.» Pour lui on mettait dans un coin les vraies questions. Mon pauvre Poui. Il savait que les jours obstrués étaient la preuve que les chamans ne comprennent rien au ciel. Laissez-moi le renifler. Poui! C'est moi. Tu m'entends? Poui? Il est sourd. Il est mort… Il est sec. Déjà. Il ne parlera plus! Poui, tu m'entends? Vraiment, ses oreilles, ses yeux lui servent plus à rien. Et les oiseaux se sont pas gênés pour le boulotter sous les côtes!

Baho se demande quand elle verra le soleil disparaître en plein jour. Il paraît que les oiseaux sont si effrayés lorsque la nuit se fait en plein jour qu'ils se taisent… Baho questionne Rouzia et apprend qu'un racontar est une parole fausse oubliée dans un coin, mais qui reprend vigueur comme un caprin trapu. Elle trouve Rouzia attendrissante quoique insupportable.

Rassasiés, les Rozis, qui ont mangé un demi-aurochs avec les Houmens, ne comptent pas rester. Après quelques échanges, ils préfèrent emporter le corps de Poui vers leur grotte. Ils re-partent avec les bouquetins de Quouid. Noui s'adresse alors à Frondzur et promet de re-venir.

Quouid les suit de loin, un bouquetin sur le dos; l'autre pèse sur le dos d'un jeune Rozi bien musclé. Quouid demande soudain à son frère Noui de prendre son bouquetin sur les épaules.

— J'ai oublié une chose importante.

Quouid redescend chez les Houmens et se dirige immédiatement vers Bordig:

— Vous êtes le reflet de mon père Poui. Pourquoi?

— Ma mère a offert Poui, mon autre frère, à une Rozie de ses amies pour diluer…

— Diluer? Diluer quoi?

— Pour diluer un mauvais début. Mon père a été un sale Watank. Un double est né avec moi. Ton père est venu juste après. C'est un fils d'Houmène. Garde cela secret.

— Poui ne peut pas avoir un père watank! Il a été un très bon chef. Comme toi, sans doute.

— Il faut oublier. Oublier d'où l'on vient, pour marcher où on va, *hum*…

— Tout peut s'oublier, mais pas son père!

— Il vaut mieux penser aux enfants à venir. Quouid, retourne auprès des tiens. Il y a du watank en nous et du houmen en eux. Rien qu'un petit peu. Pense et puis oublie.

— Et je ressemble le plus à qui?

— À Rouzia. Vis et chasse bien, dors bien et ne pense pas aux Watanks. Décide bien.

Bordig lui pose sur les épaules de quoi résister à la terreur qui glace. Il n'ose le regarder en face. Décidément, les faits de nature impénétrable finissent par être connus de tous... Heureusement, les Houmens ignorent qu'il est frère de Bragut, à part peut-être Antseu.

Quouid repart avant les grands froids et retrouve les Rozis.

La neige et le vent s'unissent et forment des glaçons. Enfant de la neige et du froid, la pluie les fait grandir vers le bas. C'est alors que le frère d'Opus, le beau Likar, est pris par les grands vents froids et meurt. On le glisse sur une double peau d'ours et on le traîne au fond de sa grotte favorite. Ses proches pleurent. Les proches ne sont pas ceux qui sont forcément le plus près de l'ancien vivant, les proches sont ceux qui ont aimé l'Houmen qui n'est plus. On a broyé de la pierre bleue pour faire comme un ciel, on replie les jambes de Likar, et chacun apporte un petit objet qui sera là pour l'entourer. Son fils Kila dépose des dents de cerf, sa fille Mow ses derniers silex taillés. Les autres enfants ont apporté des pigments de la couleur du sang et l'en saupoudrent:

— Tu vivras en nous, dit Frondzur, qui parle toujours le premier. Antseu, à toi!

— Tous les Houmens ici présents reconnaissent en toi un vrai Houmen, vaillant et juste. Malheureusement, tes yeux ont perdu la bataille avant toi. Tous, nous te veillerons. Reviens-nous vite, Likar, et sous la forme qu'il te plaira. À toi, Bordig.

— C'est moi Bordig, *hum*. Je ne vais pas tarder à te revoir, mon cher Likar. Mes yeux aussi sont de moins en moins bons. D'ailleurs, je propose qu'on change de chef demain après le lever du jour. Cela devient pressant pour le clan!

— C'est déjà fait, Bordig, lui souffle Antseu. Tu te souviens?...

— Bordig, c'est moi Frondzur le Chef, maintenant... Tu n'es plus le chef...

— Likar, Frondzur est le nouveau chef, c'est vrai. J'ai tendance à l'oublier. Il a encore de bons yeux et se souvient de tout mieux que moi. Reviens en cheval si tu peux, et fais-toi reconnaître par un hennissement particulier. Comme ça, je saurai que tu vas bien!

Antseu éclaire une dernière fois le visage de Likar et dit : « Creusons. »

Tous creusent.

Au loin, un bœuf musqué solitaire croise un troupeau de chevaux.

— Que sont devenus les lemmings et les lièvres blancs ? demande un petit qui ne comprend pas la peine des grands.

La saison qui suit est violente : c'est encore un autre chef pour les Rozis. Ils ont perdu Poui, puis Noui en revenant chez eux. Quouid n'a pas voulu prendre de risques en prenant la tête du clan. Les Rozis ont croisé les Watanks, qui ont pris des filles, surtout Léya, une belle Rozie aux jambes souples. Ankel a finalement remplacé Poui. Ankel décide de créer une vraie entente avec les Houmens.

Les Houmens reçoivent les Rozis sous des tentes légères[1] : ce sont des abris à l'intérieur de leur grotte qui sont ornés et qui sentent bon, une odeur de forêt laissée au soleil. Les visiteurs offrent des poissons séchés sans tête et sans queue. Un poisson sans queue ni tête ne peut nager, c'est la seule chose dont les Houmens soient sûrs. Tous rêvent aux tentes rondes en os et défenses de mammouth qui annoncent les très-très beaux-beaux jours. Le froid a suffisamment cueilli ses morts. Trop. Chacun dit le nom des disparus.

Les Rozis ont aussi apporté de la viande de rennes. Ils viennent se réchauffer et parler des Watanks. Un homme de grande stature qui n'est ni chef, ni chaman, mais un chasseur hors pair du nom de Réga parle, et Ho traduit :

— Réga dit que les Watanks nous considèrent comme du petit gibier et qu'ils recherchent nos femmes, toujours. Nous sommes des rennes, des brouteurs à leurs yeux, pas des chasseurs mais des idiots !

— Réponds aux Rozis de notre part que le renne sert à tout, mais que nous ne serons jamais le pendentif d'un Watank et

1. Les hommes de Cro-Magnon s'installaient dans des abris dits « sous roche », mais il y avait des abris secondaires montés contre les parois. Les grottes étaient fraîches en été, et relativement douces en hiver. Il y régnait une température de 10 °C à 14 °C, alors qu'à l'extérieur il pouvait faire terriblement froid : entre - 40 °C et - 50 °C ! Les hommes de Grimaldi recouvraient sans doute le sol de galets pour se protéger du froid et du vent, et ils bouchaient l'entrée.

que nous voulons nous allier aux Rozis. Nous saurons tailler un vêtement pour Bragut ! Une peau faite de vent, avec des poils de poussière !

Réga éclate d'un rire si intense que cela fait sortir une marmotte de son trou. Les Houmens apprennent alors que Bragut a été mangé par des charognards à plumes et à poils. Réga sort une poignée de tendons de sous sa pelisse et dit :

— Que notre lien soit pareillement solide à ces tendons pris à des rennes ! Ankel notre chef demande si vous êtes d'accord. Accord lien : Houmens-Rozis. Tac-tac : pareil-pareil.

Les membres des clans sont d'accord. Antseu dit que le nœud ne sera défait que par le feu.

Baho observe Réga et le trouve beau, mais les belles paroles sont-elles toujours tenues ? Il y a des fleurs magnifiques qui puent, des fruits colorés qu'on ne doit pas manger. Et puis on peut dire et ne pas faire. Le monde est plus simple à comprendre qu'un seul et beau bipède. Les animaux sont adaptés au froid, pas les Houmens. Il y a les rennes, les mammouths, les rhinocéros, les bouquetins, les cerfs et les bisons, les renards et les loups. On les mange, on les chasse pour leur fourrure, on utilise presque tout d'eux. Mais les animaux se font rarement la *grrrr*, chose qu'on appelle « la guerre ». Il y a des combats pour une fille animale, mais cela ne va jamais plus loin qu'une lutte entre les cerfs les plus forts, ou entre les plus beaux chevaux. Les Houmens sont obligés par défense de faire ce qu'ils reprochent aux Watanks : tuer. Antseu et Bordig soupirent. Les temps changent, et pas en bien.

Les Rozis sont étonnés de voir Baho s'activer autant. Elle a récupéré la queue d'un cheval mort de froid.

Avec le crin, Baho fabrique une ceinture pour y accrocher ses outils à elle. Elle y accroche une dent de sanglier, des plumes de perdrix des neiges, quelques arêtes de brochet, un os de lièvre. Lorsqu'elle passe une lanière de cuir sur le crin de cheval, elle entend le vent et elle sourit. Avec le crin, elle invente des choses qui ne servent à rien. Elle enfile des coquillages, mais s'ils sont trop lourds, le crin lâche. Les vieilles Rozies lui apprennent à faire certains nœuds pour qu'un collier ne tombe plus en morceaux. L'atmosphère est réchauffée par les rires. Les mangeailles se préparent et des odeurs diverses picotent les narines.

Baho a une peur bleue des anguilles, mais elle aime en manger. Les anciens discutent et les langages se mélangent autour du feu. Baho comprend que partout on craint les vents glacés. Chez les

Rozis, on aligne les feux de la même façon que chez les Houmens, et on se déplace aussi en fonction du temps. On accumule les peaux et on les assemble quand on ne peut sortir. Aux beaux jours, on fabrique des poches, des genres de récipients avec ce qu'on trouve comme formes naturelles. Les enfants rozis savent imiter le langage des oiseaux, comme les enfants houmens. Ils s'amusent beaucoup. Baho se mêle volontiers à leurs jeux. Les jeunes Rozis mangent du lichen. Ils ont dû avoir très faim!

Houmens et Rozis parlent peaux et fourrures, ils comparent leurs bolas. Les enfants adorent s'exercer avec ce lasso à boules de pierre attachées à une lamelle de cuir. Frondzur s'énerve:

— Pas dedans, j'ai déjà dit! Et pas dehors non plus, une bolas peut arracher la gueule de n'importe qui! On ne joue pas avec les armes ni les outils. Il y a un temps pour manger, un autre pour chasser. On ne fait pas semblant. On perd trop de petits et de vieux par inadvertance. Nous sommes rares[1], au milieu des animaux nombreux. Traduis, Ho, pour ceux qui ont d'autres façons de s'exprimer que nous.

Personne ne comprend le sens d'«inadvertance», mais tous comprennent le fait que les bêtes soient en grands troupeaux et que les clans d'hommes debout soient en danger car plus faibles. Ho fait de grands gestes que tout le monde comprend. Il a «des mains qui parlent», comme on dit.

Réga s'assoupit et Ankel inspecte du regard l'agencement de la grotte. Les Houmens savent y faire pour éviter les mauvaises odeurs et pour utiliser le feu faible ou le feu fort.

Baho se demande si elle sera oui ou non une bonne chamane. Elle s'endort, les pieds près du feu. Elle voit dans son songe Kloss, un chaman sombre. Il sait les mêmes choses qu'Antseu mais ne fait rien de bon avec. Elle fait un deuxième cauchemar et parle les yeux clos, ce qui amuse tous les Rozis.

— Elle doit voir Kloss, dit Ankel. Ce chaman noir se prend pour un aigle mais marche en canard. Il se croit grand, mais il est tout petit. Il croit soigner, mais il pourrit son monde.

1. À l'époque de Cro-Magnon, on estime la population de l'homme moderne à 50000 habitants à la fin du magdalénien en France, il y a 20000 ou 30000 ans, soit 1 habitant pour 10 km^2. En France, certaines régions comme le Massif central et le Massif armoricain étaient presque désertes, alors que la Charente et le Périgord étaient plus peuplés.

Antseu se souvient alors de la rixe qu'il a eue avec Kloss. Qui était le meilleur chaman? Ce fut Kloss, mais il avait triché. Il était allé voir le nid d'aigles pour dire qu'il y avait trois œufs. Il avait imité le cri de la panthère pour faire fuir Antseu. Il avait fait croire qu'il tuait un chamois à distance, alors que le chamois était déjà mort. Antseu découvrit les fibres ficelées à une des pattes de la bête, que Kloss avait actionnées de loin. Antseu lui avait dit alors:

— Tu as gagné aux yeux des crédules, tu as perdu aux yeux des esprits.

Baho a le corps en feu. Elle ressent la main fraîche d'Antseu sur son front et s'apaise. Dans son rêve, elle voit des os brisés, mais des Houmens unis. Rien ne brûle le lien avec les Rozis. Elle dort et les anciens écoutent ce qu'elle dit sans le savoir. Des sons qui ne veulent rien dire font irruption: des mots changés, ou d'un autre clan... Baho parle du futur! Elle parle de choses qui grincent, qui coupent et qui ne sont pas au bout des bras des Houmens.

«Une matière plus dure que la pierre coupe, découpe. On rit de nos silex. Clic. Clic. Cessons ces sons.»

Sa mère, Ra, craint la folie. La folie tombe comme un oisillon qui a quitté le nid trop tôt. Après un grand choc, il arrive que quelqu'un tombe fou et se relève fou.

Antseu attend un cycle avant de songer à envoyer Baho chez les Ézyeux. Les Ézyeux sont ceux qui voient de près, alors que Baho voit de trop loin. Cela lui fera les pieds, les mains, mais surtout cela lui donnera une vision des choses subtiles. Aborder les choses subtiles, pour Antseu, c'est comprendre la forme d'une main, le souffle d'un cerf...

Baho cesse enfin de voir des choses d'un futur empli d'Houmens en folie. Elle n'ose pas dire qu'elle a vu les futurs siens bâtir de hautes montagnes, et y glisser ensuite sans rien chasser. Il n'y avait plus de rennes.

11

La beauté des vies

Les femmes houmènes ornent leurs poignets, leurs peaux de dessus et même les lourdes fourrures. Elles se distinguent pour elles-mêmes, pour les Rozis de passage et pour réveiller le regard des Houmens quand elles veulent les attirer à elles.

Baho est belle, grande, les dents parfaitement blanches et rangées sous des lèvres pulpeuses de gourmande. Beaucoup de jeunes chasseurs salivent en marchant à ses côtés, et ils ne la quittent pas des yeux, au risque de marcher sur un serpent. Elle a grandi, aérienne, s'annonçant par quelques breloques sonores. Sa démarche étrange et sa lenteur font son charme. Son regard les envoûte, les fait entrer dans son monde de plantes et d'esprits. Son odeur les touche. Les hommes finissent par apprécier les breloques, les coquillages cousus et les symboles de ce qu'ils ont pris aux animaux féroces : des dents, des os, parfois des bois. Ils ont rendu la force tranquille, ne plaçant que son image sur eux. Parfois, ils offrent un bel ivoire à leurs enfants. Baho, Ho et Ra portent tous un collier avec une dent de cerf au bout. C'est ce qu'il y a de plus difficile à creuser. Ra remercie Ho :

— Tu vois, Ho, les dents de cerf préservent : Baho a les plus belles dents d'entre toutes les Houmènes !

— Oui, mais elle continue à pousser trop vite, elle va être plus grande que toi, que moi ! Et ça ne te gêne pas pour courir, tous ces colliers que tu as autour du cou ? Ra, Baho ne fait que t'imiter. Les coquillages, ça n'a pas de sens, les dents oui.

— C'est pas moi qui chasse, dit Ra avec un grand sourire. Nous, les Houmènes, on vous fait des ceintures avec des os ronds bien striés. C'est nouveau et c'est pratique, quand vous courez, ça tient les bouts !

— Peut-être, mais le feu et la cuisson s'en ressentent. Il y a trop de paresseuses chez les femmes houmènes, de vraies marmottes qui, au lieu de faire cuire la viande, s'échangent des graines à broyer ou des colliers trop longs ou trop courts. Tu parles d'une activité!

— La vieille Gata ne voit plus et tremble des doigts, alors c'est vrai, je lui mouds sa part, je la lui mâche ou je la lui écrase. Ce n'est pas une marmotte, comme tu dis. Et les marmottes ne sont pas paresseuses! Ce n'est pas parce que tu ne les vois pas qu'elles ne font rien! Et puis, nous, ça nous plaît, de faire des ornements pour tout.

— C'est vrai. Mais je dis que les Houmènes font des choses par-derrière, pendant qu'on chasse, et même si vous nous suivez! Des choses qui ne servent à rien. Vous êtes pires que les marmottes, car vous agissez «par en dessous», comme elles! Baho m'inquiète. J'ai bien l'impression qu'elle ne voit pas la vie comme une vraie Houmène. C'est dire… Elle attire les animaux. Elle passe son temps à vouloir parler avec eux. Heureusement, on ne voit plus trop d'éléphants et de mammouths… Mais quand est-ce qu'elle va s'intéresser aux garçons? Elle préfère imiter les nocturnes.

— Tu ne vas pas me dire qu'elle essaie d'approcher des loups sans rien pour se défendre, quand même!

— Pire: elle les appelle, et les chevaux aussi! Elle a également poli une dent de cerf, regarde, en forme de rond solaire avec un trou au milieu, et elle l'a posée dans un nid de petits oiseaux ridicules et immangeables! Et puis elle a gravé de l'autre côté une crinière. Elle n'est pas prête du tout. Ce serait pas Baho, je dirais qu'elle est folle.

— Antseu pense que Baho sera sans doute chamane… Quand elle a renversé la poignée de coquilles percées, les noires sont restées sous les blanches. Il a dit qu'elle avait la main blanche, la main qui pense. Qu'elle n'aura jamais le cœur noir. Elle a des pouvoirs.

— Qu'est-ce que c'est que cette histoire, encore! Et qu'est-ce qu'il a, Antseu, contre les coquilles noires?

— Il dit: «Les os sont blancs, toujours blancs, la neige sera blanche, toujours blanche, mais le bois brûlé et la nuit sont noirs et mystérieux.» Toujours. Il n'y a pas de nuits blanches et d'os noirs.

— Ah oui, d'accord, c'est un *titieux*.

— Un quoi?

— Un superstitieux.

— Antseu et toi, mais qu'est-ce que vous parlez mal! Baho sera une vraie Houmène, tu verras. C'est pour ça qu'elle parle aux animaux!

— Toi, tu vois le plus tard à venir? C'est impossible. Moi, déjà, je ne vois que ce que j'ai à voir ici et maintenant. Et j'ai du mal à tout voir! Baho n'est pas un bolide, ni une allumeuse, c'est une rêveuse. Et une rêveuse n'a jamais choisi un bon chasseur…

Baho les écoute de loin, elle fabrique une pendeloque pour Gami, un petit garçon qui n'a pas froid aux yeux, qui court après les chevaux et les cuons. Elle termine ensuite un collier pour sa sœur Goumi avec des coquilles fines d'escargots. Gami et Goumi sont nés l'un après l'autre; et Baho adore jouer avec eux car ils sont encore trop petits pour marcher loin. Elle leur apprend à travailler une omoplate de bouquetin, elle la perce et la grave devant eux. Ils sont ébahis, car elle sait reproduire l'œil du bœuf et la lune maigre comme un sourcil. Pour finir, elle grave un œil de loup sur une pierre molle. Le père chasseur s'approche et fait un *Oh* de satisfaction. Et imite le loup, *Ouh*… Une façon d'approuver le trait de Baho!

Le père de Gami et Goumi est le meilleur chasseur, pourtant il n'est pas le chef du clan. Il ne veut pas, il ne peut pas car il hésite toujours. Élef ne sera jamais chef, et ça l'arrange bien car, comme Baho, il préfère comprendre le ciel et la terre, et, comme Ho, il ne veut pas décider pour les autres. Ce sont les esprits de la nature qui décident et non les chamans, qui font semblant de les influencer, voilà ce qu'il ressent. Les esprits des bois et des bêtes, il faut les comprendre, sinon on finit comme les animaux qu'on ne voit presque plus et dont les os se sont empilés au fond de la caverne qui leur servait d'abri nocturne. Pour Baho, durant le jour, de la poussière d'os brille dans le bleu du ciel; et la nuit elle se transforme en petites étincelles… La lune est leur maman, qui les appelle «étoiles». À force de les revoir, elle sait où sont les plus grosses escarbilles nocturnes.

Élef a les cheveux gris comme certaines roches qui brillent au soleil. Bath, sa compagne, a les yeux bleus et les cheveux noirs, et c'est la meilleure gardienne du feu. Frondzur et Bordig les envient, car tous leurs enfants sont restés en vie. Baho remarque que ceux-ci sont unis et joyeux. Élef a des yeux couleur de bois, et ses mains sont les plus longues du clan. Il regarde la fille de Ra et Ho, puis ose lui dire:

— Baho, tu ferais mieux de rire plus souvent plutôt que de rêver à qui fait quoi. Nous sommes tous des chasseurs, et, au mauvais temps, on ne peut vivre que dans nos terriers! Souris! Tu es trop dans les nuages.

— J'aime rire, Élef, mais Bath a plus de raisons que moi de montrer les dents de la joie. Pas les dents de la grimace de la peur. Vos petits sont si drôles quand ils se mettent à imiter l'ours mécontent, la marmotte qui se réveille! Bath est comblée.

— «Comblée»?...

— Cela veut dire qu'il n'y a pas de vide en elle, même dans son regard. Son ventre est plein, son sourire est plein, sa vie est pleine.

— Bath a peur parfois. Va la voir. Elle ne veut pas me parler de sa peur.

Baho vient partager des noix avec Bath et comprend rapidement ce qu'il lui arrive. Bath est proche de sentir le sang blanc. Elle est épuisée. Alors Baho lui dit:

— Bath, le froid pénètre en toi parce que tu ne portes pas les fourrures d'Élef. Il a pourtant pris des risques terrifiants pour toi! Regarde-moi cette magnifique fourrure tachetée!

— Mais c'est moins joli qu'une peau tannée unie. J'ai très chaud. J'ai la fièvre. À cause de ça, je ne porte pas de fourrure.

— Ton corps a pris froid, ce qui donne chaud.

— C'est stupide de dire que le froid donne chaud.

— Continue à être bras nus et tu ne porteras plus rien que des coquillages et de la poudre rouge sur tes os.

— Tu penses?

— Porte tes peaux poilues, jusqu'au temps des abeilles. C'est bien de transpirer! Ton corps laisse-t-il couler du sang blanc?

— Cela existe?

— C'est quand on s'épuise qu'il sort.

— Non. Mais j'ai les yeux qui me font mal. Regarde...

— C'est quoi qui t'a fait ça, une plante, une bête?

— Des poussières du feu, et je me suis gratté les globes.

— Ah! Je sais ce qu'il te faut! Je vais te chercher une plante aux fleurs jaunes[1] qui donne des fruits velus. Je l'appelle «celle

---

1. Les premiers chamans de la préhistoire essayaient des traitements empiriques. L'aigremoine (signifiant en grec «taie de l'œil») traitait les lésions oculaires. Ses vertus curatives ont été véritablement découvertes durant l'Antiquité pour traiter les troubles du foie, ou apaiser les morsures de serpent. C'est un anti-inflammatoire et un antispasmodique qui soigne aussi angines, plaies et ulcères variqueux. Cette plante est vivace, avec une tige velue qui peut atteindre 50 cm de hauteur.

qui rend la vue». Elle a plein de pouvoirs, je l'ai essayée sur moi. Patiente, il faut que j'en retrouve. Ces plantes soigneront tes yeux. En attendant, porte ta fourrure.

— Tu donnes les pleins pouvoirs à une fleur jaune, toi tu n'as pas de pouvoir directement?

— Si, je mets en relation…

— «Relation», c'est quoi, Baho?

— Bath, tes yeux vont se reposer. C'est la plante, pas moi, qui va te calmer. Mais c'est parce que je vous connais, je vous mets en relation.

— Tu veux dire que tu relies.

— Voilà… «Pour bien manger, il faut bien chasser» est devenu le dicton des Houmens. Pour bien soigner, il faut être en forme! ajoute Baho.

— Tout est relié! susurre Bath, complice. Baho a raison, c'est en relation que tout est!

Les Rozis partis, le chef décide qu'il faut aller à la chasse aux pierres dures qui durent, car les armes manquent. Il ne faut jamais manquer de l'essentiel, surtout si les Watanks se pointent. Et quand le silex manque, on ne peut se contenter de bois, c'est bien connu.

Pendant la chasse aux pierres dures, Élef et Baho regardent les chevaux, leurs crinières. Ils étudient le rôle des deux articulations de leurs jambes. Les bêtes sont encore plus belles quand elles galopent, mais on ne peut les approcher que des yeux. Bath pleure sans le vouloir, et Baho part lui chercher la plante qui apaise les yeux. Même Antseu est émerveillé, il n'avait pas fait attention à cette fine plante. Il l'avait prise pour une trop fragile, incapable de donner une telle force, une force de Watanks! Une fois que Bath ne pleure plus, Élef demande à Baho de l'aider à tracer un cheval[1] dans une roche claire.

— Fais-moi de l'ombre, j'y verrai plus clair. Ce soleil est éblouissant. Baho, là ça va bien tenir, car parfois le gel fait craquer

1. En 1971, Giuseppe Vicino découvrit un cheval gravé sur la paroi ouest de la grotte du Cavillon, lieu situé aujourd'hui près de l'entrée occidentale du tunnel ferroviaire de la falaise. Au niveau B de la grotte du Prince, Vicino et Henry de Lumley ont découvert en 1976 qu'il y avait une grande abondance de chevaux et de bouquetins, et constaté l'apparition de la marmotte. Les faunes du Foyer «E» d'Émile Rivière étaient *Equus caballus*, *Cervus elaphus*, *Bos* (bison), *Capra ibex*, *Sus scrofa*, *Crocuta crocuta spelaea* (hyène des cavernes), *Oryctolagus cuniculus* (lapin), *Marmota marmota*, etc.

la pierre. Qu'est-ce que tu en penses ? C'est une bonne pierre qui résistera au gel ?

— Gel, pas gel, gel, pas gel. Même la pierre a sa vie... Où graver sans l'abîmer ?

— Les chevaux craignent les corniches, ce petit-là restera bien en place sans risque de tomber !

— Pourquoi tu traces un cheval crinière au vent ?

— C'est beau.

— Les autres disent que c'est de la bonne viande. Pourquoi tu ne l'as pas gravé sur un caillou que tu gardes avec toi : un beau cheval, le Cheval ?

— C'est pour que les autres... pour qu'ils le voient... Pas pour qu'ils se demandent : tiens, qui a bien pu tracer le cou d'un cheval fou ? Ils trouveront mon cheval beau, même s'ils le mangent aussi.

— Ils le mangeront des yeux, ils pensent qu'à bouffer la plupart du temps...

— Baho, on ne parle pas comme ça ! coupe Élef.

— « Un cheval, c'est que de la viande, et y a pas de beauté dans la viande », dirait Hult.

— Baho, on ne pense pas à la place des autres ni pour les autres. On propose. Je frappe dans la pierre pour obtenir quelque chose. Et même la viande, c'est beau. Sinon le cheval, il serait laid dedans et par-dessus.

— Mais tu me comprends quand je te parle ?

— Oui. C'est toi, tu me comprends de travers !

Élef trace le crin du cheval, lui donnant la forme des tiges de la plante qui a guéri les yeux de sa femme. C'est sa façon de remercier. Mais son caractère demeure :

— Tu ne vois que ce que tu veux voir ou entendre, Baho... Tu n'as pas vu que des animaux disparaissaient tout seuls, sans qu'on les chasse ?

— Ah ? Quand ?

— Tu n'as pas remarqué qu'ils disparaissaient et ne revenaient pas ?

— Non. C'est à cause du froid ?

— J'en sais rien. On voit moins de rhinocéros gras, et le gros mammouth-éléphant, tu en as croisé un quand pour la dernière fois ?

— Pourquoi tu cries ? Ils font ce qu'ils veulent.

— Et s'ils ne voulaient pas ! Je m'appelle Élef en mémoire des porteurs de défense et de leur ancienne liberté. Alors, ça m'inquiète.

— C'est quoi la liberté?

— Celle d'un éléphant?

— Pourquoi pas... La liberté d'un éléphant, c'est quoi? D'avoir des défenses. C'est pas lui qui a décidé, mais il vit où il a décidé que c'était le mieux pour lui et les autres.

— Baho, déjà, faire ce qu'on peut c'est faire comme l'air.

— Tous, on a des sillons de liberté, les loups, les Houmens, les marmottes, les aigles. T'as vu, on se défend comme on peut en l'air, sous terre, par terre...

Élef creuse la terre de sous un arbre et en sort une magnifique défense d'éléphant géant. Baho s'extasie.

— Cela ne te fait pas peur? demande-t-il.

— Non. Je vois et j'imagine la tête. Ses oreilles aussi

Baho découvre des os comme des éponges qui forment la tête énorme de l'animal.

— La liberté d'un éléphant comme d'un Houmen c'est de vivre et d'aller vivre où il veut. Et même de mourir où il veut. Pas ce grand-là, il a dû se casser des os. Pas possible de finir comme ça. Ou alors il était malade, très malade.

— Là, on s'écarte de notre conversation. Quand on est mort, on est encore libre?

— On était libre, on ne l'est plus. On est libéré de sa peau, comme ce pachyderme.

— *Pachi* quoi?...

— *Derme*, cela veut dire «peau épaisse». C'est toi qui sors du chemin de la conversation, maintenant... Moi, je pense que seul le vent reste libre, meurt et renaît. Pas nous. L'air est libre. Pas nous. Ne crois pas Antseu. Antseu est un menteur. Ne crois pas qu'on soit vivant après la mort!

— Je n'ai pas à croire ou pas. Tout vit! Élef, on parle bien avec les absents. On les voit pas, eux oui, ils nous voient. Même les animaux morts nous voient. C'est peut-être leurs yeux à tous, la nuit, qui nous regardent? Ils se placent autour de la Blafarde et au milieu des poussières du feu..

— La Blafarde?

— Qui n'a qu'un œil.

— La lune, quoi. Elle change tout le temps.

— Élef, y a des formes dans le ciel et dans les nuages, et dans les pierres et dans tout, des signes de vie, partout! Les morts veulent pas qu'on s'arrête pour eux, mais eux pour nous, car eux ils connaissent les dangers. T'as jamais l'impression qu'il y a l'esprit du renne qui guide les nouveaux rennes ? T'as jamais senti l'esprit des anciens Houmens dans la frappe au percuteur ? Tu percutes ?

— Qui t'a mis ça dans le crâne ? Antseu ?

— Non, c'est moi toute seule, comme toi tout seul, tu as gravé une crinière qui est passée il y a des jours sous ton nez ! Je l'ai vu, le cheval qui flamboie et file avec le vent. Tu l'as saisi dans la pierre. Je le reconnais !

— Baho, nous aimons voir les chevaux galoper. Que cela nous rapproche dans le silence. Tu parles trop. Bath est bien contente. Mais maintenant, tais-toi ! Reste dans le silence, on continuera à penser, ne t'inquiète pas. Après, on se reparlera.

Baho passe le reste du jour à regarder un cheval clair avec une tache rousse sur le flanc, et à se demander comment s'emboîtent les os des galopeurs.

Les filles houmènes reviennent de la cueillette des baies, accompagnées de costauds qui les protègent d'éventuels Watanks. Elles envient Baho : elle n'est pas obligée de marcher tout le temps, elle est belle, elle est douée pour les colliers, et elles veulent les mêmes ! Baho est si curieuse qu'elle passe sa journée à contempler une framboise, une pierre, la lune, et surtout ce cheval unique, à la longue encolure, couleur de sable. Les filles s'en vont. Baho voit un autre cheval, encore plus beau. Crinière sombre, poils couleur d'écorce. Le soleil sur lui fait moutonner des taches[1]. Dans le soleil qui va se coucher, il semble brûler. Il appelle une jument et la rejoint, heureux comme Élef qui retrouve Bath !

Les filles houmènes s'amusent. Elles apprennent à se faire remarquer par les garçons avec qui elles veulent s'essayer à la vie. Baho constate que beaucoup ont déjà un ventre rond. Elle sent également la saison des fleurs germer en elle, comme une beauté impalpable, et elle a envie de choses nouvelles, en particulier de

1. La grotte du Pech Merle, dans le Quercy, contient des reproductions de chevaux. Explorée dès le début du XXe siècle, c'est dans sa partie inférieure que deux adolescents découvrirent en 1922 des peintures magnifiques de l'époque gravettienne (entre 27 000 et 20 000 av. J.-C.). Elles sont surtout connues pour les motifs caractéristiques dits « de ponctuations d'empreintes de mains », bien visibles, notamment sur la paroi dite « des chevaux ponctués ». Les chevaux sont tachetés de noir et d'ocre rouge. Ces ronds étaient obtenus par projection du pigment à l'aide d'une paille dans laquelle on soufflait. Cette paroi n'a pas été décorée en une seule fois, et c'est un poisson qui fut la première figure. L'abbé Breuil disait de cette grotte : « C'est la chapelle Sixtine des causses du Lot, un des monuments les plus émouvants de l'art pictural paléolithique. »

découvrir le corps différent d'un Houmen ou d'un Rozi – mais certainement pas celui d'un Watank. Elle passe ses jours à capter l'image du cheval, c'est-à-dire la totalité des chevaux, à tenter de comprendre celle de la Grande Bleue, renouvelée et changeante. Les chevilles de Baho sont fines et sa bouche grande, ses yeux clairs comme un cristal. Tous les garçons houmens veulent l'aider. Elle n'a qu'à choisir. Prim est son préféré, il est rarement maussade, et quand il parle, c'est pour lui dire de belles choses :

— Tu as vu, ces chevaux que nous mangeons, ils ont peur de nous. Si les chevaux n'existaient pas, les herbes seraient moins belles. Elles frissonnent à leur passage. J'ai entendu Antseu parler de toi. Que veut-il ? Méfie-toi des chamans, ils ne sont pas là, ils sont là-bas, hier et demain, jamais quand on a besoin d'eux, tout de suite. Moi, ça me fait peur ! Peur pour toi.

— Tu ne devrais pas, Prim ! Ne t'en fais pas.

— Tu me diras ses secrets ? Les secrets des chamans.

— Il n'y en a pas. C'est nous qui sommes mystérieux, la source qui naît, les pieds, les doigts, les éclats dans le ciel. Un jour, Antseu m'a accompagnée à la source des Houmens. Il a posé ses mains sur l'eau, les a retournées, il s'est frotté le visage avec puis il a laissé ses doigts sécher au vent, pieds à terre.

— Alors ? C'est mystérieux, ça ?

— Non c'est clair. L'eau vient d'en haut. Le vent vient d'en haut. Mais l'eau surgit de la terre et du ciel. Nous, nous allons sur pierres, terres, sables, racines, et en nous il y a de l'eau. Quand on est mort, on est froid, restent plus que les os, sans plus d'eau. Voilà. Antseu va à la source de l'eau. Les chasseurs vont à la source de la viande ! C'est pas assez pour comprendre, mais c'est déjà un bout qui permet de voir, d'entendre les choses. Un des bouts. Il y a peut-être un des bouts qui mène à tout.

— On dit « un début »... Voici pour toi, belle Houmène aux yeux bleus.

Prim tend à Baho un bracelet fait de coquillages qu'il a su percer avec habilité. Ce qui tient le tout est une herbe torsadée terminée par une pierre d'un rouge vif.

— « Ton » cheval est très bien sur la paroi. Chaque fois que je passe devant, je pense à toi.

— Prim, c'est pas un cheval en entier... Il est à la pierre. Et c'est pas mon cheval, c'est celui d'Élef, celui de tout le monde. Élef l'a fait pour qu'on le voie. Rien n'est à nous. On est au monde qui nous entoure et même après au monde qui sera...

— En tout cas, on le reconnaît, le cheval. Tu veux qu'on s'isole dans une hutte un jour, une nuit?

— Oui, Prim. D'abord je dois faire ce que me demande Antseu.

— Moi, je me doute qu'il veut que tu le remplaces un jour.

— Ne le dis pas aux autres. Je ne sais pas si chamane c'est bien pour moi et pour les Houmens. On le saura bientôt. Mais toi, Prim, je sais que tu as éveillé des marmottes miniatures en moi: elles gigotent là et là. J'en oublierais presque de graver les lunes que je dois graver…

Prim comprend et la regarde. Baho lui prend les mains. Prim et Baho s'entortillent et se taisent. Baho sent un volcan, une rivière qui coulent en elle. Prim n'a jamais ressenti une telle force venir en lui. Il se surprend à épouiller Baho avec une douceur appliquée.

— Vite, Baho. Et qu'Antseu te laisse revenir ici, face à la grande étendue d'eau, sous notre falaise. J'ai peur qu'Antseu t'enlève à moi.

— Lui? Il ne ferait pas de mal à une marmotte!

Baho et Prim, Prim et Baho ne font qu'une chose nouvelle et des étoiles naissent en leurs yeux, leurs cœurs s'emballent, ils font corps avec le vrai secret! Ils sont!

Puis Baho se lève et va retrouver Antseu, qui lui explique les colles, tout ce qui colle, soigne ou lie des choses entre elles pour les maintenir solidement. Baho l'écoute, l'air d'être ailleurs. Elle pense que Prim et le cheval ne font qu'un, elle pense que la terre et les Houmens ne font qu'un, que tout est uni. Et pourtant elle se sent bien seule: être chaman, c'est n'agir que pour les autres et oublier ses propres ennuis. Et que faire contre ce qui se désunit?…

Prim n'est pas la réponse, Antseu ne saura répondre. Elle ne saura pas quoi faire.

Baho se force à sourire à Prim. La tristesse qu'il voit le rend triste à son tour.

Antseu hésite encore à envoyer Baho chez les Ézyeux. Il prendra sa décision quand il aura retrouvé son calme. Quelques jeunes Houmens croient encore qu'il suffit de vouloir attraper un bœuf musqué pour y arriver. Frondzur et les chasseurs doivent encore et encore redire les risques et les efforts. Les Houmenets passés Houmens pensent toujours qu'ils peuvent tout, même affronter un ours! Antseu rêve de nuits passées loin de tous, là où nichent les aigles et voguent les nuages. Il ne s'y transporte que par l'esprit, car il lui faut veiller sur le clan. Il sait trop la violence des Watanks qui guettent.

12

Le piège invisible

Wotank, digne fils de son père, est allé chercher une pitance humaine dans le clan d'à côté. Il ne considère pas la femme comme un deux-pieds, une tête, un ventre légèrement différent de lui. Non, Wotank, éduqué par son père, voit une proie en chaque femme. Wotank se veut prédateur. Chacun son mimétisme… Jonk, l'ancien chef, a préféré s'occuper du feu et des sagaies, tellement Wotank a fait fumer la panique, tel un feu qui étouffe. Les femmes du clan n'aiment pas l'odeur de Wotank, et elles le repoussent toutes. Pour ne pas être la risée de ces rebelles qui exigent de choisir qui entre dans leur hutte, il préfère conserver les chasseurs à ses ordres et faire croire qu'il se moque des femmes.

Après des lunes, Wotank laisse sa violence le guider : il part à la recherche d'une pas finaude, pas violente, pas vive, même cassée de partout, même vieille, même moche, mais il lui faut être comme les autres Watanks, et avoir à portée de mains une proie aux belles fesses. Il ne lui parlera pas, pas besoin. Il veut juste en harponner une, en « pêcher » une. Un jour, elle lui donnera son image en plus petit. Wotank veut être sûr d'avoir une réplique, un fils qu'il formera à être chef. Wotank est musclé et ses cheveux sont magnifiques, mais il dégage vraiment une sale odeur, une odeur de chasseur en plein combat qui serait tombé dans un lac de poissons pourris.

Il a volé les parures fauves d'une Watank qui le dédaigne dans l'intention d'amadouer une belle Rozie avec elles. En chemin, il évite la charge d'un bœuf musqué et bondit de fierté : il est le plus malin.

Après avoir été rejeté par toutes les femmes rozies restées dans leur camp de base, il est furieux. La fourrure de renard n'a rien fait. Wotank n'a pas changé depuis l'enfance : il ne veut jamais être contrarié. Cela le rend fou. Il ne donne que pour prendre !

Tout lui appartient, quitte à perdre le peu qu'il a sur le dos. Les femmes rozies se rient de lui. Elles n'aiment pas son odeur, ni ses yeux noirs mais sans éclat, et encore moins la fourrure de sa sœur Nahé qu'il a apportée avec lui. Wotank ne comprend pas ce rejet ; sa violence est décuplée. Il est prêt à frapper, au moment où il entend le verdict d'une ancienne aux larges hanches, Rozia :

— Même une pierre a plus d'éclat que tes yeux. Ils sont morts comme du bois en poudre. On a ce qu'il faut, ici. On t'a pas choisi ! C'est comme ça ! Tu es aussi bouseux que ton père ! Nos hommes reviennent de la chasse, ils vont te fracasser si tu restes ici ! Tu les entends ?

Wotank se tait et quitte le campement des Rozis, il a trop peur de croiser les chasseurs. En longeant une paroi, il attrape une peau de panthère qui sèche. Il glisse sur de la terre molle et continue sur le flanc d'un ravin. Wotank ne cesse d'incarner la chute, la sienne et celle des autres. Le songe de son chaman n'était-il pas celui du gravissement d'une montagne pour Jonk, comme pour tout chef ? C'est la malédiction des Watanks ! Ils ne réussissent pas à réaliser le rêve de Kloss, leur chaman. Rien ne réussit, et il faut faire semblant du contraire. Celui qui fait croire qu'il est tout-puissant finit par se mentir. Le mensonge devient sa vérité. Il accède aux sommets, tous les sommets, puisqu'il guide son clan.

Wotank impose à tous ses pièges et menteries, et beaucoup y croient. Kloss répète que son moment de force absolue viendra. C'est d'ailleurs pourquoi Kloss le rassure :

— Wotank, grand chasseur malin. Reprends-toi, et tu vaincras !

— Je veux repartir en vainqueur. Comment je fais ?

— Facile, c'est la méthode Kloss. Persuade-toi que tu te mets dans la peau du pire des prédateurs pour mieux tuer et, cela est certain, sa peau t'ira très bien. Tu vaincras ! Quand ce sera une femme, tu n'auras aucun mal à la persuader. Persuade maintenant le clan que tu es le meilleur à la chasse, et ils vaincront.

— La chasse gagnée appartient aux corps des Watanks. Quand je prépare l'attaque, même si on perd quelques Watanks, je reste le chef, et tant pis pour les non-chefs. Mais, Kloss, comment obtenir le regard d'une femme ? Cela ne se chasse pas, un regard.

— Cela ne s'obtient pas.

— Cela se prend ?

— Non. Il faut le provoquer ! Fait naître le désir ! C'est aussi une montagne à gravir.

— Quoi ? Pour un seul regard ?… Comment ?

— Cela se fait tout seul, voyons !...

— Es-tu le messager des esprits, oui ou non ? Prouve-le ou je change de chaman.

— Impossible, sauf si tu changes de clan. Que veux-tu, au fond de toi ?

— Je veux une femme sans être obligé de vaincre. Ou alors je serai terrible ! Avec toi, avec elle !

— Fais ce que je te dis. Fais naître le désir ! Passe un temps sous la cascade, et commence à regarder une Rozie pour te faire la main. Puis songe à la plus belle des Houmènes. Tu seras tellement près d'elle qu'elle ne pourra te résister, et c'est elle qui te séduira. Demain, au jour levé, raconte-moi ton rêve de la nuit. N'oublie pas que ton père est à moitié houmen !

Wotank se demande s'il osera dire un de ces rêves à Kloss. Il ne fait que tuer des sangliers, et il marche dans leur sang. Il est « au sang lié ». Lorsque dans ses rêves apparaît une femme, il va pour l'attraper et c'est une ombre qu'il tient dans les bras. Puis, pris de colère, il attrape l'ombre de la femme et la tord. Ses jambes l'abandonnent et il tombe tout seul, face contre hure de sanglier. Là où il souffre dans son corps, une dent de sanglier lui pousse. Même lui déteste ses rêves. Il ne pourra jamais les livrer à Kloss. Ses rêves le trahiraient. Wotank repart, et son odorat le guide parfaitement.

Ho n'est pas revenu depuis longtemps. Il est parti avec les plus malins du clan des Houmens pour s'approvisionner en sel. C'est un moyen qu'il expérimente. Il veut comprendre pourquoi les rennes et les chevaux en raffolent. Baho observe. Elle fait des trous dans une tige creuse et imite le vent. Ra se dit que sa fille chante comme le vent. Elle est dans le vent, ou plutôt le vent est dans ce qui est vide ou évidé. Ho revient avec des fragments des larmes de la mer. Ce soir, il en jettera dans la préparation de viande et tout le monde goûtera.

Les langues piquées par le goût s'y adonnent. Frondzur félicite Ho et les siens :

— Je me disais aussi : c'est de la neige qui ne fond pas. Au fond de la langue, c'est délicieux.

— Le seul problème, c'est que l'eau est l'ennemie de ces grains de la Grande Bleue, ajoute Ra.

Antseu se gratte la tête et demande à Baho de dire ce qu'elle trouve de bon dans cette nouvelle cuisson de la viande de renne.

— Comment on sort le sel de l'eau ? Il faudrait en avoir sous la main…

— On ne le sort pas. C'est aux beaux jours qu'il se perd sur les cailloux, dans des flaques séchées.

— Ah ! le sel fait sal… saliver ! Et si on en met près d'ici, est-ce que les chevaux vont venir ?

— Tu essaieras quand tu seras en mesure de faire face ! Ne t'avise pas de t'approcher des chevaux, ni des loups.

Baho a pratiquement terminé sa croissance, et elle sait maintenant qu'elle n'est pas de taille à repousser un cheval, encore moins une panthère des cavernes, mais elle reste attirée par le monde des loups. Prim la regarde. Il comprend tout de Baho ; ensemble, ils seraient parfaits : supplémentaires. Ils regarderaient galoper des chevaux à la limite des pierres qui bouchent certaines grottes, ou le long des vagues qui déferlent sans cesse, elle ne craindrait rien et soignerait d'autant mieux. Il la regarde ; elle le regarde. Ils ne voient pas Wotank qui les observe comme le lynx attend le moment de sauter sur un lapereau, sans un bruit et presque sans ombre !

Wotank la sent d'abord, puis la fixe de ses yeux bombés. Il la trouve succulente. Ronde de lui, cette Houmène serait parfaite. Elle lui donnerait un enfant, d'abord petit, mais costaud. Ensuite, elle obéirait à tout. Wotank s'est aventuré vers les chevaux, où il ne pensait pas trouver une proie si belle et si facile à atteindre. Baho ne le voit pas. Elle divague seule et trop confiante à travers les hautes herbes, c'est l'heure où les prédateurs vont boire de l'eau douce, l'heure où les fauves repus laissent les brouteurs se désaltérer. Prim est impressionné de voir Baho marcher sans crainte entre toutes ces bêtes. Il est prêt à bondir pour la défendre, bien qu'il craigne ruades et griffures.

Baho hennit, les chevaux s'arrêtent et la regardent.

Les pins des montagnes se dressent vers le ciel. Leurs fruits jonchent le sol, ils sont gris foncé et très lisses, ils comportent des écailles d'un bois tendre. Baho est intriguée. Les poissons et les arbres ne vivent pas du tout au même endroit ; les poissons vivent et nagent dans l'eau, le pin sort de terre et se dirige vers les nuages, mais les fruits du pin ont des écailles sur le dos. Avec les aiguilles qu'elle suçote, elle se cure les dents, en rêvant aux futurs pignons qui disent une saison qui s'achève. Elle adore cette chair blanche et croquante extraite des coques noires et poudreuses. Ce pin est, comme elle, sporadique : où il veut, quand il veut. Parfois il brûle. Foudroyé, il disparaît et semble migrer ailleurs. Il vit plus vieux que les hommes. Ses fruits sont des objets de troc et Baho aime les croquer. Un tronc coupé montre un genre de serpent de bois qui tourne autour de lui-même. L'observation ne sert pas à grand-chose, mais Baho est ainsi faite ; elle trouve en tout matière à s'émerveiller, à faire des liens. Le bois fait des ronds, et la pierre jetée dans un lac aussi.

Sans savoir estimer les dangers, elle suit le soleil du regard qui s'allonge et s'endort à l'horizon. Soudain effrayée par des cris d'oiseaux inhabituels, elle court vers le campement. Wotank, qui ne la quitte pas des yeux, trépigne. Prim attend Baho, le sourire aux lèvres. Il savoure cet instant. Sa vie est en train de changer !

Tous les Houmens se regroupent. La journée a été belle, la chasse bonne, ce qui augure de belles étreintes nocturnes.

Wotank fait corps avec les ombres pour manigancer son rapt. Ce sera cette folle aux bracelets : Baho ! Il la veut. Il l'aura ! Il comprend le père de son père. Il comprend son père. Il verra sans doute le vieux Bordig qu'on dit être frère de Bragut. Il vaincra et « gravira la montagne » ! Wotank se glisse dans la grotte des accouchées et mâchonne une racine.

Le feu permet de rôtir des viandes, Baho préfère les pierres chaudes au creuset. Il y a deux camps chez les Houmens : les vieux qui aiment la viande prémâchée et les jeunes aux dents blanches qui mâchent rapidement des viandes mi-cuites. Chez les Houmens, on creuse dans le sol une cuvette où deux pierres plates suffisent à faire un four[1]. Baho s'est déjà pris les doigts dans le feu…

---

1. Voici quelques précisions culinaires, à travers une recette liée aux découvertes effectuées lors de fouilles… Préparez un foyer creusé dans le sol, placez-y les pierres plates à chauffer. Pendant que les pierres chauffent, creusez un autre trou dans le sol et préparez une viande de bœuf à la place du bison, avec du romarin, ou du saumon, et quelques panais par exemple ou autres racines proches de l'ancêtre de la carotte. Lorsque les pierres sont chaudes, vous pouvez garnir le fond du trou. Posez sur les pierres une bonne épaisseur de feuilles pour y placer la viande, ou le poisson, les légumes et les herbes. Recouvrez de feuilles, puis de terre. Laissez cuire une heure et servez sur une pierre plate ou sur une large feuille. C'est cela la gastronomie Cro-Magnon !

— C'est pourtant pas compliqué ! lui lance sa mère. Tu prépares un foyer dans le sol, tu ajoutes deux belles pierres plates, du romarin, quelques tranches de bison bien coupées. Quand les pierres sont chaudes, tu emplis le trou avec des feuilles, tu poses la viande et tu attends. Tu attends l'odeur, et tu penses à rien d'autre ! L'odeur, elle te dit quand le feu doit être éteint. Le feu, c'est pas un ami, même au-dessus des flammes, ça chauffe ! T'as remarqué, tout de même ? Tu surveilles !

— Et le feu, ajoute son père, d'où tu le tiens, Baho ? Hein ?

— C'est lui qui nous tient ! Ni ami, ni ennemi le feu. Le feu est ! Vous oubliez le feu qui a pris la forêt parce qu'on avait mal éteint... Les troncs, les branches sont devenus rouges puis noirs. Ils sont morts.

— C'est arrivé, cela n'arrivera plus, rassure Prim. Il fait trop froid pour le feu.

— C'est vrai que le feu aime le chaud ! dit Baho en riant.

Prim admire Baho, la pauvre se fait souvent réprimander au lieu d'être reconnue comme future chamane. Des Houmens gloussent. Prim attrape la parole qui vient de se poser et dit au clan en son entier :

— Baho est toujours à protéger les Houmens. Ne lui envoyons pas une parole qui fait aussi mal qu'une pierre jetée. Je n'ai plus mon chasseur de père, mais j'ai Baho.

Baho le regarde et sourit, et elle reprend la parole :

— En fait, le feu peut être notre ami, mais il est pire qu'un bébé houmen, il ne sait pas où marcher, il faut lui apprendre et tout ira bien. Prim n'a plus personne. Il nous a, nous.

Antseu trouve qu'elle a bien parlé. Il décide qu'il est temps que la future chamane soit initiée. Ainsi, le respect aidant, personne n'osera l'attaquer par des mots qui arrêtent le pouvoir du bon et vrai chaman.

Cette nuit sous les étoiles, une chouette ouvre ses gros yeux orange et ébroue ses plumes. Prim et Baho s'unissent. Ils deviennent limaces, louveteaux, lapins, loups, aigles puis marmottes. Ils sont un mouvement, un soubresaut, ils vivent l'animalité et leurs yeux disent leur « houménité » ! Ils ont osé s'enfuir du camp qui sent encore le bon repas salé. La lune fait briller leurs pupilles. Ils ne se parlent pas. Tout se dit dans leurs gestes. Baho songe qu'ils sont accolés comme deux germes, qu'ils sentent une autre odeur sur eux, qu'ils ont le ciel comme couverture, que leurs peaux ont fait connaissance comme les racines d'arbres qui se rapprochent par-dessous avec la terre, l'eau tombée du ciel. Prim se dit que Baho est la plus belle et à jamais. Elle ne vieillira pas, dans ses yeux.

Un petit félin miauleur passe et les renifle, faisant un bond en arrière.

Baho et Prim rient et vont se réfugier sous une épaisseur de peaux d'ours et de loups. Ils bâillent à s'en décrocher les mâchoires. On dirait des marmottes qui s'apprêtent à hiverner. Prim se colle contre le dos de Baho et la protège de ses bras chauds et légèrement velus. Leurs pieds froids se cherchent. Prim a enlevé ses peaux, Baho les siennes : ils se sont vus, connus avec appétit. Une vibration que la mer et le vent ne procurent pas les a traversés.

Tout bascule pour Baho. L'initiation, c'est ce qu'elle vient de vivre à l'air libre, et Antseu ne pourra lui proposer mieux. Au lever du soleil, Antseu lui parle, mais elle ne fixe que Prim, elle n'entend que Prim, elle ne pense qu'à Prim. Antseu lui crie alors : « fécondité, mamelles, dangers, chasse, mammouths, destruction ».

Elle s'entend lui répondre :

— Prim prime tout. Tout Prim est mon initiation. Je ne suis pas la chamane qu'il faut aux Houmens !

Lorsqu'elle a terminé, Antseu se penche vers elle :

— Personne ne te demande d'abandonner Prim et de tourner le dos aux esprits de la terre, de l'air et de l'eau, du vent et des bêtes. Une chose te permettra toujours l'autre.

— Tu veux dire que je peux être chamane et rester avec Prim ?

— Certains oiseaux nagent et volent !

Baho se dit qu'elle comprendra un jour cette parole. Elle accepte d'être à Prim, aux Houmens, au monde, et d'appartenir toujours et à jamais à ses propres désirs. Elle vient d'accepter de remplacer un jour Antseu, si elle ne contraint pas son regard, son corps et ses pensées.

Antseu soupire et s'adresse au ciel.

— Les chamans sont seuls, d'habitude. Baho tu seras la chamane-mama. Si tu reviens du clan des Ézyeux ! Tiens, bois ça, Baho, et va dormir. C'est à des lunes d'ici.

Baho s'en retourne. Elle fait un rêve après avoir avalé les extraits d'une plante qui fait tousser et voir des esprits. Endormie, elle serre les poings.

Trois hommes s'avancent. Le premier dit :

— Je suis le chef des chasseurs. Quand les temps seront passés, je serai chef des glaciers et des volcans, je mènerai les clans. Les clous ! Enfonce ça dans ta tête !

— Les quoi ? s'entend-elle dire. Les cloups ?

Le deuxième dit :

— Je suis le chef des chamans. Après les temps, on m'aura remplacé par le chef des pieux.

Le troisième dit :

— Je suis le chef des guerres, non contre les animaux mais entre les clans. Je dirige les conflits.

Apparaît Prim, qui geint :

— Ne les écoute pas ! Toi, moi, cela suffit. Pas besoin de cette plante qui donne des hallucinations[1] pour le savoir ! Baho…

Antseu sort de la caverne, et dans son rêve, il s'embrase comme un tilleul en feu !

— J'étais le dernier chaman sans taches. Tu seras chamane…

Baho sort de sa transe et se réveille. Elle ne dit rien et retrouve les bras chauds de Prim, son regard doux et amusé.

Elle s'approche d'un tilleul à la peau si lisse et cueille les fleurs-feuilles parfumées. Un jour, il faudra tenter de comprendre la bonne odeur, complétée par un goût amer sous la langue, de cet arbre qui embaume jour et nuit.

— Tu es bizarre, à la fois douce et immangeable, petite plante des arbres ! lui lance le chaman. Tu ressembles à Baho.

Baho sait que, si elle veut devenir chamane, elle devra faire le chemin vers les grands « cros », là où Antseu dit qu'elle verra l'ombre vivante d'animaux arrêtée sur les murs. Elle devra écouter des musiques nocturnes pendant les réunions de transe. Ensuite, elle pourra être à son clan. Alors seulement, les Houmens sauront qu'il y a quelque chose qui les dépasse. Ce n'est pas que la plante qui guérit, mais le lien entre celui qui souffre, l'idée de la plante et l'esprit de la plante reliée au sol, à l'eau, au vent, à la nuit et au ciel. Cet émerveillement face au non-visible, Baho est la seule à le vivre. Ce que les Houmens croient connaître n'est que superstition. Faire porter des dents en collier oblige seulement l'enfant à prévoir qu'il perdra ses petites dents pour de plus grandes, de plus fortes. Le clan lui indique qu'il doit attendre pour grandir, se défendre et

1. La jusquiame. On trouve l'utilisation d'alcaloïdes dès la préhistoire.

attaquer. C'est tout. Les dents de cerf n'aident en rien à la pousse de celles des petits Houmens. Avec Prim, elle espère des enfants aux yeux clairs mais qui auront la bouche de Prim : une bouche charnue et rouge comme les framboises, une bouche découvrant des dents larges et régulières.

Baho tire du sol une plante, sa racine apparaît comme une jambe immobile qui a aspiré l'esprit de l'eau et de la terre. On mange ces racines crues ou cuites, elles n'ont pas beaucoup de goût, mais avec le sel que Ho rapporte des franges de la mer, elles sont comme enchantées !

Baho éclate d'un rire cristallin et son sourire est joyeux.

On lui demande pourquoi elle rit soudain.

— Je me disais que, si nous gardions tout ce que nous mangions dans une vie, nous serions plus gros qu'une famille de mammouths réunis !

Un jour entier passe comme un rouleau de vagues urticantes pour Wotank. Il est devenu aussi terrible qu'un tonnerre contenu dans un nuage noir. Il n'en peut plus de voir Baho entourée des siens. Il rumine. Il l'entend rire, grince des dents et se frotte nerveusement les mains. Il attend qu'elle retourne à ses cachettes de rêverie, près des chevaux ! Elle ne vient pas, car elle participe à une sorte de cérémonie. Wotank est près de renoncer à son rapt, lorsqu'il la voit descendre vers la mer, où des crinières d'eau et de crin se mélangent par vagues.

Baho est retournée admirer les chevaux qui semblent brouter la mer, alors qu'ils en sont loin. Ils sont flottants et filent sous le ciel. Elle retient cette image onirique, avant de suivre le cueilleur de poudre rouge qui la conduira bientôt vers les lointains Ézyeux. Au moment où elle s'extasie devant l'allure du clan des galopeurs, le fils du tonnerre l'agrippe par les cheveux et la fracasse au sol. Wotank lui tord un bras. Elle lui crache à la figure. Il la veut, comme un chasseur. Il va pour frapper Baho d'une lance de bois, mais, aussitôt, elle se protège le visage du bras droit. Il frappe son bras gauche de toute sa force. Un os de Baho craque sous le coup, son esprit aussi craque. Baho doit lutter contre la peur. Elle voit les longs cils de l'ennemi et plonge son regard dans ses yeux bruns comme miel, mais si froids… C'est un Watank glacé aux longs cils, un imperturbable cruel ! Comment peut-on avoir des yeux couleur de miel doux avec autant de colère amère en soi? Elle voit que ce Watank ne la regarde pas : il regarde en lui-même. Il la serre contre lui, comme il le ferait d'un lapin attrapé par les oreilles.

Une douleur en elle, foudroyante.

Baho est pénétrée par l'animal sauvage qui la laisse à terre.

Wotank raie l'initiation de chair de Prim. Il l'a défaite. Il crie à Baho :

— Je suis Wotank. Tu n'es plus rien !

Wotank la rompt. Elle est rompue.

Baho ne peut plus être chamane si elle est brisée. Elle ne pourra plus donner son sourire aux autres, puisqu'elle est souillée, cassée. L'os de son bras est brisé. Elle a vu tant d'os sur le charnier des mangeailles ! Elle ne pensait pas avoir le sien cassé, à l'intérieur de son corps. Si elle reste sans bouger, Wotank l'emportera loin d'ici et elle ne sera ni chamane, ni rien. Alors elle s'adresse à l'esprit de la jument, la compagne disparue du cheval gravé par Élef. Baho ferme les yeux. La jument peut bouger de l'encolure, se cabrer, lancer ses sabots au visage d'un Houmen, piétiner, sauter un obstacle, Baho ne peut l'imiter. Baho devient la jument en esprit et cesse soudain de s'interroger… Elle semble se soumettre. Baho, au pire moment de sa vie, doit copier l'esprit de la jument, puis sa voix : être l'esprit vivant de la jument ! Voilà, elle comprend ce qu'elle doit faire. Baho se soumet. Wotank se moque, et l'enfourche à nouveau. Une fois que la belle Houmène tremble, il la traîne par les cheveux.

Soudain, les poumons enfin remplis, Baho peut imiter l'appel de la jument et tout le troupeau s'élance vers elle, l'étalon magnifique en tête ! Wotank fuit devant tant de sabots. Baho reste bloquée au sol, ferme les yeux et sent passer les chevaux. Ils l'évitent, sauf un qui ralentit et s'arrête. Le cheval de la jument disparue l'effleure et renifle sa hanche avant de bousculer Wotank, puis repart en l'écrasant de son poids. Le souilleur immonde se relève en claudiquant. Wotank semble tout petit maintenant, et fragile. Le troupeau le broie de ses sabots, les sabots de l'esprit cheval ! Baho regarde son agresseur et le foudroie du regard, tandis que le troupeau galope. Wotank, piétiné et meurtri, se sauve et disparaît dans une poussière humide.

Les chevaux reviennent, certains se mordillent la croupe pour jouer, d'autres galopent. L'étalon fait semblant de brouter devant Baho, et de son museau pousse son visage, comme s'il cherchait sa jument en elle. Il aspire le sel de ses cils ; il comprend et s'en va, c'était l'ombre de sa jument.

Que d'émotions ! Baho va pleurer dans les flots pour que le sel brûle ses larmes. Elle s'allonge dans le sable et écoute battre le cœur de la mer. Au soleil qui chasse la lune et réchauffe son corps, elle s'endort. Seule. Le soleil entre dans la mer. La nuit s'étale.

Baho se réveille et écoute le ronflement des chevaux, les premiers appels des oiseaux. Elle renifle les algues échouées. Elle pleure. Elle enlève le vieux sel de ses joues, et s'aide de son bon bras pour se mettre debout.

Lorsque Baho revient au campement, des algues et des brindilles dans les cheveux, un bras comme raccourci, Prim se met à ses genoux. Il l'interroge du regard.

— Wotank est ton ennemi maintenant, dit Baho.

— Il t'a frappée?

— Il m'a brisée. J'ai échappé à Wotank par l'esprit du cheval femelle.

— Tu parleras à Antseu?

— Il saura en me voyant.

— Les Houmens te vengeront.

— Il faut convaincre les Watanks de briser leur haine.

— Le froid n'arrange rien, la faim les rend fous. Viens, Baho…

— Je suis brisée, Prim. Mon corps a été pris par un Watank qui sent la viande pourrie.

Baho embrasse les cheveux de Prim. Elle pleure doucement et continue de trembler. Prim regarde son bras cassé et caresse ses joues.

— Je suis là…

— Moi, je ne suis plus ici.

Antseu baisse les yeux, place un morceau de bois sous le bras de Baho, l'entoure d'une fibre odoriférante.

— L'esprit du cheval femelle a guidé tes pas. Consolide tout en toi. Bois ceci et puis cela. Dans une lune, puis une autre, quand ton bras ne risquera rien, tu iras avec mon ami poudreur, celui qui apporte des couleurs aux Ézyeux. Grao est poudreur de parois, car il appartient à la terre… Maintenant, pleure. Quand tu reviendras un jour avec Grao, Wotank ne sera même plus un souvenir. Il sera vieille poussière de bois coupé et brûlé : rien. Nous sommes en haine contre lui, nous prenons ta haine et la partageons. Frondzur, moi, Ho et Prim veillerons à ce que tu n'ailles pas « trop loin ».

L'expression qui vient de naître, « ne pas aller trop loin », fait vite le tour du campement. Ra ne sait que dire à sa fille. Elle prend sa tête entre ses seins et lui murmure *là, là, là,* comme à un nourrisson.

Antseu veille. Il ne faut pas aller trop loin avec ses pieds, ni dans sa colère, ni dans ses chasses. Il faut aller comme le vent chaud et doux.

13

INITIATION POUR AUTRUI

Les Houmens soulèvent le chagrin de Baho et le déposent loin d'elle. Ils parlent moins et lui apportent les « meilleurs morceaux ». On lui offre des objets biscornus pour la voir sourire. Lorsque les Rozis reviennent en visite, tout le monde charge Baho de trouver la bonne plante pour une Rozie qui veut rester au milieu des Houmens et qui tousse beaucoup. Baho oublie ainsi son malheur. Zimbou a avalé trop de grands froids qui ont fait des entailles en elle. Sous le cou ronge un mal puissant qui la fait cracher des choses qui sentent bizarrement. Pour la protéger, il faut la faire chauffer de l'intérieur et lui donner la plante qui agit comme un soleil du dedans, qui se lèvera et se couchera avant de rendre le corps de Zimbou plus frais. Baho songe à faire une grande collecte de plantes qui feront cracher le mal pour d'autres souffrants. On ne sait jamais, la plante peut guérir, même sèche, et faire expectorer! La future chamane cueille des feuilles de framboisiers. Elle goûte les baies, et place les feuilles dans une peau blanche qu'elle trimballe sur son ventre douloureux. Baho griffe ses doigts, puis passe devant un amas d'une plante qui consolide[1] et aide à refermer les plaies. Elle s'en est servie souvent sur elle-même, ce sont ses racines qui arrêtent le mieux le sang et font de belles cicatrices. Les feuilles, elle les reconnaît, on dirait des oreilles de chevaux, et les petites fleurs n'ont rien d'extraordinaire. Parfois, elle broie le tout de la plante en un jus qu'elle boit. Une autre plante guérit des morsures et des brûlures, et c'est aussi un bon légume[2]. Baho ne craint pas

1. La grande consoude (*Symphytum officinale*) est un anti-inflammatoire que les hommes préhistoriques pouvaient connaître, ainsi que la mauve (ancien légume : *Malva sylvestris*), sans doute d'origine préhistorique – comme certains chénopodes, l'arroche, ou le pourpier. Les Grecs et les Romains appréciaient les feuilles de la mauve et ses jeunes pousses cuites à la façon des épinards, autant pour leur saveur que pour leurs vertus laxatives.
2. La mauve.

de s'empoisonner, pour elles les plantes parlent, leur aspect, leur couleur et leur goût disent leur appui ou leur poison ; les boire est une jouissance. Ce qui l'empoisonne, c'est la trace de Wotank en elle. Alors, elle cueille la plante aux fleurs rouges groupées en rond et qui absorbe le sang. Elle ramasse quelques noix, de celles qui donnent de leur gras huileux et de belles feuilles tachées de blanc. Elle glisse dans sa fourrure ces feuilles flasques qui ressemblent à ce qu'on trouve sous les côtes et qui font se soulever la poitrine : ces grandes feuilles roses qui font si mal à Zimbou peuvent être adoucies par celles de la nature. Baho a vu des morts ouverts par des becs et des crocs, elle sait de quoi elle ne parle jamais. Elle doit veiller à la vie des vivants et trouver ce qui leur correspond. Antseu appelle cela « l'organisation du charnel ». Baho appelle cela « le souffle qui souffle », « la plante qui plante », en un mot « l'allant ». « Quand on va bien, on a de l'allant ! », répète-t-elle.

Personne ne comprend ses images, mais tous apprécient le résultat de ses soins. Après avoir bu du chaud et avalé des jus de plantes, Zimbou transpire comme un bœuf musqué sous le soleil, et soigne son « allant ». Baho se goinfre de jusquiame et s'endort. Prim lui souffle sur le front pour chasser ses cauchemars.

Une lune entière vient de passer. Baho vacille et entre sous la tente d'Antseu, qui semble souffrir du même bras qu'elle et tremble comme elle. Il porte l'attaque de Wotank sur ses tempes, qui palpitent. Il fait signe à Baho de s'asseoir sur une couche de plumes.

— Choisis la pire et la meilleure.

Baho prend une plume noire tachée de sang et une plume blanche trempée de miel.

— Tu me diras ton dernier rêve. Ton chemin mène au chaud puis au froid vers le retour. Tu reviendras sablée, je le sens… Tu dormiras ici, sous les autres plumes, seulement si les images sont justes.

Baho révèle son dernier rêve. Elle a vu des chevaux qui allaient ensemble et entraient dans une caverne immense remplie de consoude. Les parois étaient tapissées des grappes de fleurs violines ou blanches. Un poulain couleur de lichen buvait du lait qui sortait d'un pis mural. Elle s'est vue dans la caverne, puis son ombre l'a guidée vers un feu d'herbes odorantes. La vieille Rouzia l'attendait, un hérisson dans la main. Le hérisson était piquant et doux, une étrange lumière s'en dégageait ! Baho devait se protéger et rester douce.

Antseu dit qu'elle peut enfin partir.

— Baho, tu ne risques plus rien. Tu sais que tu dois être prête à te défendre. Suis le poudreur, l'homme qui porte les pigments. Tu me raconteras au retour ce que tu as vu. Tu rencontreras le clan des Barbouilleurs… Par l'effort et la longue marche, tu oublieras l'affront qui vient de nous être fait à tous, à travers toi. Wotank sera un jour sous d'autres sabots, il sera ver de terre souvent, souvent, jusqu'à ce qu'il comprenne. Et toi, Baho, toujours tu seras une voix qu'on écoutera… Grao le Poudreur te guidera, il vient des terres qui rendent les peaux rouges. Il connaît la grande marche des flots aux à-pic des montagnes… Avant que tu partes, je dois t'apprendre quelque chose. Sur ta route, tu trouveras des noisetiers[1] pareils à ceux d'ici. Mange leurs feuilles et surtout leurs bourgeons, c'est pour tes jambes.

— Pourquoi ?

— Tu as sans doute eu la même maladie que ton père, celle qui lorsqu'on en réchappe te fait boitiller. Tu as encore mal ?

— Parfois.

— Alors, salue les noisetiers de la part du chaman des Houmens et marche vaillamment.

— Je sais, Antseu, que si je ne marche pas, c'est mon esprit qui marche de travers.

— Va et reviens avec des images en tête. Je te dirai si tu es guérie. Les nouvelles peurs te renforceront le cuir, et les nouvelles joies adouciront tes yeux et ta langue. Va !

Après des nuits où l'astre lunaire se reflète dans les flots de la Grande Bleue qui devient noire, puis sur les torrents, puis maigrit et s'absente, Baho arrive enfin au pied d'un grand trou. Elle entend des voix qui se gravent dans son imaginaire. L'homme aux pigments rouges la précède. Ils pénètrent dans un « cro ». Grao prépare ses outils dans un silence qu'il rythme de bruits de bouche. Il nettoie ses mains et s'assied. Il souffle de sa bouche des grains de poussière noire. On dirait un nuage commandé.

---

1. Les feuilles du noisetier, ou *Corylus avellana*, contiennent des polyphénols anti-inflammatoires, anti-œdémateux, veinotoniques et cicatrisants. (*Cf.* Jean-Michel Morel, *Traité pratique de phytothérapie*, *op. cit.*)

— Imite-moi. Regarde, je pose ma main là et j'enduis autour un peu de bois brûlé. Je mets les mains, j'aspire, ensuite je souffle. Souffle pour moi. Une main est le reflet de l'autre…

— Tu veux absolument laisser une trace sur la roche?

— Pour que le prochain qui passe comprenne qu'il n'est pas le premier.

— Moi, je t'ai suivi à l'intérieur pour demander à la terre-mère qu'elle me rende à moi-même.

— Elle ne peut pas. Mets du noir autour de mes doigts et tu verras.

— Grao, cela ne sert à rien! Il fait trop sombre. On ne voit rien.

— Écoute-moi. Tu prends la poussière du brûlé, tu sais qu'il est noir. Tu avales, mais pas complètement, et tu souffles! Mes doigts feront obstacles et resteront clairs sur la roche. Wotank voulait te noircir. À ton tour, tu le feras sur tes mains qui resteront blanches. Personne ne peut te noircir, juste ton contour. Tu verras, nous laisserons des ombres blanches avec du noir autour!

— C'est pas bon, mais c'est pas mauvais. Grao, on a froid, ici. Je tremble. On peut pas faire ça un autre jour? Enfin, une autre nuit? C'est très beau, ce que tu as dit. Je ne suis pas salie. Et les ombres blanches… Oui, elles existent…

— Dépêche, le petit feu va s'éteindre. Reprends de l'arbre mort et brulé, et souffle plus près!

— Eh! Grao, on va voir que tu as perdu un doigt si je continue à placer du noir de bois autour de ta main…

— C'est rien, j'ai gardé la dent du fauve qui me l'a croqué, mon doigt.

— Ah! Je croyais que c'était un sacrifice de doigt pour demander quelque chose de très fort aux esprits.

— Tu plaisantes? Tu peux pas rester dans le silence, toi? Arrête de parler. C'est beau ce qu'on va laisser. Regarde en soufflant!

Des mains blanches fleurissent sous la poussière noire. Dans d'autres lieux, les chasseurs laissent des traces de mains en repliant des doigts, histoire de dire combien de gros animaux ils ont enlevé à la terre, ou combien d'enfants vivants ils ont eus. Le charbon de bois laisse une trace de leur vie qu'ils sont les seuls à pouvoir comprendre. Ils entrent en relation avec l'au-dedans et l'au-delà d'eux.

Grao explique.

Baho avale un breuvage et s'habitue à l'épaisseur du vide et de la douce obscurité de la caverne. Elle voit une lueur au fond; une odeur d'humidité accompagne le moutonnement de la roche. Elle regarde l'ombre agrandie d'une silhouette et entend distinctement deux voix. Deux hommes venus d'un autre bord de mer parlent d'une autre entrée, dans une langue qu'elle ne comprend pas complètement. Le gouffre qu'elle entrevoit l'effraie. Depuis l'attaque de Wotank, elle se retourne et tremble pour un rien. Grao étale une grande pelisse sur son dos. Baho se tait, reste assise et attend le jour, protégée du vent par des épineux à l'entrée de la grotte. Ceux qui viennent du pays du vent vont repartir après avoir grillé quelques lapins et bu de l'eau bien fraîche.

Lorsque le soleil est au-dessus de leur tête, Baho et Grao rencontrent le clan des Ézyeux, un peu plus avant dans la grotte. Les Ézyeux sont d'ici, et ils voient tout. Ils disent qu'ils veulent tracer ce qui risque de disparaître. Eux aussi sont inquiets, comme Antseu. Ils sont habillés pour l'hiver de peaux d'ours sombres et portent autour de leurs jambes des peaux enroulées.

— Baho, je te présente Aïz, le chef des Ézyeux.

— Ce que je chasse de mes yeux et de mes sagaies, je le mets ensuite sur les parois pour ne pas qu'on oublie. Vous aimez?

— Ce n'est pas la réalité, mais ce n'est pas faux non plus. Alors oui, ça me plaît, et fort, même, dit Baho, la tête qui se penche dans tous les sens pour voir ces représentations d'animaux dangereux et forts.

Sous l'effet des feux, les bêtes semblent bouger puis s'apaiser. Ça doit être le breuvage… Alors Baho ne regarde plus guère, tant sa tête lui tourne; elle écoute attentivement. L'autre membre des Ézyeux se tourne vers elle et dit:

— Aïz voit, vise et chasse au propulseur. Aïz propulse bien vers la cible et sur les rochers. Moi, ZahiZaï, je m'occupe de faire les choses peintes qu'on transporte ou alors qu'on laisse ici. Les femmes ont très rarement accès à nos rencontres entre Ézyeux, mais comme tu es une Houmène presque chamane, tu pourras pénétrer. Pénétrer plus avant dans nos couleurs posées dans le ventre de la terre.

— Ex-posées, on pourrait dire! Car les couleurs viennent d'ailleurs et se reposent ici…

— Courbe-toi, entre plus loin avec nous, et tais-toi, Baho! Nous te livrons une pensée.

— C'est quoi?

— Écoute.

ZahiZaï s'agenouille et parle à un groupe d'hommes. Ils font du bruit et des sons qui plaisent à Baho. De guerriers, les sons passent au calme. Les hommes attendent le soleil qui vient. Ils font semblant de chasser des bêtes invisibles, puis les peignent dans un rai de lumière. Ils vont vite, et c'est sidérant. Une vérité ancienne apparaît.

— Par ces gestes, je sauve ce qui va disparaître, prononce Aïz. Lumière venue du ciel, reste encore avec nous ! Trop de froid ou trop de chaud, les animaux n'aiment pas, ils ne reviennent pas. Leurs os ne disent pas la peau, les yeux et tout ce qui fait l'animal. On les piège ici, leur image. Amis Ézyeux, que par nos doigts, l'autour de l'os revive l'espace d'un espace court ! Et que la chaleur qui éclaire guide nos gestes ! Soufflons.

Les poudres de couleur de Grao font fureur. Un cheval pommelé semble s'installer, touche après touche, sur la paroi. Ce cheval existe ! On imite sa respiration, puis on remercie Grao d'avoir apporté de si beaux rouges et de si beaux bruns. Il a dû marcher longtemps.

Ce clan appelle le temps espace « mobile », « court » ou « long ». Ils ont simplifié leur langage et l'on dit aussi bien « espace » pour une grotte que pour un moment de vie court ou long. Leurs mots sont maigres, mais leurs pensées sont dodues et parfois flamboyantes. Une mélodie plaintive tournoie, s'arrête, galope. C'est un moment de lien, de recueillement. Il semble que les chasseurs, entre musique et parois recouvertes de leurs rêves, abandonnent leurs peurs et leur force guerrière. C'est un moment qui transporte !

Baho voit soudain sous les torches s'animer des ours et des rhinocéros laineux, un mammouth, une panthère des neiges, des bœufs musqués, des bisons, un aurochs, trois bouquetins, un mégacéros, des cerfs, des rennes, des lions, et des chevaux qui ressemblent à ceux qui l'ont sauvée. La lumière éteinte, les silhouettes animales disparaissent, avalées par les grandes ombres, puis l'obscurité vorace. ZahiZaï allume un feu.

— Nous préférons poser nos animaux à la lumière vraie. Que souhaites-tu que je dessine pour toi, Baho ?

Elle sait le moment crucial et ne répond pas immédiatement. Son silence s'éternise. ZahiZaï, Aïz et Grao, son accompagnateur aux pigments, lui ont dit qu'elle devait apprendre à être sans parler, alors elle pense très fort à trois chevaux clairs et regarde ZahiZaï dans les yeux. Elle secoue son corps, en particulier ses hanches et ses épaules, comme pour dire le galop. Ses longs cheveux ressemblent à des flammes.

Aïz regarde ce que dessine ZahiZaï, le chaman des Ézyeux, et Baho acquiesce de la tête. Ce sont bien les trois chevaux clairs : la jument, le cheval, le poulain. Alors ZahiZaï dit au gratteur et poudreur de pigments :

— Grao, elle peut être chamane chez toi et n'importe où, elle a dit avec les yeux, et ZahiZaï a compris, il a dessiné. Mais pourquoi n'avez-vous pas donné à la belle boiteuse l'enseignement sur place ?

— Un fils du tonnerre l'a foudroyée. Il lui fallait un espace-chemin plus long.

— Je vois.

Grao, qui ne veut plus parler, dessine des animaux[1] sur du sable et dit :

— Nous disons tout par les images. Pourquoi cet air stupéfait ?

Dans cette contrée encore plus froide, on ne connaît pas les bêtes incroyables qu'il a dessinées. C'est la première fois que les Ézyeux voient des pingouins et des phoques, des poissons d'eau de mer et des méduses. Ils n'y croient pas et le prennent soudain pour un fou, pour un homme qui est resté trop longtemps sous la lune. Aïz hausse les épaules.

— C'est impossible. De telles formes ? Personne n'en a jamais parlé !

— Ce n'est pas parce que le gros éléphant ne barrit pas qu'il n'a pas de trompe. Il y a différentes eaux et différents animaux. Vous préférez que je vous parle des cerfs et des rennes, des petits rongeurs, du vent qui éteint les feux, de tout ce que vous connaissez déjà ? demande le poudreur.

Sans réponse, de ses doigts terreux, il efface la méduse. Grao enfonce son poing dans le sable et, parlant de la forme estompée, il dit :

— Wotank ! Wotank est pareil à la méduse. Il méduse. Il détruit. Avec calme, il casse. Les méduses aussi enveloppent puis mangent

1. Voir : http://www.culture.gouv.fr/fr/archeosm/fr/fr-cosqu5.htm

les petits poissons. Elles ont toutes les couleurs. Et, chose que vous ne croirez pas, elles font par où elles mangent!

— On ne te croit pas. Tu divagues. Mais raconte quand même.

— Regardez ma jambe. Un jour, je marchais au bord de l'eau vaste, et des filaments de méduse échouée m'ont laissé cela. Même si vous ne l'avez jamais vue, elle a laissé des traces.

Tout le monde regarde et palpe la cicatrice de Grao, et chacun y voit un arbre, un feu, des veines. Aucun prédateur ne laisse pareilles marques... Tous comprennent que Wotank a laissé les siennes et que Baho surmonte les cicatrices dans le noir.

Un vieux « grotteux », trop vieux pour sortir de son trou, donne son opinion :

— Grao a dû faire un voyage de chaman[1] qui dort et se transporte ailleurs. Cela m'est arrivé, personne d'entre vous n'était encore né. Il y avait des animaux de pluie et des animaux de soleil qui allaient se battre, et j'étais au milieu. J'ai eu peur et je me suis senti me transformer en...

— En? implore le groupe assis.

— En oiseau! Cela fait un drôle d'effet: je courais dans l'air!

— Et après?

— Et après? Vous êtes trop jeunes pour comprendre. J'ai vu comme un oiseau!

On oublie Baho, qui regarde les animaux plats des parois. Elle entend la pluie, se rappelle du corps poilu et pierreux de Wotank. Les filles houmènes choisissent leur compagnon. Wotank le Baveux a rompu la simplicité entre Prim, elle, et le clan. Elle n'est plus la même. La plaie disparaît, l'empreinte augmente. Elle doit s'en défaire. La beauté du lieu ne parvient pas à soigner sa peur-araignée.

Dans la caverne, tous bavardent, échangent. Les Ézyeux ont tous remarqué que les femelles rennes ne perdaient pas leurs « branches » en même temps que les mâles et que les bisons étaient plus faciles à tracer au plafond de la caverne, qui offre des formes ressemblantes. Aïz dit qu'il faudra trouver un lieu encore plus vaste

---

1. Sur les voyages chamaniques transcrits dans les grottes rupestres : « L'art des commencements, peintures et gravures rupestres », in *Le Courrier de l'Unesco*, avril 1998.

et mieux exposé au soleil pour faire d'autres animaux, encore plus beaux. Baho sort de sa tristesse et leur demande où.

— Là où le feu n'est pas nécessaire et où la roche fait vieille peau, naturellement. Comme une vieille peau de mammouth dépoilé.

— Ah?...

— On recherche des parois qui disent déjà quelque chose.

Baho comprend qu'il faut se méfier de ce qu'on voit. Les doigts qui manquent, par exemple. Aïz la gronde et lui tape légèrement sur les phalanges :

— Tu crois tout ce qu'on te dit?

— Quoi?

— Les doigts. Je sais à quoi tu penses. On est parfois obligé de les couper[1]. Pas les doigts, mais un bout. Les mauvais bouts, on les enlève, pour éviter que tout parte en morceaux qui puent.

— Ah?

— Baho, si tu veux vraiment devenir chamane, tu dois faire la différence entre l'invisible comme le vent, les esprits des autres vivants et les choses. Un doigt qui pue n'est pas un doigt à garder.

— Pourquoi, on ne peut pas le soigner du tout?

— Le mal ronge plus haut, et alors on coupe encore plus haut.

— Il faut vraiment couper, toujours?

— Évident ! Sinon, tu pourris. Un chaman ne doit pas être aimé, un chaman se respecte, jolie Houmène, et il respecte les espaces courts comme longs, et il enlève le bout mort d'un doigt, exactement comme on casse une branche. Tu as déjà dû voir ça sur un arbre, au moins?

— Oui. On ne fait pas un pieu avec un rondin pourri.

— Parfois, on fait semblant de manquer de doigts, comme ceci. Mais, dis-moi, pourquoi tu boites, et qu'un bras est plus court chez toi?

— Tu dégrossis bien des pierres, tu vas comprendre pourquoi. La vie m'a blessée pour que je sache ce que je voulais vraiment. Je suis Baho, je veux devenir Baho la Chamane guérisseuse.

Aïz se tourne alors vers ZahiZaï :

— Va chercher Grandou. Il saura si Baho peut se diriger aussi bien quand elle dort que quand elle sort. Moi, je ne sais qu'une

1. De trop grands froids faisaient geler les extrémités. Des infections provoquaient aussi gangrènes et panaris.

chose : nos grottes à décorer s'ouvrent au soleil du ciel qui gèle ou flambe[1]. Cela se produit rarement… Pour ça, on s'intéresse au ciel. Demain, il fera déjà trop sombre. On ne pourra plus poser de bisons sur de nouveaux plafonds. Tu connais la danse et le passage de la lune ?

— Non.

— Et le ciel, tu sais ce qu'il dit?

— Rien. Jour bon, nuit bonne, ou l'inverse.

— Bon, Grandou va t'expliquer.

Grandou est grand et doux, un sourire énigmatique s'affiche sur sa face. Il prend la main du bras raccourci de Baho et attend. Il ne dit rien encore, puis demande :

— Tu as le rêve de cette nuit encore en toi ?

— Oui, mes rêves restent et parfois me guident.

— Raconte-le, prononce Aïz, ton dernier rêve fait sur une terre que tu ne connais pas. Grandou t'écoute.

— Cette nuit, j'avais très froid aux pieds. Je me souviens parfaitement de mon rêve. J'ai vu sans voir. Les yeux fermés, j'ai vu.

— Dis !

— Le chef des Houmens frappait sur une peau tendue, les tendons qui tenaient la peau étaient fragiles. Frondzur n'allait plus faire *tam* et *tam* avec la peau. Alors, je devais chercher d'autres tendons, mais la bête que j'avais en face de moi était vivante, je ne pouvais lui prendre ce qui relie la partie à un tout sans la tuer. Je

1. Les grottes ornées captaient les rayons rasants du soleil. Alexander Marshack (*Les Racines de la civilisation*, Plon, 1971) a démontré l'existence dans le paléolithique supérieur d'un système symbolique de notation du temps fondé sur l'observation des phases lunaires. Ces notations accumulées sur une longue période permettent de supposer que certaines cérémonies saisonnières étaient fixées longtemps à l'avance. Ce système s'est maintenu pendant plus de 25 000 ans, de l'aurignacien précoce au magdalénien tardif. Selon le même auteur, l'écriture, l'arithmétique et les calendriers qui ont fait leur apparition dans les premières civilisations se réfèrent probablement au symbolisme qui imprégnait déjà le système de notation utilisé pendant le paléolithique. Entre science et spiritualité primitive, on est sûr d'une chose : de la première curiosité astronomique, parfois à des fins « sacrées ». L'archéoastronome Chantal Jègues-Wolkiewiez a étudié l'orientation de la grotte de Lascaux : nos ancêtres auraient choisi cette cavité pour assister, une fois par an, lors du solstice d'été, au spectacle de leurs peintures illuminées par l'astre solaire. Une révélation, pour cet art habituellement associé à l'obscurité des cavernes… Rappelons qu'à la préhistoire, beaucoup de nos ancêtres avaient remarqué l'immuabilité de l'étoile polaire.

ne sais pas tuer, et je ne veux pas savoir enlever la vie. J'ai marché vers un troupeau de bisons. L'un au sol était mort et m'a parlé dans la brume : « Wotank a découpé la mort ! » Antseu le Chaman est alors apparu. Il s'est approché du bison, puis m'a tendu deux tendons qu'il avait choisis. L'un était blanc, l'autre était brun. Il avait les mains molles. Cela m'a inquiétée.

— Tu as pris lequel, de tendon ? Lequel ?

— J'ai été réveillée par une chouette. Je n'ai pas choisi…

— Une chouette… La nuit, elle chasse tout et parfois même les « mauvais rêves ». Tu seras, Baho, celle qui voit au-delà des yeux. Si tu as vu une chouette, quelqu'un va mourir. Sais-tu les plantes qui guérissent, au moins ?

— Certaines.

— Quelle est la plante qu'on trouvera en sortant ?

— Aucune, il n'y aura que des champignons de pierre et des champignons de terre. Je les sens. La pluie les a réveillés.

Baho a un horrible pressentiment. Antseu voulait la prévenir. Une image l'envahit. Prim est devenu fumée, il la réchauffe, mais cela veut dire qu'il n'est plus… Cette pensée la fracasse. Il n'y a pas que les coups qui frappent, mais la perte. Baho s'avance vers la sortie. Ce sont de beaux lichens qui ornent ce qui, pris dans l'autre sens, est une entrée. Baho peut devenir chamane et remplacer Antseu, mais aura-t-elle toujours les bonnes réponses aux maux des Houmens ? Elle pleure sous la pluie.

Elle voit au fond d'une autre grotte le soleil frapper les cornes d'un aurochs gigantesque.

Lorsque le soleil n'éclaire plus, Baho sent qu'elle doit s'en retourner. Grao confirme qu'elle doit faire les derniers pas de retour entièrement seule, mais qu'il surveillera de loin.

Baho devient un arbre qui marche – lorsque des branches en sont coupées, les feuilles poussent malgré tout sur d'autres ramures. Baho devient la fauvette sur son arbre. Elle sent les choses se faire et se défaire. Elle sera chamane. Elle avance. Elle vit. Elle rit : elle n'a plus peur. Elle fait partie de la vie. Encore.

Un grand chêne[1] l'attire, l'attend ; elle le salue. Elle prend de vieux glands au sol et les met dans une sorte de poche attachée à

1. Le grand chêne pédonculé ou *Quercus robur* compte de nombreuses espèces. Ses glands sont portés par un long pédoncule (à l'inverse de ceux des chênes sessiles).

sa taille. Elle attend un message de l'arbre, et au loin Grao patiente. L'arbre est fort, puissant. Baho doit manger ses bourgeons pour se sentir plus robuste. Bientôt, Grao et Baho s'empiffrent des pointes aux couleurs de la terre.

— L'arbre camoufle la jeunesse de ses pousses en leur donnant un air de vieilles peaux mortes, mais regarde, dedans, c'est vert frais, et c'est bon, dit Baho, joyeuse, à Grao qui s'est rapproché.

— Tu n'as pas peur de t'empoisonner? de nous empoisonner?

— Les arbres me parlent. Celui-ci s'appelle «peau d'éléphant à feuilles dociles». Ce qui empoisonne la vie, c'est le froid, les Watanks, et certains champignons, d'après ce que m'a dit Antseu. Il a réponse à presque tout. On ne mange que ce que nos anciens ont toujours mangé. Pour le reste, il est risqué de s'y risquer.

— Mais personne n'a jamais mangé des bourgeons de ce grand costaud d'arbre!

— Nous venons de le faire et nous ne vomissons, ne crachons, ne hurlons, ne pissons, ne tombons pas. Quand une plante ou un arbre ne sont pas bons pour nous, ils préviennent. J'ai remarqué que les bourgeons de cet arbre contiennent sa force à venir. Il nous en donne.

— Ah?

— Eh! Et je me demande si on ne pourrait pas garder des bourgeons pour plus tard. Tu es plus grand que moi, vas-y! Attrape-les.

— Ils vont faner!

— Tu as la trouille de grimper aux arbres, toi le grand Grao?

— Tu vas tous nous empoisonner!

— Eh! Cesse de dire n'importe quoi et grimpe. Cela nous fera des «yeux» de l'arbre pour la route du retour. On n'a pas tout le clan avec nous pour nous défendre. Nous devons pré-voir tout ce qui peut arriver.

Grao s'exécute, goûte aux bourgeons et se sent en meilleure forme. Cette Baho est vraiment curieuse. Il commence à comprendre le chaman des Houmens. Il faut toujours un regard au-dessus de l'action.

Ils marchent séparément.

Grao dort dans un bel abri sous une roche ourlée de mousses.

Baho dort dans l'ancienne grotte d'un ours qui a laissé quelques poils.

Être chaman, c'est avoir la chance de résister…

14

Fracas et pertes

Antseu serre les mâchoires. Ho lui en demande la raison.

— Il y a eu un éboulement, Prim a reçu une pierre. La pierre l'a lourdement ralenti, puis fracassé. Mais c'est Wotank qui l'a balancée de tout en haut sur lui : une pierre énorme !

— Wotank s'est vengé ? De quoi ? Il a tué Prim avec un morceau de rocher ! Une bête ne le ferait pas…

— Wotank cherchait Baho. Ne la trouvant pas, il a tué son Prim. Elle ne sait pas que Prim sera bientôt sous la poudre de sang de la terre.

— Elle doit le sentir. Elle ressent tout. Elle pressent tout. Avant que les pierres ne tuent, que les eaux n'inondent, Baho voit en elle-même les choses changeantes à venir.

Personne ne comprend le don de Baho. Antseu regarde Ho, qui ne peut saisir ce qu'est l'intuition. On saisit une branche, un morceau de viande, mais on ne saisit pas l'invisible… Antseu pense même que Baho peut passer de l'intuition à autre chose qui n'a pas encore de nom. On sait que, lorsque le soleil a beaucoup frappé, on peut alors manger les noix. On sait qu'un poulain ne naît que si cheval et jument se sont accouplés. Mais qu'est-ce que pré-voir, voir avant qu'une chose n'arrive ? Et qu'est-ce que pré-dire ou avant-expliquer sans se tromper d'à-venir ? C'est un don, comme le don des oiseaux pour le vol, celui des poissons pour la nage. Baho ressent de quelle manière les souris ont prévenu les premières des tremblements de la Terre sans que personne n'y fasse attention. Baho absorbe certaines forces !

— Oui, elle doit le sentir, que Prim est maintenant sous terre. Tu as raison, Ho. Baho est une réceptive.

— « Récepte » quoi ?

— Réceptive. Elle reçoit une lumière, un son. Son don, c'est de «pour-voir»: elle pourvoit, elle donne aux autres à voir ce qui peut arriver.

— Elle sera chamane?

— Quand j'en aurai décidé.

— Ra et moi, on accepte que Baho devienne chamane un jour, elle sera la femme qui sait qu'elle sait[1]. Elle sait beaucoup déjà... Non?

— Oui. Mais ce n'est pas triste. Ce qui est triste, c'est que Prim ne la reverra pas et qu'elle saura au-delà du malheur.

Antseu le Chaman entre en lui-même. Ho sait qu'il doit alors le laisser seul dans son silence plein. Ho sort de son antre en marchant sur la pointe des pieds, comme un enfant en peine.

Les Houmens font partie des Cro, ces hommes qui vivent dans des trous et en ressortent pour affronter les steppes immenses. Lorsqu'ils partent de leur «terrier» réconfortant, ils font tout pour ne pas avoir peur, car la peur pousse à la violence ou à l'inquiétude stérile.

Les chasses sont presque toujours les mêmes, pas les grands malheurs. Les chasses apportent de quoi continuer à chasser, et les grands malheurs, les chamans les apprivoisent pour le clan. Apprivoiser, de l'expression «apprendre à viser», et à regarder, c'est s'habituer à sa peine, c'est apprendre... Apprendre qu'une grotte semble toujours plus vaste quand on y rit, et plus petite quand on y pleure. On apprivoise la peur, comme on charme un cuon avec un os. Mais cela ne dure jamais longtemps...

La petite caverne près du sable est un lieu où l'on ne dort jamais. De cette poche ronde, on regarde la Grande Bleue. Antseu sent le temps qui se déchire en lui et au-dehors. Il mâchonne des champignons qu'il avait cachés dans un renfoncement. L'effort de déduction sur les pré-visions vient de l'épuiser. Savoir qu'on sait et savoir qu'on ne sait rien font le bon chaman. Ne jamais rien conclure, mais déduire, tel est l'art du «voyant» des cavernes. Jamais on ne sait la profondeur des choses comme celle d'une caverne, à peine l'étendue... On ne sait pas ce que fait le soleil la nuit, et

1. Cro-Magnon savait qu'il pensait. Parti d'Afrique, les Cro-Magnon ont peuplé l'Europe. Ils sont considérés comme des hommes modernes. Après l'homme debout, c'est l'homme qui découvre, qui crée, qui réfléchit. Cet *Homo sapiens* nous ressemble terriblement, bien qu'il ne soit pas sédentaire.

pourquoi il ne chauffe plus la Terre ! On ne sait pas si le soleil peut s'en aller pour ne plus revenir et s'il peut devenir furieux ! Tout ce qu'on ne sait pas est si immense que cela donne mal sous le crâne, au point de faire mourir toute déduction. On ne sait pas pourquoi un petit Houmenet met si longtemps à marcher-grandir-dire, alors que le poulain et le louveteau se mettent à imiter tout de suite les grands sans se poser de questions. Ils gambadent, ils marchent, ils savent ! Pourquoi les Houmens n'ont-ils pas une belle fourrure qui leur tiendrait chaud ? Il est vrai qu'aux beaux jours les Houmens seraient en « eau du dedans qui sort au-dehors » – de celle qui donne l'odeur de soi, l'odeur qu'on aime bien sentir. S'ils devaient conserver trop de poils sur le dos, les Houmens à fourrure seraient alors des animaux à se tordre de rire. Si les bêtes ont beaucoup de poils, c'est parce qu'elles ne marchent pas sur leurs pattes arrière. Avec les pattes avant, elles ne peuvent pas concevoir de belles vêtures selon le temps, les enlever, les remettre. « Cela a l'air simple, cette différence, mais au fond, c'est très compliqué », se dit Antseu. Similitudes et différences ont des contacts amicaux. Antseu se parle à lui-même :

— Je capture des idées. Une idée ne se mange pas, mais se digère… Nous avons des points communs avec certains animaux, mais nous, nous sommes des Houmens. Il en manque un qui ne devait pas mourir. Que dire à Baho qu'elle ne saura déjà…

Antseu songe à Prim et fait brûler les herbes que celui-ci aimait tant. Dans l'odeur surgit le souvenir. Antseu déverse de la poudre de pigments à l'emplacement de son repos. Rouge, ocre et jaune disent qu'il est là et qu'il aimait Baho, comme le sang les veines, comme les abeilles le pollen, comme le soleil qui se reflète dans l'eau.

— Prim, reviens-nous en meilleure forme, en buisson fleuri, vite sous le nez de Baho. Même en lézard, mais reviens… En loup ce serait bien. Un beau loup prêt à se faire prendre mais qui aurait toutes les ruses. Tu la regarderas sans bouger. Je saurai que c'est toi, un loup blessé comme l'autre fois. Un loup présent…

Antseu place un éclat de roche blanche au centre des couleurs, pour que Baho reconnaisse l'emplacement dédié à Prim et qu'elle puisse penser à lui, tout à côté de lui, dans un lieu préservé des bêtes. Il grave dessus l'œil d'un loup, s'aidant d'un renflement de la pierre. Il a extrait cet éclat de roche de la falaise pour en faire un signe, un lien entre la terre et le ciel, entre Prim et Baho. Il place à côté un énorme morceau d'ocre rouge que les Rozis ont apporté.

— Le chaman ne vit pas que pour lui et les autres, le chaman doit pouvoir mourir sans crainte. Esprits des herbes et des bois, protégez-moi encore. Baho ne sera pas prête si je suis affaibli ! Esprits des eaux, coulez en moi pour que j'aide Baho. Esprit du feu, éloigne les nuisibles et les Watanks. Ne t'approche pas de nous, les Houmens.

Les feux s'allument, les feux s'éteignent et, un jour, dans le prolongement de l'astre du jour, les silhouettes de Baho et de Grao se découpent. Baho reconnaît de très loin le paysage du bord de mer. Des trombes d'eau s'abattent sur eux, avec des bruits de colliers de coquillages. Puis le tonnerre éclate. Grao, toujours à quelques pas de Baho, se met à l'abri sous un pin. Baho se retourne et, sous ses yeux, le voit soudain vibrer, foudroyé par un éclair tordu et méchant.

L'orage éclate et partout l'eau ruisselle.

Grao, le cueilleur de pigments, ressemble à un pin aux extrémités noircies. Il crache et perd son souffle. Baho le traîne dans un abri sous roche, et creuse de ses mains pour qu'aucun animal ne l'approche. Dans la détresse, elle trouve la force. Mais, pendant qu'elle fait gicler de la terre de ses mains, des loups se déchaînent déjà sur Grao. Elle se retourne : Grao est mort. Elle a mal au bras et au dos.

— Partez, les loups ! Partez… Il ne vous a pas peint sur les parois. Il ne vous voulait aucun mal.

De son abri, Antseu a vu les crocs du ciel se refermer et la meute inquiète se dissoudre.

— Ils reconnaissent un loup en lui, murmure-t-il.

Baho jette la poudre rouge du poudreur sur les loups qui s'en vont.

— Il ne parlait pas beaucoup, il m'a dit énormément. Pauvre Grao…

Baho enterre Grao et déverse le reste de l'ocre rouge sur lui, en averse qui sauve. Elle reste sous la pluie, comme folle, et quand la pluie cesse, elle mange une racine.

Pour elle, c'est la fille du ciel qui a frappé avec son frère le tonnerre. Ils ont tué le poudreur. Sa perte ralentit ses décisions, agrandit les distances et le chagrin. Baho n'est plus très loin de son clan, mais tout se fige. La longue marche et le temps pèsent sur ses épaules.

Baho a mal aux hanches. Elle songe à Grao et lui parle : «Grao, je garde ton visage en moi. On aurait pu se parler plus Alors, la nuit, viens dans mes rêves. Je t'écouterai. Je te parle, tu m'entends? Ne va pas trop loin… »

Elle rajoute des pierres car elle n'a pu mettre très profondément en terre le poudreur.

Le silence règne, quelques gouttes de pluie font encore un petit bruit en heurtant feuilles, branches et pierres. Les pieds de Baho sont en sang. La corne est crevassée. Elle s'apprête pourtant à retrouver les Houmens avec un vrai sourire. Affamée, elle voit des formes dans les arbres, elle sursaute quand de l'eau se déverse d'un coup sur elle. Baho s'assied dans un creux qui contient de l'argile, elle y laisse reposer ses pieds, et pense. Elle prend un temps pour la tristesse et la joie. Elle aimerait manger sans avoir à chasser. Ce serait au bord d'un ruisseau, et un poisson cuit aux herbes. Tout serait comme avant, comme avant le chemin, avant que Wotank ne la brise.

La force du poisson entre en elle ; la force des ruisseaux la calme, ses yeux reconnaissent certaines écorces, son odorat la rassure. Elle a fait tant de réserves d'images, de sons et goûts, qu'elle peut encore marcher sans se tromper. Elle est si proche des siens… Baho est épuisée, elle s'assied au fond d'un abri et s'endort, du sel entre les cils. Elle a pleuré, mais la forêt est si belle que son sourire demeure en dormant. Au réveil, elle observe les premiers animaux du matin. Une araignée passe sur sa main, les oiseaux se parlent, elle se lève lentement. Elle ressent l'absence de Prim en arrivant au campement.

— Prim? Prim? Ton silence n'est pas le même que celui de Ra. Ra est là. Prim?

Baho retrouve toutes les odeurs qu'elle a connues. L'odeur du cuir… Elle voit sa mère coudre une plume noire pour le par-dessus d'Ho.

Antseu, debout, la guette, tout en attachant une queue-de-cheval à ses cheveux, et du crin à ses poignets : c'est ainsi qu'il veut accueillir Baho, la belle Baho. Il a un mauvais et un bon sentiment en germe. Baho le voit, elle comprend.

Grao a perdu ses ocres, Baho a perdu Grao, mais elle va être encore plus triste quand Antseu répondra aux questions qu'elle se pose, là, debout face à son passé et son avenir.

Le pressentiment de Baho est terrible. Elle voit l'esprit du tonnerre bousculer les pieds de Prim. Elle voit la fausse crinière d'Antseu. Elle sait qu'elle ne reverra pas Prim.

Le chaman ferme les paupières et marche. Baho le suit. Il s'arrête et dit simplement :

— Ici gît Prim.

— Je le reverrai dans mes rêves.

— Wotank lui a jeté une pierre, la pierre l'a tué.

— La pierre, c'est Wotank. Tu as bien fait d'enterrer[1] Prim loin de nos détritus. C'est beau ici, sous le ciel.

Dans la nuit, les deux chamans échangent des secrets que même un chef de clan ne doit pas connaître. Une chose leur est interdite : souhaiter la mort de Wotank. Seul un chasseur peut, lors d'un combat, défaire la vie d'un ennemi pour une raison valable.

— Baho, pour conserver tes pouvoirs, tu dois apprendre des animaux et non des Houmens. Les Houmens sont braves, mais, comme tu le sais, d'autres bipèdes sont lâches, mauvais et puent la méchanceté. Va sans bouger où sont les aigles. Et que tes pieds, proches des serpents, gardent leur retenue. Retiens le bon et expulse le mauvais. Souffle !

Le lendemain, les femmes utilisent des poinçons en os pour perforer le cuir, tandis que les hommes coupent des lanières. Le silence est mordillé par des bruits qui indiquent que la peur s'installe. Il faut laisser grattoirs et racloirs, et tailler des silex pour se défendre. Certaines pierres deviennent douces comme de la peau et pointues comme des épines. Le clan se tait, regardant Baho.

Baho se tient debout là où se trouve Prim. Elle a apporté des plantes aux allures d'oreilles de cheval.

— Voici pour toi, mon beau Prim.

Baho regarde le ciel et se sent bien seule. Seule comme une mouche tombée dans l'eau. Ho et Ra n'osent s'approcher d'elle, elle suinte l'odeur de la tristesse. Ils se verront plus tard.

---

1. Les sépultures des Cro-Magnon pouvaient être collectives, dans des abris associés aux animaux, dans des recoins inhabitables, ou se situer à l'extérieur. Durant la période du gravetitien, les corps étaient manipulés et déplacés.

15

Pensée fracassante

Baho a marché durant le cycle de la lune, de la naissance à la mort de l'astre, avant qu'il ne redevienne aussi fin qu'un crin de cheval. Baho a pleuré Prim. Elle a longé la mer et découvert des restes de repas d'un clan parti pour des lieux mieux abrités. Ensuite elle retrouvera les siens, dans le silence.

Maintenant, elle porte une peau de bœuf musqué sur le haut de son corps et des lanières de cuir pour protéger ses jambes. Elle a décoré ses jambières de coquilles de mer rondes comme des oreilles joufflues et mordorées. Cela tintinnabule lorsqu'elle se déplace ou bien lorsque le vent se déchaîne. Baho ramasse une magnifique boule, tachetée régulièrement de blanc et de gris. «Comme la vie, se dit-elle, un jour oui, un jour non, un bon jour, un jour sombre». Le mollusque est mort, emporté dans les vagues, sa coque semble saluer les pieds de Baho. Elle plonge son regard dans la mer. Il y a d'autres mollusques sous les flots, vivants. «La vie se partage entre vivants et morts, cachés ou non», se dit Baho sous un ciel qui rougeoie. À travers les branches, elle voit dévaler un troupeau d'aurochs. Elle ne bouge pas. Ils ne vont jamais jusqu'à la mer et le vent leur souffle dans les yeux. Ils vont disparaître de son chemin. Elle veut que Prim sache qu'elle pense à lui.

— Prim? Tu m'entends? Je viens de voir des bêtes magnifiques. L'un des bisons m'a prêté sa peau noire pour les jambières. Un jour, son cuir retournera à la terre dont il a brouté l'herbe verte. C'est un tout. Prim, tu es dans ce tout. Mais je ne suis pas avec toi. Je dois faire seule. Seule et sans peur. Je vais revenir à la musique, sinon Antseu va être triste. Je vais sourire, sans grimaces de peur et de chagrin.

Baho reste quelques jours dans une grotte et ne se nourrit que de fruits de la mer. Elle se «lave» de l'intérieur pour dissoudre son chagrin.

Ce que Baho ignore, c'est que, pendant son absence, Antseu a permis à un étranger de «faire comme chez lui». Le chaman sait qu'elle s'intéressera progressivement à lui. «Progressivement», pour une pierre, cela veut dire l'attaquer peu à peu sur tous les flancs pour bien la tailler. Pour l'instant, Baho doit errer seule avant de revenir dans le groupe. Elle doit faire comme une louve qui a perdu son loup. Au printemps, la louve choisit sa tanière, ce qui sera le centre de la vie du couple. En fait, la louve doit préparer plusieurs tanières, au cas où, mais toujours au cœur d'une pente ombragée. Une louve qui a perdu son loup n'a pas de louveteaux et n'a plus besoin de tanières... Une seule tanière, proche d'une source, suffit alors pour cacher sa peine de louve. Voilà ce que doit faire Baho, pleurer les tanières vides. Son printemps tardera, mais, un jour, elle vivra dans une grotte bien sèche, bien chaude et, comme les louves, cherchera une entrée ensoleillée. Antseu parle à l'esprit du loup et à l'esprit du cheval :

— Loup, montre le chemin à Baho ! Cheval, fais-la courir vers les Houmens ! Esprit de la langue des ours, donne à Baho la patience de l'abeille qui te contente par son miel !

Il cesse de pleuvoir en elle quand elle se sent proche des animaux. Eux ont la force de résister, de nager, de voler. Eux ne déforment pas leur vérité. La seule chose que les animaux ne savent pas faire, c'est du feu, et donc souffler sous ou sur les flammes. Baho est revenue, elle s'allonge sans un mot ni un regard, et place délicatement ses pieds nus dans la cendre du feu. Dire qu'elle a craché des cendres sur une paroi !... Elle écoute les autres sans les voir. Quel plaisir d'accueillir en soi la chaleur, le babillage des enfants nouveaux ! Elle a toujours peur de voir apparaître l'ombre de Wotank. Elle savoure enfin une bonne viande.

Le jour s'estompe. L'eau immense en contrebas semble respirer, à moins qu'un souffle ne la fasse frémir. Au fond de sa vision, un homme s'avance, qui vient du soleil presque couché. Il ne se dirige pas vers elle, alors ce qui s'est mis à battre sous sa poitrine se calme. Ce n'est pas un Watank !

Baho ne parvient pas à détacher les peurs de ses jours et de ses nuits. Elle pense aux morts qu'elle a connus vivants. Surgit Loueur, le frère de sa mère, qui avait une lueur de loup dans l'œil et qui la faisait tourner d'une main autour d'un feu à peine éteint, quand elle était petite. C'était un magicien, qui savait faire renaître un feu éteint, avec le vent et une brindille allumée s'enroulant dans le faisceau des poussières grises. Il fut mordu par un loup et sauvé par un autre. Le premier loup lui mordit le bas de la jambe, le second s'interposa, plus tard, dans un combat entre Loueur et un cheval fou. Il parvint à s'en prendre à la bête, qui tomba dans la neige, et ainsi Loueur évita un coup de sabot mortel contre son front. Seul le chaman comprit qu'un loup puisse s'interposer sans «raison»... Loueur avait tué assez de loups ce jour-là, et il donna le reste de son manger au louveteau qui appelait sa mère. Mais Loueur périt en cherchant à rapporter trop de cette pierre rouge qu'affectionnent les Rozis et tous les clans. Grao est mort. Prim aussi. Pourquoi Baho voit-elle la silhouette d'un mort?

Y aura-t-il assez de poudre rouge pour tous? La terre ne peut donner assez de rouge si les morts ne cessent! Loueur n'est qu'une ombre du passé qui réveille en elle son attirance pour les loups. Les loups sont comme des ombres houmènes qui ne savent dire qu'ensemble.

La silhouette de l'étranger divague vers des grottes marines. Baho pense que le marcheur solitaire est fou car il va se loger dans une grotte inondée.

Baho comprend l'enroulement des choses, elles s'emboîtent tels des anneaux autour des vertèbres invisibles d'un serpent. Elle n'a plus d'allant.

Frondzur la pousse dans la grotte d'Antseu. Antseu la pousse vers l'endroit où est Prim. Baho se tient sur la pierre blanche et la pierre rouge, en souvenir de Prim.

— Prim. Tout manque! Tu es dans tout, Prim!

La terre et le sel se sont collés à ses larmes. Antseu l'aide à se relever et l'entraîne vers Ho et Ra, son père et sa mère.

Au loin l'homme, qui est ressorti de sa caverne marine, a suivi les pas de Baho sur le sable avant que tout ne s'efface. Et le voilà qui se profile dans la lumière vive du soleil d'un nouveau jour. L'homme s'appelle Aba. Baho le regarde et Aba lui dit:

— *Beuh?*

— *Beuh*, ça veut dire quoi? Il ne sait pas articuler, le nouveau? Ho, il y a un non-Rozi, un non-Watank qui dit *beuh*, viens voir!

— On le connaît. Il rôde depuis des jours. Il nous fait des viandes fumées. Goûte, dit Ra.

— Il dit *beuh* tout le temps.

— Il s'appelle Aba, dit Ho. Quand il dit *beuh*, il dit «quoi».

— Il a l'air idiot quand il dit *beuh*, mais c'est un grand sage, soupire Antseu, triste de devoir parfois expliquer des choses aussi simples que «marmotte cachée n'est pas forcément marmotte disparue»... Antseu se tord les mains.

Aba regarde Baho. Antseu la fixe aussi. Si Baho s'intéresse trop vite aux hommes, elle ne s'intéressera plus aux siens. «Elle a tant de choses à apprendre encore», pense le chaman. Depuis longtemps, concevoir un objet, prévoir l'espace qu'il va prendre, tout cela se passe derrière les yeux – c'est dans la tête que tout germe, sans doute, pas dans le cœur. En réalité, il n'y a aucune difficulté à envisager puis à décider, d'où que parte la décision. Il n'est pas très sûr de réprimer son envie de manger lorsque la faim tenaille, que le ventre gronde. Il suffit d'imaginer une façon de s'en sortir. On sort du ventre de sa mère, d'une caverne et d'un mauvais pas, pas d'une question. Chaque mot a un double sens. Et on peut facilement comprendre que le sang n'est pas du lait, et que seule une mère possède les deux: lait et sang, le clan sait tout cela depuis longtemps. Ce qui est dur à faire comprendre, c'est l'harmonie que procure un chaman car il connaît les répercussions, il envisage sans cesse les répercussions, mères de nouvelles actions... En ce qui concerne Baho, il craint qu'elle ne s'effrite de l'intérieur, et que, si elle oublie Prim, elle ne sera pas chamane avant longtemps... L'indécision risque d'engraisser les nouvelles hésitations de Baho. Antseu fronce les sourcils en songeant qu'il y a cohésion autour d'un enfant s'il est attaqué par un ours, mais tout tombe en morceaux si l'on pense à «autre chose» à ce moment précis. Or, Baho regarde intensément Aba. Il parle comme un idiot car il n'a pas la langue, mais il pense vraiment comme un vieux sage. Il faut le défendre, parce qu'il est fragile. Antseu sait. Antseu voit Baho être irrésistiblement attirée vers Aba. Tout ce qu'Antseu avait prévu devient pourtant imprévisible.

L'odeur d'Aba raconte son ardeur à tout, sa force, son contentement. Aba est très adroit et il exprime des sentiments dans sa façon de tailler os, pierres et bois. Sa sueur raconte sa lenteur pointue pour la fabrication de percuteurs, de ceintures à outils et autres chefs-d'œuvre. Parvenir à un chef-d'œuvre, c'est sculpter de tête, avec ses mains, mais avec une symétrie parfaite. Aba apprend à Baho à découper une forme plus que symétrique : un rond vraiment parfait ! Un rond, la figure la plus difficile à penser et à tracer : la perfection qui rappelle le centre de l'œil, le soleil et la pleine lune. Le soleil rouge sur un ciel sans obstacles est une forme unique et presque impossible à tracer à plat ou à imaginer en volume. Mais Baho apprend à faire des billes à travers les mains d'Aba. Leurs mains s'apprivoisent. Elle commence à vouloir une sphère ; le résultat est informe. Un rond est plus facile à réaliser, ou alors un rond plein mais tout petit ! Aba l'encourage, Antseu enrage.

Antseu ne peut plus rien changer. Baho et Aba savent qu'ils aiment la terre ; rien qu'à se renifler, ils ont saisi leur chance.

Aba, surnommé récemment « Ababeuh » par Antseu, va regarder la nuit de près. Avant, il se couchait et dormait loin des Houmens. Maintenant, il veille à l'entrée de leur grotte. Il a appris le cri de l'aigle et celui du faucon. Il devient sentinelle.

Baho s'endort, et elle fait un rêve qui lui explique tout. Elle revoit son bras pantelant. Aba veut l'aider à franchir un ravin, mais n'y arrive pas. Baho se reflète dans une flaque ronde. Les Houmens détestent l'asymétrie, et elle est asymétrique depuis que Wotank l'a cassée ! Il faut qu'elle retrouve en elle le galop de la jument, le saut du chamois, pour que son mouvement soit « rond », que sa vie soit symétrique.

Elle se réveille en sueur. Elle veut connaître Aba.

Antseu arrive à convaincre Baho de s'asseoir face aux rouleaux de la mer, à ne pas craindre le vent ni l'ombre de Wotank. Il lui demande de l'écouter.

— Tu boites un peu, mais tout est consolidé en toi, et ton visage est parfait, il a la symétrie d'une pierre taillée. Tu es d'une très grande symétrie, à part ton bras. Tu n'as qu'à ajouter d'autres bracelets ! Je pensais que c'était mauvais pour le groupe, mais je me suis trompé.

— Quoi ?

— L'attirance entre toi et Aba. Il devient pour un temps Ababeuh. Et toi, va vers lui. N'aie pas de craintes. Ne pas avoir peur dans le fond de soi, c'est la survie, car on vit peu et vite. Il faut chasser en toi les mauvaises images ; pousser comme une belle plante et séduire Ababeuh sans oublier Prim.

— Mais je ne suis pas comme les autres femmes. J'ai un côté plus court. Aba n'aime que la symétrie.

— Ababeuh a un pied plus court que l'autre, lui aussi. Nous sommes tous imparfaits, avec un petit défaut. Trouve des astuces pour allonger ton bras, avec une grande aile, pourquoi pas ? Si cela peut te calmer de l'intérieur… Je suis persuadé que tu inventeras de quoi te faire belle. Tiens, prends cette coiffe de coquilles de mer. Essaie. Cela te donne un tel air que même moi qui sais, j'oublie le reste de ton corps. Je ne vois que tes yeux couleur des flots.

— Aba est arrivé par-delà la mer. Il va peut-être repartir. Je ne veux pas m'attacher à un partant.

— Ce soir, je ferai en sorte que non, et Ababeuh redeviendra Aba un jour.

— Prim reste en moi. Aba est sage, il est déjà à mes côtés.

— Ababeuh balbutie encore, mais il apportera la force du petit vent, celui qui maintient le feu. Protège-le, protège-toi et bientôt protège-nous. Il redeviendra Aba quand il parlera notre langue un peu mieux. C'est agaçant, tout de même… Il ne fait aucun effort pour picorer quelques mots bien à nous.

— Toi aussi, tu peux faire des efforts, Antseu, tu permutes souvent les mots.

— « Permute », cela veut dire quoi ?

— Au lieu de dire « mère », « père », tu dis « père », « mère ». Au lieu de dire « nuit » et « jour », tu vas dire « jour » et « nuit ».

— C'est vrai. Je permute souvent. Beaucoup d'Houmens permutent et « mermutent » !

Ils rient.

À plat ventre Aba, dit Ababeuh, souffle sur les braises. Baho fait jouer dans ses mains des pointes de bois qu'il a taillées. Elle en jette une, cassée à son extrémité, dans le feu qui crépite. Les hommes et les animaux s'agitent. La glace oblige au refuge ou à la « danse qui réchauffe ». Le froid s'infiltre sous les fourrures des Houmens. Jeunes ou vieux sont agressés par cette force et beaucoup de faibles crachent leurs derniers souffles avec du sang. C'est triste et habituel. Chacun cherche un refuge, les ours sont déjà au fond de leurs grottes.

Le feu crée la cohésion de tous les regards.

Il faut une chasse terrible pour débusquer les peurs anciennes, en vivre de réelles. Il faut une chasse qui unisse tous les Houmens. Ce sera une traque aux bouquetins. Le risque ne sera pas de se faire attaquer, mais de sauter dans le vide, en croyant s'appuyer sur un piton rocheux. Frondzur dit :

— Nous devons nous méfier, toujours ! Il faut se défier des cailloux sous la neige, des herbes gelées qui nous font glisser ! Nous allons partir pour une chasse unique et nouvelle. L'un poussera l'animal vers le précipice, l'autre lancera bolas ou lance, un autre encore ira chercher la bête. Nous découperons sur place. Les premiers arrivés raconteront la chasse, et ainsi de suite, par petits groupes. Que tous se munissent de quoi faire du feu avec du bois sec.

La chasse se déroule sous le vent. Les plus jeunes chasseurs provoquent une chute de pierres et se blessent.

Antseu, qui attend en hauteur, les reçoit en disant :

— Houmens, ces mangeurs d'herbes ne sont pas dangereux. Ce qui est dangereux, c'est la forme des rocs sous la neige ; vous ne vous en souvenez pas ! C'est votre mépris du danger, en un mot votre arr…, votre arr…

— Votre arrogance, conclut Frondzur. C'est pour ça que vous avez loupé notre manger. Mais vous n'avez pas manqué de courage. Et le courage, surtout pour un chasseur, c'est l'aile rapide d'un aigle, c'est la force du torrent. Mais nettoyez-moi bien ces jambes, ses pieds et ses mains, équilibristes à la manque ! Rappelez-vous la découpe de la montagne et ne revenez pas bredouilles. Allez !

Les jeunes chasseurs comprennent. Requinqués, les plus forts redescendent pour apporter de la viande déjà cuite aux plus faibles.

Les jours de grande froidure calment les ardeurs de chasse. Celle que tous préfèrent, c'est celle aux rennes, qui ressemble à un chant entre le blanc et le rouge, la neige et le sang, la fatigue et la viande.

La faim disparaît et la force revient.

Antseu ramasse des pigments rouges qui ressemblent au sang, tout le monde sait que cela veut dire : jubilations quand il n'y a pas de morts depuis longtemps ou cérémonie parce qu'il y en a. Le vent se calme, les toux aussi. Chacun va se vêtir de belles peaux ornées, Ra chantera dans le vent, Ho tapera avec des os sur une peau de bison, et tous s'épouilleront sur le chant rythmé de

Ra. Mais le clan ne sait pas pourquoi Antseu prépare un rituel. Il a sa petite idée… Aba, toujours nommé Ababeuh, s'approche du groupe, et Antseu demande à Baho de lui mettre de la poudre de cérémonie sur les mains, le front et le thorax. Aba fait de même avec Baho. Deux cœurs s'accélèrent, des odeurs se croisent et se respirent. La musique englobe chacun.

Frondzur et Bordig sont fiers. Leur clan, malgré quelques morts de froid, est plus soudé qu'une branche à son arbre. On rend Baho à la vie : elle peut aimer, se faire aimer.

Le feu est une chose fortuite, le feu qui pousse deux êtres l'un vers l'autre aussi. Celui ou celle qui inventa le moyen d'en faire et de le conserver, on ne sait qui il était et où il le fit. Trouva-t-on l'usage du feu aux beaux jours, ou par grand froid ? Était-ce un enfant, une femme, deux complices de chasse ?

Les marmottes et les ours sont de retour. Baho part cueillir du romarin. Ce sont ces odeurs qui l'avaient guidée dans les derniers pas qui la ramenaient depuis les grottes ornées jusqu'à la grotte en forme de mains jointes. Elle invite d'un regard Aba à la suivre. C'est le début d'une longue et incroyable cérémonie.

Ils traversent des lignes de roseaux et elle pose ses fesses sur un rebord de pierre, dans une grotte à moitié éboulée mais protégée des vents. On entend la Grande Bleue, qui parfois est verte et colérique, et parfois noire quand la nuit est sans lune. Baho renifle Aba. Elle trouve son odeur succulente, magnifique. Aba fait de même.

Aba et Baho s'aiment le corps à moitié dans l'eau : la sensation est neuve, et Baho peut garder en elle l'image de Prim sans la salir. « Ajoute un autre sourire », lui dit le vent.

« Prim, je suis avec Aba, maintenant ! Deviens cheval, deviens jument, deviens, ne reste pas sous terre ! Aba veille sur moi. Prim, deviens cheval, et je te reconnaîtrai ! »

Baho resplendit, Baho peut prendre sa place.

« Deviens loup, si tu préfères ! Prim. Protège Aba aussi. Oui, un loup… »

La cérémonie qui fait d'elle une chamane va avoir lieu sous la pleine lune ; elle doit dire des mots nouveaux et choisir son image. Elle choisit une oiselle à tête fauve.

— La lune change, part et revient. Elle se reforme. La fauvette est un faible oiseau. Elle doit apprendre à s'échapper et à nourrir plus gros qu'elle. Sa force, c'est sa petitesse. Je chercherai pour vous tous les meilleures plantes, et vous, en échange, vous fuirez Wotank le Fourbe. Il suffit d'un seul Watank qui nous hante pour que tous les clans deviennent méchants. Les Ézyeux m'ont appris cela : il vaut mieux peindre que se plaindre. Il ne faut pas trop pleurer nos enterrés, il faut se réjouir d'avoir connu tous nos Houmens… Je serai la fauvette, et Aba le « fauvet ». Nous sommes unis sans lien. Attachez deux oiseaux et ils tombent, parce qu'ils ne peuvent plus voler et, pire, ils commencent à se voler dans les plumes. Antseu est bon. Il reste notre chaman. Le jour qu'il choisira, je prendrai sa place vraiment-vraiment, et alors, je ne dirai rien.

Une fauvette à tête bleue se pose, une autre à tête noire prend une graine dans son bec et s'envole. Antseu se lève pour dire :

— C'est un bon signe. Ces petits oiseaux gobent les mouches et les empêchent de venir se servir dans nos viandes. Les fauvettes parlent toutes les langues, mais nous ne les comprenons pas. Pourtant, Baho, tu dois savoir que la fauvette est trop insouciante, parfois d'autres oiseaux nichent dans son nid et elle meurt à les nourrir.

— Devant tous, j'accepte un jour d'être chamane pour les miens.

— Je dirai devant tous quand Baho aura perdu son insouciance et sa peur. Je dirai… quand aucune blessure ne la brisera plus. Elle sera notre chamane quand elle chassera les coucous !

— Je serai chamane quand je verrai ce qui doit advenir.

— Que vois-tu déjà ?

— Que Wotank sera un jour vermisseau, et qu'une fauvette le mangera. Il faudra se méfier des vermisseaux !

Les Houmens rient, dansent, chantent, mangent et s'assoupissent dans une caverne sèche et dépourvue de chauves-souris. Il y aura une autre fête, celle qui confirme la première. En attendant, les enfants ne toussent pas. C'est une nuit qui sent bon. Un petit fragment se détache du plafond de la grotte et tombe sur le front de Baho. Elle n'ouvre pas les yeux. Si une pierre part de loin, elle fait plus mal que si elle se détache de près. La douceur fait la même chose, mais elle fait du bien, plus elle part de loin et depuis longtemps.

Baho rêve d'une chouette aux yeux bleus et d'un cheval blanc qui se reflètent tous deux sur un glacier qui n'est pas froid. Baho rêve d'un loup hirsute aux yeux de lune et d'un louveteau aux yeux bleus.

Aba, dit Ababeuh, est chaud de tout son corps et protège Baho de ses bras.

Baho n'a plus peur de devenir chamane. Elle doit encore apprendre à se méfier des voleuses de nids : les fausses mamans, les coucous !

Baho sera une chamane-mama. Pour l'instant, elle profite des tintinnabulements de ses bracelets, de la chair de gros poissons, elle savoure le corps d'Aba qui balbutie chaque fois qu'il la touche. Baho veut tout vivre, et une nuit elle sera à jamais chamane-mama. Du futur elle reviendra pour pré-voir, pré-venir.

16

Les animaux du ciel et de la terre

Des animaux inconnus semblent se loger, la nuit, derrière des grottes de nuages. Baho n'en est pas très sûre, mais tous ces morceaux brillants dans le ciel doivent être des animaux qui dorment ou marchent et volent très lentement. Lorgner le ciel et ses repères apprend à ne pas passer à côté de ce qui se passe sur terre.

Baho sait reconnaître certaines plantes qui soignent, elles les appellent «étoiles du jour». Celles qui resteront mystérieuses à jamais, elle ne les nomme pas. Il ne faut pas croire que toutes les feuilles parlent et que toutes les racines indiquent une vérité qui soigne. C'est curieux, mais c'est comme ça, et, comme on dit chez les Houmens: «Qui sait voir le point fixe et lumineux de la nuit fixe mieux les choses lumineuses du jour, même sur une seule plante.»

Il faut chasser des yeux et trouver de quoi guérir Rouzia, la Rozie fine et fragile qui revient selon les saisons. Baho lui demande de ne pas manger pendant un jour. Elle étudie sa couleur de peau, respire son souffle et palpe ses mains. Rouzia tousse trop, et du vert et du bleu apparaissent sous le rose et le jaune de sa peau. Elle crache jaune et blanc. C'est terrifiant. Elle doit avoir de nouvelles entailles en elle, que les grands froids ont tracées. Pour la protéger, il faut à nouveau la faire «chauffer» de l'intérieur et tenter un nouveau mélange de baies, de fruits, de racines et de feuilles.

— Bois, c'est chaud!

— On ne boit jamais chaud, Baho!

— Je suis Baho, bientôt chamane-mama. Je dis que cela te consolidera. Bois et sue. Tes mains disent que tu peux guérir.

Elle pose sur ses poumons de la terre chaude:

— Aspirez tout ce que vous pouvez, terre, poussières de terre, aspirez le mauvais dans Rouzia.

Baho reconnaît l'argile, les feuilles, les baies, les racines qui soignent. Elle en a pris certaines, qu'elle a chauffées dans un creuset naturel, et y lance maintenant des fleurs blanches séchées.

— Bois, rebois et sue, Rouzia. Ne prends pas cet air aussi étonné que s'il te poussait un bec et des griffes.

Rouzia boit et transpire, souriant à Baho. Ce n'est pas qu'elle se sente mieux, mais on s'occupe d'elle et elle se sent déjà moins mal. Même sa propre odeur change, et elle la respire avec satisfaction.

On l'entend bientôt ronfler sur un lit d'herbes garni d'une fourrure. Tous les jours, elle boira l'eau aux vertus des plantes. Les morsures du froid ne la brûlent plus. Baho sourit et Aba sourit. Antseu se demande d'où lui est venue cette idée de plonger des plantes dans de l'eau chauffée, ce qui est une chose presque impossible à faire. Baho lit la question sur son front et lui répond :

— Elle avait trop froid, je devais faire entrer en elle du chaud et de la guérison. Il y a des similitudes entre la plante[1] et ce qu'elle soigne. Alors, j'ai essayé. J'aurais voulu pouvoir soigner Prim. Il me semble le voir… Antseu, il me semble qu'il est là…

— Mais l'eau, comment chauffe-t-elle ?

— Dans des coques marines remplies d'eau de pluie. Avec tout ce qu'il tombe, ce n'est pas difficile ! Quouid nous ramène un bouquetin. Il ne sait chasser que ça… Il va glisser, sous la pluie…

Un torrent aux flots fous devient une rivière en crue. Prim s'installe dans l'esprit de Baho. Elle répond à ceux qui souffrent et évite à une jeune mère et à son bébé de se faire emporter par la rivière. Sa fatigue provoque un songe éveillé. Baho est envahie d'une stupeur : on dirait que Prim lui parle des jours à venir. Les hommes nageront et voleront, mais rien ne sera sûr… Quand elle ferme les yeux, Baho voit ce que Prim est devenu ; la terre rougie sur lui et les vers entrés en lui l'ont fait autre ; et, des vies plus loin, beaucoup plus loin, il est devenu un Houmen du futur ! Elle ne peut le croire. Prim vole mais il n'est pas un oiseau : il y a des yeux sur ses yeux. Dedans se reflètent des nuages que Prim survole ! Dans le ciel, ce ne sont pas des oiseaux, mais des sortes d'oiseaux…

Baho est allée trop loin dans le temps. Elle suffoque. Elle ne peut plus s'arrêter. Ce sont des hommes et des femmes assis qui écoutent une étrange musique. Une voix de femme parle une

1. Danièle Ball-Simon et Piotr Daszkiewicz, *L'Héritage oublié des signes de la nature. La Loi des signatures*, Les Deux Océans, 1999.

langue inconnue. Le son est insupportable, il ferait fuir les loups eux-mêmes : *Ding... Dingg... Dong... Landinginfiouminuts... Zetemprétcheurize...* La voix est nasillarde, inquiétante. Baho ne comprend pas cette langue, ni pourquoi Prim semble la chercher du regard, et de si loin. Il porte des gros yeux de mouches et survole la Grande Bleue, il disparaît derrière un nuage, il cherche Baho, mais ne voit que les fourmis qui sautent dans l'eau.

— Je suis là, Prim !

— Baho, tu as la fièvre. Prends toi-même ton eau chauffée ! soupire Antseu, décontenancé.

— Je t'assure que je viens d'apercevoir Prim. C'est bruyant où il est, on se croirait dans le tonnerre en formation !

Baho ne comprend pas les images et les sons qui l'envahissent et la font pleurer.

— Baho, Prim est content. Il pense à toi. Mais c'est impossible que tu l'aies vu monter au ciel, voler sans être un oiseau...

— Antseu, je vois ceux du passé venus au futur ! Je les vois dans le ciel ! Cela ne me plaît pas du tout.

Antseu fait boire à Baho sa propre potion et appelle Aba.

— Aba dit Ababeuh, tu ne parles presque pas, mais tu lui plais. Tu es vivant. Aide Baho à vivre maintenant. Elle voit des choses qui n'existent pas et qui ne peuvent exister ! Prim, dans le ciel et le bruit. Parle-lui, fais-la « redescendre » ! Une chamane ne doit pas dépasser certaines forêts d'images !

— Sinon, elle se perd et ne revient pas ?

— Voilà...

Baho est ailleurs et parle ailleurs. Une folie la prend, la possède. Elle semble ailleurs et va ailleurs. Aba la surprend assise sur un rocher habituellement choisi par le chef des bouquetins.

— Vous m'entendez, oreilles de demain ? Qu'avez-vous fabriqué ? Abrutis ! Abrutis ! Les chevaux ne galopent plus ; les hommes sont devenus des monstres. Wotank entend déjà les esprits du futur. Wotank est le mauvais futur, celui qu'il ne faut pas choisir. Il est devenu terrible, il est devenu affreux. Il attire comme le miel les ours, mais c'est un caillou noir et tranchant. Rien de rond en lui, demain. Plus d'ours, plus rien. Lui aussi vit dans le ciel et le bruit. Dire qu'il faut que je sois celle qui prévient... Je ne peux prévenir de ça. Ceux qui s'appellent les Hommes iront dans des cavernes volantes ! Ils se chasseront avec des silex très longs. C'est impossible. Prim ! Tu m'as joué un tour. Cela doit être bien après nous, ou alors je suis folle, comme le pense Antseu? Réponds, Prim! Une sagaie ne peut faire du bruit de loin et tuer de près!

Aba la regarde, effaré. Antseu s'en retourne à sa grotte des songes.

Baho ferme ses poings et crie. Elle voit des Houmens mal vêtus qui avancent et qui tombent. Certains perdent leur sang, d'autres le sens du haut et du bas. Ils sont enfermés. Ils crient. Leurs cavernes ont des angles. Ils ne semblent pas mourir de froid, de faim et de soif. Mais, comme les animaux diminués, ils sont tristes. Deux grands montent dans une chenille verticale qui s'élève vers les étoiles. Il fait trop chaud, il y a trop de bruits qui viennent de la terre.

Baho transpire et ouvre les yeux. Elle se baisse, ramasse un escargot et passe un doigt sur sa coquille:

— Nous n'en sommes qu'au début, et, quand on arrive aux yeux et à la bave, c'est que le grand moment est fini. Prim, c'est si laid, et la Grande Bleue est si triste qu'elle léchera l'endroit où sont mes pieds. Prim, je ne veux plus savoir… Aba? Aba où es-tu?

Aba ne répond pas. Ce soir, il sifflera une mélodie d'oiseau à l'oreille de Baho. Il deviendra l'esprit du cheval et ébarbera les angoisses de sa belle Houmène, de ses mains, de sa langue, de son sexe, de ses bras!

Chez Aba, on arrêtait les dessins d'animaux avant la fin des parois. Pendant que se posaient des formes animales, des musiques nocturnes rythmaient ce rituel magique. Il demande à Antseu d'organiser une réunion de transe: il n'a qu'un seul but, que Baho soit déliée d'un dedans qui transpire des visions affreuses:

— Il faut dénouer! Comme des cheveux…

— Tu as raison. Baho a des visions qu'aucun chaman n'a encore eues. Elle sait que, si elle veut soigner, elle doit guérir de ses songes du futur. Mais ils accourent en meute. Elle prend de quoi les effacer et vacille malgré tout. Si elle parle de ça aux Houmens, ils la fuiront. Un clan ne veut pas savoir à l'avance qui périra ou guérira.

La nuit berce les plus anciens. Tous dorment et revivent dans leurs rêves une chasse, une pêche, une mangeaille, une rencontre. Assise face à la lune, Baho ne dort pas. Elle se contracte et tient ses mains serrées. Un jour, les Houmens sauront qu'il y a quelque chose qu'ils ne comprennent pas mais qui les comprend, les englobe.

Elle, elle sera l'esprit de la fauvette, entre ciel et branche. C'est tout. Mais les hommes voudront plus, toujours plus. Des bisons qu'ils ne mangeront même pas… Elle en voit presque morts, beaucoup plus petits, alignés. Pourquoi? Elle n'a aucune réponse. Tout ce qu'elle ressent, c'est que Prim est allé trop loin dans le temps. Il faut vivre l'instant. Voilà le «bon» sens. Elle vient de vivre le mauvais sens. Frondzur ne dort pas non plus, il est inquiet. Ils tournent leur visage l'un vers l'autre. Baho desserre ses doigts.

Au petit jour, elle regarde Antseu, qui la questionne du regard. Chaque réponse se trouve dans une baie, un champignon, une pierre. Il faut trouver des ripostes à la maladie. Antseu s'approche d'elle.

— Baho, où en es-tu? As-tu déniché d'autres Houmens dans le futur?

— Plus qu'ils n'ont jamais été.

— Il te faut le jus du sommeil, ce jus ne lutte pas contre la peur qui revient, mais il l'apaise.

— Pas d'inquiétude. Il faut vivre l'instant qui est.

— Oui-oui, mais tu parles trop souvent toute seule, et aussi quand tu dors. C'est effrayant ce que tu as vu.

— Aba me dit la même chose. Mais je n'y peux rien, des images d'après marchent à reculons dans ma tête. Elles parlent trop fort.

Baho parle fort. Antseu attend. Aba ne peut rien pour elle. Il attend que la nuit qu'il a préparée pour elle aspire ses frayeurs.

La musique commence, le chant de Ra envoûte petits et grands. Après avoir bu une mixture étrange, Baho entre en transe, bras en avant.

On voit qu'elle lutte contre sa peur. Wotank, en fils du tonnerre, l'avait prise par les cheveux, jointe au sol et pliée telle une feuille. Il avait cassé son bras et brisé son esprit. Il l'avait brisée du dedans. Il la pénétra comme un animal sauvage et la laissa à terre. Quittant les chevaux, elle retrouva les siens. Mais les siens ne sont plus les siens, depuis qu'ils sont comme tachés par la noirceur de Wotank. Elle voit ce que Wotank peut devenir en se multipliant. Le futur s'éloigne enfin et le mouvement de la transe se ralentit. Des lumières joyeuses, des odeurs subtiles ralentissent son cœur. Il n'y a que la mer, la terre et le vent dans ses cheveux.

Baho s'agenouille et ramasse des pierres plates qu'elle empile; si tout s'écroule, c'est qu'elle n'a pas trouvé l'équilibre. Si elle réussit, c'est qu'elle a formé des piles qui tiennent face aux vents, et qu'elle guérira du futur.

Baho voit maintenant des animaux plats qui nagent et tapissent des fonds marins... Elle se rappelle qu'Antseu lui avait proposé d'apprendre de l'homme aux pigments rouges et de la puissante terre. Une grotte a été ornée, mais que fait-elle engloutie par la mer? Baho danse. Elle se voit marcher derrière Grao. Elle n'avait pas tout vu ! Elle visite sa longue marche.

Au son, à l'odeur, elle savait exactement où Grao avançait et pourquoi il lui montrait des lieux inviolables. Elle regardait sans cesse autour d'elle. Maintenant, elle comprend ce qu'elle a vu. Aucune brisure d'un clan à un autre, d'une montagne à une autre. Elle doit retrouver la fibre continue de sa vie.

Elle revoit le passé. Après des nuits lunaires et des nuits sans lune, elle inscrivit ses propres mains dans la roche. Elle s'accorda à la terre du dedans. Elle apprit le silence. Le lynx laissait en creux ses pattes dans la terre molle, Baho savait qu'elle aussi laisserait une trace pensée ! C'était cela, être bipède... Le passé était une borne où l'on pouvait graver quelque chose, un dauphin, un bison, une ligne non brisée.

Baho empile les pierres et se met à fredonner. Aba lui sourit. Mais elle ne voit rien que l'image qu'elle veut donner : une idée d'empilement stable. Elle revient au présent, à sa tâche, elle se concentre et ouvre les yeux.

Des images du passé s'accrochent pourtant encore à elle. Tous ses sens en alerte, elle vit une lueur au fond de la grotte de son initiation, mais n'aperçut que le moutonnement de la roche. Elle devait voir d'autres cavernes ornées et comprendre la signification de la chouette qui interrompit son rêve.

Baho revient aux origines et y trouve la mort de Prim.

Elle s'effondre. Le secret des cavernes s'efface.

Le souvenir de Prim a tracé des rides de chagrin sur son visage. La nouvelle vie de Prim a incrusté la peur au coin de ses lèvres. Ses yeux verdissent, sa démarche s'allonge... Le silence se fait en elle. Elle doit tenir à distance les images du futur.

Elle regarde maintenant chaque membre du clan, comme lavée de l'intérieur ; elle prend un petit foyer et le promène sous les visages et sourit à tous, chasseurs, parents, enfants. Elle sent bien qu'Antseu hésite à lui donner ses derniers secrets. Elle regarde le visage d'un jeune Houmen aux dents de lait ; Baho crispe ses mâchoires et elle ne s'intéresse plus à rien qu'à la flamme de la petite maison qui garde le feu.

Chacun va se coucher, intrigué. Aucun mot n'a été prononcé.

Le lendemain, Antseu se résout à expliquer à Baho les talents qui lui manquent encore :

— L'idée des pierres qui s'ajoutent m'a plu. Tu as posé une pierre plate par Houmen, murmurant le nom de chacun sans oublier personne. Puis tu as regardé Ababeuh. Aba a remplacé Prim. Tu as vu la maladie dans un Houmenet. Maintenant, si tu veux prendre ma place rendue fragile par l'âge, Baho, tu dois connaître les trois forces qui unissent le clan.

— Je suis prête.

— Oublie le futur.

— Il n'existe pas encore. Mais il sera !

— Le futur peut être pire qu'un Watank qui enlève ta force. Oublie.

— Alors, raconte-moi les trois forces.

— Il y a le chef des chasses, celui qui nous défend, et celui ou celle qui veille. Il y a un chef provisoire et un chaman provisoire, dit-il en montrant sa tête. Sors de ton chagrin pour veiller après moi ! Réveille-toi ! Prim n'est pas dans le ciel !

— Pourquoi Prim est-il mort si vite ?

— Pourquoi tel bison et pas l'autre dans notre gosier ? La mort chasse comme elle veut et, parfois, comme elle peut.

— Mais la vie, Antseu, elle ne chasse pas… Elle perd toujours ?

— Non, mais d'une autre manière elle gagne. On ne sait pas ce que c'est. Ne le dis à personne : on ne sait pas pourquoi on bouge, on mange, on dort, on fait des petits qui vivent ou ne vivent pas… Mais des choses se perpétuent.

— Tu devrais dire « se mermétuent »…

— Il y a là une force ! dit-il en montrant l'emplacement du cœur. Et la dernière réside de là à là !

— Des pieds à la tête, et tout autour ?

— Jette ces cailloux, au lieu de dire n'importe quoi, et perpétue ! Ramasse les cailloux qui se touchent. Dis-moi.

— Il y a un caillou blanc et l'autre qui est blanc avec des marques.

— C'est tout?

— C'est tout.

— Un égaré blanc comme neige, et un blessé. C'est le cueilleur perdu : Aba. Il existe des poids sans poids, des tristesses sans tristesse. Cela te pèse. Accepte de ne plus avoir mal, de ne plus voir Prim. Vois ce qui vit ! Vis.

— J'accepte d'essayer.

Maintenant, Baho est «au pied de la caverne», comme on dit. On ne peut dessiner sur une roche qui ruisselle, mais on peut «dessiner» l'avenir proche, et surtout écouter la palpitation du vivant. Lorsqu'elle avait quitté les Ézyeux, on lui avait laissé un flambeau pour s'imprégner des animaux aplatis par le trait, pour qu'elle puisse les redire à Antseu.

Elle doit apprendre la langue d'Aba et lui apprendre la sienne. C'est la seule chose utile à faire, comme on dégrossit une pierre pour en faire une pointe fuselée ! Baho est face au chaman et l'écoute.

— Raconte-lui les pièges, les éboulis, les arbres. La première force est à la tête, la deuxième force, c'est celle que reçoit le chaman. L'être qui voit doit rester distant de tout. Cette force ne t'appartient pas comme les doigts, elle est ; c'est à toi de la garder. La troisième force, c'est la défense. Il y aura toujours des mal-léchés, des Watanks mal intentionnés. Frondzur a choisi Kolb pour être prêt à mener les chasseurs vers des corps à corps afin de défendre les nôtres. Ta tâche sera de veiller sur nous. Il y aura une autre cérémonie. Mais avant, tu dois apprendre à parler à Ababeuh, c'est insupportable comme il bafouille…

— C'est tout?

— Donne ! C'est tout. Ça te changera les idées sombres en idées claires.

Baho explique à Aba le territoire des Houmens. Il semble ne plus vouloir rester. Il est encore plus triste qu'elle. Baho scrute l'intérieur des yeux de celui qui vient du pays où tout rosit, elle le sait fatigué mais vaillant. Elle tente de le faire parler la langue des Houmens. Aussitôt, Aba va chercher un nid vide pour mieux se faire comprendre :

— Nid pas encore vrai nid moi pour.

— Aba, tu ne sais pas bien parler, mais tu sais te faire comprendre. Tu veux nicher ou non avec les Houmens?

— Avec toi nicher, c'est tout, si toi veux, *cui-cui-cui* ensemble. Sinon, partir vite, loin.

Ce dialogue de fous fait sourire Antseu. Il sait qu'il faudra bien des lunes pour qu'Aba décroche les bons mots des Houmens et les garde telles des dents. Ra regarde d'un mauvais œil le fait que sa fille parle à un homme qui vient d'on ne sait où. Mais Baho ne regarde qu'Aba, cela est plus que certain, aussi certain qu'un mammouth écrase les escargots sans s'en rendre compte, et de tout son poids. Elle est inquiète.

— Ton front se plisse… Que dis-tu, Aba?

— Touffue langue.

— «Foutue langue»?

— Touffue, trop de mots! C'est pas la cause pli du front mien.

Aba se met à parler sa langue et Antseu traduit volontairement de travers:

— «Mon front, il te dit que j'attends que tu désires me retrouver sous une tente.»

Antseu se tourne vers Baho et ajoute:

— Il est plus malin qu'une marmotte.

— Qu'est-ce qu'il dit vraiment?

— Il a dit exactement: «Je cherchais une chose, j'en ai trouvé une autre. Tu as sifflé comme une marmotte, je me suis retourné, c'était toi Baho, réveille-toi, jolie marmotte. Arrête de dormir à mes côtés!»

— Il a dit ça? Mais je n'ai pas sifflé!

— Non, il sait que tu n'es pas une vraie marmotte, mais que tu donneras l'alerte. Les vraies marmottes filent dans leurs abris, dans la terre de leurs jolies galeries. D'ailleurs, elles crient derrière leurs petites mains, elles ne sifflent pas…

— Et maintenant, qu'est-ce qu'il dit dans sa barbe?

— Attends… *Hum*.

— Dis-lui dans sa langue que je veux savoir s'il part ou s'il reste, s'il prend racine ou quitte les Houmens.

Aba s'approche des yeux de Baho et parle.

Antseu traduit:

— Aba voudrait que vous soyez deux arbres côte à côte… Aba rêve qu'il devient un pin et que Baho reste fauvette!

— Toi, fauvette rester sur branche avec moi? souffle Aba.

— On en recausera, Aba, dit Baho. Quand tu parleras bien ma langue. Si tu restes, on en reparlera. Comment tu dis pour cet arbre là-haut, à côté du bison qui se prélasse au soleil? demande-t-elle en le lui montrant.

— Arbre: «racine-bien-plantée-contre-vent».

— Et rennes, tu dis comment?

— «Reïne».

— Ah! Quand même, y a pas que les Houmens qui circulent, leurs mots aussi.

— Pas comprendre.

— Tu viendras avec nous cueillir des silex? Là, tu verras les poissons tachés sur le dos! Après, on se baladera sur le plateau. Si on reste au même endroit, on n'a plus rien à manger. Toi comprendre? Toi pas comprendre…

Antseu traduit et donne la réponse d'Aba:

— Il a dit: «Comme chez nous, il y a des poissons.» Il a ajouté: «Mais il ne faut pas épuiser un troupeau de poissons ou de bisons, ni la terre.» Vous avez des drôles de paroles, lui et toi.

— Il a dit ça? Réponds-lui que je voudrais qu'il reste.

Baho regarde Aba comme un proche qui cesse d'être étranger, ou comme un étranger qui devient proche. Mais comment oublier Prim? Comment devenir la remplaçante d'un bon chaman? Il existe de mauvais chamans, qui font plus de mal que de bien et que des clans continuent à suivre, pour leur perte. Comme ce chaman qui croyait que l'esprit de l'escargot se logeait chez les nouveau-nés et qu'on ne pouvait leur parler que lorsqu'ils avaient toutes leurs dents. Antseu est le meilleur, il lie les êtres avec l'efficacité de l'habitude. Baho ne sait que faire de tant de transformations qui surviennent en elle. Les changements bons et mauvais ont-ils décidé? Que peut-elle en faire? Elle écoute Aba qui parle dans sa langue.

— *Kis tarf zoï? Pol cal cok bokix.*

— Antseu, Aba parle, je ne le comprends pas, toi oui. Pourquoi?

— On a fait route ensemble. Il y a longtemps. Maladies. Morts beaucoup. *Kis tarf zoï? Pol cal cok bokix.* «Perdu chemin. Quelle direction prendre?», il dit. Il trouve qu'on a de beaux silex…

— Mais nos coquillages sont encore plus beaux!

Antseu n'en peut plus d'être la parole entre Aba et Baho, pourtant il traduit encore et finit par dire:

— *Aba, kik verber nos, mi snikt vir blim ami!* «Toi apprendre langage à nous, car moi plus pouvoir… Antseu épuisé!»

Aba fait des progrès. Il prend part aux occupations du clan. Il a l'idée d'étaler loin du vent les toisons et les peaux, celles qui empestent et perturbent les odeurs des corps houmens.

Aba sourit et peut enfin renifler la douce odeur de Baho. Une odeur d'arbre et de terre, une odeur d'eau salée, une odeur de peau lissée par le sable, une odeur de soulagement après la peur. Les femmes sont ravies du séchage des peaux très loin des cavernes. Aba perfectionne le tannage. Et il trouve des astuces pour faire tenir les abris précaires. Les chasseurs et cueilleurs ne lui disent pas merci, car cela allonge les marches et augmente le danger de se faire attaquer par un ours ou une panthère des cavernes, mais ils lui décochent un vrai sourire.

— C'est bien, de ne pas mélanger peaux vivantes et mortes. Mais il faut trouver une grotte rien que pour les peaux, prononce Frondzur après avoir inspecté les lieux d'errance des Houmens aménagés par Aba.

Aba apprend les noms pour chêne, tilleul, orme, frêne, charme, noisetier, noyer, bouleau, genévrier, et pour les arbres taillés par le vent, tels les pins. Même s'ils sont fragiles, beaucoup d'arbres soignent; quant au bois mort, il sert à réchauffer la vie. Baho et Aba savent cela sans se le dire. Ils échangent des façons de désigner la même chose dans les deux langues. Parfois, Baho veut être seule avec un arbre. Elle grimpe en hauteur, une bolas à la taille. Elle redescend et goûte une laitue vireuse. Cette salade a un drôle de suc qui lui donne d'étranges envies. Elle arrive «ensuquée» sous l'arbre qu'elle admire, un immense frêne. Elle s'y appuie et songe. Les feuilles sont des bouches vertes qui lui disent quelque chose: «Croque-nous, croque-nous!»

Baho détache délicatement les feuilles et les avale.

— Tu es bon, l'arbre le plus haut, le plus beau. Et cela fera quoi, que tes feuilles entrent en moi?

Baho mâchonne tant et tant de folioles pour apaiser sa soif que, quelque temps après, elle ne peut s'empêcher d'uriner[1] sous l'arbre.

— Tu as un pouvoir. Mais à quoi sert-il? Tu abrites les papillons, et un suc particulier. Je songe éveillée…

Aba regarde avec tristesse les Houmènes: elles ont des enfants sans cesse, et c'est ce qui les tue avant l'âge, elles et leurs petits. Avoir l'âge, c'est quand on peut se dire qu'on a vécu mieux qu'une

1. Les feuilles du frêne ont un pouvoir diurétique.

proie qu'on a mangée. Il ne veut pas perdre Baho, qui a été une proie. C'est pour cela qu'il va rester. Il parle à Soua ; elle vient d'allaiter son petit, qui commence à marcher mais s'effondre et bleuit. Soua va mourir, du sang blanc glisse hors d'elle. Soua meurt. Aba pleure. Aba pleure ! Ce qu'aucun Houmen ne fait devant les autres. C'est ce qui plaît à Baho, qu'Aba pleure, tout en frottant le petit corps de l'enfant bleui. Il essaie de le sauver. Il ne pourra rien. Mais il essaie.

On enterre Soua, ses enfants sont autour, ils ont peur, le plus petit frère suffoque dans la nuit et rejoint le sein de sa mère. Il faut les enterrer profondément pour ne pas attirer les charognards. Aba murmure à Baho :

— Tu veilleras sur les Houmens. Je t'apprendrai les réponses qu'Antseu ne connaît pas. Apprends ce qui est mieux : éviter maladies, bien meilleur.

— Aba, c'est très dur d'empêcher le mal de venir. Il faut plus de bien que nous n'avons. Dans quel fruit trouver quelle force ?

— Pas blessures. Pas blessures… Calme.

Antseu observe les progrès de Baho. Elle réfléchit. Elle prend le temps d'agir et elle parle moins.

Les Houmens s'organisent mieux. Aba, même s'il maîtrise mal la langue, « en connaît un fagot », comme on dit. Durant ces étapes, le vieux et le nouveau chef sont satisfaits. Cet apport de savoir permet aux chasses aux rennes de devenir parfaites. Tout le clan se sent renforcé dans l'art de faire trébucher à tous les coups un troupeau ou de viser l'animal à belle laine. Les enfants ramassent des prêles que mangent les animaux sans les craindre. Les femelles rennes se mettent à grossir à la période douce et garderont leurs bois, pour se défendre aux temps de la neige. Aba signifie cela dans une pantomime qui amuse petits et grands. Les Houmens savent maintenant beaucoup de choses à l'avance, sauf pour les maladies. Aba en parle à nouveau, mais cette fois-ci à Antseu :

— Toi apprendre à Baho ? Hein ? *Euh,* tu comprends que, *euh*, le cartilage, avec l'âge…

— Diminue.

— *Euh*, c'est pourquoi les vieux se cassent la figure. Fais des bâtons pour qu'ils s'appuient dessus.

— Aba, on le fait déjà, on ramasse une branche pour grimper quand on butine les monts. Remarque, on peut s'en servir à plat aussi… Tu n'as rien pour lutter contre les dents qui font mal? Regarde dans ma bouche.

— Ta gueule sent le vieux renne putréfié.

Aba plonge son regard dans la bouche du vieux sage, ses gencives parlent. Il faut retirer cette dent cassée qui sent la viande pourrie.

— *Euh*… Je peux me permettre?

— Mais que cela reste entre nous, tu n'en parles à personne! Qu'est-ce que j'ai? Une dent contre moi, qui m'empoisonne? Tu commences à bien parler houmen!

Aba sort de sa pelisse du jus de jusquiame.

— *Euh*, toi, tête en arrière et attends.

Antseu avale le breuvage et crache.

Quand Aba sent qu'Antseu est près de s'endormir, il casse totalement la dent comme une herbe sèche, d'un coup de silex, puis tente d'arracher la racine.

— Pas pu, *euh*, tout enlever. Maintenant tu demandes à elle, *euh*, Baho, la plante qui cicatrise.

— Tu peux arracher les *euh* de ta bouche, Aba? Pourquoi tu dis toujours *euh*, maintenant? Tu me diras, notre ancien chef dit des *hum* sans discontinuer.

— *Euh*. C'est *euh*, quand mes mots venus de ma langue ne trouvent pas les mots houmens de votre langue d'ici.

— Bon. C'est très bien de m'avoir enlevé la dent. Si tu restes, je ne t'appellerai plus Ababeuh. Tu sais, on a déjà eu un Aba, sa mère avait accouché près d'un bison endormi, la nuit…

— *Euh*. Je peux ajouter quelque chose? Laver les fruits de la terre. Grains frottent dents et abîment dents, *euh*… Pas bon du tout. Toi dent ensablée.

Après avoir pris connaissance des rites et rituels des Houmens, Ababeuh est renommé Aba par Antseu, puis par tous. Il faut maintenant qu'il demande à Baho sa volonté. Aba s'approche de Baho et tente de ne pas chuter sur un mot:

— Les chamans sont souvent seuls, que choisir, tu? Toi, tu choisis chamane-chamane, ou bien chamane-mama?

— Antseu est d'accord, je ne choisis pas. Je prends bison et miel. J'ajoute. Je ne retire pas. Je serai la chamane-mama quand Antseu décidera de la cérémonie. Je regarde autour de moi partout pour guetter pour tous. Et toi, tu es déjà mon Houmen, Aba sans plus de *beuh*.

Baho fait moins de rêves étranges, mais reviennent des songes incongrus : elle se voit, dans une vie future, parler toute seule. Là où elle se trouve passe alors une chenille gigantesque et plate. Elle s'habitue à son songe. Des hommes sont assis dans l'insecte géant. Des femmes sont assises. La pluie n'a pas changé, la neige et le vent sont restés les mêmes. Mais les cavernes sont horribles et étroites. Les hommes ne parlent pas, ou alors tout seuls, ou bien encore ils écoutent la voix d'invisibles ! Une femme marche au-dessus du sol. Des odeurs nouvelles l'endorment dans son songe nouveau. C'est le parfum du futur.

Elle a besoin du loup. Un loup est véritable !

17

Le regard du loup

La nuit est splendide. Elle permet tout. La saison chaude dévêt, offre des vents frais, les odeurs, le plaisir des corps.

Baho se demande ce qui lui arrive. Les étoiles qui filent dans le ciel se retrouvent dans son ventre et sous ses yeux clos. Lorsque Aba la prend entre ses doigts, ses mains, ses bras, ses jambes, lorsqu'il la regarde sous la lueur de la lune, elle sent qu'elle prend une force de la terre, une autre de l'air. En elle coule une joie intime et liquide. Dans les yeux d'Aba flamboie la vie. De tels yeux qui brillent sont ceux d'un vivant, d'un très-vivant!

Aba ne ressent plus la vieille douleur qui siégeait dans son dos et dans ses poignets. Derrière lui, il a laissé ses anciens pas, et toute sa famille morte après avoir trop toussé[1]. Il portait encore leur toux et leur disparition avec lui en arrivant chez les Houmens. Dans l'oreille de Baho, il dit qu'il se sent léger.

Baho et Aba prennent à la nuit ce qu'ils rendront au jour.

Avec les Houmens, Aba apprend que la mort n'est pas une fin. À ceux qui «partent», on fait une maison souterraine sous l'arche d'une grotte. Mais lui, à l'arrière de ses pas, il n'a eu ni l'idée ni le temps d'enterrer les siens pour les mettre à l'abri des prédateurs. Il y a des prédateurs de morts et de vivants.

Dans d'autres clans, on n'enterre que les chefs, les chamans, et les femmes et les enfants des chefs. En fonction de leur place dans le groupe, on ajoute des outils, des armes ou des coquillages. Mais si la personne est insignifiante, on oublie facilement d'ajouter ne serait-ce qu'un os de vieil ours, mort dans sa caverne sans avoir été

1. La courbe de mortalité aurait eu deux pics: l'un autour de l'âge de deux ans, correspondant au sevrage, l'autre vers l'âge adulte. Selon Claude Masset, la mort frappait presque un enfant sur deux dans les premières années. La pneumonie était mortelle.

chassé. Dans certains clans, on prend un grand soin à mettre en terre tous les morts, à cause de ce qu'Antseu appelle « l'affection ». Il s'agit d'un lien, d'un attachement que même les louves connaissent, et aussi certains oiseaux très proches.

La mort et la vie se côtoient. L'amour entre Aba et Baho ajoute une dimension à l'image du bâton qui aide à mieux se tenir sur les ravins dangereux, mais aussi comme si des ailes plus longues s'ajoutaient à un oiseau pour le faire planer plus longtemps.

— Tu vois, Aba, il y a le haut et le bas. Nous, on va de l'un à l'autre, et le soleil est entre nous.

— Tu as de jolies lunes, l'une et l'autre.

— Lunes ?

Aba montre les fesses et les seins de Baho.

Elle rit.

C'est la vraie initiation d'Aba et de Baho, qui tous deux réapprennent à rire…

Près de la sépulture de la mère d'Antseu, le chaman avertit Baho :

— Aba s'exprime encore mal dans notre langue, mais il la pense mieux que beaucoup. Pour l'intégrer à notre clan, il doit être avec toi. Baho sera chamane-mama ! La fête approche.

Baho place une breloque autour du cou d'Aba : une langue de bœuf musqué séchée.

— Maintenant, ajoute Antseu, Aba n'hésitera plus dans ses paroles. Tu n'es plus Ababeuh. Tu redeviens Aba. Prononce « Baho ».

— « Baho ».

— Voilà.

Aba regarde où se couche le soleil. Les siens, il en avait : des enfants, une femme. Un clan et des habitudes le protégeaient, puis il s'est retrouvé tout seul, amoindri. Il doit tout refaire, les mots, la famille. Il inhume en lui ses souvenirs pour sourire à Baho. Aba enterre certains mots pour donner plus de vigueur aux choses.

Antseu radote, mais tous aiment bien quand il répète :

— Frondzur, peu de clans connaissent l'art des sépultures[1]. C'est le signe que nous ne sommes pas comme les animaux,

1. Une trentaine de sépultures ont été répertoriées pour la période Cro-Magnon en France et en Italie. Elles se situaient sous abri ou près de grottes. Cro-Magnon n'enterrait pas tous ses morts : c'est peut-être l'indice d'une forme de hiérarchie sociale. Certains corps pouvaient sans doute être enterrés en plein air, et c'est pourquoi aucune trace d'inhumation ne peut être retrouvée en dehors des abris.

abandonnant femmes, enfants, vieux, aux prédateurs à poil et à plume. On est, on est des Houmens!

Et le clan d'enchaîner: «On est, on est les plus forts...»

Baho sourit à Antseu. Elle espère devenir une aussi bonne chamane que lui.

Antseu prend sa tête de «songeur ancien» et lui fait enfin décrire les animaux plats peints par les Ézyeux. Elle dit peu, mais juste.

— Ferme les yeux, et dis-moi maintenant ce que j'ai placé dans tes mains.

— Des petits animaux: un escargot, une punaise et une araignée.

— Tu seras chamane-mama vraie. Et là, ce sont des poils de quoi?

— Les poils d'un louveteau.

— Fêtons tes réponses.

C'est le moment juste, un accord parfait entre le ciel, les esprits, les volontés. Antseu place sur le corps à moitié dévêtu de Baho une pelisse claire et légère et des colliers faits de plumes et de coquillages. Il lui fait boire et manger des substances dont elle ignore le goût. Tous les Houmens font un tel bruit et de telles danses que cela réveille les oiseaux.

La fête dure une nuit, et chacun s'endort sans crainte à l'aube. Des fêtes de ce genre ont lieu si rarement qu'on se les raconte pour ne pas les oublier complètement. Ainsi des variantes existent.

Au matin, Baho caresse le duvet du louveteau d'une louve meneuse. Elle les a tous bien observés, en chemin ou aux alentours de la grotte-mère. Le mâle chasse pour nourrir ses petits. Les loups ont leurs terrains extensibles, comme les Houmens. Le mâle continue de vouloir plaire à sa louve et apporte des marcassins, des lièvres, pendant qu'elle donne son lait aux louveteaux. Parfois, elle croque un campagnol, si le grand loup ne revient pas assez vite. Plus les louveteaux prennent de la force et se mettent à jouer, plus la louve s'éloigne et se met à chasser à son tour. Les louveteaux la suivent. Antseu a dû ramasser cette boule de poils près du sommet de la petite montagne, petite mais qui cache la grande. Il a dû suivre de jeunes chasseurs sur les traces des loups. Ces animaux adorent retrouver leur tanière, exactement comme les Houmens adorent retrouver les abris chaleureux et propices au repos. Pour s'amuser, Baho a donné des noms aux familles de loups: il y a les Aspro, les blancs des aspérités, les Mavro, les noirs des cavernes, et les Maspro, qui sont plutôt gris de pelage. Lorsque le mauvais temps s'annonce, Maspro, Aspro et Mavro se rassemblent, pas comme les oiseaux qui partent, mais ils reniflent tous les terrains encore inconnus pour eux. «C'est une forme d'initiation», se dit Baho. La meute intègre les nouveau-nés et reste meute. Les loups morts ont des remplaçants qui ont d'autres caractères, mais le même appétit, le même lien, le même langage. Les loups peuvent parcourir[1] autant d'espace que les Houmens et ne s'attaquent jamais à de puissants brouteurs d'herbe, ils les laissent vivre leur vie. Ils n'attrapent que ceux que le froid ou la faim auraient finis par avoir.

Baho entend un gémissement. Un jeune loup gris[2] boite à cause d'une patte plus courte, comme cassée et mal ressoudée. Baho s'adresse à lui :

— Piki-Maspro, c'est un cerf qui t'a fait ça ? Tu es trop petit pour résister. Tu viens avec moi ? Baho imite le cri de la louve qui appelle ses petits. Le jeune loup dresse les oreilles, remue la queue et la suit ! Elle imprègne ses mains de son odeur.

Très vite, Piki-Maspro devient Pikima, puis Piki. Il grappille des morceaux de viande, ronge des os et suit les campements, jusqu'à la saison des amours entre loups. Les enfants crient «Piki !».

---

1. Selon l'enquête du Dr J.-A. Hernandez-Blanco et du Dr E. Litvinova, de l'Académie des sciences de Russie, les loups peuvent aujourd'hui parcourir de 12 à 40 km par jour, couvrant tout le territoire familial. La surface du territoire occupé par la meute de loups vivant dans une zone forestière varie de 150 à 500 km^2, en fonction de la densité de leurs principales proies.

2. Le loup gris semble être l'unique «père» du chien, ancêtre appelé *Canis lupus*. La domestication du chien fut considérée comme une innovation marquant le mésolithique (entre 10000 et 5000 av. J.-C.), qui aurait accompagné les mutations socio-économiques liées au radoucissement climatique post-glaciaire. Or, la découverte du «chien de l'Altaï» a fait apparaître plusieurs restes morphologiquement semblables au chien, suggérant une domestication plus précoce, au cours du paléolithique supérieur, appelé aurignacien. Les plus anciens restes de chien domestique ont été trouvés à Předmostí, en République tchèque (- 26000 ans), dans les grottes belges de Goyet (- 31700 ans) et surtout en Sibérie (- 33000 ans), où a été exhumé le fameux chien de l'Altaï. La découverte de l'ADN exploitable d'une dent a permis en 2013 d'en avoir une confirmation génétique. Le loup gris est bien l'ancêtre du chien moderne. Avec l'agriculture, le chien s'adapta à l'alimentation humaine, plus riche, et put peu à peu digérer l'amidon. Des centaines de races de chiens se sont développées. Selon Juliet Clutton-Brock, il y a 20000 ans l'homme préhistorique était, comme le loup, occupé à chasser le gros gibier. En situation de concurrence, hommes et loups se rencontraient. Des bébés loups auraient été ainsi adoptés, mais «en grandissant, certains de ces louveteaux devenaient rétifs et devaient être tués ou écartés». C'est vers 12000 av. J.-C., lorsque les hommes ont commencé à se sédentariser, que le chien, espèce à part entière, devint le *Canis familiaris* de Linné.

Piki disparaît et revient, très amaigri. Il dépose un oiseau des marais aux pieds de Baho.

— Les loups sont justes! dit-elle à Aba. Tu ne trouves pas? Ils ont le territoire dans la tête, et ce loup gris a l'odeur de ma peau dans les narines! Il me retrouve. On dirait Prim.

— Les loups ne sont justes qu'à la chasse, ma belle Baho. Il y a des chefs-loups et des obéissants-loups. Et là, c'est pas très juste. Des forts qui dirigent, et des faibles qui ont pas le droit de penser.

— La cohésion des loups est moins belle que la nôtre?

— Je n'en sais rien. Je n'aime pas les simagrées que les loups craintifs font à la femelle dominante. C'est un peu trop, non? Je préfère encore le faux loup[1].

— Ils n'ont pas l'air craintifs, les non-dominants. Juste qu'ils veulent pas décider. C'est pareil chez les Houmens. C'est lourd, de décider. Quand je soigne, je peux me tromper. Je ne domine pas, j'essaie.

— Tu n'auras pas de concurrence. On doit juste être en paix. Antseu se repose et aime bien ton animal gris, au lieu de Piki, il dit Kiki. Il lui parle comme à un enfant. «Kiki!» par-ci, «Viens ici, mon Kiki!» par-là...

— Il devient un peu sourd.

— Qui, Antseu ou le loup?

— Les deux... J'ai peur de voir revenir des Watanks, même s'ils me voient avec Piki. Ce loup ne fera peur à personne! Et un jour, il retournera dans sa meute... Dommage...

— Baho, ton loup partira, mais aucun de ces fous de Watanks ne viendra te demander ce qu'il fait avec toi. Ils seraient fous, fous, fous!

Baho rit, et tout le monde comprend qu'elle n'a plus peur. Un jour, Antseu verra sa remplaçante heureuse avec un petit blotti contre ses seins! C'est bien parti. Il y aura de nouveaux rabatteurs et chasseurs, des mamans allaitantes, des petits Houmens, des

1. Les canidés sauvages forment une famille comportant seize genres et trente espèces, avec parmi eux l'ancêtre du chien: le loup. Ils se sont répandus sur la Terre comme carnivores de taille moyenne. On trouve essentiellement trois sous-familles: les Canidés (genre *Canis*, genre *Vulpes*, genre *Alopex*, genre *Fennecus*), les Cuoninés (trois genres, comme le chien des buissons ou le lycaon) et les otocyoninés. La thèse généralement admise est que la domestication eut lieu dans ce qu'on nomme le Croissant fertile, au Proche-Orient. On trouve encore des chiens restés sauvages: les *pariahs* et les *dholes* (cuons) en Inde, et les *buansuah*, appelés «chiens de l'Himalaya».

froids et des chauds. Les vies ensemble auront tissé des lianes de bienveillance. Comme les loups, les bipèdes façonnent leur clan, en veillant les uns sur les autres et en fonction de tout ce qui est déjà arrivé. Toujours, les Houmens se réjouissent quand «ça va mieux». Or, Baho est renouvelée. Un jour on dira: «Il était une fois un loup gris, gentil…»

Baho et Aba regardent la mer de loin et le moutonnement des chevaux qui courent avant de boire. Baho est attendrie, et, ce jour-là, personne n'est malade ou ne souffre, le soleil peut se coucher et colorer les flots avant qu'ils ne sombrent tous dans le noir.

Le louveteau gris est parti. Ne restent que ses poils dans une hutte.

Baho pense au loup, à cet animal étrange qui vit en meute, si loin, si proche par ses hurlements; le loup dit la peur des hommes par-dessus leur dos. Il peut gémir, aboyer, gronder, il dit la soumission ou la domination. Elle aime les entendre protester. Les autres Houmens en ont peur, car cet animal courageux est jusqu'au-boutiste. À plusieurs, ils parviennent à dévorer un Houmen s'ils sont affamés.

Des lunes plus tard, un immense *ouhouuuuu* retentit. À la frange des neiges, Baho est éveillée par la plainte d'un loup qui rompt la nuit bleuissante qui annonce le jour. Elle se dirige vers la forêt qui surplombe la grotte. Elle se retrouve devant une meute inquiète, dans un enlacement de pins, de chênes et de hêtres. Elle est appelée par l'esprit du loup, pas celui qu'elle a tenté de corrompre par de la viande pour l'avoir toujours à ses côtés, mais l'esprit de tous les loups, passés et présents. Elle pose son regard sur les étoiles et attend les premiers rayons de soleil pour réchauffer ses pieds.

Est-ce Piki qui hurle et appelle sans qu'on lui réponde? Soudain, à la place de la lune qui disparaît, elle voit deux yeux. Elle est transpercée par un long cri qui lui dit qu'il est le Loup, celui qui domine tous les autres loups. Elle voit se découper sa silhouette dans une brume. Le loup des loups est proche d'elle. Il se dresse, effrayant de force. Il est noir et la regarde bien en face puis soudain se tait, comme s'il l'attendait depuis toujours.

— Esprit du loup vivant. Je te connais.

C'est lui. Sa musculature ramassée ferait fuir même un chasseur muni de son épieu. Elle avance, mains nues.

— Qui es-tu? Tes yeux sont comme deux lunes. Approche. Tu as de la lumière dans tes gros yeux. Lyçki, c'est toi, le Loup des loups?

Lyçki la regarde puis se noie dans la nuit.

Après des retours en forêt et des face-à-face, des approches à pas de loup et d'Houmène, la curiosité de Baho l'emporte. Elle murmure en elle-même sa croyance: demain le Loup posera sa tête entre ses mains, elle le veut. Ce sera sa chasse pacifique à elle! Elle viendra sans armes retrouver l'animal.

Baho, alors que tous dorment, se prépare à l'incroyable. Elle retrouve le cœur de la forêt. Elle reconnaît les arbres. Elle sait que le Loup sera silencieux. Elle s'assied à sa hauteur et attend.

— Si je suis chamane vraie, vrai Loup viendra. J'appartiens à ta forêt. *Ouuuuh*.

Ouhou... Une ombre lentement se fait chaleur, un ramassis de poils forme la silhouette du chef de meute. Baho ne bouge pas et retient sa respiration. L'animal la renifle, tourne autour d'elle pour la comprendre en son entier. Il dépose son odeur sur son bras meurtri. Elle sentira le chef des loups, et aucun autre loup n'osera l'attaquer. Ce printemps est une récompense: cette chasse pacifique lui permettra d'entrer dans l'univers des loups. Baho comprend leur langage, et leur façon d'être. Elle s'endort et voit le futur des loups. C'est étrange, ils diminuent mais restent fièrement loups. Les visions de Baho montrent des forêts vides de loups, des forêts qui bruissent de sons inconnus.

Elle caresse la tête du Loup. Elle ne rêve pas.

Le Loup emporte l'odeur de Baho à toute sa meute. Elle, il ne faudra jamais l'attaquer, il a pris son odeur sur son dos.

Une autre fin de nuit, le chef des loups rampe vers elle. Le lien est fait.

Ce qui intrigue Aba, c'est de voir maintenant Baho se tenir accroupie à la tombée de la nuit. Elle gémit pour appeler un loup, et le loup vient lui lécher le visage. Si elle ramasse des baies, il pose ses pattes sur son dos. Aba est jaloux de cette connivence. Il n'y tient plus, quand Lyçki respire la viande que Baho a mangée au coin de sa bouche, joue avec elle, puis mordille sa fourrure et la tire vers le haut. Baho fait signe à Aba de ne pas avoir peur. Elle disparaît et suit le Loup, car le loup noir lui demande instamment de la suivre!

La louve dominante gît sur le sol d'une grotte, un abri de louves sans doute. Elle ne parvient pas à mettre bas ses petits, et sa plainte menue est vite comprise par la future chamane. Baho frictionne la louve, la réchauffe. Elle laisse ses mains trouver ce qu'il faut faire. Et, bientôt, la louve allaite cinq louveteaux. Baho reste avec eux et passe une nuit inoubliable dans l'odeur de tous les âges des loups. Certaines louves grondent. Il y a un point d'eau où elle les suit pour boire. Elle observe que les loups font provision de viande et d'os. Les petits pèsent le poids d'un oiseau, et gardent les paupières closes. Le vent berce Baho. Elle reste.

Aba comprendra qu'elle devait faire fuir le grand aigle et la grande chouette pour protéger les petits loups. Lyçki lèche les mains de Baho. Il dit ainsi en loup: «Tu es des nôtres, tu en as mis du temps pour le comprendre, merci d'être venue, chamane-louve.»

Au bout d'une lune passée chez le peuple des loups, Baho assiste à une chose extraordinaire: les yeux bleus des petits loups sont devenus jaunes comme la lune. Ils marchent sans peur et elle les voit jouer. Le loup et la louve restent attentifs, et ravalent quelques grondements. Puis le loup et sa meute partent chasser. La louve régurgite la viande qu'ils rapportent.

Les loups marquent leur territoire. Certains le quittent. Maintenant, Baho comprend: les loups ne disent pas la peur des hommes, ils hurlent pour se rassembler ou pour prévenir un autre clan, qu'ils ne sont pas les bienvenus ou qu'un immense danger menace.

Baho n'ose pas révéler cette vérité aux siens, qui se sont sûrement inquiétés de son absence. Soudain, le chef des loups la regarde d'une manière différente, la bouscule de ses pattes et donne le signal du départ. Il faut partir, trop d'aigles, trop de chasseurs, trop de secrets partagés. Chacun retourne à sa place. Baho retrouve Aba, qui lui lèche aussi le visage, comme pour lui faire comprendre sa colère et sa joie: il n'y a pas d'autres ennemis à craindre que les horribles Watanks.

Baho ne dit pas les loups, elle dit l'esprit de la forêt. On se demande ce qu'elle a mangé avec eux, de la viande crue, mais de quel animal? Seuls Antseu et Aba savent qu'elle a croqué la chasse des loups avec les loups! Des oisillons, des lapins.

La nuit, les rêves de Baho s'enchevêtrent. Les images sont de plus en plus rapides. Des hommes flottent dans la Grande Bleue sans se noyer, des loups tirent des Houmens qui marchent vite. Des niches à lumière brillent étrangement, d'une lumière aussi droite qu'un bâton… Des sons nouveaux pulvérisent ses oreilles.

18

LA VENGEANCE ACTIVE LE TEMPS

Si les Watanks reviennent, il faut être prêt. Les loups ont appris à Baho à vaincre la peur par la certitude de faire « corps ». Mais la cohésion d'un groupe ne fait pas la victoire. Avant que les jours mauvais ne reviennent, elle veut se débarrasser de cette crainte qui la ronge.

Une plante qui donne des fleurs et une sève jaune[1] l'intrigue depuis longtemps. Elle décide de la goûter. Elle casse une tige dont le suc fait des taches sur ses bras : rien ne se passe. La plante aime les roches grises et friables. Ses racines ont la forme de doigts. Baho la sort de terre et la mordille, aspire et recrache sa sève.

— Gentille ou méchante ? Dis-moi, Aba, si tu sais.

— Pourquoi as-tu goûté à cette horreur ?

— Je cherche une plante qui me protège.

— Cela n'existe pas, dit-il en haussant les épaules.

— Se sentir mieux, cela peut aider, mais je crois que cette plante donne envie de vomir…

— Tu verrais la tête que tu fais ! Sais-tu que ton enfant de loup rôde à nouveau ?

— Ah bon ? Où ?

— Piki le Boiteux est revenu dans nos jambes. Je ne sais pas ce que tu leur as dit, aux loups, mais celui-là, s'il n'était pas à toi comme un de tes talons, il finirait en fourrure pour l'hiver.

---

1. La chélidoine fut utilisée pour guérir des maladies (foie, rhumatismes), mais c'est aussi une plante dangereuse, car son latex contient des alcaloïdes toxiques. Elle agit également sur la circulation sanguine en élargissant les coronaires et en augmentant la tension. Mais les alcaloïdes ont aussi un effet bactéricide. La plante est rarement ingérée, à cause de son odeur et de son goût désagréables. Son ingestion peut causer nausées, vomissements, crampes abdominales, diarrhées et déshydratations. On l'appelle aussi « l'herbe à verrues ». Tous les remèdes à base de chélidoine ne doivent aujourd'hui être employés, bien sûr, que sous contrôle médical.

Piki est revenu, mordu aux flancs. Baho le soigne et le nourrit. Le jeune loup s'amuse avec une marmotte mais ne la mange pas. Il a le ventre rond de toute la nourriture qu'il a glanée dans le campement. Il vient poser sa tête baveuse sur les genoux de Baho, qui inspire son odeur.

Baho, jour après jour, apprivoise le monde, cela la tranquillise. Si elle voulait se venger, elle ferait boire à Wotank le suc orangé qui l'a fait vomir. Wotank est à vomir. Mais elle ne pourrait le lui faire boire de force ce sang amer des plantes, car il faudrait attacher Wotank fortement. Certaines rumeurs disent que Wotank a été chassé par des femmes brutes. Les rumeurs, ce sont les images que rapportent les clans de passage, comme le vent les pollens. Les sourires renaissent. Certains Houmens commencent à oublier l'envie de vengeance.

— Pas besoin de se venger, conclut Antseu. Ils n'osent pas revenir. On leur a fait trop peur. Wotank n'est plus une menace ! Oublie, Baho ! Les cicatrices de ton loup montrent que si la peau se referme, la volonté de vengeance peut aussi s'atténuer, disparaître. Tu es une bonne chamane-mama, même pour un loup. Pourquoi ? T'exerces-tu sur Piki pour mieux soigner nos valeureux Houmens chasseurs ? Personne ne m'avait appris cela : coudre la peau ! Ne crains plus rien. Tu es la chamane-mama que tous respectent. Moi, ils savent bien que j'entre en repos… Déjà.

Antseu ne sent plus les choses, ni les dangers à l'approche. Baho se confie un peu auprès du vieux chaman. Elle dit avoir mal dans l'arbre de son corps.

— Quel arbre ?

— J'ai vu l'intérieur des morts, il y a là, sous la poitrine, un petit arbre inversé.

— On appelle cela les *poulmos*, c'est les viscères du haut qui te font mal. Tu as peur de nouveau ?

— Je peux te le dire, à toi. Je vois la nuit une ombre qui n'existe pas et qui vient vers toi.

— Je l'ai vue aussi, cette ombre. Je suis vieux. Je vais bientôt recevoir la poudre des rouges qu'on dépose sur les rendus bleus ou blancs.

— Non, tu n'es pas malade, Antseu. Tu ne risques rien. C'est l'ombre qui me fait peur, une ombre spongieuse comme les poumons.

— *Poulmos*, Baho…

Ce que Baho a vu en avance, c'est la haine des Watanks en la personne de Kloss. Kloss, le chaman des Watanks, est venu combattre Antseu. Kloss est dans les parages! Chez les Watanks, lorsqu'un meneur est défait, c'est le chaman qui doit le représenter et relever un défi pour prendre le dessus sur l'adversaire. Kloss veut livrer bataille pour dire que les plus forts, ce sont eux. Les Watanks, qui venaient pour boire de l'eau fraîche, veulent maintenant « boire » leur vengeance.

Kloss est dans son vêtement des grands jours et il déploie ses ailes d'aigle noir collées à ses bras. Il surprend Antseu comme une belette[1]. Kloss lance une sagaie. Antseu est blessé. Il se ratatine dans un abri et fait un signe à Baho :

— Wotank est là, sinon Kloss ne serait pas venu tout seul me provoquer. Ils nous tombent toujours dessus quand les Houmens sont à la chasse et que les Houmènes donnent leur lait aux petits. Il faut te cacher, fuir! Demande à Aba de te protéger s'il est par là. Fuis, vite!

Baho ne bouge pas. Elle ferme les yeux et revient au passé pour se demander pourquoi la vague méchante revient. Wotank ne pense pas, il n'est que force. Baho décide. Elle se précipite sur Antseu et place sur lui des lambeaux du champignon qui absorbe le sang, puis lui fait avaler le liquide jaune et amer qu'elle tient en réserve.

— Maintenant, cache-toi, Antseu. Et je ferai de même.

Baho se love dans un arbre creux et ferme les yeux. Les Watanks doivent en vouloir jusqu'aux oiseaux!

Wotank a été rejeté par les femmes rozies : les femmes brutes, les Rozis et les Bruts se sont vengés. Il a menti et chuté. Il ment puis attaque en lâche, sans relâche. Pire qu'un mauvais loup. Wotank ne cesse d'incarner la chute, la sienne, celle des autres. Et le voilà qui s'approche de Baho sans la voir et s'adresse à son chamane :

— Kloss gagné! Antseu cassé!

— Tu es venu te venger et tu n'as trouvé que moi, un vieux chaman. Espèce de lâche idiot! hurle Antseu, qui sort de sa cachette. Baho se hisse dans l'arbre et observe, jambes et bras écartés.

Elle regarde les yeux bombés de Wotank, qui la voit soudain et oublie Antseu le Blessé. Wotank trouve Baho succulente, à part ce bras raccourci qui la rend laide et imparfaite. Il n'ira pas la dénicher,

1. Il existe une magnifique silhouette de belette dans la grotte de Niaux, ainsi que des saumons et des bisons.

dans cet arbre presque mort. Non, il a mieux à faire, il lui faut une nouvelle Houmène symétrique, à enlaidir à souhait, à casser, c'est son plaisir de casser du parfait. Il éclate d'un rire affreux qui réveille les vieux Houmens restés sous la roche.

— Tu es un serpent, Wotank ! lui lance Baho.

— Moi pas à toi parler. Antseu va crever tel rat. Ah ! Ah ! Et moi casser autre Houmène, plus jeune. Toi, vilaine !

Antseu se dresse, à moitié abîmé par les coups :

— Wotank est un menteur. Baho, descends et balance-lui la flèche qui tue ! Je lance le poison qui tue. Il faut te défendre en louve !

Wotank ne sait si, comme on le dit en langage watank, c'est « du lard ou du gras de sanglier »… Il voit un propulseur prêt à lui envoyer une tige recouverte d'une glue, pas dans la main de Baho, mais dans celle, tremblante, d'Antseu !

Baho ignore tout ou presque des poisons, à part quelques champignons guère méchants… Elle a compris l'idée d'Antseu et hurle à son tour :

— Feu ! Le feu, attention, derrière toi !

Wotank se retourne un instant, et c'est à ce moment-là qu'Antseu lui envoie une branche taillée trempée dans un mélange de suc[1] de la plante poilue qui sent mauvais et de celui de la « racine étonnante ». La pointe atteint le bras de l'horrible Watank. Wotank l'arrache de lui, comme il écraserait un moustique, mais il s'affaisse. Antseu se traîne jusqu'à lui et verse dans sa bouche un liquide poisseux.

— On ne soigne pas tout[2], mais là ça calme fort, avec tout ce que j'ai mis dedans ! Baho, garde cette glue secrète et viens regarder ton ennemi bien en face. Telle est notre vengeance. Kloss, regarde bien, on a la même chose pour toi ! Baho s'approche et voit le ventre et le thorax de Wotank se soulever bizarrement. Il transpire, pleure et bave.

1. Selon le magazine *La Recherche* (n° 295, 1997), des plantes hallucinogènes – belladone, jusquiame ou mandragore – étaient utilisées dans les transes chamaniques du paléolithique. Les chasseurs-cueilleurs connaissaient leurs effets. Les alcaloïdes de la jusquiame noire (atropine, hyosciamine et scopolamine) sont des parasympatholytiques : ils ont une action antagoniste sur le système nerveux parasympathique.

2. Maladies connues des Cro-Magnon : cancers, arthrose, infections, traumatismes.

Kloss trépigne et part se cacher avec la démarche du loup dominé. Antseu exulte.

— Il fallait bien que je trouve à l'avance un moyen de le rendre inoffensif, ce fou ! De cette folie qui fait craindre le pire. Il te faut apprendre le mal pour le bien ! Bahoooo ! J'ai mis dans des grosses feuilles le sommeil-qui-charge, mon mélange défensif.

— Ils vont se venger, si Wotank meurt. Regarde, il devient tout rouge.

— J'ai juste un peu forcé ; c'est ce qu'on boit parfois pour nos danses sous la lune, pour nos soirées « mammouth dansant » ! Haa…

— On dirait qu'une lune noire se forme dans chaque œil de Wotank et le rend animal… On dirait que tu as collé ses paupières à distance… Voilà que Wotank le Fourbe se lâche de partout, ce qu'il a mangé et bu se déverse, et il pue encore plus qu'avant ! Son ventre dit sa méchanceté. Kloss le Menteur, tu veux en boire ? On t'a vu. Des plumes dépassent.

Wotank se traîne et se met à parler une langue incompréhensible. Antseu, qui souffre, traduit cependant avec calme :

— Il est raide et mou et il dit n'importe quoi : « Je vois voler la vie du chamane des Houmens et Baho. Je lui ai pris un bras. Les Watanks sont les plus forts, les plus forts. Non mais j'hallucine, je vole !

Le chef watank s'endort totalement. Baho le fait rouler de ses pieds en direction de la plage. Elle espère ne plus jamais le revoir. Antseu est épuisé, ses efforts ont masqué un temps sa douleur mais son corps saigne. Les Houmens reviennent de la chasse. Seul le loup gris gronde au pied d'un arbre. Frondzur et ses hommes ne voient pas Kloss, qui sort de l'ombre et se précipite sur Antseu. Il lui fracasse la tête.

Baho est seule. Elle doit sauver sa vie.

Kloss s'échappe, le loup gris et boiteux mord Kloss aux mollets. Kloss s'enfuit. Il compte devenir double chef : celui des chasses et des esprits watanks. C'est Aba qui voit en premier Baho, le visage défait. Il comprend qu'un malheur s'est abattu.

« Il n'y a donc jamais un cycle sans ruptures ? », se dit Baho. Le jeune loup revient et renifle Antseu. Il s'allonge à ses côtés. Tous les Houmens s'extasient, jamais un loup n'est venu s'allonger auprès d'un Houmen, mort ou vivant…

Baho fait un songe éveillé et pleure. Elle vient d'écouter une musique du ciel. Puis une voix dit : « Vintéhunde Mozar. » Le futur peut être beau comme ce loup bienveillant…

19

Baho la Chamane

Les Houmens s'activent mais ne savent pas chasser le mal qui ronge Antseu. Sa tristesse, même s'il guérit, ne sera pas guérissable.

Baho cherche des plantes aux fleurs blanches qui redonnent la force, mais le regard de Frondzur et celui de Bordig disent la même chose : c'est peine perdue. Pourtant, Baho s'acharne. Elle fait boire à Antseu de l'eau très pure qu'elle est allée chercher à la source, et s'adresse à l'eau :

— Nettoie le défenseur chaman-papa des Houmens, et il ira mieux ! Je veux rester son ombre.

Décharné, Antseu boit et recrache. Baho est triste Les joues du chaman se creusent, deviennent des trous. Il se lève et parle distinctement à l'oreille de Baho :

— Cette nuit, un renne va te parler. Ce sera moi.

— Tu vas mourir ?

— Tu ignores encore tant de choses… Attention aux jours-fleurs. Les ours qui sortent de leur vieux sommeil déterrent les morts car ils ont faim. Ils mangent n'importe quoi.

— Tu crains la grosse ourse ?

— Personne ne peut défendre les morts. Je suis fatigué. Le jeune loup m'a réchauffé en partie. Dois te dire dernier secret. Ah…

— Cela peut attendre demain, tu perles de sueur, et ton teint est rouge et blanc.

— Maintenant, je parle et tu écoutes ! Aimée, détestée tu vas être toujours. Les lunes passeront. Ho et Ra disparaîtront. Dis toujours que ce sont les mauvais esprits qui font du mal aux mauvais chasseurs, sinon, ils diront que c'est toi qui es responsable des malheurs. Tu es fragile-forte. Ne sois jamais fragile-fragile, ou forte-forte.

— Antseu, pourquoi as-tu choisi le renne, et quel est le secret ?

— Le renne partage son espace et son ciel avec les ours, les loups, les renards, les lynx, mais n'en mange aucun. Lui peut être mangé. Pour ne pas mourir, le renne décampe, entre ciel et terre. Il y a des femelles et des mâles qui se regroupent avant les jours-fleurs et meilleur temps, et tous ne sont pas empoisonnés par les plantes à poison.

— Le renne apprend à ne pas manger les plantes à poison?

— Regarde ce qu'il ne broute pas. Tu as encore beaucoup à apprendre, et surtout, ne change pas le rituel des Houmens. Ils changeront de tout, sauf de rituel, il ne faut pas toucher aux habitudes qui font un lien avec le reste, tout le reste...

— C'est quoi, le secret?

— Les dents des rennes vont du pays du soleil qui se lève à celui qui se couche, et écrasent les lichens ; les graminées vont de même du pays du soleil qui se couche à celui qui se lève. Les oiseaux expulsent des graines. Graines arbres demain. Faut comprendre Watanks : eux rien comprendre, prendre...

Antseu se met à baver. Baho ne sait pas si c'est le secret lui-même, ou l'image du secret.

— Tu seras le rituel, ne le change pas ; change les Houmens, pas leur...

Antseu perd pied, il demande qu'on creuse très profondément, avec un petit muret autour, et un piège à ours dans sa sépulture. Il meurt, et Baho le pleure calmement.

Aba revient d'une longue chasse à l'aurochs avec les braves chasseurs houmens. Il tient deux choses dans ses mains :

— Baho, je t'apporte une peau de lynx qui ferait une jolie couche pour un petit d'Houmène et ce que j'ai trouvé sur le corps d'un Watank endormi dans les épineux. J'ai pris ça : un lien qui appartient aux Basks, ceux qui sont dans les autres montagnes, les montagnes aux belettes. Éveillé, l'endormi a dû le prendre avant à un Bask qui dormait lui-même.

— Les Basks? Jamais entendu parler. Ce lien est très beau, avec sa biche rouge[1]. Il a dû appartenir à un chaman.

Ho dit que le clan des Basks n'est plus repassé depuis des familles entières de lunes. Baho rêve de voir à quoi ils ressemblent, mais elle demande si le Watank dormant s'est réveillé ou non.

1. On trouve des biches rouges dans la grotte de Covalanas, à Ramales de la Victoria, en Cantabrie.

— Je ne sais si c'est lui qui ronflait ou le rouleau des vagues.

— Mais c'était Wotank !

— Wotank ?

— Aba, Antseu est mort. Il faut de la terre rouge pour l'honorer.

— Elle est très loin, la rouge terre qui donne sa couleur à qui la touche ! dit alors un chaman qui apparaît telle une grande ombre et parle avec de grands gestes.

— Vous êtes ? Vous dites ? demande Baho, se faisant comprendre par des signes.

— Bras. J'ai rebroussé chemin.

— Moi, c'est Baho.

— Bras a tué un renne pour vous. Antseu, mon frère perdu. Renne : lui. Vous manger renne. En l'honneur de lui.

— Nous, nous faisons l'inverse. En l'honneur de lui, nous ne mangeons pas l'animal qui lui ressemble.

— J'insiste. J'ai fait tout ce chemin pour que la nouvelle chamane reconnaisse Antseu à l'intérieur d'elle…

— Vous êtes son frère ? Et comment avez-vous su ?

— On sent ces choses… Kloss, après avoir vu mon frère en terre, partira. Lui, chaman mauvais.

Le feu rappelle la vie d'Antseu, et la viande de renne prend un sens particulier. Baho n'ose manger le renne, où se cache l'esprit d'Antseu. Mais Baho tient sa promesse : le rituel, même si ce n'est pas vraiment le sien…

Antseu est mis en terre au son d'une musique, peaux de renne et de bison tendues et frappées. Kloss et son ombre se détachent des lieux.

Bras trouve Baho si belle, avec sa longue coiffe de coquillages, qu'aussitôt il la grave dans une terre molle. Il fait des stries pour représenter les filets qui lient les petites coques de mer. Il habite un village lacustre qu'il a hâte de retrouver, mais ce visage parfait, il ne veut l'oublier. Il le montrera partout. Il dit qu'il doit repartir au pays des Basks, où il avait trouvé refuge bien après Antseu chez les Houmens. Baho lui tend le lien à la biche rouge. C'était bien à lui…

Baho s'étonne. Bras parle une langue qui cogne comme des galets choqués entre eux. Elle lui sourit et lui prépare certaines plantes pour sa longue marche.

Elle regarde la terre molle qui a durci entre les mains du jeune chaman, frère d'Antseu : c'est elle ou une autre qu'il a représentée ? C'est un buste de femme que Bras tient devant elle.

— C'est plus facile que la pierre à tailler, dit-il. Toi ici, mais moi t'emporte !

Aba rit, tout le monde rit. Parce que c'est beau et que cela tient dans la main. Et tout le monde pleure, parce qu'Antseu n'est plus.

Pendant la cérémonie, les esprits se sont distendus et personne n'a vu venir un affreux animal vengeur !

Ra et Ho ont été piétinés par un bison noir, le fourbe meneur.

Baho parle à Ho et Ra. Mais rien ne peut plus les soigner que le sol… Baho dépose des offrandes et asperge les deux corps de rouge. Ils sont aussitôt glissés en terre. Elle chante un air apaisant, puis le sol recouvre le passé. Baho accroche une queue de renard à l'arbre qui marquera l'endroit où sont morts le chaman, Ho et Ra.

Il n'y a plus personne pour conseiller Baho. Elle est chamane, sans père ni mère. Elle voudrait qu'un cheval rouge soit peint debout à l'endroit où le bison noir a fracassé ses parents contre une paroi. Mais personne ne sait peindre, ici, et il n'y a pas de temps à la rêverie.

Le chaman bask est reparti, emportant son image.

Maintenant, on vient de loin voir la chamane.

Baho oublie Wotank, et aucune peur ne l'influence plus dans ses soins.

Une Rozie lui apporte un enfant qu'on dépose sur la peau du lynx qu'Aba lui a donnée. Des poux grouillent entre les cheveux du nourrisson, et du pus coule de ses yeux. Il faudrait à Baho de ces longues plantes à fleurs jaunes qui poussent le long du passage des bisons et des bœufs musqués. Leurs graines velues s'accrochent aux pelages des bêtes. Baho se met à parler toute seule.

— Malignes, les plantes ! Vous voyagez sur le dos des très-poilus, avec vos poils à vous ! J'ai besoin de vous !

Baho part, revient ; elle fait du feu et brûle des plantes odorantes. D'abord, elle prend un champignon pour absorber le pus du petit malade, ensuite elle saisit une pierre aussi fine qu'une feuille. Avec une fine lame de pierre, elle rase tous les cheveux de l'enfant, chantant *ah-ah-ah !* en souvenir de Ra.

— Plus d'abri pour les poux, *pouh* !

Elle extrait un produit huileux d'une plante toute proche, qui colore la peau de l'enfant, puis chasse les poux en disant: «*Pouh! Pouh!*» Elle écrase sans discontinuer les derniers insectes.

— Viens! dit-elle à la mère. Suis-moi.

Elle plonge le petit dans l'eau qui donne le sel. Dans une sorte de marais, elle frotte son crâne chauve de sève et de sel. Les poux semblent avoir disparu.

— Mais on ne peut laver les yeux? se lamente la mère.

— Viens, redit Baho.

Elle broie alors la plante aigre au goût, et jette des gouttes d'aigremoine dans l'œil du petit. Il crie, puis se calme.

La mère, qui s'appelle Liss, remercie d'un mouvement de tête. Elle repart avec le clan des Rozis hommes, qui l'attendait à l'embranchement entre la montagne et la mer. Ah! La paresse de ne pas remonter et descendre... «C'est déjà le futur», se dit Baho.

Au retour, elle place les petites fleurs jaunes comme le soleil à l'endroit où sont enfouis ses parents.

— Je ne sais pas s'il gardera la vue, dit-elle sans savoir qui l'entend.

— Qui? demande Frondzur.

— Le fils de Liss. Mais même s'il ne voit plus, il verra d'autres choses.

— Cela te rend si triste... Tu ne dois rien montrer au clan. Force-toi à sourire devant eux. Sinon, nous deviendrons mauvais à la chasse, à la pêche et même à la cueillette. Aba, fais quelque chose!

Aba vient lui retirer ses rides d'un doigt, mais les lèvres de Baho restent affaissées:

— Je vais te raconter d'où je viens. Mon père s'appelait Régul et ma mère Rolia. J'ai rencontré des Houmens à la recherche de blocs de terre rouge. Il y a là-bas aussi une roche très dure et très blanche, on dirait des morceaux de glaciers, il y a aussi des pierres couleur du ciel. D'où je viens, les nuages font des montagnes sur les montagnes. Les fleurs sont encore plus belles qu'ici, plus fortes.

— Cela ne sortira pas Ra et Ho d'en bas. Ra ne chantera plus.

— Consulte les esprits.

— Pour eux, je n'y arrive pas... Je voudrais les rejoindre. Tu mettras au-dessus de ma tête un cheval plat ou des dents de rhinocéros ou de cerfs, quand je ne serai plus?

— Et pourquoi pas un collier d'os de mammouth autour de ta représentation, l'Houmène aux bracelets? Je taillerai des bourrelets dans une pierre à la couleur de ta peau ! Mais je partirai avant toi dans le ventre de la terre, alors je ne pourrai pas faire ce que tu me demandes ! Ha ! Ha ! Te faire un chapeau de coquilles vides !

— On ne rit pas.

— Je m'en vais ! Tu t'éloignes sans bouger, comme un arbre qui pousserait à l'envers. Alors, je pars !

Aba se dirige vers la mer et ramasse des coquillages, qui ressemblent d'un côté à des seins, de l'autre à un œil. Il les offrira à Baho s'il ne se fait pas renverser par un rhinocéros à la corne pointue et l'autre recourbée.

Il lui montrera comment, en chauffant l'ocre jaune, il devient rouge. Avant, il doit partir loin, vraiment. Aba prend des lames de viande séchée, fait chauffer quelques silex qu'il taille, puis disparaît à la vue de tous et remonte en direction des montagnes. Il fait cela pour Baho. Il attend du ciel une idée. On ne voit plus guère de rhinocéros, mais partout des rennes. Il doit trouver une idée pour faire sourire Baho. Il croise un éléphant et ne fait même pas attention au danger. Aba doit d'abord créer un vide, manquer à Baho. Il doit l'aimer ensuite comme la première fois, sans peur. Elle est chamane, après tout ! Elle comprendra son absence, et cela la calmera. Ensuite, il lui rapportera des plantes pour dormir dessus et des herbes de la mer pour mettre en dessous. Il trouvera aussi, pour Ra et Ho, des plumes de chouettes. Il songe à Ra et son chant : *Ahhhhh*… Il fera voler les plumes au-dessus de l'emplacement des trois derniers enterrés.

Baho s'inquiète. Aba marche.

Baho s'occupe des siens, Aba grimpe.

Baho soigne, Aba se cache dans une grotte et mange de la viande séchée.

Baho devient une chamane douce et attentive.

Aba crache définitivement le *beuh* accolé à son nom et s'interroge sur Antseu.

Baho place ses mains sur le front d'un enfant et regarde ses yeux brûlants. Baho place les enfants bleus dans la cendre.

— Le feu mange et cuit. La cendre fait transpirer les petits bleus pour qu'ils redeviennent roses.

Les Houmens sont fiers d'avoir une chamane qui trouve des choses étonnantes pour qu'ils vivent tous mieux et ne meurent pas trop tôt. Tôt, c'est quand cela aurait pu être plus tard…

Des lunes passent.

Aba voit au sol la dépouille d'un bouquetin et passe ses doigts gelés sur ses cornes. En contrebas, il voit la dépouille d'un vautour dévoré par un renard des neiges. Une perdrix des neiges pousse son cri.

Aba voit passer l'ombre d'un éléphant et un rhinocéros perdu. Il se sent plus perdu qu'eux tous réunis. Il redescend et s'allonge aux abords d'un marais où scintillent les cristaux blancs qui donnent du goût. Il regarde le ciel et ses images. Un bruit se fait entendre : la dépouille du vautour dégringole des hauteurs, poussé par un vent fort.

Aba s'approche de l'oiseau mort. Il détache un os de la carcasse et, au lieu de couper l'os en deux, il fait un trou pour Baho, un trou pour lui, un pour Ra, un pour Ho, un dernier pour Antseu… À la nuit tombante, il mordille l'os, soupire, et un son s'extrait de l'os, puis un autre, puis un autre ! Voilà qui fera sourire Baho : une famille de sons !

Baho a vieilli lorsque Aba revient au campement. Il déclare à tous :

— J'ai marché. Beaucoup. J'ai déposé *beuh* pour toujours… Je m'appelle Aba et j'ai ramené d'entre le ciel et la terre un morceau du vent. Le vent chante pour nous.

Aba attend que Baho ait terminé de broyer des feuilles et il lui tend l'os de vautour troué[1] :

— Souffle, je t'ai rapporté le son du vent !

Baho souffle et place ses doigts sur les trous, comme pour reformer l'os. Des sons différents étonnent chacun.

Le soir, autour du feu, ce nouvel instrument donne du feu au froid, des sourires aux visages. Les enfants tentent de siffler sans même cet os !

Bordig, qui sent son corps se déliter, dit :

— Frondzur, observe. Tout changement opère un autre changement. On aura toujours besoin d'un bon grattoir, d'un beau biface, mais un os à trous présage des changements inconnus. Regarde, les petits ne font plus attention à rien. Frondzur, des féroces rôdent, *hum*, il faudra veiller à ce qu'ils ne viennent pas

1. Le plus vieil instrument de ce genre a été trouvé en septembre 2008 dans la grotte de Hohle Fels (Jura souabe). Ce sont des fragments d'une flûte en os de vautour. Elle mesure 22 cm et comporte cinq trous. Elle a été datée au carbone 14 : plus de 35 000 ans ! Il existe aussi un autre instrument qui remonte à l'âge de pierre : le *didgeridoo* aborigène, conçu à partir d'un d'eucalyptus creusé naturellement sur toute sa longueur par des termites.

manger nos maigres viandes séchées pendant qu'on souffle dans un os ! Cet os à trous fera des dégâts, il trouble et séduit ! Allumez les feux pour la nuit devant la grotte. Il faudra avoir un chef de défense en plus du chef de chasse, si ça continue…

— Tu as raison, Bordig. Je suis un peu débordé en ce moment. Baho a raison, elle aussi. Le petit qui mangeait cru va mieux depuis qu'il mange cuit et je dois dire à toutes les mères d'éviter de donner n'importe quoi à manger à leurs petits. On n'est pas des charognards, tout de même !

— La paresse, *hum*…

— La quoi ?

— Le sommeil éveillé guette. C'est le charognard ! Si je m'en vais au fond du trou bientôt, tu mettras au-dessus un petit crâne de renard. Pas de dents et beaucoup de rouge, pas de noir. Du rouge, Frondzur.

La nuit se fait, les yeux du ciel s'ouvrent et quelques chauves-souris tracent sans bruit un passage invisible vers leurs petites proies. Les araignées disent, par leur fil, d'où elles viennent et où elles vont. Certains ont tenté de reproduire et de graver leurs filets[1] astucieux… D'autres ont gravé un homme à tête d'oiseau à la renverse devant un bison. D'autres des vulves, d'autres encore des traits. Ou un homme atteint par des flèches. « Le plus important est de vivre les choses plutôt que de les représenter », se dit l'ancien chef. Ce sont affaires de non-chasseurs que ces traits…

Après des lunes, Baho et Aba se retrouvent. Aba prend la tête de Baho contre lui, et lui dit qu'il lui a apporté des herbes odorantes pour mieux dormir dessus.

Baho fait un songe. Les Watanks ne marchent plus, ils sont assis. Devant eux, les bisons noirs sont devenus petits et vivent dans des grottes anguleuses. Il y a un soleil bleu. Les graines sont sans tiges, elles poussent sans qu'on aille les chercher. Des Houmens gros et gris se battent pour choisir un chef, et le chef ne les écoute plus. Elle pleure dans son rêve. Mais Prim et Aba lui apportent un aigle sans bec et une noix.

Prim dit, dans le songe :

1. Figures géométriques dans le Saintonge et motifs triangulaires du magdalénien dans la grotte du Triangle (triangle isocèle).

« Tu as vu des hommes. Tu es devenue un aigle sans bec, sans serres. L'Houmène peut être forte sans débusquer de proie. Il faut éviter le temps des petits bisons et des bœufs musqués sans herbes et des cueillettes sans mains. »

Aba dit, dans le songe :

« La noix ne grandit plus et sait se protéger. Baho doit chercher sa coque, et en terre, un jour, elle poussera comme la noix qui devient arbre. »

Une voix caverneuse surgit au-dessus d'elle, c'est Antseu :

« Les bruits sont âcres, les odeurs faussement douces. Baho n'est pas la plus vieille du clan, mais elle est, d'un coup, la vieillesse. Si tu te voyais en reflet, tu te réveillerais vite pour vivre vite. »

Ce songe est si étrange que Baho ouvre ses yeux, incapable de dire un mot. Elle part aussitôt dans les proches montagnes ramasser des herbes qui soignent. Elle a trop de visions terrifiantes. Comme ces petits bisons qui ne bougent pas, ces loups qui rôdent, avec la queue rabattue des terrifiés. Ils portent une lanière au cou.

Lorsqu'elle revient, Baho entre dans la torpeur des vents froids.

Bordig se dirige vers Aba :

— Pourquoi tu ne veux plus qu'on t'appelle Ababeuh ?

— Ababeuh, c'était quand je parlais mal. Rappelle-toi J'ai appris vos mots, je ne dis plus *avison*, mais le « bison » ; je ne dis plus *koilou*, mais « cuon » ; je ne dis plus la « douce furieuse », mais la « Grande Bleue ». Et j'adore votre mot « propulseur ».

— Et vous, vous dites quoi, chez vous, pour « propulseur » ?

— *Shtoung boum*.

— Ah oui. Et pour la Grande Bleue très en colère ?

— *Splash !* À ne pas confondre avec *chachhhhh*, qui veut dire « le vent s'engouffre ».

— Oui, d'accord. Pour l'instant, je voudrais pouvoir marcher et aller voir Baho et lui demander une plante contre la mort. Je dois me préparer. Frondzur sait. Tu pourras juste ajouter de la viande séchée, à côté du crâne de renard ? On ne sait jamais, si on continue à manger ou pas, là, par en dessous…

Baho s'avance et surprend la conversation. Les Houmens ont peur de la mort, c'est certain, et les fêtes autour du foyer, c'est fait pour ne pas y penser. Mais tout le monde y pense. Les Houmens aiment les enfants et en faire, pour tenir la mort à distance.

Baho se dit soudain que le problème des Watanks, c'est qu'eux aussi veulent savoir ce qui arrive une fois qu'on est sous terre ; mais cela les rend plutôt méchants, car ils ne tiennent pas leur peur à distance, ils la jettent à la face de prétendus ennemis. Les Houmens préfèrent manger et faire de la musique ensemble que d'en vouloir à un autre clan. Qui sera le plus fort : le feu de la cuisson ou le feu de la destruction, la peur sereine de la mort ou la peur terrifiante ? Telle est la question qui lui tord les boyaux. Même si les Watanks venaient à nouveau les envahir, il faudrait se battre, à travers des enfants avertis du danger et devenus grands et forts.

Pourquoi tant de douleurs ? Bordig va mal et décline. Alors Baho organise une fête de l'allant. Cette fête permet réellement d'aller mieux. Le fait que chasseurs ou non, jeunes ou pas, s'occupent à manger puis à frapper et sonner, c'est-à-dire faire des sons, renforce ce que le beau moustachu Frondzur appelle la « cohésion ». Mais, à cette fête de l'allant, si tous ont les yeux qui brillent, le vieux Bordig ne desserre pas les mâchoires…

Bordig s'étiole. Il perd ses forces. Il appelle Baho :

— *Hum !* La force n'est pas forcée d'être méchante, mais pour éviter celle des Watanks, elle doit être aussi prompte que le feu dans les feuilles séchées. Donne-moi la poudre rouge. Vite !

Bordig l'avale et en souffle sur sa main posée en direction d'un arbre :

— Cela ne restera pas, mais je l'ai fait, je l'ai fait ! Wotank, tu es défait.

Bordig ressemble à un pingouin, tant il a du mal à marcher. L'ancien chef est content. Il a soufflé sur l'avenir-à-venir… La trace de sa main s'efface au vent.

— Baho, grâce à toi, je tiens encore un peu…

Les chasses apportent des viandes succulentes, et les Houmènes utilisent les herbes comme dans aucun clan. L'odeur de cuisson attire des curieux ou des égarés qui viennent avec leurs blessés.

Baho soigne et prédit. Elle ne dit pas tout ce que ses songes déposent sur le rivage de ses pensées. Il y aura un jour des bisons devenus petits, et des tanières où vivront des non-nomades. Les pingouins disparaîtront pour changer de mer. C'est affreux. Alors, elle sourit pour que cela n'arrive pas.

Le songe de Baho l'enveloppe de vieillesse : elle voit des choses scintiller, ce sont des mâchoires effrayantes… Des animaux sans pattes se mettent à rouler sur une steppe noire ! Les hautes herbes ne font plus qu'un pouce de hauteur, les femmes qui portent des fourrures marchent sur des tiges qui risquent de les faire chuter à chaque instant. Des insectes effrayants s'approchent dans un ciel bruyant. On ne voit plus les étoiles dans le ciel. Il semble éteint.

Baho se réveille et se prend la tête entre les mains, les yeux toujours clos, comme si elle voulait retenir ces images d'un temps futur pour mieux les rejeter. Enfin, elle n'entend plus le boucan aérien. On aurait dit le son d'une abeille grande comme la montagne.

20

Être à un doigt d'être médusé…

Ceux qui viennent de derrière la mer vers la demeure du soleil s'appellent les Nouveaux Rozis. Ils ont vu des rhinocéros à nez cloisonné, et puis des grands pingouins ! On les présente à Baho la Chamane. Les Nouveaux Rozis reviennent souvent, depuis qu'elle est chamane. Ils trouvent que les outils des Houmens sont moins perfectionnés que les leurs. Contre un abri et des soins, les Rozis offrent leurs manières de faire et quelques pierres polies. Ils appellent le lieu de leurs retrouvailles « Baorozi ». C'est la première fois qu'un lieu prend un nom, comme une personne. Pas besoin de nom pour reconnaître le visage d'un paysage, mais lui donner un nom, c'est saluer ceux qui l'habitent par intermittence. C'est dire l'harmonie entre le lieu et les passagers du lieu.

Puisque Baho sait écouter et comprendre, on dépose à ses pieds une sorte de vasque naturelle.

Rouzia, la plus âgée de tous les clans, dit :

— Voici le grand mutique à la belle bavarde.

— Que veut dire « mutique » ?

— Qui aime ne pas parler.

— Mais qui a des choses à dire ?

— Nous appelons cette coquille de mer le *chama*. Il permet d'attraper l'eau des ruisseaux sans trop se mouiller ou de transporter le rouge qui poudre les parois et les morts.

— Ah… astucieux, Rouzia.

— Le *chama*, comme deux mains protectrices, réserve des surprises. Je te montrerai si tu m'apprends tes soins.

— Pourquoi vous appelez-vous les Nouveaux Rozis ? Tu es la même.

— Moi, oui. Je suis presque la seule. Il y a plus de nouveaux que d'anciens… Presque plus d'anciens… On a ajouté « nouveaux » pour enlever le mauvais d'avant. Tant qu'à faire…

— C'est quoi le mauvais pour toi, Rouzia?

— Les nouveaux refusent ceux qui font le mal. Ton Aba a échappé au mal. Je l'ai vu petit, nous avons tous perdu nos proches par la suite. Lui aussi, il est dans le nouveau.

— Aba, il était comment, jeune?

— Très musclé, très farceur aussi. Il s'est toujours bien battu. Il connaît les dangers comme personne.

— Les dangers, si on les touche on devient danger soi-même. J'ai mis des lunes à devenir comme l'eau qui coule. Wotank m'avait enlevée à moi-même et aux autres.

— Et ta force magique t'a rendue à toi-même…

— Pas de magie. Juste envie d'être comme l'eau…

— Tu crois au pouvoir des dents de cerf?

— C'est décoratif, le pouvoir c'est nous qui le mettons.

— Et c'est une chamane qui dit ça? Tu me déçois, Baho. Je vais me coucher sous des couches de loup. Au fait, ton loup, c'est un outrage! Il est revenu, paraît-il. C'est vrai?

— C'est vrai, et il suit certains enfants.

— Quelle honte, mais quelle honte! Il va bientôt manger avec vous!

— Il tient chaud, ce loup, et je sens que les froids seront rudes. Piki boitille comme moi, et il prévient des dangers, mieux que moi, souvent. Je crois qu'il va rester tout le temps. Il se sent bien avec nous. C'est possible qu'il mange avec nous. Il ne fait peur à personne, ici. Le chef Frondzur l'aurait dit, sinon.

Baho n'ajoute rien d'autre.

Baho apprend à se taire. Certaines croyances sont insipides, et certaines réalités sont merveilleuses. Elle est par exemple persuadée que ce loup gris qui boite comme elle comprend des mots. Il lui rapporte une peau séchée qui s'était échappée au vent! Le «jeune loup» a vieilli, il n'a rien d'un chef de meute, c'est plutôt son image opposée… Il devient aussi habituel de le croiser que de voir Baho soigner. Piki est très utile. Et comme il peine à chasser, Baho lui donne des restes de viande en cachette… Un jour, elle l'invitera à un festin de bison.

Quand le froid tombe, Baho ampute des doigts. S'ils sont gelés ou infectés, elle les coupe. Elle prend un bloc de glace, place le doigt dessus, prend un couteau de pierre plate et découpe le membre au-dessus de l'articulation. Les cris lui font mal au ventre. Mais elle doit amputer ce qui est mort ou pourri sur un corps vivant.

Même Piki prend un air dégouté.

— Pourquoi tu coupes les doigts? demande Hult le Bougon.

— Si on vit longtemps après, c'est qu'il fallait le faire. Un doigt qui ne bouge plus, c'est comme une branche morte.

— Oui, mais un Houmen peut mourir avec ou sans ses doigts gelés ou enlevés.

— Attends, Hult! Aux jours-fleurs nous saurons. Si tu as tort ou si j'ai raison!

— C'est la même chose. Si j'ai raison et si t'as tort, faut dire.

— Nous verrons!

On appelle maintenant Baho «la chamane-chasse-la-mort». Aba la regarde tristement. Même si elle est encore vive, avec son allure de panthère verticale, elle s'affaisse, des rides entourent maintenant sa bouche et ses paupières. Il sait qu'elle vit un sentiment étrange, qu'Antseu appelait le «sentiment de cœur» et que les mauvais Watanks appellent la «stupidité-pitié des Houmens».

Le chaman qui était venu apporter un renne revient:

— Bras, je viens saluer Antseu. Comment va-t-il?

— Dans nos esprits, il demeure, lui répondent Frondzur et Baho.

— Je n'en doutais pas. Je voulais vous revoir et comparer avec ça, dit-il en fixant Baho du regard.

Il sort d'une vessie servant de protection à outils le buste de Baho sur os[1]. Elle sourit, et Frondzur est presque jaloux du don de ce copieur de visages. Au lieu de faire le visage d'une chamane, il aurait pu faire celui d'un chef: lui, Frondzur le Moustachu!

Baho regarde sa coiffe de cérémonie sur la statuette, mais observe surtout la vessie et se dit qu'on pourrait peut-être transporter de l'eau à l'intérieur, à la place du visage reproduit.

— Bras, c'est comment, chez les Basks?

— Impressionnant.

— Et tu marches seul sans peur?

— Mon demi-clan m'attend toujours en contrebas ou en contrehaut. Ils peuvent venir, si le chef Frondzur veut bien?

— Bras, tu peux leur dire de «contremonter»! lance Frondzur.

1. On retrouve ce genre de Vénus sous forme de bustes ou de statuettes. La dame de Brassempouy, par exemple, qui semble porter une coiffe de coquillages, et les statuettes de stéatite des grottes de Grimaldi.

Ce sont des marcheurs à l'allure guerrière et aux traits pacifiques. Frondzur leur donne du sel en guise de lien. Les hommes sympathisent. Puis les Basks s'en vont.

Les nuages roulent leur laine qui tombe en pluie. Tous les Houmens restent à l'abri dans la grotte-mère surplombant la mer. Un mauvais pressentiment envahit Aba. Baho est trop occupée à soigner les autres pour sentir le « vent tourner » en elle, comme on dit.

Un jour, un Watank se fait passer pour un Nouveau Rozi. Tout le monde le croit, car il parle de Rouzia comme de la mère de sa compagne. Baho ne dit rien.

— J'ai perdu doigts à cause froid. Rouzia m'a dit : Baho chamane-mama soigner-couper. Évite la mort avec la chamane de Baorozi, là où l'on apporte volontiers la poudre rouge.

Rouzia, qui était partie fâchée, aurait-elle compris la douce volonté de Baho, protéger un pauvre loup sans défense ? Quand elle découvre que le Rozi est un Watank, elle imagine une possible paix entre les deux clans. Si un Watank est devenu Nouveau Rozi, c'est qu'il a réfléchi ! Baho ne sait toujours pas si Wotank est mort ou en vie, mais elle ne pense plus à ça en palpant les doigts noirs du marcheur-menteur. Elle s'applique à regarder les mains de Houng.

— Houng, tu es un Watank-Rozi. Et tes doigts sont rose et noir. Ce qui est bon côtoie ce qui est mauvais. Dans ce doigt large et mort, je vais enlever le sombre.

Baho va devoir sectionner deux doigts d'une main car ils sont pourris à leurs extrémités. Baho montre l'étendue de la coupe qu'elle fera. Houng acquiesce et se tait. Il ne dit pas qu'après avoir « eu » la fille, il voulut la mère, ni que chez les Rozis, et même chez les Watanks, on peut être tué pour cela. Houng a été chassé et le blizzard a vaincu ses extrémités. Il avait entendu parler de Baho la Chamane-au-loup par certains Rozis, mais il ne connaît même pas Rouzia. Il espère qu'on le gardera ici comme un infirme, comme ce loup estropié, au moins le temps que ses doigts cicatrisent. Sinon, il perdra la vie, mais au moins, dans un lieu où personne ne le connaît.

Baho commence par l'index et finit par le pouce. Houng avale son cri. Il manquera deux doigts entiers à Houng et il sera « toujours à deux doigts ».

— Tu peux rester. Ton neveu Sisk qui t'a suivi est doux. Pourquoi tu es parti? Vraiment!

— ...

— Houng, je t'ai reconnu, tu es le fils de Kan! suffoque Aba. Je t'ai reconnu.

— Je comprends que tu te taises, souffle Baho. Si tu commences à parler, tu subiras un flot de questions et tu risques de t'y noyer. Pourquoi as-tu quitté les tiens, puis le soutien des Rozis? Comment vont tes doigts? Houng, nous savons que tu n'es pas muet. Comment vont tes doigts?

— ... Mal.

Le fuyard lève la main qui n'a pas souffert et sourit.

Houng sent son corps se remettre. Il a payé d'un doigt entier, puis de l'autre, mais il reste vivant. Il craint que les Rozis ne soient à sa poursuite. Alors, autant fuir de suite. «Il mange et re-mange, comme pour faire repousser ses doigts», s'amuse à dire Baho.

Aux premiers beaux jours, Houng abandonne Sisk et disparaît en direction des Oliouls. Il respire: de loin, il voit des Rozis s'installer avec les Houmens. «Baorozi» devient un campement recherché. Personne ne s'y risque sans connaître le chef, car aussitôt un loup gris aboie, hurle, et des guerriers s'avancent.

Les Oliouls observent de loin ce lieu, qu'ils renifleront dès que les deux groupes en vue chercheront un autre espace. Partout, pour lutter contre le froid qui ronge, on coupe parfois des doigts de main ou de pied. Et chacun dit que Baho fait ça vite et bien. Ensuite, elle met une terre verte sur la plaie.

Les Oliouls apprennent que s'oindre d'argile est une façon de s'unir à la terre par la terre. Eux n'ont pas de chaman et ne semblent pas en avoir besoin. Baho les trouve parfaitement en harmonie avec ce qui se trouve à leurs pieds ou au-dessus de leur tête. Ils n'ont juste pas de goût pour les breloques. On dirait que Houng est parmi eux, mais il se cache aussitôt à son regard.

Baho s'amuse comme une marmotte sans crainte, protégée par une vieille sentinelle: Piki.

Les pierres qui donnent le rouge, le jaune, l'ocre le noir, le blanc et même le bleu émerveillent toujours les Houmens. Baho aime leur émerveillement. Les plus doués marchent des jours pour ramener des «couleurs» sorties des entrailles de la terre. Cela donne ensuite un sens aux choses de la vie. Baho s'applique à donner sens aux créations de son clan, et Frondzur la laisse dire. Elle appelle le rouge «rouage du sang», le jaune «poudre du soleil», le noir «fumée-en-bloc», le blanc «larme du glacier». Quant au bleu, elle le nomme «ciel des yeux et de la mer».

Les jeunes lui demandent de raconter des histoires. Baho n'a que des rêves et des songes en tête, et qui feraient peur même à un chasseur aguerri. Alors, elle parle souvent de son voyage vers le pays des grottes ornées.

— Oublier la peur pour en avoir une autre, mais continuer à s'émerveiller: voilà ce que des jours et des nuits à marcher apporte. J'ai croisé des clans qui entassaient des crânes d'ours pour dire combien ils étaient forts. L'esprit d'un ours m'a visité. Il m'a soufflé dans l'oreille: «Les rennes sont faciles à prendre quand ils n'ont pas de bois. Mais moi, l'ours, même mort, je fais encore peur! *Roughhhh…*»

— C'est vrai? demande un petit Houmen. Que l'ours fait encore peur, même mort?

— Oui. Il faut le peindre pour ne plus en avoir peur. On le domine. Et il est content d'être dans nos songes. Ses petits grandissent et, à leur tour, nous effraient de leur force terrible. C'est pour cela qu'on a de très bons chasseurs: pour nous défendre! Qui veut apprendre à inciser et trouer des os d'ours avec moi? Aba! Viens nous aider pour les os à trouer!

Aba et Baho montrent comment faire de la musique, et par mimétisme, les jeunes Houmens apprennent l'usage du tibia ou de l'omoplate de n'importe quel animal. On peut exprimer ses peurs, ses frousses, ses rires, ses envies, même sur une vieille peau tendue et frappée. Les enfants adorent les phalanges sifflantes et rythment avec elles la musique des grands. Aba frappe sur des pierres qui ont des sons qui montent ou redescendent. Le soir, les timbres et les tons surprennent les marmottes.

Partout où ils sont, les Houmens taillent les os et les pierres avec soin. Les harpons à poissons sont de plus en plus beaux. Les chasses sont extraordinaires, et il y a du temps pour jouer et observer les animaux qui jouent eux-mêmes entre eux. Des jeunes s'inventent des animaux avec des morceaux d'argile ou de silex, les font avancer sur des cailloux qui sont des montagnes. Assis sur la terre, ils imaginent des combats entre un mammouth et un lapin, riant aux éclats. L'orage dit toujours qu'il est temps de redevenir sérieux. Baho songe qu'elle n'aurait pas aimé être un homme, c'est une vie trop dure et trop dangereuse. Aba ressent cette pensée qui apaise Baho la Brisée. Il pose ses lèvres sur son bras raccourci, puis sur le haut de son crâne.

— Quand tu marches le long de la Grande Bleue, on ne voit que ton visage : tu es parfaite et les vagues, peut-être, rallongeront ce bras si elles te font une fourrure d'écume !

— Je rallonge mon bras dans ma tête. Wotank fait que je sursaute toujours au moindre bruit inhabituel. Quand nous sommes près de l'eau salée qui nous salue en permanence, j'ai peur de le voir. Je voudrais faire comme les poissons.

— Mais il est certainement mort, maintenant ! Et tu ne peux faire comme les poissons.

— Un jour... Un jour, les Houmens iront sur l'eau.

— Tu es singulière, comme chamane-mama ! Cela est impossible.

— Le feu est impossible aux loups, et il est possible que nous allions sur l'eau !

— Et pourquoi pas sur les vents ? Tu sais bien que ce sont eux qui nous chassent et que c'est « houmènement » impossible !

Les Houmens descendent au bord de la mer avant l'arrivée des grands vents glacés et y trouvent un abri magnifique.

Baho s'avance dans le rouleau des vagues pour oublier Wotank et enfin pleurer dans la mer toutes ses larmes retenues. Elle veut se défaire de cette chose qui coince parfois ses mâchoires : la peur et la colère. Soudain, une vague l'emporte. Baho se débat, supplie l'esprit de l'eau et perd la boucle de cuir qui retient son vêtement cousu de plumes. Elle s'allonge sur le dos, sans résistance. Elle flotte comme une feuille.

— Je ne suis plus de ce monde... Si, je vis encore ! Que se passe-t-il ?

Les flots la repoussent vers le rivage. Elle crache des larmes par la bouche. Quand elle sent sous ses pieds des rochers, elle tente de se lever, mais glisse sur une chose visqueuse, une méduse bleue. Quelle belle forme parfaite, mais quelle cuisante brûlure ! Baho crie. Baho ne sait que faire. Que lui veut l'esprit de l'eau ? Cette bestiole n'a ni sang ni tête ; c'est une matière, mais une matière qui vit. Peut-être l'esprit des morts mécontents ? Elle en voit d'autres, avec leurs cheveux plus fins que des serpents.

— Que t'arrive-t-il ? hurle Aba.

— Une chose qui n'a ni queue ni tête, ni bras ni bouche ni rien, mais qui m'a piquée.

— Tu n'avais jamais vu de *gloss*?

— Si, mais je n'avais pas marché dessus. Tu appelles ça des *glosses*? Nous ici, on les appelle des «spongies».

— Fais voir?

— Mon pied grossit, ah! Je n'aurais jamais cru que du mou puisse piquer aussi durement.

— Ni qu'un non-Houmen serait à tes côtés… Tu as une plante pour soigner cette «gonflure»?

— L'esprit de la mer me dit que je dois piquer la piqûre. Apporte-moi une plante criblée de pustules rouges…

Rien n'y fait. Baho essaie tout. Rien ne marche. De rage, Baho marche sur des braises et cela la calme… Les Houmens se moquent avec gentillesse: il est bien connu que les chamans sont souvent les moins bien soignés!

Pour se faire respecter, Baho s'intéresse aux trésors d'habileté des Houmens. Elle s'extasie devant les plus belles pierres taillées. Au moment des grands chauds qui lancent des braises depuis le ciel nocturne, elle ramasse les éclats de météorites. Baho attribue un pouvoir magique aux haches en pierre de foudre, ces pierres rouges tombées du ciel. Une fois polies, elles sont plus résistantes que les autres. Bien envoyées, elles peuvent couper une branche et une patte avec facilité.

Aba lui demande si les pierres de foudre n'ont pas un pouvoir étrange, car qui a bien pu les lancer du ciel, sinon un grand pouvoir? Baho réfléchit et, dans la nuit, elle fait un rêve qui trace de nouvelles rides sur son front, cette fois entre les sourcils.

Elle voit très nettement où Prim s'en est allé. Les outils ne sont plus en pierre mais en *métal*, et certains ont des pouvoirs terrifiants: ils tuent à distance. Cela ne se peut. Pourquoi être chamane, si c'est pour voir les mauvais prolongements de l'art des Houmens et des autres? Une grotte monte à l'intérieur d'une grotte immense. C'est effrayant. Elle revient du futur et voit le Watank dont elle a coupé le pouce et l'index. Il parle enfin: «J'ai fui la folie. Elle m'a rattrapé chez les Rozis, puis ici. Leur folie te rattrape si tu ne sais pas la combattre. Fais comme le castor. Branche à branche… Sinon…»

Le lendemain, Baho comprend qu'il faut faire barrage au feu et au froid trop forts, et aux guerriers qui cassent et brisent leurs proches ou leurs non-proches. Mais comment faire des reproches à celui qui jouit du mal qu'il a fait?

Baho raconte aux jeunes Houmens ce qu'elle a admiré près du pays du Grand Glacier. Tous ont envie d'y aller. Frondzur refuse, ce serait trop risqué. On ne change d'habitudes que lorsqu'on ne peut faire autrement. Baho demande à Frondzur de les mener dans un lieu où jaillit une eau pure et où l'on trouve des plantes qui soignent, car elle en manque. Il accepte.

— On pourrait aller au-delà de la source?

— Baho, par l'esprit si tu peux... Nous irons plus loin quand le glacier aura fondu. Autant dire jamais. Nous sommes en sécurité quand nous savons où nous cacher. Notre chamane ne conduit pas nos chasses, ni nos voyages, mais nos songes, et parfois nous guérit. C'est tout. Nous irons pour les plantes qui arrêtent le sang rouge et le blanc. Et c'est déjà bien assez risqué. Nous évitons les panthères!

Le chef a parlé. Les temps changent. Antseu, Ho et Ba ne sont plus là pour adoucir les angles de la pierre et de la parole. Baho sourit. Parfois, elle sent leur présence et les mystères qui font qu'on flotte un instant au-dessus de la Grande Bleue, et qu'on voit tout sans bouger. Les enfants houmens, avant de marcher seuls, posent des questions dignes d'un Antseu. Aba répare ce qui est cassé et Frondzur est écouté. S'il prenait la «grosse tête de bison» face à Baho, le clan lui demanderait de partir. C'est ce que lui dit le jeune Jok:

— Aucun Houmen n'a bronché ni toussé depuis que Baho est chamane. Tu ne dois pas dire du mal de Baho. Sinon, on prend Plui pour chef, il a d'aussi bons yeux que toi, sinon mieux. On tient pas à tomber malade, nous.

Frondzur comprend et étudie Plui. Il est courageux et astucieux. Quand il sera fatigué de commander les chasses, Frondzur pensera à lui pour la relève. Un genre de bouton pousse sur le cou de Frondzur et il est le premier à être content d'avoir une Houmène capable de le soigner.

— Plus mal aux pieds, Baho?

— Le poison a trouvé la sortie, lentement.

— Moi, je voudrais qu'il parte très vite d'ici, dit-il en lui montrant une boule qu'il a sous l'oreille.

— Mal, mal placé.

— Quel nom?

— Pas de nom. Tu as mangé ou pensé faux. Calme-toi. Je vais demander à l'esprit du vautour de venir avaler le pourri qui est en toi. Pique avec lui. Ferme les yeux, Grand Frondzur. Tu peux vaincre du dedans. Cela va faire mal. Pour combattre, je place sur ce qui est faux quelque chose de juste.

Baho place une pierre sur le cou de Frondzur et fait une incision autour tant que cela ne saigne pas. Ensuite, elle s'arrête et entame une sorte de mélopée :

— Chaud, froid, feu, glace. *Ssssss*. Faux, bien, mal, vrai, pars de Frondzur et ne reviens pas. *Aaaaah !* Jours, nuits, calmez-vous en luiiiiii. Branches mortes, tombez, bourgeons, naissez !

Baho installe le chef dans une couverture de renard, elle-même posée au centre d'une tente pleine d'odeurs. Elle trace au sol des figures ressemblant à la boule qui le gêne.

— Quand le soleil passera sous tes yeux, lève-toi et marche dessus ton mal, et quand tu sentiras ton cou sec, sors et cours !

Cette fois-ci, l'art de Baho marche à une rapidité qui stupéfie le chef.

Parfois, ce qu'elle décide ne marche pas, alors elle ment avec franchise :

— Les esprits ne m'ont pas accompagnée, cette fois. Ils avaient trop à faire ailleurs.

Elle sait qu'elle ment, mais son mensonge est un vrai apaisement pour ceux qui vont mal.

21

Retouches et cataclysmes

Baho aime ce qui améliore par petites touches, les outils et les soins, et, depuis la mort de Prim, elle se méfie de tout ce qui va trop vite. L'envie, la jalousie, la chasse. Il faut avancer à pas de lynx et dormir avant de marcher loin. Rien ne change, mais tout se modifie peu à peu, plume à plume… Le chêne peut être vieux et ses feuilles très jeunes.

Il y a longtemps que les femmes se parent et que les hommes ont découvert le propulseur de sagaies, mais ils cherchent à faire des sagaies plus courtes. Ils ne trouvent pas quel arc propulsera des épieux miniatures, des flèches faciles à transporter, mais ils en rêvent. Ils trouveront. Avant, il n'y avait qu'Antseu qui soignait et il avait de quoi endormir un forcené comme Wotank. Maintenant, certains chasseurs veulent goûter au suc magique et une petite bande a volé des raisins à boire pendant que Baho dormait. Eux aussi, d'une certaine façon, sont des forcenés. « Un forcené n'est pas né avec la force, sa force est une colère née d'un manque de vraie force… », se tuait déjà à lui dire Antseu. Aujourd'hui, les forcenés se prennent pour des chamans, alors qu'ils ne recherchent rien d'autre que l'effet des sucs… Baho n'a pas retenu toutes les proportions du suc-poison de défense d'Antseu. Il mêlait des grains d'une plante qui donne un fruit rond et qui fait du bruit quand il est sec[1] et qu'on le secoue, elle ne sait plus combien de suc il faut ajouter pour « ensuquer » un ennemi. Les grains de la fleur roulent sur la langue, mais n'ont aucun effet. Quand Antseu avait-il utilisé

1. Pierre-Arnaud Chouvy, « Le pavot à opium et l'homme. Origines géographiques et premières diffusions d'un cultivar », in *Annales de géographie*, vol. 110, 2001. L'auteur y parle de *Papaver somniferum* à l'état sauvage. En Grèce antique, on connaissait le pavot. L'origine du mot « opium » vient d'ailleurs du grec *opos*, « suc ». Selon Mme Veselovskaya, paléobotaniste, il n'est pas seulement d'origine asiatique, mais aussi méditerranéenne. On a retrouvé en Suisse des capsules de pavot datant de 4000 ans.

le suc de la jusquiame avec celui du pavot? Il n'a pas livré son secret à Baho: «Baho, ce suc est trop dangereux. Seule la mort donne le sommeil réel, et je n'utilise le pouvoir de la plante fragile que s'il y a danger. La plante contient une flèche invisible, mais elle ne cible rien.»

Baho doit se débrouiller sans ce suc magique pour affronter ses angoisses. Ses intuitions fleurissent avec des épines. Elle ressent ceux qui vont mourir, leur odeur change, elle ressent la vie qui vient, aussi. Elle accompagne les naissances.

Un soir, l'intérieur de son corps semble se vider à travers de petits trous invisibles. Elle comprend. Baho sent la mort venir nicher en elle et chez d'autres Houmens. Elle renifle, respire les corps et dit. Quand elle annonce la mort, on lui tourne le dos. On n'ose bientôt plus lui parler.

Personne ne lui répond quand elle annonce une mauvaise nouvelle. Antseu, mort et enterré avec ses plumes et ses couteaux de silex depuis longtemps, apparaît dans le mouvement d'un arbre pour l'aider. Baho comprend: on lui prête tant de pouvoirs qu'elle n'est plus très houmène, mais plutôt non-houmène. Certaines Houmènes croient qu'elle aime annoncer le pire. Pour les détromper, elle prépare un festin avec les restes de viande, y ajoute quelques racines sucrées, broie quelques baies qui donnent du goût et invite les vivants Houmens.

Autour du feu, les langues se délient, à l'image des flammèches.

— Baho, c'est bon!

— T'as mis quoi dedans? demande Élou, une jeune Houmène au ventre rond.

— Voilà tout mon attirail, dit-elle en expliquant les plantes, les graines et les goûts.

Baho partage et donne des noms de son imagination:

— «Perles piquantes», «graines de soleil».

Le lendemain, les enfants houmens viennent voir comment elle fabrique des vêtements de peau pour eux, et elle demande à la plus petite de fabriquer un perçoir en silex:

— Yela, comme tu vois mieux que moi, tu en fais un, toute seule.

Yela porte comme elle une fourrure presque blanche sur le dos et quelques coquillages dans les cheveux. Elle s'applique. Et bientôt, toutes les femmes houmènes arrivent à leur tour pour préparer une fête de joie. Elles ramassent du bois brûlé et tirent de leurs poches des pigments pilés qu'elles disposent sur une peau magnifiquement lisse. Baho n'annoncera plus la mort, même si elle la sent.

Yela demande en riant si on peut se mettre de la poudre colorée sur les joues et les jambes, pour jouer. Un vent froid se lève et glace tout ce petit monde de fragiles – femmes enceintes, enfants et très vieux –, qui attend le retour des chasseurs. Ce petit groupe se cache dans une hutte en peaux de renne. Yela demande un pendentif à Baho, qui lui attache autour du cou un coquillage nacré troué et tenu par une fibre. Yela prend des feuilles et les enroulent autour de ses pieds gelés.

— Baho, tu as encore des herbes à goût?

Baho aime apporter du piquant aux viandes, elle aime aussi que les odeurs de peau soient joyeuses, alors elle s'active en tout, sous l'œil rond et amusé d'Aba.

— Les Houmens vont bientôt être là avec le «repas»! Je vais préparer un feu, et nous mettrons ensuite nos pieds dans la cendre et les herbes sur la viande.

— Et ensuite, on dansera? demande Yela.

— Ensuite, on dansera. Aba, apprends aux filles à faire du feu, à rouler la tige et à utiliser le champignon, à souffler sur le sec. Tu le fais si bien… Yela, tu peux te mettre un peu de poudre, mais juste un peu, sur les joues…

Aba prend plaisir à vérifier que chaque jeune Houmen, chaque jeune Houmène sache faire du feu, même par grand vent. On ne se moque de personne, même de Yela qui se blesse toujours les doigts pour faire partir une petite flamme de rien du tout.

Baho songe à enseigner à Yela le sable qui nettoie la peau, les odeurs et les senteurs. Mais les petits d'Houmens n'aiment pas apprendre trop longtemps, et ils préfèrent que ce soit leur père ou leur mère qui leur montre, pas un non-parent. Baho pourrait bien être la vieille mère de leur mère! Les seules questions qui pleuvent comme quand il pleut à éteindre le feu sont: «Quand est-ce qu'on mange? Qui fait le feu aujourd'hui? Je peux faire le feu?»

Baho sait les lignes qui montent et descendent, migrent et reviennent, celles qui sont dans les mains des Houmens. Elle sait les échanges entre la terre et le ciel à travers l'arbre, elle sait pourquoi les petits oiseaux attendent que les Houmens finissent de manger pour picorer les traces de leurs repas.

Aba la trouve de plus en plus lointaine. Le vieux loup gris aux poils blancs se repose à ses pieds et se fait oublier, comme l'ombre de Baho.

— Aba, je vais dans des rêves de plus en plus étranges. Ils logent en moi le jour et la nuit. Le loup est avec moi… J'ai peur, sans lui.

— Raconte.

— Je suis emplie d'images qui ne sont pas pour moi ni pour les Houmens. Plus tard sera terrifiant! Il y aura des sagaies courtes et légères… Des noyaux qui tuent en sortiront!

— Tu veux dire que les retouches de nos chasseurs n'apportent pas toujours le meilleur?

— Voilà… Il y a des retouches qui apporteront des flammes qui éteindront le feu. Nous serons plus nombreux que des insectes. C'est affreux, car plus personne ne verra les abeilles ni les marmottes comme nous!

— Repose-toi, ma Baho. Tu dis n'importe quoi. Repose-toi…

— Les abeilles ne sauront où aller!

— Calme-toi, dit Aba, enserrant Baho.

Leurs corps s'unissent, mais le sommeil est trop léger. Baho fait un grand songe. Un aigle avec des étoiles diurnes derrière ses ailes vient pondre un œuf rouge dont sort une flamme bleue. Ce qu'elle voit ensuite, c'est le futur au galop. Elle crie pour l'arrêter et se réveille. Elle se rendort, se retourne, se rappelle du rêve précédent dans le second… La flamme tourne sur une terre molle et se met à parler avec des langues de feu tristement bavardes: «Un jour un paresseux, méchant par inaction, prendra les graines à la nature et les mettra devant sa caverne, et il les gonflera sans bouger! L'aurochs deviendra directement viande hachée, découpée et mangeaille sans goût par manque de durée. Un autre paresseux attachera l'aurochs pour l'avoir sous la main. On cueillera sans se baisser, on chassera sans rien faire. On mourra vieux mais vide d'histoires. Le bison viendra se faire tuer dans une coquille vide. Les loups ne seront plus des loups… On mangera l'intérieur des coquillages. On ira au-dessus des glaciers fondus. L'eau pure deviendra eau pourrie…»

Baho se sent lourde et épuisée en se levant. Elle ne dira rien de cela, à personne. C'est impossible. Il faut retrouver le sourire et faire fuir les mauvais esprits par la musique, en enfumant les cavernes avec des branches odoriférantes qu'on brûle en dansant.

Baho s'extasie devant Goal, qui sait faire cuire sous la cendre de belles truites, et à côté de la chair de bœuf musqué. Le bœuf prend plus de temps à cuire, mais il est plus tendre pour les Houmens qui perdent leurs dents, tout en étant croquant au pourtour. Chez les Houmens, on dit que « qui perd ses dents perd son temps ». On dit que les racines des arbres sont les dents de la terre... On dit beaucoup de choses, mais seule la chamane comprend l'analogie.

Mais à quoi bon raconter à quiconque ce qui lui passe par la tête ? Baho savoure encore le partage des chants et de la nourriture.

Que voulait dire son rêve ? Elle ne sait pas. Elle sait que le feu n'empêche pas certains Houmens de préférer la viande crue. D'autres choisissent le pourri... Mais ceux qui mangent cuit sont moins malades et vivent mieux et plus longtemps. C'est une constatation. Seule Goal partage ses questionnements sur la nourriture. Elle lui montre alors un suc qui ne sort pas d'une plante mais de l'estomac d'un renne.

— Goal, d'où vient ce suc ?

— Renifle.

— De cette poche du dedans du renne ! C'est très acide. On peut conserver des choses avec. Goutte-moi ce lichen au suc, ça a le goût du déjà cuit.

— Ce que nous faisons comme mélange doit être bon au goût, à l'œil, à la forme. Goal, on va en faire quelque chose ! Il n'y a pas que les chasseurs qui font des inventions, des retouches. Nous aussi, les femmes, nous ferons de petites retouches au goût !

— Ce serait triste si rien n'avait de goût. Pas vrai, Baho ?

Baho est rassurée, elle a trouvé qui la remplacera, et il y aura de nouvelles saveurs à inventer. Elle se dit que les images de grottes volantes et de flammes plus fortes que le feu doivent naître de ses peurs, et qu'il faut absolument les faire disparaître.

— Goal, tu devras toujours te méfier des vents glacés et coudre avec ingéniosité des peaux qui protègent pour que ça tienne. Quand on sait qu'on maîtrise, on a moins peur.

Frondzur ajoute :

— Gardons nos peurs uniquement pour guetter des Watanks jaloux de nos fourrures, de nos femmes et de nos enfants, alors tout ira bien ! Goal, écoute bien Baho. Je crois qu'elle pense à toi pour prendre un jour sa place de chamane-mama.

Moins de jeunes meurent. Baho leur donne à sucer des feuilles acides et du miel d'abeilles noires. De grandes conversations se déroulent autour du feu : il y a le camp des pro-harpons, face à ceux qui préfèrent les propulseurs. Frondzur le vieux conclut la nouvelle fête dansée en disant :

— Le plus important, c'est que les ours nous laissent à manger !

— Je ne les ai jamais vus boire du jus de viande bien gras ; ça leur brûlerait les moustaches ! s'exclame Goal en riant. On peut accrocher nos truites hors de portée des ours et d'autres affamés ? Le loup de Baho tourne sans arrêt en dessous…

— Tu as raison, Goal, dit Baho. Nous sommes très heureux de manger de tout. Mais quand les grands froids nous enlèvent le choix, il faut protéger ce que nous avons.

— Heureusement que les poissons abondent quand nous en avons besoin ! ponctue Frondzur. Heureusement que nous avons le renne et que dans le renne tout soit bon ! Mêmes les Gauls, descendants des Graüls[1], en sont persuadés. Le renne donne ses bois, sa peau, ses viscères, ses os, ses tendons. Il est à notre mesure. Mangeons ! Et avec ce que nous ne mangeons pas de lui, faisons des bijoux, des outils, des objets ! Nous avons les plus beaux, grâce aux trésors de la terre et de la grande étendue d'eau salée. Mangeons, Houmens ! Mangeons…

Frondzur n'a jamais autant parlé. Aba comprend. Le renne sert à tout : sa viande se mange crue, cuite ou fumée, ses bois servent à la fabrication des sagaies, des harpons et des propulseurs, les dents font de jolis colliers. Des omoplates gravées servent de plats où poser la viande. La plus belle tente blanche est en peau de renne. Les Houmens savent qu'ils habitent un territoire difficile mais qui permet d'espérer, toujours et malgré tout. Pour se moquer du froid qui dévore, on dit « être en froid » avec les Watanks. La vie continue.

Baho se sent mieux et comprend la nécessité de la vaillance des chasseurs. Sans eux, pas de feu, pas de bonne viande. Elle avale la moelle comme d'autres boivent de l'eau. Elle a faim. Les enfants mangent des langues, de la cervelle, des mamelles de rennes. Le renne, c'est la survie du clan aux temps froids, ce qu'est le cheval aux temps chauds. Celui qui découpe le mieux la viande, c'est Texiz, le plus futé des Houmens. Comme il a peur de chasser, il se

1. Les derniers néandertaliens s'éteignirent vers - 28000 ans ; ils nous auraient laissé près de 4 % de gènes. Manque de fertilité ou manque de combativité face à l'homme moderne, non seulement défensif, mais aussi attaquant et vindicatif ?… Pour une approche romanesque des prénéandertaliens, lire *Tahül et les pierres de foudre*, L'Archipel, 2014.

rattrape en découpant les animaux comme s'il savait les recoudre, les remonter en entier. On l'appelle le Recoupeur-couseur.

Baho s'apaise et voit en plein jour Ho et Ra lui faire signe. Ils n'ont pas l'air triste pour elle. Baho pense qu'elle vivra encore des lunes sans souffrir de son bras, de ses jambes et de ses pieds. Mais son souffle se fait plus court…

La pluie se glisse dans ses rêves. Elle y voit marcher des hommes sans cuir sur le dos, portant une immense fleur inversée qui les protège des trombes d'eau. Le futur ne serait donc pas entièrement mauvais.

22

Vieillir en musique

Une musique naît dans la tête de Baho, mais ce n'est jamais ce qu'elle a en tête qui sort de l'os de vautour qu'Aba lui avait fabriqué.

Elle admire le visage vieilli d'Aba. Ses traits affirment sa bonté. La bonté, c'est comme un jour doux et rayonnant. Son contraire ressemble à une nuit sans lune. Baho fredonne l'air qu'elle aime, elle comprend pourquoi Ra sa mère chantait : sa voix lui obéissait. Un os troué n'obéit pas à une bouche ! Le soleil laisse des traces, la violence laisse des traces, tandis que la musique s'évapore et reste en mémoire. C'est une chose très chamanique. *Toc, toc, toc,* le rythme, *ouh, ou, ahhh,* le son, et la voix qui vient du souffle. Il y a du vent en soi. On est mort quand il disparaît.

Il arrive que les Houmens chantent ensemble, comme étonnés de leur prouesse. Les enfants tapent sur leurs cuisses et les grands font : « *Ouh ouh lou,* l'ours, lorsque tu parais… » Il y a une mélodie qui plaît à tout le monde, c'est *Laoulouloulou.* Mais on n'ose pas trop se lancer dans le chant, cela pourrait attirer un méchant Watank. D'ailleurs, Aba a inventé une chanson pour que les enfants ne partent pas seuls dans la forêt : « Y a un loup tout là-haut, un bison tout en bas, sans ton clan n'y va pas. »

Piki le Loup, qui a maintenant plein de poils blancs, a complètement oublié ses origines et dort avec les enfants de Frondzur. Le chef prend ainsi un peu de pouvoir chamanique lorsque le loup gris est à ses pieds.

Le vieux loup perd une dent. Baho verse une larme.

Il faut lancer des sons de sa gorge pour ne pas avoir peur. Dans les grottes, tout sert à faire de la musique[1], des branches, un bout de tronc, une tête d'éléphant, des peaux tendues, et maintenant les os percés ! La corne d'aurochs fait peur quand on souffle dedans, plus que celle du bouquetin. Il a fallu bien la percer avant. Les phalanges de renne permettent un beau sifflement et les enfants se repèrent entre eux grâce aux sons qu'elles permettent. Ce que Baho préfère, c'est le crin de cheval tendu et son vrombissement dans le vent. Elle n'aime pas les instruments racleurs qui se mettent en colère. Dans la grotte, tout résonne, et tous raisonnent. Les sons reproduisent l'intérieur de ce qu'on ne dit pas, de ce qu'on a vu ou souffert.

— Un jour nous irons jouer sur les pierres[2] « qui montent et qui descendent », dit Baho. J'ai découvert des sons qui vous plairont. Bien sûr, les os secs gardent mieux le ton, mais dans les belles cavernes, on fait de la musique et l'on peint les images qui en naissent en même temps ! Cela aide le feu des peintres des cavernes, ailleurs, très loin.

La chamane a parlé. Elle demande qu'on fabrique un instrument pour les grandes fêtes, et qu'il soit en ivoire. Le chef rapporte une défense de mammouth. Aba, quant à lui, fabrique un instrument de son territoire : c'est un rhombe en bois qui a un trou à son extrémité. Dans ce trou, il fait passer du crin de cheval. Quand il fait tournoyer l'instrument, le vent s'en joue, mais jamais de la même façon !

— La vie, c'est pareil, sans les doigts du vent pas de musique.

Baho et Aba se parlent peu, mais leur air serein fait des envieux.

Les enfants apprennent à chasser avec les chasseurs, et aussi à faire des sons avec la chamane-mama.

D'une fronde en os et qui abat les oiseaux, on peut faire un instrument. La vie chez les Houmens s'apaise, malgré les grands

1. On peut lire « *Homo musicus palaeolithicus et Palaeoacustica* », de Michel Dauvois (Institut de paléontologie humaine, Instituto Italiano di Paleontologia Umana, Rome, 2005), ainsi que sa bibliographie, à cette adresse : http://www.euskomedia.org/PDFAnlt/munibe/aa/200503225241.pdf Autres sources : Antoine Balzeau et Sophie A. de Beaune, *La Préhistoire*, Éditions Chronique, 2009. Et *Une nouvelle approche de la gravure, du « petit sorcier » à « l'arc musical de la grotte des Trois Frères »*, de Frédéric Demouche, Ludovic Slimak, Daniel Deflandre, LAPMO-CNRS, université de Provence.

2. Lithophones à partir de stalactites et de stalagmites.

froids, les grandes et petites morts. La perte d'un Houmen est maintenant annoncée par des sons qui passent du joyeux au triste.

Baho instaure des sifflements pour prévenir comme les marmottes ; en général, c'est pour avertir que le repas est chaud. D'autres sons sont si tristes et si longs qu'ils disent qu'un enfant est bleu ou qu'un chasseur a été blessé à mort.

Un bois cranté et frotté fait parfois l'affaire, pour annoncer un mauvais feu ou une chose inhabituelle. On peut ajouter des boyaux à une branche coudée et tirer dessus. Cela fait d'autres sons. Partout, il y a des sons. Les sons effacent les cris des mères qui perdent leur enfant, les cris des Houmens qui perdent un des leurs. Il y a des instruments légers et d'autres qui tambourinent comme la pluie. On percute les parois pour se faire entendre des esprits, ou pour exprimer sa colère. Le silence fait peur, surtout quand le soleil disparaît ; alors le feu de bois devient musique et la musique feu. Les rythmes sont la marque des clans, et Baho devient une soigneuse qui exige des pauses de musique.

Frondzur chante rocailleux et voit double. Il songe à trouver un nouveau chef. Il commence à transmettre son savoir de chasseur à tous les valides. Le nouveau meneur sera celui qui ne craindra ni les coups de foudre, ni les songes de Baho.

— Tu devras transmettre, lui dit Baho avec douceur. Avant, profite du fait de l'harmonie.

Elle écrase quelques baies de genévrier et lui en fait boire le jus ; il se sent bientôt plus fort. Frondzur doute souvent et comprend maintenant le fait que Bordig lui ait abandonné la direction des Houmens.

— J'ai moins mal aux jointures, avec tes baies, dit un jour Frondzur à Baho.

— Normal, la couleur et le contenu se glissent pour éponger les douleurs de ce qui s'articule mal en toi.

— D'où tu sais ça ?

— Ce sont les Rozis qui m'ont donné cette combine. « C'est pas bon, mais ça revigore, c'est violet, mais c'est pas laid » disent les chamans de là-bas. Moi, j'en prends quand j'ai mal au fond de la gorge.

À d'autres, elle donne de l'armoise, sa propre découverte. C'est l'arme de son choix, cette plante qui pousse haut et dont les feuilles ont des dents. L'armoise redonne du feu intérieur, mais rien ne vaut le genévrier, il fait partir les vers et les insectes du corps, il arrête les hoquets. Son bois sent fort, il est rouge. Ses fruits sont ronds comme des yeux et on les fait cuire avec la viande de bison.

Les Houmens vouent maintenant un culte aux baies bleues qui se nichent sous les piquants.

Une nuit, Baho fait un rêve très court. Antseu lui dit que, si elle chauffe les branches, elle gardera l'odeur. Un vautour dépose une branche de genévrier près d'un feu.

Les images sont de la couleur du breuvage.

Baho essaie le lendemain ce que lui a dicté le rêve, et une sorte d'huile s'extrait des branches d'un vieux genévrier. Elle grignote de jeunes pousses et regarde le ciel.

Devra-t-elle toujours obéir à ses songes ou refuser certains rêves? Cela pourrait la tuer. Comment résister aux hallucinations qui brûlent sa pensée? Le buisson qui donne les billes bleues, noires ou violettes est un esprit soignant qui vient de la terre, c'est certain. Quant à l'huile, Baho ne sait qu'en faire. Les branches brûlées font fuir les mulots. La nature en toute chose contient des secrets qui attendent. Il ne faudra en divulguer que peu : ceux qui soignent! Les jus et sucs sont parfois âcres au goût, mais salvateurs. C'est ce que la chamane se doit de répéter aux enfants qui n'aiment que la viande et les graines sucrées.

— Mangez aussi ces baies, petits Houmens, elles protègent de bien des maux, croyez-moi!

— Oui, mais ça donne les dents noires. Nous, on préfère apprendre à allumer des feux et surtout à chasser le mammouth! On n'en voit plus guère en ce moment. Chamane-mama, c'est vrai que le renne peut servir à tout?

— Tu t'es bien fait un sifflet avec une phalange de renne et pas avec une canine de sanglier!

Sous les beaux abris-sous-roches en peau tendue, les cabanes en os de mammouth, les enfants se sentent protégés. Il faut du temps pour leur faire manger de tout et leur apprendre à se défendre contre les monstres, minuscules ou gigantesques. Les enfants aussi font des rêves, mais ils sont simples à interpréter. On dirait que les esprits éclairent mieux les petits que les chasseurs.

Une nuit, Aba s'inquiète : Baho bouge et se retourne comme une furie. C'est peut-être Wotank qui se réveille en elle et lui fait peur. On dit que, la nuit, des esprits mauvais peuvent circuler.

C'est sans doute pour cela que Baho transpire et ruisselle. Un lynx miaule à n'en plus finir. Le loup lance un *ouuuuh* dévastateur. Seule la musique pourrait rafraîchir le corps en feu de Baho. Les sons interdisent au temps de passer, ils sont un autre temps. Quand une Houmène meurt, chacun compte sa peine en petits coquillages, pendant que quelques hommes creusent. Rendre beaux les morts, c'est respecter la vie.

Pourquoi toutes ces plaintes ? La maladie chasse mieux qu'une panthère des cavernes. Baho est vieillie de tous les soins qu'elle a donnés. Certains Houmens tombent là où il ne faut pas tomber, quand d'autres évitent des pièges invisibles. Baho tombe en elle-même. Elle ne peut lutter.

Le soleil revenu, Baho accroche à un bois poli le crin de son cheval préféré, qu'on avait retrouvé ventre ouvert et puant. Elle passe dessus une branche de genévrier, celle qui attise le feu. Elle voulait porter la vie, mais Wotank a brisé le nid de son ventre.

Wotank a été dévoré par les fourmis et les vautours. Il a généré la haine et c'est sa plus jeune fille qui l'a poussé dans le vide. Elle ne voulait pas être à lui.

Baho respire, elle se sent libérée, sans savoir que Wotank n'est plus et qu'il a été remplacé par Miul, l'ombre d'un chef. Enfin, les Watanks n'en peuvent plus, de la colère ! Mais, si le froid et les maladies déciment leur clan, ils auront encore besoin de détester les Houmens.

Le loup cesse de gémir et lèche les mains de la chamane. Il ferme ses paupières et pose sa vieille tête sur les vieilles mains de Baho.

23

Prévoir le début de la fin

Baho parle de moins en moins. Elle a deux fois l'âge de ceux qu'elle aide à entrer en terre. Les poisons de la vie sont la colère et la maladie ; parfois, les deux s'emmêlent. Aba a recueilli des enfants sans parents. Baho a vieilli moins vite que sa peine. On parle de « l'houménité » des Houmens parce que Baho et Aba recueillent les perdus des montagnes et des rives. Tout le malheur s'est dilué, les histoires se sont mélangées. Même les descendants des Watanks sont restés loin de leur honte. Les Houmens sont exactement comme les hommes et les femmes des autres clans, sauf que, depuis longtemps, ils n'ont utilisé la violence que pour se défendre. Leurs ongles n'ont griffé que la terre et leurs dents n'ont mordu que les fruits, les légumes, les graines, les poissons et les animaux cuits et bons.

Baho s'est recueillie. Elle a passé autant de jours à vivre le présent qu'à se souvenir des anciens présents, fichés comme des écailles sur le dos de sa vie.

Aujourd'hui, les écailles du temps sont au complet. Baho le sait. Elle prend doucement la main calleuse d'Aba :

— Aba, je crois que c'est le lieu où nous revenons toujours, si bien protégé des vents et du froid. C'est ce lieu qui nous a donné le goût de l'harmonie et de la musique. C'est comme un rond clos, face à la mer.

— Une forme parfaite et inquiétante, tel un œil de terre. Baho, nous avons gardé nos aveugles et meurtris, nous avons donné à manger aux non-Houmens. Voilà ce qui nous a protégés : la vigilance juste.

— Au-delà… Ultim, tu l'avais trouvé, incapable de marcher.

— Et tu lui as remis en place l'os déboité.

— Il a trouvé sa place. Tu as repêché Dor. Dor écoute comme personne, il fera un bon chef, je pense.

— Ou un bon chaman.

— Il décidera.

— Nous les avons donnés au monde, tous ces petits perdus qui n'avaient plus de parents. Ma chamane-mama, tu as soigné leur dedans et je leur ai appris à chasser, pêcher, cueillir au-dehors!

— Les vagues sont venues et revenues. Les jours et les nuits ont fait plein de petits, mais les écailles de ma vie sont au complet. Cette nuit, j'ai vu un cheval blanc dont le crin était noir. Mon bras a repoussé sous terre et il est devenu une branche d'un épineux à fleurs jaunes. Je dois me préparer; toi aussi, mon vieil Aba... J'ai des souvenirs de toutes les fins qui surviennent au milieu des vies et qui sont survenues dans toutes les vies. La mienne est là, comme la fin d'un crin du cheval. J'aimais tant voir passer le cheval fougueux et fier au travers du soleil de feu... À la fin, rien! Du vent. J'ai des poux, je voudrais que Dor me rase la tête.

— Tu seras moins belle!

— Aba, je ne veux pas les emporter avec moi dans le ventre de la terre. Cela me gratte terriblement le crâne. Ainsi Dor prendra mes pouvoirs, s'il veut devenir le prochain chaman. Goal ne veut pas me remplacer: «Trop de choses à faire», selon elle. Elle ne pense plus qu'à manger... Ce sera Dor. De mes cheveux, tu feras un vêtement pour la petite de Dor, elle sera bien au chaud dans mes cheveux. Freya, la fille de Yaé et Dor, qu'elle vienne me voir aussi. Ta main est chaude...

Freya s'approche, toute menue, avec un escargot dans la main.

— Petite, la vie commence ici sur la coquille et finit on ne sait quand, par là, au-delà de ta main. Regarde dans le cœur des arbres et des nids, amuse-toi, et danse bien, petite Freya. Regarde dans les Houmens et ne sois pas effrayée. Le vent n'a qu'un temps, le tonnerre n'a qu'un temps, la vie n'a qu'un temps. Appelle les sœurs de Dor. D'autres vies m'attendent.

Baho reste belle et souriante.

— Quand je ne bougerai plus, vous mettrez du rouge sur moi. Le soleil donnera un reflet aux poudres répandues. Avant la terre, l'air...

Baho regarde et écoute la mer lointaine.

— J'ai à dire et à pré-venir encore.

Mais elle n'a plus la force. Une lumière qui ne vient ni du feu ni du soleil: c'est le dernier songe de Baho qui se meurt.

Les filles font une mélodie pour lui rappeler les bons jours. Baho pleure et sourit.

Baho parle aux vents, à la terre, chante et puis s'éteint en criant : « Le futur m'a tuée... Soyez le présent. » Elle portera la coiffe des coquillages ronds, on la placera sous le cheval gravé.

C'est la seule à partir déjà rouge, avec une couronne de coquillages blancs autour du front, sa crinière de mer. Aba la pleure doucement et place deux silex derrière sa nuque. Aba regarde Baho pour la dernière fois, son visage irréel et tranquille. Elle est déjà ailleurs. Ses grandes jambes, ses longues mains...

Dor creuse un trou au fond de la caverne, sous l'image du cheval libre et sauvage, griffée dans la pierre depuis des lunes.

— Elle avait de bonnes dents, une bonne vie, une bonne tête ! dit Ploust, celui qui veut remplacer Frondzur.

Les Houmens se rappelleront Baho, sa beauté et les êtres inoubliables enfouis avant elle. Le lien demeure. Baho dort sous les pierres de la grotte qu'elle aimait, œil ouvert sur la mer.

La nature poursuit sa route, un aigle plane, le froid s'instille.

Dor devient le chaman et il reste agenouillé dans la grotte, semblant entendre la voix de Baho. Piki le loup ne mange plus.

Épilogues

LE SENS DE NOS VIES

«Il est des moments où il faut choisir entre
vivre sa vie entièrement, complètement,
ou traîner l'existence dégradante,
creuse et fausse que le monde,
dans son hypocrisie, nous impose.»
Oscar Wilde

«L'air est précieux à l'homme rouge,
car toutes choses partagent le même
souffle, la bête, l'arbre, l'homme,
ils partagent tous le même souffle.
L'homme blanc ne semble pas remarquer
l'air qu'il respire.»
Le chef indien Seattles

Le professeur s'assit à son bureau encombré de dossiers et songea à la Dame du Cavillon, ses restes anciens et ses moulages contemporains… Il s'imagina un court instant une mannequin habillée de perles. Pourquoi pas une femme aussi belle que Laetitia Casta, avec les vêtements et les parures de cette Cro-Magnon, élancée, marchant ou allongée et recroquevillée? Baho devait être vraiment une très belle femme, très moderne, très aimée. Dans le laboratoire, un moulage de son squelette permettait facilement d'imaginer la chair et ses contours. La coiffe de coquillages, un brin baba cool, faisait très «stylée». Du vivant de la Dame de Cro-Magnon, la Terre était alors tout autre, plus froide, pas surpeuplée; l'humanité ne s'était pas encore transformée en prédatrice des sols, des eaux et des airs.

Le professeur donna ensuite une conférence *in situ* à des chercheurs italiens. Il eut l'impression d'entendre la chamane parler une langue des bois et des vents. Alors, il fut précis et didactique : il compara l'espérance de vie entre la Dame du Cavillon et une joggeuse de la société actuelle. Il compara sa vie, sa mort, sa sépulture aux vies qui suivirent, aux morts qui suivirent. Il étonna l'auditoire en précisant sa durée de vie :

— Elle a vécu une quarantaine d'années. Nous le savons par son squelette.

Selon ses découvertes et celles de ses confrères, on en savait beaucoup sur les rites funéraires ; ils variaient en fonction du sexe, de l'âge, de la fonction passée et de la place dans la hiérarchie. Les extrapolations faisaient le reste. Dès la Seconde Guerre mondiale, on savait que 95 % des Cro-Magnon mouraient avant quarante ans. La chamane avait donc eu une vie relativement longue, et sans doute une existence extraordinaire, malgré ses os cassés et ressoudés. Les étudiants et chercheurs avaient hâte d'avoir les données en main. Le squelette allait parler, raconter son histoire ! Ils attendaient tous la monographie du professeur prévue pour 2016 ! Avant que tout se complique et s'entrechoque pour de bon, une histoire est faite de détails qui mettent les paléontologues sur des pistes. Ensuite, il faut comprendre l'évolution. Le professeur Henry de Lumley aimait faire un « nuancier des âges », du plus ancien crâne au plus récent. Il ressemblait alors à un Hamlet universitaire et malicieux. La sonnerie d'un portable éclipsa la magie de ce moment. Puis la conférence reprit.

Après Baho, en devenant sédentaire, l'homme a thésaurisé. Avec le climat plus doux, il a même voulu jouer au plus fort. Les paresseux ont gagné, en faisant travailler les autres. Il fallait faire des stocks, d'autres s'échinaient à les créer, les compléter. Les épidémies firent des morts. Les bœufs musqués devinrent nos bœufs, qu'on éleva. Le loup devint chien, le chat apparut pour chasser les rats. Certains clans, eux, disparurent totalement.

Les portables s'étaient enfin tus et le professeur évoqua la Dame du Cavillon, sur le ton de l'actualité. Le public comprit que sa médecine correspondait à un hommage aux morts et à la santé, en quelque sorte. C'était l'âge non des cavernes mais des prémices des inventions modernes. Le conférencier faisait revivre cette femme moderne, et il fascina son auditoire quand il déclara :

— Les charognards n'eurent jamais un seul des os de la belle Dame du Cavillon, car elle avait été enterrée très profondément, face à l'entrée de la grotte.

Henry de Lumley signala à son public restreint que l'*Homo heidelbergensis* d'Atupuerca semblait être le premier hominidé à avoir pratiqué des cérémonies mortuaires, il y a moins de 100000 ans. Il leur parla de l'homme de La Chapelle-aux-Saints, un individu âgé de plus de soixante ans, également retrouvé en position de dormeur, les genoux repliés sous sa tête. Il avait pu vieillir en paix car, malade des os, il avait été protégé par le clan. La solidarité humaine ne datait donc point de la Sécurité sociale. On lui demanda s'il existait un « culte des crânes » chez les néandertaliens, voire chez leurs prédécesseurs, comme l'homme de Tautavel. Oui, le crâne avait été placé hors des détritus osseux des animaux et des hommes. Y avait-il des offrandes? Il ne reste rien de périssable, seulement des outils, des os décorés, des coquillages, des pigments. Le professeur écourta soudain la visite. Il se sentait comme entre deux eaux. En réalité, il voulait être seul avec le « fantôme » de la Dame du Cavillon.

Mentalement, le professeur superposa les époques préhistoriques, en initié. Il chercha dans la grotte un signe qui aurait échappé à son regard. Selon la lumière, ou un nouvel éboulement, on pouvait voir une empreinte ignorée jusque-là. Non, lui et son équipe avaient tout fouillé, quadrillé, répertorié, minutieusement. Pourtant, cette gorge de pierre continuait d'exsuder le secret. Le paléontologue ne vit pas les grands cactus dressés face au ciel céruléen. Il pensa. Monument naturel, la grotte était un mausolée. Il ne pouvait que songer dans le silence à celle qui reposait maintenant au musée[1], en contrebas. Il se souvint d'un dialogue entendu quelques jours auparavant. Il était monté avec allant jusqu'à la grotte, étonnant bien des gens par sa foulée empressée. Il cherchait le silence, mais un dialogue interrompit ce moment de méditation sur l'hommage rendu aux défunts à travers les âges : un grand-père aux cheveux blancs s'adressait avec véhémence à son petit-fils, vêtu d'un short jaune fluo :

— Assez nagé pour aujourd'hui. Allez ! Entre, ça vaut la peine ! Jette un œil, au moins.

— C'est un cul-de-sac. Y a rien à voir ici. C'est moche.

1. On trouve des reconstitutions de la Dame du Cavillon au musée de Tautavel et au musée de la Préhistoire de Menton.

— Erreur ! Il y a tout à comprendre, à discerner. Discernement, tu connais le mot ?

— C'est un gars qui s'appelle Dicerne et qui ment ?

— Émile Rivière, tu connais ?

— Non, l'est pas dans ma classe.

— Normal, c'est un des grands oubliés de l'Histoire. Un peu comme ton grand-père : tu devrais venir me voir plus souvent ! Bon sang, Émile Rivière, c'est un préhistorien qui était aussi médecin.

— À quoi ça sert, j'te jure, d'être toubib pour soigner des gens des cavernes qui sont morts. C'est d'la science-fiction. J'veux une glace !

Le professeur ne se demanda pas à quoi servait sa curiosité, il la partageait lors de ses conférences, mais qu'en faire devant ce petit monstre nourri aux jeux vidéo ? Il écouta distraitement la suite du dialogue. Le grand-père avait de la persévérance !

— Bien sûr qu'on ne soigne pas les squelettes quand on est paléontologue, mais on peut savoir beaucoup de choses sur leurs anciens propriétaires. Né à Paris en 1835 et mort en 1922, Rivière avait un nom prédestiné, il coula des jours heureux et fit des découvertes incroyables, en Ligurie et dans la grotte de Mouthe, aux Eyzies-de-Tayac.

— Qu'est-ce que j'en ai à fiche… Et Rivière, ça coule de source, répondit, bougon, le futur collégien.

— Rivière fouilla, chercha. Une fois qu'on commence, on ne peut plus s'arrêter.

— Il s'est bien arrêté quelque part ! Et toi, tu vas t'arrêter de me fatiguer, avec ta préhistoire ?

Imperturbable, le grand-père continua. Il finirait bien par apprivoiser son petit-fils, qui habitait en région parisienne…

— D'abord, ce n'est pas ma préhistoire, c'est la tienne aussi ! Bon, Rivière séjourna à Cannes en 1869 et s'installa à Menton en 1870, pour plusieurs années. Sa première visite dans les grottes de Bahoussé-Roussé, autrement dit Balzi-Rossi en italien, eut lieu en avril 1869. Rivière pénètre ici, aux Roches Rouges, en avril, avec Stanislas Bonfils, collectionneur et passionné de préhistoire, qui a ouvert en 1860 un cabinet d'histoire naturelle à Menton.

— Ils sont morts, normalement on utilise l'imparfait, non ? Et où qu'on marche là, en France ou en Italie ?

— Où marche-t-on… Donc, à partir d'octobre 1870 et jusqu'en 1875, Rivière effectue des fouilles dans les grottes. Le 26 mars

1872, il découvre un squelette humain entier[1], daté du paléolithique supérieur, qui se voit attribuer un genre masculin, malgré ses coquillages…

— Il est où?

— Au musée. Pour te situer, Grégoire, nous sommes alors en pleine période gravettienne, qui suit l'aurignacienne et précède l'épigravettienne. Tu devrais enrichir ton vocabulaire, ça t'aiderait à penser…

— C'est archi trop compliqué. C'est ça que j'vais apprendre au collège? La barbe! Raconte-moi plutôt Rivière et ses cailloux!

— En février et juin 1873, il découvre trois squelettes d'adultes dans la grotte Bausse da Torre. En 1874, il met au jour deux squelettes d'enfants. Oui, tu vois le changement, c'est qu'un garçon sur deux n'atteignait pas l'âge du collège! Donc Rivière, qui est aussi spéléologue, crée le genre et découvre les gravures pariétales du paléolithique. Tu devrais lire son livre, *De l'antiquité de l'Homme dans les Alpes-Maritimes*.

— «Spéléolo» quoi?

— Mon cher Grégoire, Émile Rivière de Précourt est le créateur du terme «spéléologie».

— Ah bon? Le terme de quoi?

— Avec *spêlaion*, «la caverne» et *logos,* «la science», il désigne la science des cavernes: «spélæologie»! Il s'en est passé des choses, depuis Cro-Magnon! Par exemple, les mots savants viennent souvent du grec.

— Et moi d'Aubervilliers. Moi, ce qui m'intéresse, c'est l'histoire des gens, pas des termes à la noix pour pharmaciens. D'ailleurs, on dit bien «mettre un terme à une conversation».

— Ça aide, pourtant, les terminologies et le nom des choses. Tu n'imagines même pas!

— J'me débrouille sans.

— Ton *index* vient du latin («montre») et te permet de jouer à tes jeux vidéo. Et *video*, cela veut dire «je vois», toujours en latin! Tu ne vois pas grand-chose…

1. Lors de fouilles d'Émile Rivière, on y a trouvé une statuette de femme aux formes opulentes, ainsi que deux lames en silex brisées à la base du crâne de la Dame dite «du Cavillon», une jambière de cuir au tibia gauche, un astragale de cerf. (Voir *in* Rivière, «Les fouilles des grottes de Baoussé-Roussé, dites "grottes de Menton"», *Bulletin et mémoires de la Société d'anthropologie de Paris*, 1872, vol. 7, n° 7, p. 584-589.

— ... Tu me fatigues, papy René. C'était qui, la femme aux coquillages? Une princesse?

— Une chamane, sans doute.

— C'est quoi, grand-père? Une femme-chat?

— Une chamane, c'est une personne qui est en relation avec les animaux.

— J'vois p'tête mal, mais j'l'entends. Pas toi?

— Qui?

— Mais Baho, la femme-chat! Tu l'entends pas?... Moi, oui. Je te crois, maintenant, grand-père! Laisse-moi lui poser une question.

L'enfant ferma les yeux et se sentit proche de Baho. Sa voix se fit plus douce. Il demanda:

— Madame de Cro-Magnon, du Cavillon, votre mantille de coquillages, elle tient comment?

Grégoire décoda le son qu'il entendit:

— Avec des fibres fines tenues par un os de cheval en forme de tout petit sabot. Et toi, tu tiens comment?

— Sur mes jambes. Comme toi. Mais tu parles notre langue?

— Non, bien sûr! C'est toi qui décryptes le bruit du vent.

Fffffff...

Le vent se mit à souffler très fort.

L'enfant savait maintenant qu'au-dessus de l'endroit où on avait enterré la chamane-maman d'âmes des animaux trônait un cheval gravé, sa dernière volonté. Grégoire songea à choisir le lion à grandes dents comme totem, s'il acceptait d'aller chez les scouts, ces Cro-Magnon volontaires d'aujourd'hui! On l'appellerait Lion décidé.

Que pouvait dire le professeur de paléontologie? Se mêler à la conversation, se taire, apprendre à cet enfant que les *Homo sapiens* étaient des gens comme nous? Qu'ils savaient être des êtres pensants? Comment expliquer l'âge de pierre «en vrai», et les jalons qui aboutissent à l'homme contemporain?

«Partager le savoir, c'est le patrimoine du futur», se dit le professeur en regardant en direction de la mer. Il reviendrait en solitaire. Que pouvait-il partager avec un enfant si capricieux qui se moquait de son grand-père? Qu'autour de - 40000 ans, l'*Homo sapiens* connut une détérioration du climat vers le froid. Cela commença vraiment à aller mal à l'époque de la Dame du Cavillon, et durant 4000 ans encore. Plus les glaces augmentaient, plus les niveaux marins s'affaissaient. Le professeur Charpak, qu'il citait dans *L'Homme premier*[1], avait-il raison? Georges Charpak rêvait qu'un enregistrement fortuit puisse un jour être retrouvé et que l'on puisse reconstituer une voix datant de l'âge des cavernes! Le son reviendrait si on trouvait le sillon, comme sur un tour de potier… Était-il sérieux, poète ou rêveur, ou les trois en même temps?

Grégoire avait été miraculeusement fasciné par l'exposition. Avant de passer à table, il parla au chien de son grand-père:

— Tu n'as pas compris. Je répète. Un chien peut comprendre des mots, quand même! Je te réexplique. Non, pas le *gravéchien*: le gravettien, avec deux T! Elle était belle, tu peux pas savoir! Et après, après, des milliers d'années après, le mouflon est devenu un mouton, le loup un chien comme toi, et le sanglier un vrai cochon.

Grégoire s'en retourna à la grotte en cachette, pour écouter une sorte de monologue terrestre. Lorsqu'il revint, son grand-père comprit parfaitement son interrogation. Le temps s'écoulait avec une logique toute particulière, faite de tentatives, d'erreurs, de massacres, de réflexions. Mais aucun historien n'oserait dire que certaines institutions bien connues étaient des résurgences, des survivances des temps préhistoriques. Si, un, mais il n'a pas été publié! Il s'agissait d'Elie Reclus, dont l'encyclopédie manuscrite dort encore à la Bibliothèque royale de Bruxelles, et qui parle des mythes, des peurs, des rites d'initiation dès l'âge des cavernes. Il expliquait les premières semences, les maladies, les premières fois, le besoin de survivre à la mort, de trouver un sens à la vie, il offrait à la réflexion la joie et la peur des débuts de la pensée!

Les plantes qui soignent étaient un lien entre le sacré et le profane, et une chamane comme Baho le début du fait religieux, de la croyance. Baho ne chassait pas que les mauvais esprits, elle essayait de les comprendre. Tout devait être symbolique, comme aujourd'hui encore, où l'on trouve des colliers d'ail dans certaines régions, ou bien des os accrochés au cou en signe de virilité. En

1. Henry de Lumley, *L'Homme premier*, Odile Jacob, 1998. Concernant le Prix Nobel de physique Georges Charpak, son ami Mathias Fink confirme: «Il se demandait si, à l'époque des Romains ou des Mésopotamiens, des enregistrements du son n'avaient pas existé; si, quand les hommes traçaient un sillon sur une poterie, cela n'enregistrait pas leur voix. On a déliré avec ce projet, on a visité tous les salons du musée du Louvre, à la recherche d'objets où des sons antiques auraient pu être enregistrés. Georges aimait non seulement la physique, mais il s'intéressait à l'histoire et à l'archéologie…»

Calabre, des enfants portent des colliers de dents, pour que les leurs poussent mieux. Sur nos portables, on trouve des icônes. L'homme a besoin d'images sur ses murs, ses écrans, ses vides…

Les spécialistes du paléolithique peuvent trouver des colliers de dents et imaginer leur symbolique. Le grand-père était content que son petit-fils se pose enfin des questions existentielles, loin du numérique qui lui paraissait un leurre, bien qu'attractif. Il le vit revenir, l'air pensif. Grégoire voulait retourner à l'endroit que Baho avait choisi comme sa dernière caverne. Ils discutèrent face à la mer :

— La magie pratiquée par une Baho n'est que la certitude que quelque chose dépasse l'homme, dit le vieux monsieur. Aujourd'hui, nous portons des chapelets de gadgets qui nous sécurisent et qui nous relient au monde, aux autres. Il faudrait réapprendre à partager un repas. Nous avons oublié les outils et les chants rituels qui polissent les relations humaines, au profit d'une solitude mondialisée et masquée par une consommation dopée aux hormones de l'envie. La médecine ne soigne pas l'âme ni ne rallonge le temps ! Un temps vide, même long, est insignifiant… Tu comprendras un jour que je ne radotais pas…

Également revenu sur les lieux, le professeur surprit ces paroles. En repassant sur les lieux de l'enterrement de Baho, il avait commencé à son tour à entendre comme une plainte. Il se rappela parfaitement la phrase qu'il avait écrite au sujet du prix Nobel de physique : «… Aucun préhistorien n'a jamais trouvé de paroles fossiles – encore que, selon Georges Charpak, il ne soit pas impossible de repérer un jour des enregistrements de sons dans les microsillons de poteries façonnées sur un tour. » Non, il ne pouvait être victime que d'une illusion sonore ! Des sillons qui se mettraient à redire une parole envolée ne pouvaient avoir été gravés sur les parois de la caverne. La caverne n'était ni un tour de potier, ni un disque vinyle !

Proche de la Méditerranée, le professeur Henry de Lumley avait découvert des indices survivants essentiels et les avait tous répertoriés. Mais il était cette fois mentalement face à la chamane. Le vent recouvrit sa voix, puis se tut. Le calme, enfin. Alors, les mains dans le dos, le professeur redescendit vers la mer, semblant écouter un étrange message de l'au-delà. Il entendit un son qu'il n'avait jamais entendu, comme des crissements de coquillages, des peaux tendues et percutées, une voix…

L'enfant lui aussi était revenu, avant de repartir pour Paris. Il entendit le vent et une musique. Soudain la préhistoire de l'humanité l'intéressait. Il écouta Baho… Il y avait sans doute des savants qui pouvaient parler d'elle pendant des heures ; lui, il la connaissait déjà, rien qu'en étant attentif à sa drôle de voix ensorcelante… Les sonorités exprimaient des sentiments qu'il décodait. Pas besoin de mots. Un langage proche de la musique, dont il ne comprenait que l'émotion, opéra en lui. Tout à coup, il fut pétrifié : il comprit ce que la voix disait !

Son grand-père crut à une insolation et descendit appeler les pompiers. Grégoire était assis à l'ombre, à l'intérieur de la grotte. Ce fut une voix ralentie, comme sortie d'un microsillon, qui surfa sur le vent et le pétrifia. Il semblait écouter un fantôme.

« L'eau vaste de la couleur du ciel frémit à des enjambées de la grotte aux dents. J'y suis née ; là je serai ensablée par le sang-poussière de la terre-mère quand le grand sommeil murmurera en moi. Les écailles sont toutes présentes à ma fin.

Je suis Baho. Je livre aux esprits des vents ma vie, comme si un jour ils allaient la redire dans leurs sifflements de serpents transparents. Ma, matière, matrice, main, mammouth, mamelle, masse, qu'il faut unir à mi, mystère, milieu, par mu, musique, muter[1]. Je vais me muter en autre chose. Antseu, personne n'a la réponse. Ponse, ponce, ponce…

Je prépare ma coiffe pour mon passage dans l'« eau-delà », d'ici au sein de la terre. Je devrai faire croire aux esprits des rampants que je sais nager entre les grains de sable.

Les poignées de coquillages blancs font le bruit des cosses de l'arbre. Je prépare les brindilles qui recouvriront ma tête d'ancienne, car je serai bientôt dans la grande nuit, sous les sabots du cheval qui me protégera des monstres cachés et de Wotank non caché.

Je reste la fille de Ho et de Ra. Ma mère, Ra, m'a appris les secrets des ventres de la terre-accoucheuse, les brûlures du bois qui danse, noircit et rougit, le pas des grignoteurs-nageurs, ces petits velus à queue fine qui mangent le grain et que dévorent les volants qui les accrochent à leurs pattes pour les dévorer crus, à l'abri. Ils nichent dans leurs cavernes de branches. Les grignoteurs

1. Sur les significations et symboles antérieurs, voir le très bon livre d'Annick de Souzenelle, *Le Symbolisme du corps humain*, Albin Michel, 1991.

sont petits mais très malins. Je suis fille de Ho-Ra, je suis Baho qui a affronté et bu l'eau. Baho qui a fait le chemin vers les grottes sacrées. J'ai gardé les récentes images. Elles vieillissent bien. Le futur vieillit mal.

Je sais que je vais entrer dans la nuit qui dure, car mon dernier songe est un signe qui dit que je n'ai plus la force.

Mon dernier songe est horrible. Je ne l'ai raconté à personne. Il est trop éloigné de nous.

Ce que j'ai vu m'a fait tomber dans un trou de terreur ! J'ai vu. J'ai vu des cavernes empilées, pleines d'hommes sans peaux de bêtes et sans rien pour se défendre de grands animaux qui ont des pieds cachés et ronds et qui filent comme il n'est pas possible de filer ! Ce sont des insectes géants, sans pattes, qui évacuent des fumées et passent comme l'éclair ! J'ai vu… Prim dedans, dedans un gigantesque insecte fou ! J'ai vu des êtres debout, vêtus de grandes feuilles bien tenues et parlant sans se voir, des arbres coupés comme des cheveux ras. Je flottais comme les aériens, mais cela m'a fait si peur… Prim était devenu comme eux. Soudain un volant géant et sans plumes fit un bruit de tonnerre. J'ai pleuré. Prim est descendu de l'insecte pour monter dans un autre, qui avançait comme un oiseau sur l'eau.

Je trouve ce songe terrifiant. J'y ai vu des yeux immenses, comme des pierres taillées, de la couleur changeante de l'eau. Ils s'allumaient dans les grottes entassées comme des cristaux et qui s'ouvrent à la nuit. J'ai pleuré. Ils ne dessinent plus leurs animaux !

J'ai vu des fauves inconnus empêchés de courir par des montagnes plates.

J'ai vu des petits, faits comme nous, sans poils et les yeux levés au ciel. Des petits comme les nôtres, mais vêtus comme s'ils n'avaient jamais froid. Ils ne regardent plus le ciel, juste son reflet dans un lac vertical pas plus grand que leurs petites mains. J'ai vu des images découpées dans leurs grottes. Elles flottent et changent. J'ai vu comment ils enlèvent la vie à un sanglier rose, à un homme à genoux, à un hêtre beau et vieux. Heureusement, je vais mourir et mon songe rouge de sang va s'arrêter. »

Grégoire avait marché comme un funambule vers la grotte. Il semblait avoir rencontré le passé en vrai, et il eut tant de peine pour Baho, dont on voyait au musée le squelette ensablé dans un cercueil sans intimité, qu'il pleura devant sa grotte. La voix continua en lui, comme un reproche. Son grand-père, revenu, parlait à un médecin en rouge et blanc :

— Oui, devant la grotte. Une insolation, sans doute.

Grégoire ferma les yeux et écouta encore Baho.

« Pourquoi sommes-nous pareils, les yeux très haut perchés alors que nos proies regardent toutes vers les entrailles de la terre lorsqu'elles avancent ? Pourquoi les bêtes courent-elles légèrement et n'ont-elles que des pattes ? Qui, le premier, pensa aux sagaies pour se défendre, puis à ce qui les propulse ? Qui trouva les bonnes pierres et le bon champignon pour faire du feu ?... Petite je rêvais, vieille je songe. Il y a des questions communes et tous les membres du clan les glissent dans leurs échanges du soir, lorsqu'on a fini de prévoir les mangeailles du demain.

J'ai caché d'autres questions derrière mes yeux, dans le silence. Je n'ai jamais demandé à Antseu, le voyant du caché, ce qu'il entendait de l'« eau-delà », au-delà de l'eau, du vent et de la terre. Il n'avait pas de réponses car il ne devait pas avoir les mêmes questions que moi... Et ce songe, rouge sang et fumées noires ? L'a-t-il vu, lui aussi ? Les vivants se tueront entre eux !

Je ne sais toujours pas pourquoi la boule de feu éclaire sans brûler. Peut-être est-ce l'œil furieux d'un animal.

La nuit tue l'œil de feu, mais il renaît. Parfois il chauffe moins, parfois plus. Il veut nous quitter, puis revient. Il nous aime en fait de loin.

La nuit nous fait-elle dormir ? Décide-t-elle de nos rêves ? Les faisons-nous vraiment, ou alors est-ce un animal qui les rêve en nous ? Qui feraient nos songes à notre place, sinon ? Nos ensevelis ?

L'animal qui me reconnaît, nous ne le mangeons pas. Mon vieux loup, fais attention.

L'œil de feu a éclairé le fond d'une caverne, et j'ai été transportée par ce que j'y vis.

"Écoute avant de parler...", me dirent les Ézyeux et les autres. J'ai écouté, alors je dis : la première fois que j'ai vu l'eau vaste, mais plus petite que le ciel, j'ai dit *oooh*, et j'ai cru rejoindre l'*oooh*-delà. J'ai beaucoup trop parlé, alors. J'ai fait un bond, sans en décider. J'ai crié. *aaah*. Et de l'eau salée est sortie de mes yeux. Puis un pied m'a fait pousser un autre cri. *Ouhhh*...

Très vite, Antseu m'a nommée "Bougée par les animaux mangés".

Ma beauté a été cabossée par Wotank.

Le monde hésite entre la nuit et le jour, les chants et le silence. La peur qui effraie et le feu qui protège.

Petite, j'observais Ho fabriquer des niches à feu. Antseu taillait les os des chevaux et y gravait des signes de magie. Il était magique car il sentait la pluie, la vie, la mort à venir.

Si j'ai la force, je penserai fort à travers le vent chaud qui se lève. Mes bras pousseront, et de moi germera un songe comme un arbrisseau.

Aba me manquera, je lui parlerai en moi-même. Il m'entendra bien quelque part. Je suis loin, déjà, sans bouger. Il me répond par des signes, comme ce volant couleur de nuit et de jour qui se pose sur l'arbre où Ra accrochait les poissons.

Aba venait de loin. C'était, croyait ma mère, un sans-clan, un sans-parents, perdu. Il ne communiquait pas comme nous. Pour «cerf», il disait «grandes-branches» ou *tapetap ouah*; pour «aurochs», il disait *acor*. Pour «aigle», il disait *aiguya!* Ra, ma mère, lui apprit les choses véritables, et bientôt il sut les sons de gorge, de langue, de pied et de bouche. Devenu Ababeuh, il sut très vite dire non avec les pieds, comme disent les petits de notre clan, lorsqu'ils détournent la tête du sein, lorsqu'ils ont assez bu du lait. Ababeuh avait l'empreinte d'un autre lieu en lui, et baissait la tête lorsqu'il ne comprenait pas.

Antseu et Ho, mon père, lui donnèrent le nom d'Ababeuh. Antseu le Sage lui parla comme à un enfant:

— Toi mal parler. Abababababa *euh*.

— Toi pas couvrir tête par cheveux verts de la terre, mais peau poilue râpée. Solide plus, lui répondit l'homme du soleil qui se lève.

Il portait un protège-tête pour ne pas griller.

Ababeuh offrit à ma mère des feuilles qui donnèrent odeur de bois et fumet joyeux à nos chasses rôties. Il existe des feuilles longues qui ressemblent à des lances, des fortes, des fines, des velues, des lisses et qui donnent leur goût en perdant leur couleur. Ababeuh m'apprit tout de ce qui sort de la terre et Antseu tout ce qui y retourne. Mais c'est avec Aba qu'un jour j'ai uni moi à lui et que lui s'est uni à moi. Avant de me résoudre en terre, je dis au vent chaud : appelle mes parents s'ils sont avec toi, je veux dire ma vie en entier, en un souffle. Le songe noir, je veux le faire partir en faisant revivre les belles peaux de nos vies… Je ne veux plus revoir ces cavernes, de la hauteur d'une montagne ! Aba, mon doux, fais que se pose sur la branche ce volant au bec couleur feu. Tu es là ?… Le futur m'a tuée. Vivez le présent ! L'après n'est pas pour nous. Il y a même des voix sans visages, des images sans corps. Des *grrr*. Trop de guerres entre les hommes.

L'enfant fut transporté à l'hôpital et se remit rapidement.

Émerveillé et apeuré, Grégoire avait écouté une voix née du vent, cet air qui tourne autour de la terre depuis des millénaires et qui n'appartient à personne.

Baho l'avait peut-être déjà respiré ?

Le professeur entendit-il Baho parler de sa vie ? Rien n'est moins sûr.

Le professeur Charpak avait-il raison, trouvera-t-on un jour des paroles fossiles ?

Qui les décodera et les comprendra ?

Quelques mois plus tard, le professeur de Lumley se fractura l'humérus du bras gauche et songea à nouveau à la Dame du Cavillon.

La vie humaine a de nombreuses racines, et l'on peut être ou non témoin de cette unique Histoire humaine. Sans pitié, sans ironie, il faut être prêt à accueillir les anciennes vérités. Il y eut des êtres haïssables, dès les premiers pas de l'humanité, mais ce sont les généreux, les doux, les lents, les fragiles qui donnèrent sens à nos vies.

Le cycle toujours recommence, les Watanks obligent toujours les Houmens à se dépasser. Et il y a quelques conférenciers qui parlent des Cro-Magnon, et cela fait du bien de savoir que la culture est en quelque sorte le prolongement de l'art pariétal.

Remerciements

Ces remerciements sont le ciment de ma gratitude et de ma reconnaissance aux chercheurs sans qui je n'aurais pu écrire ce roman préhistorique ; ils indiquent aussi que, sans les éditeurs, point de partage.

Grâce aux lumières des « acteurs » dont les noms suivent, je n'aurais jamais osé faire revivre la Dame du Cavillon :

Henry de Lumley, archéologue, préhistorien, directeur de l'Institut de paléontologie humaine et membre de l'Institut de France, ainsi qu'à toute son équipe de chercheurs et spécialistes.

Elena Rossoni-Notter, chercheur-archéologue, docteur en préhistoire au Musée d'anthropologie préhistorique de Monaco.

Olivier Notter, préhistorien, chercheur-associé au Muséum national d'histoire naturelle et au Musée d'anthropologie préhistorique de Monaco.

Patricia Valensi, chercheur, docteur en préhistoire, conservatrice du Musée de préhistoire de Tourrette-Levens, Alpes-Maritimes.

Je tiens à remercier Jean-Daniel Belfond et toute son équipe, ainsi que Luciano Melis, qui m'ont permis d'oser romancer des aspects d'une discipline précise et fort complexe !

Merci à mes amies lectrices et cobayes des ébauches, en particulier Geneviève Senger et Blandine Du Parc.

Merci aux lecteurs qui feront leurs propres liens entre la préhistoire et l'histoire de leur vie, de leurs choix.

Cet ouvrage a été composé
par Soft Office
à Eybens (Isère)

Impression réalisée par

Présence Graphique

en septembre 2015
pour le compte des Éditions de l'Archipel
département éditorial
de la S. A. S. Écriture-Communication

Imprimé en France
N° d'impression : 091552491
Dépôt légal : septembre 2015